ADDICTED to Sin

Bookcouture, 2015
Bookcouture est un label de StoryFire Ltd.
Titre original : Dirty Dix

Pour la présente édition :

34-36, rue La Pérouse
75116 Paris
www.hugoetcie.fr

Collection dirigée par Hugues de Saint Vincent
Ouvrage dirigé par Sylvie Gand

ISBN : 9782755623475
Dépôt légal : octobre 2016
Imprimé en France (Corlet)
N° d'imprimeur : 183168

NEW ROMANCE®

MONICA JAMES

ADDICTED to Sin

SAISON 1

Dirty Dix

Traduit de l'anglais (États-Unis) par Lucie Marcusse

Hugo Roman

Acte 1

CHAPITRE 1
ADDICTIONS

Dixon

– Je ne peux juste… pas… m'empêcher… de manger, lance Shamu la Baleine, en enfournant un troisième Twinkie.

Je devrais être davantage horrifié que cette fille tellement grosse prenne son pied, juste en face de moi, en dévorant ces friandises mais bizarrement, je ne le suis pas. Tout ça parce que la façon dont sa bouche souple et charnue engloutit la génoise dorée est la seule chose sur laquelle je parviens à me concentrer. Je ne peux m'empêcher d'imaginer que c'est ma queue qu'elle est en train de dévorer comme si mon sexe, contrairement à ce foutu Twinkie, était son dernier repas.

Me redressant prudemment sur mon fauteuil en cuir, j'ordonne à ma verge de ne pas réagir, vu que je suis là pour aider Shamu, ou plutôt Sharon, à vaincre son addiction.

L'addiction, selon cette mine qu'est Wikipédia, correspond à « la répétition continue d'un comportement en dépit de ses conséquences négatives, ou à une déficience neurologique conduisant à de tels comportements ».

Donc, qu'est-ce qui déclenche une addiction ? Qu'est-ce qui rend des gens comme Sharon ici présente complètement accros à une chose sans laquelle ils ne pourraient plus fonctionner ? Ça a sans doute l'air tout à fait ridicule d'entendre que certaines personnes ne parviennent pas à arrêter leurs comportements nocifs. Ne sont-elles pas en contrôle de leurs actions ?

Il s'agit peut-être d'une habitude. Mais c'est par choix qu'une habitude se forme, on peut ainsi y mettre fin si on le souhaite. Alors, peut-être s'agit-il d'un souvenir enfoui dans notre mémoire qui se rappelle soudain à nous ? On se contente de s'en servir d'excuse pour se défoncer, pour se bourrer la gueule, pour choper des MST à tout va ou, dans le cas de Sharon, pour devenir obèse.

Nous avons tous des addictions, qu'elles soient minimes ou importantes, quel que soit leur type. Nous sommes tous des individus complexes qui décident soit de prendre les choses en main pour y remédier, soit de tout balayer sous le tapis et de ne plus en parler. Les gens qui veulent parler de leurs addictions viennent me voir.

Je suis le Docteur Dixon Mathews et, pour 500 dollars de l'heure, n'importe qui peut venir se décharger de ses secrets les plus honteux, puis quitter mon bureau en se sentant renaître ou, mieux encore, guéri. La plupart des gens ont simplement besoin d'entendre quelqu'un leur dire qu'il n'y a rien d'anormal chez eux. C'est ce qu'obtiennent mes patients en venant me voir. Ils entendent de la bouche d'un des meilleurs psychiatres de New York que leur besoin d'ingurgiter des poils de chat, ou de se masturber en public, est tout à fait normal.

Je leur fais la promesse qu'au bout de quelques séances seulement, ma thérapie va les débarrasser de leurs comportements névrotiques et qu'ils seront capables de se fondre dans une société où les gens lambda n'ont pas la moindre idée qu'ils sont entourés de toutes ces personnes déséquilibrées.

La raison pour laquelle je suis en mesure de garantir cela, c'est que la plupart des gens qui passent le seuil de ma porte ont simplement besoin de pleurnicher et de se plaindre et, une fois qu'ils vident tout ce qu'ils ont dans leur sac, tout s'éclaire et ils arrêtent leurs délires. La minorité souffrant de pathologies plus graves se voit prescrire des benzodiazépines, toujours efficaces, pour traiter leur démence. Le monde me remercie alors d'engendrer un zombie asocial de plus, accro aux pilules.

Vous pouvez bien dire de moi que je suis un salaud, mais à trente-deux ans passés je pense pouvoir m'octroyer le droit d'être un brin désabusé et indifférent en ce qui concerne la lie de la société. Vous le seriez aussi si vous aviez à écouter sans cesse, jour après jour, la même rengaine geignarde de gens riches qui n'ont jamais eu à retrousser leurs manches de toute leur vie. Pourtant, ils viennent me voir avec leurs histoires pathétiques d'injustice et de méfaits, ne se rendant jamais compte d'à quel point ils ont, en fait, tellement de chance dans leur vie.

Revenons-en à ma question d'origine : qu'est-ce qui déclenche une addiction ? De nombreux spécialistes dans la profession ont déclaré que la cause d'une dépendance varie considérablement, mais qu'elle est généralement provoquée par une association de facteurs physiques, mentaux, circonstanciels et émotionnels. Or, selon moi, l'addiction est due à un seul concept simple et primitif.

Le désir.

Que l'on désire le succès, la beauté, la nourriture, l'alcool, les drogues, la nicotine, le porno ou le sexe, au final le résultat est le même : c'est faire l'expérience de l'euphorie qui accompagne ces facteurs et c'est à cette euphorie que nous devenons dépendants. Le réel élément déclencheur varie d'une personne à une autre. Au bout du compte, nous voulons tous simplement être… heureux. Et dans la plupart des cas, le désir mène au plaisir.

Les personnes dépendantes font parfois exploser leur addiction, jusqu'à atteindre des niveaux effarants, mais les autres, nous nous contentons d'approcher les addictions pour atteindre ce bonheur, cette euphorie, car nous sommes humains et que nous brûlons d'envie de vivre comme dans les contes. « Et ils vécurent heureux et eurent beaucoup d'enfants ».

Je vous avais prévenus. Je suis très doué.

– Docteur Mathews, dit une petite voix, ne devriez-vous pas le noter ?

Hochant la tête, je redirige mon regard sur Sharon.

– Et si vous m'en disiez un peu plus sur votre père ?

5, 4, 3, 2… 1.

En plein dans le mille. J'observe les lèvres de Sharon se mettre à trembler, ses yeux se remplissent de larmes.

–Y'a rien à dire, déclare-t-elle en croisant les bras sur sa poitrine généreuse tout en se mordant les lèvres pour ne pas pleurer.

– Comment décririez-vous votre relation avec lui ?

Je m'enfonce dans mon siège, croisant les jambes avec désinvolture pour tenter de cacher mon érection imminente et éviter de fixer ses seins.

– Ça va, renifle-t-elle, se recroquevillant sur elle-même. Sa chevelure rousse et brillante dissimule alors ses larmes.

Nous avons tous un élément déclencheur, et bien plus souvent que je n'ose l'admettre, ce déclic repose, pour les femmes en surpoids, sur l'absence du père. Je ne comprendrai jamais pourquoi elles se servent de la nourriture comme source de réconfort, sans doute que le fait de se goinfrer leur permet de combler un vide.

Comme je l'ai déjà dit, vous pouvez bien me traiter de salopard, mais ces flopées de problèmes liés au rapport avec le père mettent en évidence une chose : vouloir à tout prix retrouver une image parfaite du père pour remplir ce vide, ce manque d'amour. Ces femmes se mettent en quête d'un futur compagnon en utilisant inconsciemment la figure de leur connard de père, le comparant à ce qu'elles recherchent chez un homme. Ou parfois… à ce qu'elles cherchent dans une simple partie de jambes en l'air.

Soudain, ma queue est très, très intéressée par Sharon Witherstone. Elle a peut-être une vingtaine de kilos en trop, mais là, je suis guidé par ce qui se trouve entre mes jambes. Comme je l'ai déjà dit, nous sommes tous influençables et, comme tout le monde, je meurs d'envie moi aussi de me sentir « heureux pour toujours ». Pour le moment, ce désir de bonheur exige de soumettre Sharon sur mon bureau et de la baiser jusqu'à ce qu'elle perde connaissance.

Bien que je sois titulaire d'un diplôme pour résoudre les problèmes des autres, c'est peine perdue pour les miens. Je suis un bel enfoiré. Chaque jour qui passe me fait perdre de vue qui je suis, et qui j'étais.

Je ne suis cependant pas un connard fini, je permets aux femmes comme Sharon Witherstone de se sentir bien, car le sexe sans sentiments est beaucoup plus simple que… les sentiments.

Plaçant mon carnet sur l'accoudoir du fauteuil, je me lève lentement en regardant Sharon dans les yeux. Je lui adresse un sourire qui, je le sais, va faire exploser sa culotte en une seconde. Elle lève les yeux et j'entrevois une étincelle de confusion dans ses iris émeraude. Mais, lorsque son regard redescend le long de mon corps durci, cette confusion se transforme en… désir.

Son attitude se modifie complètement. La petite fille à son papa prend le contrôle sur elle tandis qu'elle change de position sur son siège, exhibant éhontément sa poitrine. C'est tellement simple, mais je préfère quand les choses sont faciles et qu'elles ne demandent pas d'efforts ou de mettre son cœur et son âme en danger pour finir par trouver sa fiancée au lit avec son meilleur ami.

Ce que je fais là est beaucoup, beaucoup plus facile.

– Aimez-vous votre père ?

– Non, je le déteste, confesse-t-elle dans un soupir charmeur et puis elle se mord les lèvres.

– Pourriez-vous m'expliquer pourquoi ?

Je m'assois près d'elle sur le canapé en cuir, m'assure que nos genoux ne sont plus qu'à quelques centimètres l'un de l'autre.

– Parce qu'il aime ma belle-mère plus que moi, répond-elle, le regard plein de désir et fixé sur mon entrejambe.

Mon érection ne fait plus aucun doute, mon sexe forme une bosse sous mon pantalon.

– Je suis désolé d'entendre ça, murmuré-je mais je n'en ai en fait rien à faire. Ça doit être vraiment dur pour vous.

– Oui, ça l'est. C'est vraiment très dur. Elle hoche la tête et je sens un doigt glisser délibérément le long de ma cuisse, vers mon sexe.

Écartant les jambes en signe de bienvenue, je lui demande :

– Pensez-vous que c'est ce qui a déclenché votre dépendance à la nourriture ?

– Que puis-je dire, Docteur Mathews ? C'est juste que quand quelque chose de si délicieux se présente à moi, je n'arrive pas à dire non, dit-elle, alors que ses doigts ondulent autour de ma braguette, prête à exploser.

– Eh bien, parfois, c'est bon de dire oui.

Je sais, je vais finir en enfer.

C'est l'unique déclic qu'il faut à Miss Whitherstone pour plonger sa tête entre mes cuisses, ses doigts fouillant mon caleçon.

Une fois que sa bouche chaude et affamée enserre mon érection brûlante, je ferme les yeux, rongé par le dégoût. Je suis écœuré d'être en train d'utiliser une personne que je n'ai pas l'intention de revoir. Mais je n'ai jamais prétendu être le héros de cette histoire, ou même un mec bien.

Qui voudrait être un mec bien, quand c'est si bon d'être immoral ?

CHAPITRE 2
VÉNUS BRUNE

Dixon

Alors que je m'empare de la veste posée sur le dos de mon fauteuil en cuir, je fais presque un bond en arrière en voyant tous les papiers éparpillés sur mon bureau. Le souvenir du visage de Miss Witherstone écrasé contre le plateau en acajou pendant que je la prenais par derrière m'assaille. Je me précipite alors vers la sortie pour éviter de vomir sur place.

Je ferme ma porte à clef et découvre que Susanna, ma secrétaire, est toujours là.

– Madame Vale, vous devriez déjà être partie. Il est 19h30.

– Ne vous inquiétez pas. Leroy est allé pêcher avec des amis, ça ne me dérange pas de rester plus tard au bureau, répond-elle en secouant la tête, ce qui fait onduler sa chevelure grise.

Susanna Vale aurait dû être à la retraite il y a déjà quelques années, mais elle ne cesse de dire qu'elle ne se sent pas encore prête à jeter l'éponge. Il est difficile de trouver une aide aussi précieuse, je ne discute donc pas.

– N'oubliez pas de noter toutes les heures supplémentaires que vous faites et je vérifierai que Nancy vous les paye bien.

– Oh, Docteur Mathews, proteste-t-elle agitant la main, ne vous inquiétez pas. C'est mon rôle de m'assurer que vous quittez le bureau à une heure raisonnable, n'est-ce pas ?

Je lui souris. C'est vrai. Susanna m'a souvent renvoyé à la maison à des heures pas possibles. Mais à quoi bon rentrer chez moi ? C'est remettre les pieds dans un appartement vide de Manhattan, où tout évoque son souvenir à elle. Même un an après, sa présence, son essence flottent entre les murs.

Je chasse ces souvenirs inopportuns et adopte un air nonchalant, car je ne veux pas dévoiler ma nostalgie.

– Si seulement vous aviez dix ans de moins !

Je la taquine d'un clin d'œil amusé.

– Vous êtes un coquin ! lance-t-elle en m'invitant à sortir. Allez manger un bout, vous n'avez pas déjeuné, aujourd'hui.

Je blêmis en entendant sa dernière phrase. Ma pause déjeuner a consisté à manger tout sauf… de la nourriture.

Avec cette abjecte pensée en tête, je salue mon assistante et m'engouffre dans l'ascenseur, direction le rez-de-chaussée. J'ai rendez-vous avec mes deux meilleurs amis, Finch et Hunter, dans le bar du coin. Il fut un temps où nous étions quatre, il y a déjà bien longtemps, à l'époque où je croyais encore en la fidélité et en l'amour.

– Et voilà qu'arrive M. Richard le Riche, braille Hunter depuis l'autre bout de la salle.

Le son de sa voix grave et agaçante m'aide à le localiser. Je sais pourtant déjà à quel endroit le trouver, il est toujours collé au bar.

– Putain ! jure-t-il d'une voix forte tout en plissant les yeux. J'en connais un qui a baisé aujourd'hui !

Il lève sa Budweiser en guise de salut. Finch ricane.

– Et si tu criais ça encore un peu plus fort ? Je pense que nos voisins du New Jersey n'ont pas bien entendu.

Je lui donne gentiment une tape derrière la tête.

Tout en m'asseyant près de Finch, je fais un signe à la jolie blonde derrière le bar pour lui signifier ma présence. Elle me répond par un clin d'œil, puis continue de mixer un cocktail.

– Alors, qui est l'heureuse élue ? demande Finch en me donnant un coup de coude dans les côtes.

– Je ne m'en souviens plus, dis-je en lui piquant son verre pour prendre une gorgée qui s'avère peu satisfaisante.

– Beurk ! Mais où est le rhum?

Son Coca dilué à l'eau me fait tousser, je suis à deux doigts de m'étouffer.

Cela fait rire Finch qui fait tournoyer son alliance, un sourire aux lèvres.

– Je dois gérer Gabriella, demain matin. Heidi est occupée avec son groupe d'amies, je suis donc de garde avec le bébé.

Je hoche la tête. Voilà ce qu'un père responsable est censé faire. Ne plus sortir avec son copain célibataire coureur de jupons qui ne cherche qu'à se bourrer la gueule et à noyer son chagrin en jouant avec une bouteille de Jack coincée entre les seins d'une blonde du bar. C'est à cela que ressemble un vendredi soir pour moi. Pour Finch, marié depuis deux ans à Heidi, l'amour de sa vie, un vendredi soir se résume à une boisson non alcoolisée avec ses meilleurs amis avant de rentrer chez lui auprès d'une femme sexy et aimante, avec qui il fera follement l'amour.

Avec cette image gravée dans la tête, je m'empare de la bière de Hunter.

– T'as vraiment une sale tête, lance ce dernier.

J'apprécie sa franchise, mais je ne suis vraiment pas d'humeur. Pourtant, il insiste, ignorant le fait que je me referme comme une huître.

– Ça fait un an, mec.

Il pointe un doigt en l'air, au cas où je ne l'aurais pas entendu, mais j'ai bien reçu le message.

– Je n'ai pas envie d'en parler, protesté-je en secouant vigoureusement la tête…

Puis j'avale d'un coup le reste de la bière que j'ai volée.

– C'est juste qu'on s'inquiète pour toi, ajoute Finch.

Ses yeux gris se radoucissent lorsqu'il comprend que, troublé, je me replie sur moi-même.

– Ça va.

J'ai vraiment besoin d'un autre verre.

J'essaie d'attirer l'attention de la barmaid, mais le bar s'est soudainement rempli et elle doit s'occuper d'autres clients assoiffés.

– Tu attends que ta bite tombe ou quoi ? me demande Hunter.

Ses cheveux blonds et ébouriffés balayent son front tandis qu'il renforce le sérieux de sa question d'un mouvement de tête.

– Pardon ?

Son cinéma m'amuse.

– Tu m'as bien entendu, répond-il en se penchant vers l'avant.

Son grand corps efface alors Finch, de plus petite stature.

– Non, Hunter. Je ne souhaite pas que ma bite tombe. Va droit au but, s'il te plait.

– Eh bien, si tu continues à te taper toutes ces inconnues, ça va finir par arriver.

– J'en doute vraiment, dis-je d'un air moqueur mais Finch hoche la tête, en accord avec Hunter.

– Il suffit qu'une fille croise tes yeux bleu revolver pour qu'elle enlève sa petite culotte. C'est vraiment trop facile. Et toi, tu es en train de devenir le plus gros coureur de jupons que New York n'a jamais connu, lance Hunter et la véracité de son commentaire me déplaît soudain sérieusement.

– Depuis quand es-tu devenu une lopette ? Je m'attendais plutôt à ce que ce soit Finch qui dise ça… Sans vouloir te vexer Finch…

Il hausse les épaules, pas le moins du monde offensé.

– Mais toi, mec, aux dernières nouvelles, tu n'as jamais eu aucune réticence à te taper de parfaites inconnues. Alors fais-moi plaisir, arrête un peu de prendre ton air de Sainte Nitouche.

Je m'énerve assez rapidement. Que Hunter me fasse des remarques, lui qui de tous devrait justement s'abstenir de me faire la leçon sur mes parties de jambes en l'air, me fait perdre mon sang-froid. Je connais ces mecs depuis que je suis tout petit. Nous avons tout fait ensemble. Je sais donc quelles sont les conneries que nous avons pu commettre, surtout Hunter.

Finch, cependant, a la tête sur les épaules, c'est la voix de la raison. Il nous a sauvés de nombreuses situations qui, sans son aide, auraient pu mal tourner. En revanche, Hunter a toujours été déchaîné et libre comme l'air.

Je considère ces deux-là comme mes frères. Ils m'ont vu dans mes plus sombres moments et, jusqu'à ce jour, ne m'ont jamais jugé.

– C'est bientôt fini cet interrogatoire ?

Finch baisse nerveusement le regard et je ne comprends toujours pas ce qui se passe.

Constatant ma confusion, Hunter explique :

– On est inquiets, mec. La semaine prochaine, c'est… tu sais ?

– Non, je ne sais pas. T'es défoncé ou quoi ?

Je desserre ma cravate, ayant l'impression soudaine de suffoquer. Finch pince les lèvres, ce qui n'est jamais bon signe.

– Crache le morceau, Finch.

– Dans quelques jours, c'est le 13, répond-il en croisant enfin mon regard.

– Oui, et alors ?

– Mais si, mec, soupire-t-il et je perçois la pitié dans sa voix. Ce serait votre premier anniversaire de mariag…

Il s'arrête subitement, refusant de finir sa phrase.

Un an déjà ?

Merde alors. Il y a un an, j'étais fiancé à l'amour de ma vie, Lillian Davis. Rien que d'évoquer son nom me donne envie de m'arracher la cervelle à la petite cuillère.

Si je croyais encore que l'âme sœur existe, alors Lily était la mienne. Nous nous sommes rencontrés trois ans auparavant, en faisant la queue dans un Starbucks. Le coup de foudre. Je l'ai demandée en mariage un an après. Nous étions heureux et prêts à passer le cap. Enfin, moi je l'étais. Je pensais qu'elle l'était aussi, jusqu'à ce qu'elle rencontre mon pote Leo.

Leo a aussi grandi en compagnie de Hunter, Finch et moi dans le New Jersey et puis il s'est également installé à New York. Mais apparemment, notre amitié n'avait pas la même valeur à ses yeux, puisqu'il s'est tapé Lily derrière mon dos pendant plusieurs mois.

Lily m'a largué six semaines avant notre mariage, parce qu'elle est tombée amoureuse de Leo. Les mots qui sont sortis de sa bouche n'avaient aucun sens pour moi. Mais lorsqu'elle m'a expliqué pourquoi elle avait récemment pris un peu de poids, tout est devenu clair comme de l'eau de roche. Non seulement elle aimait mon meilleur ami, mais elle allait aussi avoir son enfant. Je savais que ce n'était pas le mien, nous n'avions pas fait l'amour depuis plus de trois mois. Je sais, je sais, j'aurais dû me rentre compte que quelque chose ne tournait pas rond. Mais l'amour rend aveugle, n'est-ce pas ?

Les choses ne pouvaient que s'éclaircir après ça.

Elle m'a tenu responsable de son infidélité, déclarant qu'elle ne me voyait jamais et que je faisais passer le travail avant tout. Effectivement, mais c'était pour pouvoir payer le diamant de trois carats qu'elle portait à son annulaire et le somptueux appartement de Manhattan qu'elle voulait acheter à tout prix.

J'ai fait tout cela pour elle. Et elle, elle me remercie en couchant avec mon meilleur ami et en portant sa progéniture.

C'est pourquoi, après son départ, je me suis un peu déchaîné.

Cette vie que je mène n'est plus simplement une phase – c'est bel et bien qui je suis. Je suis devenu accro au sexe. Du sexe sans signification et totalement assumé, avec de parfaites inconnues, espérant remplacer le visage de la femme qui a massacré mon cœur à la hache, laissant derrière elle un homme meurtri et complètement détruit.

Ces parties de jambes en l'air deviennent de moins en moins attrayantes pour moi et j'ai peur de me réveiller un jour en ne me reconnaissant plus dans le miroir.

Voilà le résumé de ma vie. Je mange, je dors, je travaille et je baise parce que c'est ce que je dois faire pour survivre. Une existence triste et misérable, mais bien meilleure que celle d'un toutou malade d'amour, en quête d'une femme qui n'en a rien à faire de lui.

Je reviens à l'instant présent, remets mon armure en place, puis je fais de mon mieux pour prendre un air détaché :

– C'est rien. J'ai tourné la page. Je ne pense plus à elle.

Finch fronce les sourcils tandis que Hunter proteste :

– Ça m'étonnerait. Si c'était le cas, tu n'aurais donc aucun problème à ce que je t'annonce que Leo le Connard et Lily la Connasse vont se marier le mois prochain.

– Putain, Hunter ! gronde Finch en secouant la tête.

– Mais quoi ? S'il a bel et bien tourné la page, le fait que je l'annonce ne devrait pas lui poser problème, lance Hunter en haussant les épaules.

L'indélicatesse de Hunter ne me perturbe pas plus que ça. Ce qu'il vient de dire, en revanche, me dérange.

– Elle va se marier avec cet enfoiré ?

Qu'est-ce qu'il a que je n'ai pas ? Je ravale mon abattement et ma répulsion. Il faut absolument que je décampe avant de péter un câble.

– Dixon, murmure Finch, mais je me passerais bien de sa compassion.

J'essuie ma bouche après une dernière gorgée de la bière tiède que j'ai dérobée, je me lève, espérant que mes amis comprennent que j'ai besoin d'être seul une minute.

– Je sors fumer, dis-je en fouillant dans les poches de ma veste pour trouver mes cigarettes.

Heureusement, ils laissent tomber la conversation et ne font pas de commentaires en me regardant m'éloigner à travers la foule dense dans le bar. Une fois dehors, j'allume une clope en tremblotant et, appuyé contre le mur en brique, j'aspire la bouffée dont j'avais grandement besoin.

Ce serait mentir de dire que je ne pense jamais à Lily. Je pense en fait à elle bien plus que je ne veux bien l'admettre. J'ai abandonné depuis longtemps tout espoir de réconciliation, mais au fond de moi, j'aimerais que sa relation avec Leo ne marche pas.

C'est le bordel dans ma vie, et la seule personne à qui je pourrais parler de tout ça est morte.

Ma mère est décédée il y a six mois d'un cancer du sein. Sa mort a détruit mon père, il a fait une grosse dépression nerveuse et réside désormais à l'hôpital Sunnyfields. C'est un comble ! Dixon Mathews, le psy le plus brillant de New York, ne peut même pas s'occuper de son père.

Je tire comme un automate sur ma cigarette, perdu dans le passé – un endroit où je préfère ne pas revenir. Ainsi, lorsque j'entends les voix d'un couple qui se dispute à ma gauche, j'accueille volontiers cette distraction.

Je me retourne pour voir de quoi il s'agit et découvre une petite brune malmenée par un gros bras qui la secoue brutalement. Elle est vraiment menue, ses grosses pattes à lui vont finir par la casser en deux.

– Laisse-moi partir.

Elle lui lance un regard noir tout en essayant de se libérer de son étreinte.

Elle mérite des félicitations pour les efforts qu'elle met en œuvre, elle a l'air d'opposer une bonne résistance. Mais cet enfoiré doit faire au moins le double de son poids.

Jetant mon mégot dans le caniveau, je décide d'intervenir. C'est clair qu'elle tente de lui échapper. Ses yeux verts, angoissés, croisent mon regard un court instant alors que je suis à moins d'un mètre et elle me prie silencieusement de lui venir en aide.

– Et si tu la laissais tranquille, dis-je fermement et la Bête se tourne vers moi, un sourire en coin.

– Et si tu t'occupais de tes oignons, vieux schnock, répond-il avec un fort accent du sud.

Vieux schnock ?

Va te faire foutre, petit con à peine pubère.

– Tu ferais mieux de changer d'attitude. Laisse cette fille tranquille.

– Sinon quoi ? grogne-t-il, mais il finit heureusement par lâcher prise.

– Sinon j'appelle la police. D'après les marques sur ses bras, dis-je en pointant ses biceps alors qu'il la relâche, tu sembles être un de ces gros cons qui prennent plaisir à frapper les femmes juste pour se sentir un vrai homme. Qu'est-ce qui cloche chez toi ? Tu essaies de passer pour un dur pour compenser ce qui te manque ?

Je me moque en levant un petit doigt recroquevillé.

La fille s'esclaffe, mais elle étouffe rapidement son rire de la main lorsque le crétin se retourne vers elle pour la fusiller du regard.

– Tu sais, tu peux prendre des pilules pour mieux gérer ta colère et aussi pour ton petit problème, lancé-je d'un ton sarcastique en pointant du doigt son entrejambe.

Son visage devient tout rouge et je ne peux m'empêcher de rire. Remettre en doute la virilité d'un mec obtient toujours l'effet escompté. Je peux voir qu'il me jauge dans sa tête et sait pertinemment qu'il ne pourra pas me battre. Ce type est grand, mais il est gonflé aux stéroïdes. Il ne peut pas taper bien fort avec ses ridicules muscles remplis d'air.

– Et si tu rendais service au monde entier et foutais le camp pour de bon ? Allez, rentre chez ta mère soulager ta colère avec une pince à épiler.

Cette fois, la fille éclate de rire et le son qu'elle produit est tout à fait magique.

– Va te faire foutre, maugrée l'abruti, puis il déguerpit, le visage fermé, les poings serrés le long du corps.

Nous l'observons tous les deux tourner à l'angle et je sais qu'il ne reviendra plus. Je me tourne alors vers la fille en face de moi.

Au cours de ma tirade, sa beauté m'a échappé. Elle est jeune, je dirais vingt-trois ans, mais putain, ce qu'elle est belle ! Une chevelure brune, lisse, qui lui arrive juste sous les épaules est illuminée par de grands yeux verts. Ses lèvres sont d'un rose délicat, comme je n'en ai jamais vu auparavant. Et lorsque sa bouche s'étire en un timide sourire, je me rends alors compte que je suis planté là, à la fixer comme un vieux pervers.

Reprenant mes esprits, je jette un coup d'œil à ses bras et lui demande :

– Tu vas bien ?

Elle enroule ses petits doigts autour de son biceps gauche, comme si elle essayait de cacher les marques rouges.

– Oui… ça va… bégaye-t-elle sans grande conviction, puis elle se ressaisit. Je vais bien, merci de m'avoir aidée.

– Pas de problème.

Je suis fasciné par la façon dont ses dents bien alignées apparaissent entre ses lèvres. Impossible qu'elle le fasse exprès.

Elle n'est pas en train de flirter ouvertement avec moi, n'essaye pas de me sauter dessus et, pour la première fois depuis bien longtemps, je reste sans voix. Cette fille jeune, innocente et sexy n'a pas d'arrière-pensées ou d'attentes sur notre étrange mais électrisante rencontre.

J'ai oublié à quoi ressemblait l'innocence – putain, c'est triste.

– Je m'appelle Madison, dit-elle en me tendant sa main et ma paume la recouvre entièrement.

– Dixon.

– C'est dans tes habitudes de voler au secours des demoiselles en détresse ?

– Oui, c'est devenu une occupation comme une autre.

– Encore merci de m'avoir aidée, Dixon.

Je hoche la tête, relâchant enfin mon étreinte sur sa main. En voyant qu'elle est parcourue d'un léger frisson, je demande :

– Avec plaisir. Tu es sûre que ça va ?

– Oui, franchement, ça va. Chien qui aboie ne mord pas, comme on dit.

Je remarque qu'elle ne précise pas la nature de sa relation avec son assaillant.

Je souhaiterais discuter davantage, mais pour une fois, moi, le psy baratineur et sophistiqué, je reste sans voix. J'ai l'impression que Madison pourrait voir dans mon jeu et découvrir à quel point je suis une imposture.

– Maddy ? Tu es là ? demande une voix inquiète derrière nous.

Nous nous retournons tous les deux et je ressens soudain le besoin de protéger mes bijoux de famille à la vue de la rousse flamboyante qui se précipite vers nous. Elle me lance un regard furieux avant de fixer Madison.

– Ça va ?

Madison hoche la tête.

– Je vais bien, répond-elle en me lançant un petit sourire, puis en me désignant, je te présente Dixon.

Son amie me dévisage, me jaugeant ostensiblement.

– Où est passé l'abruti ? demande-t-elle en m'ignorant complètement.

J'affiche alors un petit sourire narquois, j'aime bien l'audace de cette fille.

Madison replace une mèche de cheveux derrière son oreille et fronce les sourcils.

– Il est parti. Dixon est venu à mon secours, révèle-t-elle en me souriant timidement.

Son amie me regarde à nouveau et, cette fois, elle n'a pas l'air de vouloir m'écorcher vif.

– Dans ce cas, enchantée de te rencontrer, Dixon, fait-elle en me saluant de la main.

– De même. Je n'ai rien fait d'extraordinaire. Je me suis juste trouvé au bon endroit, au bon moment.

Ou peut-être, au mauvais endroit car plus j'observe Madison, plus ma curiosité s'éveille. Qu'est-ce qui m'arrive ?

– Eh bien, quoi qu'il en soit, je te remercie de t'être occupé d'elle.

Je fais un signe poli de la tête. Son côté protecteur envers Madison me rappelle mon amitié avec Hunter et Finch. Madison est, cela ne fait aucun doute, une personne qui mérite d'être protégée. Il suffit de la regarder, quoi !

Je ne peux m'empêcher de jeter mon regard sur elle et je suis surpris de découvrir qu'elle me dévisage à son tour. Son amie, remarquant cet étrange échange de regards entre nous, s'éclaircit la gorge en produisant un son bien plus aigu que nécessaire.

– Bon, on doit retourner à l'intérieur. Nos amis nous attendent explique-t-elle, m'arrachant de ma rêverie avec stupeur.

Dixon, ne fais pas l'idiot, parle-lui ! Mais que dire ? Je n'ai pas parlé à une fille depuis si longtemps, surtout à une fille avec qui j'ai envie de discuter. J'ai oublié comment on communique avec le sexe opposé. Les phrases comme « Prends-moi » ou « Plus vite » ne comptent pas. Je reste donc planté là, en silence et je souris.

– Ravie d'avoir fait ta connaissance, me lance Madison.

Elle s'attarde tout en se mordillant les lèvres.

– Moi aussi. Bonne continuation.

Je me retiens d'émettre un gémissement. Qu'est-ce qui me prend de dire « Bonne continuation » ? Qui dirait ça ? J'ouvre la bouche, prêt à ajouter quelque chose, mais Madison est entraînée vers l'entrée par son amie.

Soudain, elle se retourne et crie par-dessus son épaule :

– Je travaille au Pony Bar. Si tu es dans le coin un jour, passe me voir.

Avant même d'avoir le temps de lui répondre, elle disparaît.

Mais c'est quoi cette histoire ? Madison vient de me laisser planté sur le trottoir, je commence à mettre en doute ma virilité.

J'ai laissé filer la première fille qui, depuis trop longtemps, ne m'a pas répugné… Je veux qu'elle voie que je suis un mec bien. Mais le problème, c'est que je ne suis pas un mec bien. Cette semaine, j'ai couché avec trois femmes différentes et je ne me souviens même plus de leur prénom. Ou de leur visage. Ils sont brouillés dans un sentiment de regret et de dégoût que je souhaiterais pouvoir effacer. En vain.

Les filles comme Madison sont trop bien pour moi, je leur rends carrément service en prenant mes distances. Mais allez dire ça à ma verge qui, aux aguets, a immédiatement montré son intérêt pour Madison dès qu'elle a ouvert la bouche. Oui, cette fille est belle à couper le souffle et le fait qu'elle ne me soit pas instantanément apparue comme une conquête potentielle me la rend encore plus attirante. Je n'ai plus ressenti cela depuis… Lily.

Submergé par un flot de réminiscences, je me rappelle alors que c'est elle la raison pour laquelle je me trouve à l'extérieur du bar.

– Salut toi, roucoule une voix qui me ramène à l'instant présent.

Je lève les yeux et tombe sur la serveuse blonde du bar qui, juste à côté, me fait signe.

– Salut, dis-je en prenant conscience qu'elle attend une réponse.

– Je t'ai aperçu à l'intérieur.

Elle désigne le bar de la tête tout en me reluquant. Je sais que je suis loin d'être moche et que, si j'étais une fille, j'aurais sans doute aussi très envie de coucher avec moi-même. J'ai toujours été grand mais je me suis arrêté de grandir après avoir atteint le mètre quatre-vingt-douze. Mes cheveux brun foncé sont toujours en désordre, en forme de « faux mohawk » comme m'a dit un jour une des filles que je me suis tapée. Mes yeux bleus sont mis en valeur par une barbe brune de trois jours, ma marque de fabrique. La plupart du temps, j'ai la flemme de me raser.

– Ah bon ?

Mon cerveau, complètement détaché, et mon sexe savent déjà comment ça va finir.

– Ouais, confirme-t-elle en hochant lentement la tête et en se mordillant les lèvres. Je peux te prendre une clope ?

– Bien sûr.

Je me mets à fouiller dans mes poches et lui en propose une.

Elle place la cigarette entre ses lèvres et attend que je lui offre du feu. Je me force à ne pas faire un bond en arrière quand elle se met à me déshabiller du regard tout en tendant les lèvres comme un poisson pendant que j'allume sa clope. Cette bimbo blonde correspond exactement à ce dont j'ai besoin pour oublier ma rencontre avec la Vénus brune. Ces filles sont diamétralement opposées et c'est d'une nana comme elle dont j'ai besoin. C'est ce que je fais de mieux.

– Alors, dis-moi ma jolie, combien de temps dure ta pause ?

Elle fait battre ses faux cils et affiche un sourire en coin.

– Quinze minutes.

Tout en me penchant pour me rapprocher d'elle, je chuchote à son oreille :

– Prête à vivre les quinze meilleures minutes de ta vie ?

C'est tout ce qu'il me suffit de dire pour qu'elle jette sa cigarette à terre et me regarde en souriant de toutes ses dents. Agrippant mon col de chemise, elle m'entraîne dans un recoin et je m'acquitte de ma promesse.

Ce sont peut-être les quinze meilleures minutes de sa vie, mais ce sont bel et bien les pires de la mienne.

CHAPITRE 3
L'ANGE DU PÉCHÉ

Dixon

Personne n'aime le lundi – surtout lorsqu'on a passé un week-end de merde. Après m'être masturbé – à deux reprises – sous la douche, je m'attendais à être de meilleure humeur.

Ma semaine a été étrange. Après mes ébats avec la blonde le vendredi soir, je suis, sans surprise, rentré seul à la maison, mais bizarrement je me sentais plutôt déçu. Ma règle d'or est de ne jamais, au grand jamais, ramener une fille chez moi. Ma maison est mon sanctuaire, le seul lieu où je peux être vraiment moi-même. Je refuse donc de contaminer cet endroit pur. Et puis, pour moi, cette maison est encore la *nôtre*. La présence de Lily est toujours incrustée dans les moindres recoins, je ne pourrais me pardonner de souiller tous les bons souvenirs que nous avons partagés ici.

Pourtant, vendredi soir, j'ai commencé à me demander comment ce serait de ramener une fille et de la baiser dans mon lit, au lieu de le faire contre un mur en brique.

Je suis psychiatre, je connais bien le fonctionnement du cerveau humain – en règle générale. La jolie Madison a éveillé en moi ce besoin de confort. Son innocence m'a fasciné et je n'avais plus ressenti cela depuis bien longtemps. Bien que notre rencontre ait été brève, il s'est vraiment passé *quelque chose* entre nous. Je regrette d'avoir eu trop la trouille ce soir-là pour chercher à comprendre la nature de ce *quelque chose*.

Je me suis senti tellement dégoûté après avoir couché avec la blonde que, le reste du week-end, je me suis tenu à carreau et à distance des cuisses de parfaites inconnues. Je me suis plutôt ennuyé mais quelque part, ces deux jours d'abstinence totale m'ont permis de me décontaminer. Deux jours c'est long pour quelqu'un qui utilise le sexe comme bouclier.

– Docteur Mathews, votre rendez-vous de 12h30 est arrivé, annonce Madame Vale dans l'interphone.

Sa voix chantante me sort de ma rêverie, je m'éclaircis la gorge avant de répondre :

– Faites la entrer.

J'affiche sur mon ordinateur la page pour les nouveaux patients et commence à taper les détails concernant Mademoiselle Juliet Harte.

Âge : 26 ans

Genre : Femme

Adresse : 18 Union Square West, New York

Trouble : Addiction au sexe

Oh mon Dieu.

– Docteur Mathews ? lance une voix veloutée et, prête à la saluer, ma queue commence à se redresser .

Mes yeux quittent l'écran de mon ordinateur pour découvrir que Mademoiselle Juliet Harte est le péché à l'état pur dans un écrin de perfection.

Ses longs cheveux blonds sont noués en chignon et quelques mèches retombent sur son visage, attirant l'attention sur des yeux bleus qui appellent au sexe. Ses lèvres recouvertes d'un gloss clair sont les plus sensuelles que j'ai jamais vues. Les images de ce que cette bouche pourrait me faire m'assaillent et me forcent à me réinstaller délicatement sur mon siège.

J'imagine enfouir mon visage entre ses seins et m'y vautrer. J'adopte cependant une expression impassible et, tout en lui souriant, je l'invite à s'asseoir sur le fauteuil en cuir face à mon bureau.

Elle s'y dirige avec nonchalance, n'oubliant pas d'arranger sa robe crème avant de s'y installer avec grâce.

– Bonjour, Mademoiselle Harte, dis-je en hochant la tête pour me débarrasser des formalités.

– Bonjour, Docteur Mathews répond-elle en me fixant intensément.

Je ne distingue aucune appréhension à travers son regard calme. Son assurance m'excite énormément, mais je dois faire mon travail.

– Aujourd'hui nous allons principalement nous concentrer sur votre histoire personnelle. Une séance pour apprendre à vous connaître, si vous voulez. Afin de vous évaluer correctement, j'ai besoin que vous me fassiez confiance. À aucun moment vous ne serez jugée ou condamnée pour vos pensées, quel que soit le degré de perversité de celles-ci. Il faut absolument que vous soyez franche avec moi. Cela vous semble possible ? demandé-je en souriant.

Juliet hoche la tête.

– Oui, je veux aller mieux. Je ferai tout pour y parvenir.

– Bien. Allez prendre place sur le canapé, nous serons plus à l'aise.

La bouche de Juliet ébauche un sourire mystérieux, mais je fais en sorte de l'ignorer, saisissant mon carnet et me dirigeant vers mon fauteuil en cuir. Je jette un coup d'œil à l'horloge sur la cheminée et me demande comment je vais bien pouvoir conduire ma séance avec cette diablesse, à parler de ses addictions sexuelles, sans finir par lui arracher ses vêtements.

Je m'éclaircis la voix et tente de ne pas la regarder alors qu'elle s'assied sur le canapé en cuir noir. Quand elle croise ses longues jambes, mon cerveau est inondé d'images de ses talons hauts qui s'enfoncent dans mes fesses pendant que je la baise contre le mur de mon bureau. Je peine à réprimer le gémissement que cette vision érotique suscite en moi.

– Donc, qu'est-ce qui vous amène ici, Mademoiselle Harte ?

Elle se dandine sur le canapé, faisant grincer le cuir sous ses fesses de démone avant de se lancer :

– J'ai un problème.

Je hoche la tête, l'encourageant à poursuivre.

– Une addiction, j'imagine que c'est ainsi qu'on peut l'appeler.

Elle marque une pause et baisse les yeux.

J'attends qu'elle reprenne et fais de mon mieux pour avoir l'air le plus professionnel possible. Ses yeux rencontrent les miens puis elle murmure d'une voix rauque :

– Je suis accro au… sexe.

Ces glorieuses paroles sont celles que tout homme au sang chaud meurt d'envie entendre de la bouche d'une femme, je reste pourtant impassible et lui demande :

– Depuis combien de temps vous sentez-vous ainsi ?

– Depuis longtemps.

– Combien de temps à peu près ?

– Un an, dévoile-t-elle sans perdre son calme alors que je note tous ses secrets.

– J'aimerais maintenant aborder votre vie privée, Mademoiselle Harte. C'est d'accord ?

Elle hoche la tête.

– Avez-vous vécu quelque chose de particulier à l'époque ? Quelque chose qui aurait pu faire changer votre comportement ?

Je l'observe retourner ma question dans sa tête.

– Oui, il y a eu ce truc, déclare-t-elle et je reste de marbre, la laissant continuer. Quand j'ai fait l'amour pour la première fois avec une fille. Est-ce que ça veut dire que je suis bisexuelle ? Ou lesbienne ? demande-t-elle, sincèrement curieuse.

– Je n'aime pas catégoriser la sexualité, Mademoiselle Harte, réponds-je en pressant le carnet sur mon début d'érection. Qu'est-ce que vous avez ressenti en faisant l'amour avec une femme ?

– J'ai beaucoup aimé ça. Vraiment beaucoup, confesse-t-elle. Il y a certaines choses qu'un homme ne peut pas offrir au lit.

– Quoi par exemple ?

– Quand on le fait avec une femme, c'est doux et familier. Les femmes offrent cette douceur et ce réconfort que l'homme ne donne pas. La façon dont une femme touche un autre corps de femme, explorant les courbes et les méplats, gracieux et souples, c'est vraiment beau. Mais être avec un homme, c'est brusque et brut. La façon dont un homme vous déguste, par rapport à une femme, est totalement différente. Un homme veut dévorer son repas, alors que nous, les femmes, nous prenons notre temps pour goûter la saveur.

Elle passe la langue sur ses lèvres. Si mon érection enfle encore davantage, je vais finir par sauter au plafond. Je dois absolument faire en sorte que la conversation prenne une autre tournure avant que je ne lui fasse découvrir que tous les hommes ne sont pas des barbares et que nous aussi nous savourons nos repas.

– Donc, à part cet événement, rien d'autre ne vous est arrivé ? Parlez-moi de votre famille. De votre travail. De votre vie sociale.

Juliet garde son sang-froid et répond allégrement :

– Tout va bien. Je vis seule dans un appartement acheté par Papa. Il est banquier et, disons que nous sommes aisés. Ma mère est morte lorsque j'avais sept ans, donc je ne me souviens pas vraiment d'elle. Papa s'est remarié avec Rachel, et elle me considère comme sa fille. Elle a deux enfants et ils sont très gentils.

– Sont-ils plus âgés ou plus jeunes ? Quelle est votre relation avec eux ?

– L'un est plus âgé, l'autre plus jeune et je les aime... tous les deux.

Je remarque une certaine tension dans le ton de sa voix lorsqu'elle confesse cela.

– Que faites-vous dans la vie ? demandé-je, tout en notant que ses demi-frères ou demi-sœurs pourraient être liés à la cause de son addiction.

– Je travaille pour un cabinet d'avocats. Je ne suis qu'une simple documentaliste, mais je n'ai pas vraiment besoin d'un emploi. Papa s'occupe de moi.

Je hoche la tête, troublé qu'une fille de vingt-six ans continue de faire référence à son père en disant « Papa ». Je note que ses problèmes sont peut-être issus d'abus sexuels dans son enfance. La plupart des dépendants décrivent leurs parents comme rigides, distants et indifférents. Mais dans le cas de Juliet, il semblerait que le père soit totalement à l'opposé de cela. J'ajoute une note m'invitant à revoir ce point plus tard.

– Qu'en est-il de votre vie sociale ? Vous fumez, buvez ? Vous consommez des drogues ?

Juliet affiche un sourire en coin et se redresse sur son siège.

– Oui, tout cela.

Plus les minutes passent, plus Mademoiselle Harte devient complexe.

– Quel type de drogues prenez-vous ? Des médicaments prescrits ou bien des drogues illicites ?

– Surtout illicites, dit-elle calmement. J'aime l'acide, l'ecstasy et la cocaïne.

Putain, cette fille est vraiment un oiseau de mauvais augure. Mais plus elle confesse ses péchés, plus j'ai envie d'elle.

– Un cocktail plutôt impressionnant. Vous consommez depuis quand ?

Elle ignore ma question. Elle décroise lentement et délibérément les jambes, ce qui me laisse clairement entrevoir le triangle de tissu blanc qui couvre à peine sa chatte. Je reste toutefois professionnel, car je ne veux pas faire foirer cette séance. Je sais pertinemment que si je cède à ma libido, ce sera la dernière fois que je recevrai Juliet Harte. Or, cette introduction me donne envie d'en savoir plus.

– Avez-vous déjà baisé sous acide, Docteur Mathews ?

Elle surveille de près ma réaction, avide de découvrir comment je vais répondre à une question aussi brutale.

– Nous ne sommes pas là pour parler de moi, Mademoiselle Harte, mais plutôt de vous et de vos sentiments. Voulez-vous me décrire ce que vous avez pu éprouver en ayant des rapports sexuels sous l'influence de drogues ? réponds-je froidement, soulevant les sourcils d'un air légèrement arrogant.

Je suis dans le métier depuis trop longtemps pour que cette bombe sexuelle m'en fasse voir de toutes les couleurs. Désormais, elle me teste. Mademoiselle Harte s'avère beaucoup plus intelligente que je le pensais. Il faut que je fasse attention à moi et à ma queue face à cette femme fatale.

– J'ai eu des sensations que je n'avais encore jamais ressenties auparavant. Toute ma peau était en feu et mes sens étaient en connexion totale avec mon corps, je parvenais à anticiper tous les mouvements de mes partenaires. Chaque caresse, chaque coup de langue, chaque pression, chaque coup, chaque chatouillement, tout ! Tout était amplifié, décuplé et rien n'a jamais été aussi bon, explique-t-elle les pupilles dilatées.

Il ne fait aucun doute qu'elle est en train de revivre ce souvenir de ménage à trois. Bien entendu, je n'ai pas manqué de noter qu'elle avait mentionné à dessein le mot «partenaires» au pluriel.

–Vous aimez donc le sexe, n'est-ce pas ?

Mon cerveau surexcité me supplie de mettre fin à cette torture.

Elle hoche la tête en guise de réponse et jette un regard à mon entrejambe.

– Oui, j'adore ça.

– Qu'est-ce que vous aimez en particulier ? Je veux dire, en dehors de la satisfaction physique.

Avant de répondre, elle sourit légèrement.

– J'aime avoir le pouvoir.

Je suis traversé d'un flash où je me vois menotté à un lit, appelant Mademoiselle Harte «Madame». Je me rends compte que cette femme est vraiment dangereuse pour la santé.

Mademoiselle Harte est un être totalement perturbé et je n'attends qu'une chose : découvrir ce qui ce passe dans sa tête.

★ ★ ★

Une heure plus tard, je suis assis sur mon fauteuil, très tendu et à deux doigts d'éjaculer dans mon pantalon. Mademoiselle Harte se rafraîchit dans la salle de bain, car notre séance s'est avérée assez houleuse et je l'ai presque fait pleurer. Je ne parviens toujours pas à savoir si ses larmes étaient vraiment sincères, ce qui me perturbe. Elle est tout à fait insaisissable, ce qui est inhabituel mais entraîne un regain d'intérêt, parce que la plupart des femmes n'ont pas de secrets pour moi. Mais elle, si.

– On se revoit même jour, même heure ? demande-t-elle en sortant de la salle de bain et en m'extrayant de mes pensées.

Depuis mon bureau, je vois qu'elle a appliqué un rouge à lèvres vif, tranchant avec sa peau pâle. Je hoche la tête avec désinvolture et prétends taper sur mon clavier, l'air décontracté.

– D'accord. Vous pouvez convenir de notre prochain rendez-vous avec Madame Vale.

Ma réponse sèche l'incite subtilement au départ. Elle comprend le message.

– Merci pour aujourd'hui, Docteur Mathews. Je me sens… mieux, dit-elle mais j'ai comme l'impression que le mot « mieux » n'est pas celui qu'elle comptait utiliser.

– À la semaine prochaine, Mademoiselle Harte.

– C'est noté, à la semaine prochaine.

Elle m'adresse un petit hochement sec de la tête et c'est avec plaisir que je reluque son joli petit cul pendant qu'elle sort de mon bureau.

Au moment où la porte se referme, un profond soupir m'échappe et j'abandonne ma bonne contenance, totalement feinte. C'était tellement intense, comme en témoigne l'érection que j'arbore.

Si j'agissais intelligemment, je demanderais à Susanna d'annuler tout futur rendez-vous avec Mademoiselle Harte et je l'adresserais à un autre psychiatre. Mais je n'ai jamais prétendu être quelqu'un qui agit de façon intelligente. J'ai fait preuve d'intelligence à l'école, oui. Mais il est impossible pour moi de faire preuve d'intelligence avec le sexe. Je n'ai jamais rencontré une femme aussi agressive sexuellement, j'ose admettre que Juliet Harte m'excite énormément et qu'elle me fait peur à la fois.

Je ne sais pas du tout comment aborder cette situation puisqu'il y a clairement une attirance sexuelle entre nous deux. Cela a l'air absurde dit comme ça, vu qu'elle confesse être accro au sexe. Mais il y a quelque chose de plus en elle, que je suis très curieux de découvrir.

Je baisse le regard sur mon entrejambe et soupire à la vue de cette érection qui ne me mène nulle part. Décidant de me soulager avant le patient suivant, je ferme la porte de mon bureau à clef et me dirige vers la salle de bain privée. Au moment d'allumer la lumière, son parfum assaille mes narines et je prends le moment de savourer son odeur. Cette fragrance florale n'arrange en rien ma situation délicate, je m'empresse alors de déboutonner mon pantalon, prêt à commencer ma besogne. Or, ma main s'arrête net en découvrant le miroir au-dessus du lavabo.

Un numéro de téléphone est inscrit au rouge à lèvres sur la glace. Aucun doute sur la personne à qui il appartient. Au-dessous du numéro, la forme d'un baiser imprimé au rouge à lèvres qui m'aguiche par un évident sous-entendu sexuel. Voilà la preuve que Mademoiselle Harte veut que je l'appelle, puisque j'ai déjà son numéro sur sa fiche patient.

Putain, je suis foutu.

Capitulant, j'ouvre ma braguette, plonge la main dans mon caleçon et me soulage en quelques minutes. Qui aurait cru qu'une simple et innocente empreinte de baiser au rouge à lèvres allait me donner un orgasme aussi explosif ? Mais je sais bien qu'il n'y a rien d'innocent chez Juliet Harte.

CHAPITRE 4
TORDU

Dixon

Ces sept derniers jours ont été un désastre total. Lorsqu'enfin, vendredi, à 18 h, ma journée s'achève, je me précipite hors du bureau, pas mécontent de laisser derrière moi cette semaine d'enfer.

J'ai rendez-vous avec Hunter et ses parents, Marie et Ralph, qui sont de passage à New York pour le week-end.

J'arrive dans un restaurant de grillades branché et les repère tout de suite dans un coin de la salle. Hunter me fait signe de les rejoindre. En me dirigeant vers leur table, j'évite de justesse une serveuse qui me sourit lascivement.

Après avoir passé une semaine de merde à me masturber sans obtenir aucune satisfaction, j'ai décidé de rester à l'écart de toute femme. En ce moment, je me sens obsédé par une seule d'entre elles : Juliet Harte. Cette dernière m'a vraiment fait de l'effet et j'ai dû me forcer plusieurs fois à ne pas céder et finir par l'appeler.

Cette situation est condamnable sur tous les points, elle m'enverrait directement en enfer. Oui, je reconnais avoir couché avec quelques patientes, et je sais très bien que c'est mal sur le plan éthique, moral et professionnel. Mais ces patientes n'ont jamais vraiment eu besoin de mes soins.

Juliet, au contraire, a de vrais problèmes et le docteur en moi souhaiterait vraiment lui venir en aide. En revanche, le mâle que je suis qui n'a qu'une envie, celle de baiser, souhaiterait pouvoir l'aider en la sautant en long, en large et en travers.

Repoussant ces pensées indécentes, j'embrasse Marie sur la joue et la serre dans mes bras.

– Bonjour Dixon ! J'adore ta coiffure, dit-elle en passant ses doigts dans ma chevelure ébouriffée.

En ce moment, mes cheveux ressemblent à un nid d'oiseau. J'ai passé la semaine à tirer dessus, rongé par la frustration.

– Content de te voir, Ralph, dis-je en lui tendant la main

– Moi aussi, fiston, répond-il.

Nous nous asseyons et je prends le menu des mains de Hunter, qui me donne un coup d'épaule, l'air joueur.

– Vous n'avez pas eu trop de bouchons pour arriver ?

Je parcours inutilement des yeux le menu. Je n'ai pas faim de nourriture.

– Oh, c'était horrible, comme d'habitude. Nous avons de la chance que le trafic soit bien meilleur de l'autre côté de la rivière.

Je lance un sourire à Marie. Elle restera toujours fidèle au New Jersey.

– Tu as l'air fatigué, Dixon. Tout va bien ?

Elle pose sa main sur mon front.

En règle générale, je serais du genre à reculer face à un geste aussi maternel, mais c'est Marie. J'ai l'habitude qu'elle me couve.

– C'est vrai, Dix, tu as l'air patraque. Tu es sûr que tout va bien ? me taquine Hunter en dévisageant mon bas-ventre. Tout est bien en place ?

Je lève les yeux au ciel à sa remarque idiote et décide de l'ignorer.

– Tout va bien, Marie. J'ai juste énormément de travail en ce moment.

– J'imagine que c'est à cause de tous les barjots qui se promènent dans les rues, dit Ralph en toute innocence, prenant une gorgée de son thé glacé.

– Ralph ! le réprimande Marie en lui jetant un regard accusateur.

– Quoi ?

Marie me lance un regard en coin, cherchant visiblement à subtilement apaiser la situation. En effet, mon père est bel et bien l'un de ces fous.

– Ne t'inquiète pas, Marie.

Je n'ai pas vu mon père depuis le jour où je l'ai fait hospitaliser, il y a quatre mois de cela. Je ne peux pas supporter de voir mon père, en si bonne santé auparavant, s'étioler et devenir l'ombre de lui-même. Dites que je suis un salaud, mais je préfère me souvenir de mon père comme quelqu'un d'heureux et en forme plutôt que de garder en mémoire le zombie sous médicaments qu'il est devenu.

Consciente de mon changement d'expression, Marie ajoute avec douceur :

– J'ai vu ton père l'autre jour. Il a l'air d'aller mieux.

Mieux ? Mieux que quoi au juste ? Mieux que ce cas désespéré qui se bavait dessus et que j'ai fait hospitaliser ? Je ne peux me résoudre à avouer à Marie que la seule solution d'amélioration pour mon père sera le jour de sa mort.

Je me contente cependant de hocher la tête et de paraître indifférent, car je ne veux pas lui faire du mal.

– Ah, c'est bien. Ça fait longtemps que je veux aller lui rendre visite, mais j'ai… j'ai été tellement pris par le travail, finis-je par dire, sans grande conviction.

– Je comprends, dit-elle en souriant.

Je m'éclaircis la voix avant de proposer :

– Peut-être que tu pourrais lui dire que je l'embrasse la prochaine fois que tu le verras ?

– Bien sûr ! Je n'y manquerai pas. Tu sais, tu pourrais lui passer un coup de fil ? Je pense qu'il serait content, suggère-t-elle affectueusement.

– Oui, pourquoi ? pas, réponds-je tout en sachant pertinemment que je ne le ferai pas.

Dieu merci, la serveuse interrompt notre conversation embarrassante, ce qui met fin à mes tentatives pour justifier quel fils ingrat je suis devenu.

★ ★ ★

La soirée n'étant qu'entamée, nous décidons d'aller faire un tour à Central Park.

Ralph et Marie s'arrêtent pour acheter des bretzels tandis que Hunter me prend à part pour m'interroger :

– Alors, qu'est-ce qui t'arrive ?

– Pourrais-tu être un peu plus précis ? réponds-je en parcourant ma boîte e-mail sur mon téléphone.

– Tu n'as pas maté une seule fille de toute la soirée. La petite serveuse te dévorait des yeux, prête à t'offrir ses seins sur un plateau d'argent et tu n'en as pas fait cas. Qu'est-ce qui se passe, mec ? Je m'inquiète, là. Rassure-moi, tu n'es pas passé de l'autre côté, comme Ricky Martin ?

Hunter n'est pas du genre à mâcher ses mots et je ne peux m'empêcher de rire.

– Premièrement, dis-je en levant un doigt en l'air, tu m'as traité l'autre jour de coureur de jupons. Et maintenant - je lève un deuxième doigt – tu remets en doute mon hétérosexualité ? Hunter, ton imagination débordante ne cessera jamais de m'impressionner. Je crois que tu t'es trompé de profession. Ça tombe bien, j'ai entendu dire que Disney recrute en ce moment.

– C'est ça, moque-toi de moi. Je vois bien qu'il y a quelque chose. Alors, crache le morceau.

Je soupire, puis passe une main dans mes cheveux hirsutes. Je sais que la seule solution pour le faire taire est de lui dire la vérité.

– J'ai rencontré cette fille…

– Oh oh ! m'interrompt-il, mais je m'empresse de lever ma main lui faisant signe de se taire.

– C'est une de mes patientes et avant que tu ne commences ton interrogatoire, sache que je n'ai encore rien fait avec elle.

Il hoche la tête, les lèvres pincées.

– C'est une fille dangereuse, je le sais. Je n'arrête pourtant pas de penser à elle. Elle a écrit son putain de numéro de téléphone au rouge à lèvres sur le miroir de ma salle de bain.

– Quoi ? T'es pas sérieux !

– Bien sûr que si.

– Pour quelle raison te consulte-t-elle ? demande-t-il en ignorant totalement la confidentialité qui lie le patient à son docteur.

– Je ne peux pas te le dire. C'est de l'ordre du secret médical, réponds-je, à moitié sérieux.

– Tu te fous de ma gueule ! Tu as envie de te la faire ! Je pense que le secret médical n'a plus vraiment raison d'être.

Il n'a pas tort. Je finis donc par avouer, pas très fier :

– Elle est accro au sexe.

Hunter, bouche bée, secoue la tête vigoureusement et enfonce son doigt dans ma poitrine.

– Ne t'approche pas de cette petite garce, Dix. Entre toi qui saute sur tout ce qui bouge, et elle qui ne peut pas contrôler sa nymphomanie, ça ne peut que mal finir. Sans oublier qu'elle est ta patiente, Docteur Mathews.

– Je sais, je sais. Tu as raison, mais Hunt ! Elle m'intrigue tellement.

– Tu es intrigué par le fait qu'elle couche avec tout ce qu'elle croise ?

– Non, ce n'est pas ça. Ce n'est pas une question de sexe.

Hunter lève les yeux au ciel.

– Bon d'accord, c'est un peu une question de sexe. Mais il y a vraiment quelque chose de plus en elle. Je ne me suis jamais intéressé à une fille depuis…

Je me tais car je ne veux pas finir cette phrase.

Hunter passe une main sur son visage et exhale un long soupir.

– Écoute-moi bien, mon pote : cette fille ne présage rien de bon. Selon moi, tu devrais lui recommander un autre spécialiste et l'oublier. Toute cette histoire ne peut que te mettre dans le pétrin.

Je hoche la tête, abattu, déçu aussi. J'aimerais que rien de ce qu'il dit ne soit vrai, mais je sais qu'il n'a pas tort. Je dois tout arrêter avant de perdre le contrôle de la situation.

– Tu as raison, c'est ce que je vais faire, dis-je en hochant la tête avec conviction, si je continue à la suivre, ça ne peut être bon ni pour elle, ni pour moi.

– Voilà qui est plus raisonnable ! Ne t'inquiète pas, tu vas vite faire un trait sur cette petite nympho, lance-t-il en me tapotant le bras.

– Docteur Mathews ? dit une voix derrière nous.

Hunter et moi nous retournons en même temps pour nous trouver nez à nez avec Juliet Harte. Dans mes souvenirs, elle n'était pas aussi incroyablement à couper le souffle qu'aujourd'hui. La tenue de sport extrêmement moulante qu'elle porte m'offre en effet de nouvelles images d'elle que je compte bien explorer à nouveau plus tard dans la soirée.

– Mademoiselle Harte, réponds-je en espérant avoir l'air détendu alors que je dévisage le mini top blanc qui comprime sa sublime poitrine.

Hunter s'éclaircit la voix bruyamment, mettant fin à ma séance de matage en règle.

– Hunter, je te présente Mademoiselle Harte. Mademoiselle Harte, voici Hunter.

– Appelez-moi Juliet, fait-elle en souriant.

– Très bien.

Puis un silence s'installe.

– C'est un plaisir de faire votre connaissance Juliet, déclare Hunter, me sauvant de l'embarras car je ne sais vraiment pas quoi dire. Oh Roméo, mon Roméo, pourquoi es-tu Roméo ? poursuit-il pour me taquiner, plaçant une main sur son cœur d'un air faussement dramatique.

Juliet se met à glousser tandis que je secoue la tête, face à la bêtise de mon ami.

Un Chihuahua à ses pieds se met à japper détournant notre attention et Juliet soupire.

– Je ferais mieux d'y aller. Marcia s'énerve dès que j'interromps sa promenade.

Le Chihuahua aboie pour témoigner son accord.

– À lundi prochain ? dit-elle mais sa phrase ressemble plutôt à une question.

– Oui, à lundi prochain, réponds-je avec raideur.

Juliet semble ravie de ma réponse.

– Bon, enchantée d'avoir fait votre connaissance Hunter. J'adore votre prénom, lâche-t-elle en lui faisant un clin d'œil, puis elle remet ses écouteurs et décampe en reprenant son jogging.

Hunter et moi la regardons courir avec enthousiasme, fascinés par ses fesses moulées dans ses leggings en lycra.

Une fois disparue de notre champ de vision, Hunter marmonne entre ses dents :

– C'est elle la nympho ?

– Oui, la seule et l'unique.

– Changement de plan. Ne l'adresse pas à un autre docteur. Envoie-la moi. Invente une excuse pour la décider à acheter des actions en bourse.

Je ne réponds pas et me contente de secouer la tête car je sais que dès lundi, je serai foutu.

Alors que nous attendons en silence que Marie et Ralph finissent d'acheter leurs bretzels, Hunter grommèle :

– Tu m'as menti, espèce de petit con. C'est quand même en grande partie une question de sexe.

CHAPITRE 5
LE BIEN CONTRE LE MAL

Dixon

Une semaine de plus sans histoires pendant laquelle je décide de rester au chaud, loin de toute fille. Tomber sur Juliet vendredi soir m'a troublé, je n'arrête pas de penser à elle. Ce que j'ai dit à Hunter est vrai. Oui, je suis très attiré par elle mais il ne s'agit pas que d'attraction physique. Elle m'intrigue *réellement*.

Quoique sous le charme de Juliet, je n'ai cependant pas oublié Madison que je trouve aussi intrigante que la première. C'est vraiment étrange pour moi d'avoir rencontré deux filles en l'espace d'une semaine. Je dis étrange, parce que je pensais ne plus jamais rencontrer de femme qui pourrait éveiller mon intérêt, après Lily. Et là j'en ai rencontré deux.

Ces deux filles sont complètement différentes. Je me sens pourtant attiré par chacune d'elles. Le bref instant passé avec Madison m'a montré sa douceur, son innocence et sa pureté. Mais chez Juliet, il n'y rien de doux ou d'innocent. Chacune représente un archétype, celui du Bien et celui du Mal.

– Docteur Mathews, Mademoiselle Harte est là. Elle est arrivée un peu en avance. Pouvez-vous la recevoir maintenant ? annonce Susanna dans l'interphone et je sursaute, sortant de ma rêverie.

Je prends une inspiration profonde et appuie sur le bouton.

– Merci, Madame Vale. Vous pouvez la faire entrer.

Je vérifie l'heure sur mon ordinateur. Juliet a quinze minutes d'avance et, connaissant sa perversité, j'imagine bien que ce n'est pas un hasard. Je reste assis pendant que la porte s'entrouvre et que le diable s'y faufile.

Juliet est tellement sexy. Ironie du sort venant chambouler mes émotions, elle porte une robe rouge vif, en parfait accord avec son rôle de tentatrice.

– Miss Harte.

Elle se rend bien compte que je la mate mais elle ne recule pas pour autant. Elle se contente de faire volte-face pour fermer à clef la porte de mon bureau. Puis elle se retourne en me fixant et esquisse un grand sourire. Ses lèvres brillantes sont à croquer.

– Mademoiselle Harte ? dis-je en tentant de prendre un air sévère, mais je me sens si pathétiquement excité que ma voix trahit mon désir.

– Puis-je vous appeler Dixon ?

– Je ne pense pas que ce soit une bonne idée. Je suis votre médecin.

Je pose brièvement mon regard sur son décolleté.

– J'ai pensé à vous hier soir, confesse-t-elle en souriant.

Je hoche calmement la tête, ignorant mon intense excitation.

– C'est plutôt normal de penser à son thérapeute lorsqu'on entame une cure. Une thérapie suscite toujours de nouveaux sentiments chez chacun.

Sans marquer de pause, elle secoue la tête et déclare d'un seul trait :

– Non, moi j'ai pensé à vous en caressant ma chatte.

Putain… Je manque de tomber de ma chaise en entendant ce qu'elle vient d'avouer. Je suis sidéré, mais surtout je me sens encore plus allumé par son agressivité sexuelle.

– J'imaginais que c'étaient vos doigts qui me touchaient, cajolant mon corps pour me faire jouir. Je pense que vos doigts pourraient me faire atteindre le plaisir en une seule caresse, déclare-t-elle en passant sa langue sur ses lèvres. Puis elle fait un pas de plus vers moi.

Je devrais vraiment reculer devant cette fille, lui demander de quitter mon bureau, car tout est vraiment contraire à la déontologie. Mais si je me lève et expose alors la trique que j'arbore, mon attitude de bon samaritain sera bien vite démentie.

– Mademoiselle Harte.

– Je crois déjà vous avoir dit de m'appeler Juliet.

– Lorsque vous êtes dans mon bureau, je pense qu'il vaut mieux garder les formes. Seriez-vous assez aimable pour déverrouiller la porte ? dis-je en me cramponnant à tout ce qui me reste de bon sens.

– Je suis en effet dans *votre* bureau, Docteur Mathews, mais techniquement, notre séance ne commence que dans treize minutes. Pourrions-nous simplement jouer à Dixon et Juliet le temps de ce quart d'heure, et pas au docteur et à sa patiente ?

Non… Nous ne devrions surtout pas jouer à ça, parce que Dixon n'a qu'une idée en tête : virer tout ce qui se trouve sur son bureau et baiser Juliet dessus jusqu'à plus soif. Néanmoins, ma conscience est en train de flancher et Juliet s'en rend compte.

J'ai envie d'elle plus que tout au monde, mais j'ai l'impression que si je la laisse faire, elle va finir par m'anéantir. Elle va consommer chaque partie de mon être, et plus jamais je ne souhaite perdre le contrôle de moi-même.

– Dixon, gémit-elle en faisant glisser sa main le long de son corps.

Je déglutis sous le choc, n'en croyant pas mes yeux. Je fixe ses doigts qui commencent à soulever l'ourlet de sa robe jusqu'au milieu des cuisses. À la vue de la peau souple, crémeuse qu'elle expose, mon sexe est sur le point de transpercer mon pantalon. Je fais tout mon possible pour ne pas craquer.

–Voulez-vous voir à quel point j'ai envie de vous ? demande-t-elle en écarquillant ses grands yeux bleus, consumée par le désir.

Je refuse de répondre. Mais oui, putain, oui. Je meurs d'envie de voir tout ce qu'elle a à m'offrir. Je reste donc silencieux. C'est elle la reine du spectacle.

Elle se dirige nonchalamment vers moi, contourne mon bureau tandis que je recule sur ma chaise, lui laissant de l'espace entre le meuble et moi. Mon déplacement a révélé que je bande comme un dingue, ce qui fait étinceler les yeux de Juliet.

– Je savais que tu serais imposant. Regarde-moi !

La fixer ne risque pas d'être un problème puisque je suis totalement incapable de détourner mon regard. Juliet se penche en avant et pose ses fesses au bord de mon bureau tout en remontant sa robe jusqu'à la taille. Je suis immédiatement happé par le parfum de son désir et manque presque d'éjaculer dans mon pantalon en sentant cette fragrance qui me met l'eau à la bouche. Sa toute petite culotte noire recouvre à peine sa chatte. Elle enfonce ses doigts à l'intérieur. Je suis vraiment d'accord avec l'idée que moins il y a de tissu, mieux c'est.

D'infimes gémissements s'échappent de sa bouche entrouverte tandis qu'elle cherche refuge en elle-même. Mes yeux demeurent scotchés sur les mouvements brusques de ses doigts gourmands, à mesure qu'elle se donne du plaisir.

– Hmmm… Je mouille tellement, dit-elle en haletant, ce qui me fait déglutir péniblement. Laisse-moi te montrer.

Avant même d'avoir eu le temps d'objecter, Juliet retire son doigt et le tend pour venir le frotter suavement contrer mes lèvres. Elle affiche alors un large sourire en m'observant me battre pour garder le contrôle. Je sors immédiatement la langue pour venir lécher ce que Juliet m'offre avec tant de générosité et le goût suffit à me faire saliver d'envie. Je rassemble toutes mes forces, déjà bien diminuées, pour ne pas plonger ma tête entre ses jambes et prendre le relais. Bien que je brûle d'envie de le faire, le simple fait de la regarder se toucher semble plus excitant que de lui venir en aide.

Son souffle saccadé m'indique qu'elle approche de l'orgasme. Alors qu'elle se penche en arrière pour pouvoir se toucher plus en profondeur, tel un gentleman, je lui apporte mon aide, entourant mon bras autour de sa taille fermement et la soutenant pour qu'elle puisse jouir sans entrave. Au moment où je la touche, elle émet un gémissement guttural puis renverse sa tête en arrière, les yeux fermés. Elle pose une de ses mains derrière elle pour prendre un meilleur appui sur mon bureau, son autre main ne cesse de s'agiter frénétiquement dans sa culotte. Soudain, ses hanches tressaillent brutalement ; elle a presque atteint son but.

C'en est trop pour moi. Je suis à deux doigts d'éjaculer dans mon caleçon, comme un adolescent à peine pubère. Je refuse cependant de passer pour un homme inexpérimenté qui déchargerait rien qu'en regardant Juliet se toucher. Je resserre davantage mon étreinte sur sa taille, trahissant à quel point je suis excité par cette scène torride. La pression ferme que j'effectue sur elle la déchaîne encore plus. Au fur et à mesure que son rythme sauvage s'accélère, contre toute attente, la main qui la soutient glisse. Elle s'affale alors sur le dos.

Elle est désormais allongée sur mon bureau, les jambes pendant dans le vide et elle se caresse intensément pour enfin se faire jouir. Son dos se cambre puis elle laisse échapper un grognement presque inaudible. Son corps ondule sous mon regard, jusqu'à atteindre l'explosion. Je dois vraiment prendre sur moi pour résister à la retourner sur le bureau et la faire mienne.

Je ne saurais dire pendant combien de temps elle reste là, vautrée sur mon bureau, épuisée. Je ne bouge plus. Observer cette créature de rêve, c'est comme avoir trouvé un trésor caché. Je la scrute, appréciant la façon dont son corps souple se remet de l'extase et je sais que je suis foutu. Je suis totalement sous le charme de Juliet et nous n'avons même pas encore couché ensemble.

Juliet tourne la tête pour jeter un coup d'œil à l'horloge sur la cheminée. Poussant un soupir repu, elle remet lentement sa robe en place. J'essaie de ne pas afficher ma déception, je la préférais à moitié nue. Elle se redresse, extrêmement lentement, et reste assise, les jambes ballantes au bord du bureau. Elle place ensuite son pied encore chaussé de ses talons entre mes jambes écartées et tire mon fauteuil vers elle. Bien entendu, je me laisse faire, curieux de découvrir ce qui va se passer.

Mon torse est pressé contre ses jambes et mon regard se trouve à hauteur de son entrejambe. Je mérite des applaudissements pour toute la retenue dont je fais preuve.

– Merci Docteur Mathews, dit-elle en me donnant un baiser au coin de la bouche.

Avant que je ne sois en mesure de lui répondre, elle se met debout et lisse sa robe. Puis elle s'asseoit sur le canapé. Je la dévisage, ahuri. J'ai besoin de quelques secondes pour comprendre ce qui vient de se passer. Elle vient de m'appeler

« Docteur Mathews », j'en déduis donc qu'elle veut que nous procédions à notre séance, comme si de rien n'était.

Elle attrape son sac à main et en sort un miroir de poche pour vérifier son reflet. C'est bel et bien ce qu'elle a en tête.

Sous mon regard, la femme la plus sexy que j'ai jamais rencontrée vient tout juste de se masturber sur mon bureau et maintenant, je suis censé jouer le rôle du psy alors que mon érection pourrait éborgner toute personne qui pénètrerait dans cette pièce.

C'est vraiment n'importe quoi. Soudain je me rends compte que c'est peut être moi qui ai besoin d'une thérapie.

★ ★ ★

En général, nous ne nous retrouvons jamais le lundi pour prendre un verre. Soit Finch doit s'occuper de sa fille, soit Hunter a un cours de shiatsu. Le lundi n'est donc pas un jour idéal, mais dès que Hunter a entendu le son de ma voix au téléphone, complètement abattu après ma séance avec Mademoiselle Harte, il a convoqué une réunion extraordinaire.

Comme si ma journée n'était pas déjà assez compliquée, je leur ai donné rendez-vous au Pony Bar où travaille Madison. Eh ouais, je suis complètement maso.

– Alors, comment ça s'est passé ? me demande Hunter en saisissant sa bière, impatient d'entendre ce que j'ai à leur dire.

– Eh bien, dis-je, à court de mots, Finch, veux-tu te boucher les oreilles ?

Finch lève les mains en l'air, secouant sa tête pour montrer qu'il sera courageux.

– Non, vas-y, balance. Ça ne peut pas être si tordu que ça.

Si seulement il savait…

Baissant la voix, je me penche en avant. Eux aussi.

– Elle s'est mise à prendre son pied… sur mon bureau. Et je l'ai regardée faire.

Putain, dit comme ça, ça semble vraiment pervers. Pourtant ce n'était pas si cochon quand j'ai vécu l'événement, mais là, à le dire tout haut, on dirait que j'ai participé à un peep-show dégueulasse.

Un silence de mort s'installe. Je regarde mes amis, j'ai besoin qu'ils disent quelque chose, n'importe quoi. Ce silence me rend malade.

– Hé, les mecs ? dis-je dans l'espoir que l'un d'eux finisse par déclarer que je ne suis pas aussi pervers que ce que je ne crains.

Hunter a la bouche grande ouverte, mais il finit par afficher un demi sourire, sans nul doute, en train de visualiser la scène que j'ai décrite.

– Finch ?

Je ne l'ai jamais vu aussi pâle de ma vie.

– Elle s'est m-masturbée… sur ton… bureau ? hurle-t-il, brisant le silence plus brutalement que ce à quoi je m'attendais.

– Chut !

– Je suis désolé, dit-il en fronçant les sourcils. Mais, Dix, bon sang, pour *qui* se prend-elle ? Qui s'amuse à se branler sur le bureau de son psychiatre ?

– Apparemment, Juliet Harte, lance Hunter en riant.

– Dixon, j'ai amené Gabriella dans ton bureau. Oh mon Dieu ! Je n'arrive pas à croire que j'ai apporté mon petit bébé dans un bordel !

Je pousse un grognement. Finch semble incapable de contrôler le volume de ses paroles.

Ignorant totalement son cinéma, Hunter me demande en faisant un clin d'œil :

– Alors, tu l'as… ?

– Non, réponds-je tout en attrapant mon verre de scotch.

J'ai oublié de leur préciser qu'elle n'a même pas proposé.

– Alors qu'est-ce qui s'est passé ensuite ?

– Rien. On a fait la séance…

– Quoi ? m'interrompt Hunter, dégageant de son visage une mèche blonde tombée de son *man bun*, tu as quand même fait la séance ?

Je hoche pathétiquement la tête, car la situation est aussi ridicule qu'elle en a l'air.

– Bon alors soit tu es le mec le plus intelligent, soit tu es le plus con de tous les enfoirés sur terre.

Il se met à rire en se tapant sur la cuisse.

– Moi je dis : le plus intelligent. Tu as bien fait, Dix, déclare Finch, hochant la tête en signe d'encouragement.

– Merci mon pote. Au moins, *toi* tu es un vrai ami.

Je regarde Hunter avec insistance.

– Hé ! Ce n'est pas de ma faute. Je t'ai bien dit de l'adresser à un autre docteur. Tu ne peux que t'en prendre à toi-même

Je soupire car il a raison. C'était totalement absurde de tenter d'avoir l'air professionnel. Cette séance a tourné au désastre total et je devrais avoir honte d'avoir accepté qu'elle aille aussi loin.

– Dis-nous que tu ne vas pas la revoir la semaine prochaine, hein ?

– Eh bien… réponds-je d'un air coupable en descendant mon scotch d'un coup sec.

– Ça ne va pas la tête ? hurle Finch en se redressant sur son siège. Dixon, cette fille est une grosse, très grosse salope. Une pétasse qui se masturbe dans des bureaux où se rendent aussi des enfants. Il ne faut plus jamais que tu la voies. Et achète-toi un nouveau bureau, bon sang !

Je ne peux m'empêcher d'éclater de rire car Finch m'amuse énormément lorsqu'il s'énerve. Hunter se joint à moi tandis que Finch passe sa main dans sa barbe.

–Vous êtes de gros dégueus, les mecs.

Et tout d'un coup, je me sens beaucoup mieux.

– Je vais aller fumer.

– Fais attention de ne pas tomber sur une nympho qui se masturbe en public sur ton chemin, se moque Hunter alors que je m'éloigne.

En me dirigeant vers la sortie du bar plein à craquer, je repense à Juliet et à la situation délicate dans laquelle je me trouve. Il serait juste et intelligent d'expliquer à Mademoiselle Harte que je ne peux plus la prendre en charge. Mais cette pensée me laisse un goût amer dans la bouche, sans que je ne comprenne pourquoi.

Ma mère était une fervente catholique et, dans les moments de crise, elle me conseillait toujours de prier. C'était censé me donner une sorte de réponse magique. En ce moment, j'aimerais vraiment obtenir des réponses, donc Dieu, si tu m'écoutes, pourrais-tu s'il te plaît, avoir un peu d'indulgence et me faire un signe ?

– Merde ! fait une voix au-dessous de moi – oui, j'ai bien dit au-dessous – en poussant un cri perçant.

Je sursaute, sous le choc. Je viens de bousculer quelqu'un. Maintenant, cette pauvre fille est étendue au sol, face contre terre.

– Ça va ? Je suis vraiment désolé, je ne vous ai pas vue.

– Oui, ça va, répond-elle en riant doucement.

Alors qu'elle tourne son visage vers moi, les mots se coincent dans ma gorge.

– M-Madison ?

Je savais qu'elle travaillait dans ce bar, c'est en partie la raison pour laquelle je suis venu, mais je ne m'attendais pas à littéralement tomber sur elle.

– Dixon ? dit-elle le souffle coupé. Qu'est-ce que tu fais là ?

– Je suis venu avec des amis prendre un verre. Et puis, tu m'avais dit que si un jour j'étais dans le quartier… réponds-je, captivé par ses magnifiques yeux verts.

– Oh.

Elle a l'air vraiment surprise que je sois venu la voir.

Soudain, je me rends compte qu'elle est toujours étendue au sol et que, comme un con, je n'ai toujours pas offert de l'aider à se relever.

– Je suis vraiment désolé. Laisse-moi t'aider.

Je lui tends la main et elle l'accepte avec gratitude.

Au moment de s'asseoir, je découvre que son T-shirt blanc est tout taché à cause de sa chute. Elle portait un plateau plein de boissons qui sont désormais répandues sur le sol. Je me sens tellement bête, ces verres vont certainement être retirés de sa paye.

– Laisse-moi régler cette commande, dis-je en mettant la main dans ma poche pour en retirer mon portefeuille.

Madison fait un signe de dénégation.

– Non, c'est bon, franchement.

– Non, non, j'insiste.

Je tente de calculer rapidement dans ma tête à combien s'élèverait la commande.

– Non, c'est bon, Dixon, persiste-t-elle en posant sa main sur mon poignet pour m'arrêter.

Dès que ses doigts touchent ma peau, *quelque chose* fait tressaillir mon corps et nous reculons tous les deux, déconcertés par cette réaction imprévue. Sans l'avoir décidé, mon regard se pose sur sa poitrine trempée, me laissant entrevoir un bout de son soutien-gorge rose à travers le tissu blanc devenu transparent. Bien que de petite taille, elle est dotée d'un décolleté très généreux.

Je m'éclaircis la gorge et relève les yeux, certain qu'elle m'a surpris en train de la mater.

– Bon, il faut que je me remette au travail.

Je me déplace pour la laisser faire, puis je me lève à mon tour, gêné. Je ne sais pas quoi dire de plus.

J'avais oublié combien elle est petite. Debout dans ses Converse et son short noirs, elle est tellement mignonne. De longues mèches brunes sont retombées de sa queue de cheval lâche. Et puis avec son T-shirt taché, elle a l'air totalement débraillée – mais pas dans le mauvais sens du terme. Elle ressemble à une belle fille en détresse.

– Bon, à plus, dit-elle en faisant un signe de la main alors que je reste silencieux.

– Oh ! Oui, pardon. À plus.

Je voudrais lui demander à quelle heure se termine son service mais je n'y arrive pas.

Je me contente de la regarder se diriger vers la cuisine, une fois de plus décontenancé. Putain, mais qu'est-ce que c'était que *ça* ?

CHAPITRE 6
COMME UN ANIMAL

Dixon

C'est vendredi et, par bonheur, ma semaine s'est déroulée sans heurts depuis lundi dernier. J'ai bien l'intention de continuer sur cette voie.

Juliet, grâce à l'exhibition de ses plaisirs solitaires, m'a réellement inspiré lors de mes sessions de branlette, mais contre toute attente, l'innocence du soutien-gorge rose de Madison aussi. Je suis attiré par ces deux filles pour des raisons complètement différentes. Ce n'est pas aussi simple que ça. Madison me fait fondre par son innocence, alors que Juliet m'excite par son côté dépravé.

Je ne suis pas encore parvenu à bien les cerner toutes les deux, mais je sais maintenant que Madison est de service le lundi. Je compte bien lui rendre visite et apprendre à la connaître. Quant à Juliet, je me sens en fait assez effrayé à l'idée de la découvrir plus intimement, car j'ai le mauvais pressentiment que la vraie Juliet Harte pourrait me manger tout cru.

Heureusement, mon téléphone sonne, mettant fin à ma réflexion. Je réponds à la troisième sonnerie.

– Bonjour, Docteur Mathews à l'appareil.

– Dixon, mon ami ! Comment vas-tu ? lance Chad Tuner, qui fait partie du Comité de Psychiatrie et des Sciences du Comportement.

– Bonjour Chad. Ça va bien, merci. Que me vaut le plaisir de ton appel ? demandé-je en allant droit au but.

Je sais bien qu'il ne téléphone pas pour papoter.

Chad se met à rire, appréciant que je ne tourne pas autour du pot car nous ne sommes ni l'un ni l'autre faits pour les bavardages.

– Dixon, je t'appelle parce que je souhaiterais t'inviter cette année au gala de la Fondation Gerald Harriet.

Je prends le temps d'enregistrer ce qu'il vient de dire, car c'est une grande nouvelle. Cela fait des années que j'essaie, sans succès, d'obtenir une invitation à cette prestigieuse cérémonie.

Sans plus attendre, je réponds :

– Chad, ce serait vraiment un honneur. Je te remercie.

Je suis tout à fait sincère dans ce que je dis.

Pourtant je me demande ce qui a changé cette année pour qu'il m'invite.

Chad, ayant sans doute perçu ma confusion, explique :

– Bien que tu ne sois pas nominé pour le prix qui sera décerné cette année, tes recherches sur la neurobiologie et les dépendances ne sont pas passées inaperçues auprès du Comité. Si tu continues à bien bosser, tu as de fortes chances d'être un très bon candidat pour l'année prochaine.

C'est le rêve de tout docteur en médecine que de participer à cet événement. L'éventualité de ma nomination l'année prochaine est fantastique.

Je reste calme et réponds :

– Eh bien, je vais faire en sorte de bosser dur. Merci d'envoyer toutes les informations à mon cabinet et je confirmerai ma présence.

– Parfait. J'ai hâte de t'y retrouver, dit Chad gaiement. Continue sur cette voie, Dixon. Nous t'avons à l'œil.

Il raccroche sans me laisser le temps de répondre.

Waouh ! C'est tellement génial. Jamais je n'aurais imaginé que moi, Dixon Mathews, fils unique d'immigrés italiens, j'aurais un jour cette opportunité. Je pense que je mérite de fêter ça.

J'attrape mon téléphone et une idée me traverse l'esprit. Chad a bien dit qu'ils m'avaient à l'œil. Bon, je me suis quasiment toujours tenu à carreau jusqu'à présent, mais la situation avec Miss Harte pourrait très certainement mal tourner et salir ma carrière si jamais elle devenait publique.

Ce qui s'est passé plus tôt dans la semaine entraînerait immédiatement ma radiation de l'ordre des médecins pour non-respect du code de déontologie. J'ai travaillé dur pour arriver là où j'en suis et je ne peux pas, ou plutôt, je ne laisserai pas le sexe détruire ce que j'ai mis tant d'énergie à construire.

En soupirant, j'appuie sur l'interrupteur pour appeler Susanna.

– Docteur Mathews ?

– Bonjour Madame Vale. Je souhaiterais que vous contactiez une de mes patientes.

– Bien sûr. De qui s'agit-il ?

J'inspire puis réponds :

– Mademoiselle Juliet Harte.

– Que voulez-vous que je lui dise ?

Bien décidé à ignorer le sentiment de regret qui m'assaille je poursuis en soupirant :

– Dites-lui que je ne peux pas continuer à m'occuper d'elle et adressez-lui les coordonnées du Docteur Geo.

– Pas de problème, Docteur Mathews. Avez-vous d'autres choses à lui communiquer ?

Il y a des milliers de choses que j'aimerais lui dire. Mais c'est mieux ainsi.

– Non, Madame Vale. Ça suffira.

★ ★ ★

Seule la perspective de ma sortie du vendredi soir me permet de tenir pendant la semaine. Après la nouvelle annoncée aujourd'hui, j'ai hâte de décompresser et de prendre un verre avec les gars pour célébrer cette aubaine.

– Permettez-moi de porter un toast en l'honneur de mon cher ami Dixon Mathews qui, malgré ses frasques stupides de dragueur invétéré – je lève les yeux au ciel tout en écoutant le discours passionné de Hunter – a fait preuve de bon sens en envoyant au diable cette nymphomane, pour sauver sa carrière. D'aucuns diraient qu'il est devenu fou, ou même qu'il s'est ramolli, mais je suis fier de lui, fier qu'il arrête de penser avec sa bite et qu'il se concentre sur les choses qui comptent vraiment.

– Amen ! intervient Finch en levant son verre de Coca.

– Merci.

Nous trinquons et avalons une gorgée bien méritée.

Je leur ai annoncé que j'avais décidé de ne plus revoir Juliet, et ils ont tous les deux confirmé que c'était mieux ainsi.

– Maintenant que la pouf ne fait plus partie de ta vie, vas-tu enfin pouvoir t'occuper de la jolie brune de l'autre soir ? me demande Hunter, en agitant les sourcils.

– La pouf ? Seigneur, c'est un peu violent non ?

Hunter hausse les épaules.

– C'est le nom que je donne quand j'en vois une.

– Eh bien si tout le monde faisait comme toi, quel nom tu crois qu'ils te donneraient ?

– Ils m'appelleraient… Hunter le Roi de la Baise.

Je rigole alors que Finch lève les yeux au ciel.

– Arrête de changer de sujet ! Alors la petite brune ? Qu'est-ce que tu as prévu ?

Il se frotte les mains, l'air malicieux.

Après être tombé sur Madison l'autre jour, les mecs n'ont pas arrêté de me dire d'aller lui rendre visite. Ils ont tous les deux souligné que mes yeux étaient soi-disant « remplis d'amour » lorsque je la regardais. Franchement, je ne sais pas d'où ils tirent cette idée. Mais pour être franc, je n'ai pas arrêté de penser à elle et j'ai bien l'intention d'aller la voir bientôt, mais pas tout de suite.

Je ne voudrais pas avoir l'air désespéré ou trop insistant. Je décide de ne pas abattre mes cartes pour l'instant.

Lassé d'être au centre de l'attention depuis le début de la soirée, je demande en faisant un clin d'œil :

– Alors, et toi Hunter ? Passer pour le frère de Chris Hemsworth, ça doit être pas mal avec les filles ?

Hunter prend une gorgée de sa bière, secouant la tête.

– D'une, il a déjà un frère, et de deux, si les filles qu'il attire sont celles qui me sont aussi destinées, alors je préfère me la jouer solo.

Je sais qu'il se force à être drôle, mais la tension autour de ses yeux indique que quelque chose ne va pas. Je décide de laisser tomber pour l'instant, mais je lui demanderai plus tard, lorsqu'il aura bu et qu'il sera d'humeur plus bavarde.

– Donc en gros, tu es le seul petit con qui s'envoie en l'air en ce moment ? Si c'est pas pathétique, ça?

Hunter se marre tandis que je balance ma main dans le dos de Finch.

– Bien joué Finch ! Vous vous entraînez pour bébé numéro deux ?

Finch rougit et ça me fait rire. C'est vraiment trop facile de le charrier.

– Comment vont les… de Heidi ?

Hunter agite ses mains devant son buste en affichant un sourire pervers.

Finch devient blême.

– J'apprécierais que tu ne parles pas de ma femme et de *ses seins* de cette façon.

– De quelle façon ? demande Hunter en souriant avec malice. J'aurais pu parler de tétines, d'airbags, de roberts, de noix de cocos, de nibards, de nénés ou encore de roploplos mais je ne l'ai pas fait. D'ailleurs, j'étais peut-être aussi en train de parler de ce nouveau pull qu'elle portait l'autre jour. Mon vieux, ce que tu peux être obsédé à penser au sexe en permanence.

Finch secoue la tête en fronçant les sourcils de dégoût tandis que j'éclate de rire, bénissant le jour où j'ai rencontré ces deux clowns.

★ ★ ★

Après avoir un peu trop bu de whisky, Finch nous implore, Hunter et moi, de ne pas nous transformer en dompteurs de lions, mais l'idée est bien trop ingénieuse, je me demande d'ailleurs pourquoi je n'y avais pas pensé avant.

– Tu es bien trop coincé, mon ami, bredouille Hunter enfourchant la statue de lion qui s'érige glorieusement devant la bibliothèque, il faut que tu te détendes.

Puis il se met à caresser la crinière en béton tout en soupirant de bonheur.

Tout est plus drôle lorsqu'on est un peu ivre. Hunter et moi avons clairement atteint le niveau où *tout* devient très drôle.

–Allez les gars ! Descendez de ce foutu lion ! nous supplie Finch alors que Hunter et moi chevauchons triomphalement la statue.

– Laisse-moi chevaucher cette grande chatte en paix, rétorque Hunter en rigolant.

Je finis par perdre l'équilibre et retombe sur mes fesses en riant bruyamment.

– Dixon ? demande alors une voix familière, visiblement sous le choc.

Je ferme les yeux et compte jusqu'à trois avant de les rouvrir calmement. Je dois me forcer pour ne pas défaillir en découvrant mon ex-fiancée, toujours aussi belle. Mon cœur bat très vite dans ma cage thoracique. En revanche, mon cerveau envoie des signaux dans la partie la plus fantasque de mon corps, et soudain j'ai une putain de gaule.

Je me relève, ignorant le fait que je suis complètement bourré, chemise et cravate de travers, et réponds avec désinvolture à Lily :

– Salut Lily.

Puis je regarde mes pieds et soupire en découvrant que j'ai marché dans un chewing-gum rose. J'ai vraiment l'air d'un abruti alors que Lily est impeccable, comme d'habitude.

Elle porte une robe noire moulante, qui s'arrête à mi-cuisse et je ne peux m'empêcher de revoir ces longues jambes bronzées enroulées autour de mon cou pendant que je la léchais durant des heures. Mais lorsque je pose mon regard sur son visage, je découvre le diadème en argent posé sur ses longues boucles blondes. Je pense d'abord que ce n'est vraiment pas son genre de porter un gadget aussi kitsch. Puis mon idiot de cerveau se rend compte qu'elle porte également une écharpe rose où est inscrit en grosses lettres pailletées : « future mariée ».

En lisant ces mots, j'ai comme le sentiment de me prendre une tarte dans la gueule, comme si ces mots pointaient du doigt le raté que je suis devenu.

Puis je repense à la date et je réalise que ce serait notre premier anniversaire de mariage ce week-end. Mais au lieu de ressentir du chagrin, de songer au mal qu'elle m'a fait, Lily, radieuse et épanouie fête son enterrement de vie de jeune fille.

Elle aurait été *ma* future mariée un an auparavant, et cela ne semble pas du tout la déranger. Elle s'en balance aussi que ce soit la première fois que je la revoie après de si nombreux mois. Elle se fout tout simplement d'avoir brisé mon cœur et de m'avoir transformé en une coquille vide. Je lui avais tout donné et pourtant ce n'était pas assez bien pour elle.

Je n'étais pas assez bien pour elle. Mais mon meilleur ami, oui.

Relevant la tête dans un geste de pur orgueil, je fixe des yeux son écharpe et lui lance en ricanant :

– Félicitations. J'espère qu'il t'apportera tout ce que je n'ai pas su te donner.

– Dixon, attends !

– Attendre quoi ? Que tu me dises combien tu es heureuse maintenant ?

– Je suis déso…

Je la coupe avant même qu'elle finisse sa phrase parce que si j'entends à nouveau le mot « désolée » sortir de sa bouche de menteuse, je vais me mettre à hurler.

– Garde tes excuses pour ton mari.

– Dixon ! me supplie-t-elle en se rapprochant de moi.

Mais je me précipite en bas des marches, faisant semblant de ne pas entendre mes meilleurs amis qui m'appellent. Je décide aussi d'ignorer le regard blessé affiché par mon ex. Elle peut bien aller se faire voir, j'ai ce même regard de chien battu depuis le jour où elle m'a laissé tomber.

Je décide de tout ignorer et de me concentrer sur la seule chose qui a un minimum de sens.

* * *

Je ne devrais pas me trouver là. Mais c'est le seul endroit où j'ai eu l'idée de fuir.

Je ne sais pas comment gérer tous ces sentiments refoulés, je n'ai jamais su le faire. Je sais comment résoudre les problèmes des autres, mais les miens, je voudrais simplement les oublier.

Même pour un très court instant, je veux oublier combien ça fait du mal d'aimer quelqu'un qui ne vous rend pas cet amour

Je frappe du poing à la porte, au même rythme que les battements de mon cœur. Au moment où elle s'ouvre, l'animal sauvage tapi en moi se met à rugir et j'attaque.

– Docteur Mathews ? Tout va bien ? s'exclame Juliet en faisant un pas en arrière

– Ce soir c'est Dixon.

Je pénètre dans son appartement avant de refermer la porte derrière moi.

Nous nous dévisageons, comme si nous étions prêts pour un ultime combat. L'air qui nous entoure se charge d'électricité. Juliet semble désorientée, mais elle reste silencieuse, attendant mon prochain geste. Avant qu'elle n'ait le temps de protester, je lui saute dessus, plaquant une bouche avide contre la sienne. Elle hésite le temps d'une fraction de seconde, puis c'est parti.

Chacun tente de coincer l'autre contre le mur et de prendre le dessus. Je parviens à la soumettre pendant qu'elle défait la boucle de ma ceinture et glisse sa main dans mon pantalon, palpant mon érection brûlante. Je ne porte pas de caleçon, elle va donc droit au but et commence à me branler énergiquement, sa petite main ne peut pas recouvrir totalement ma verge tendue.

Je m'incline vers l'avant, mes hanches bougeant frénétiquement pour que la friction soit plus forte et rapide. Juliet m'astique vigoureusement d'une main habile. Je suis sur le point d'éjaculer dans sa main, alors je recule. Je veux jouir en elle.

Je la repousse et elle me dévisage le souffle coupé, anticipant ce qui va suivre.

Je déchire en deux sa nuisette noire en dentelle et la laisse glisser à terre, comme du beurre fondu le long de son petit corps sexy.

Je prends le temps d'apprécier la perfection qui se tient devant moi. Je pensais que je ne pouvais pas bander davantage, or ma queue se contracte de plus belle et exige douloureusement d'être libérée. Ses jolis tétons roses sont durs et gonflés, mettant en valeur ses seins ronds et crémeux. Ma main suffit à peine à les envelopper, je n'ai qu'une envie : plonger ma tête entre ces majestueux coussins pour voir s'ils sont aussi doux qu'ils paraissent.

– Ravissante, dis-je en retenant mon souffle.

Elle se met alors à se caresser les seins et à en pincer les pointes. Je ne peux plus attendre.

Je me jette sur elle, l'attrape par le bras et la retourne, écrasant sa poitrine et son ventre contre le mur. Je suis agressif, mon désir prend le dessus sur la dernière once de rationalité qu'il me restait. Il faut à tout prix que je prenne cette femme, avant d'exploser.

Je fais glisser ma main le long de sa taille fine puis j'enfonce un doigt dans son intimité chaude et humide. Nous poussons tous deux un gémissement à la sensation de cette pénétration rapide. Cambrant ses hanches, elle déplace sa main pour enserrer la mienne, puis elle insère à son tour un de ses doigts.

Nous la pénétrons ensemble. Mais je veux que ce soit *mon* heure de gloire. Je repousse alors sa main et j'introduis un autre doigt, écartelant son sexe. Elle se met à crier, me forçant à aller plus profond et elle gémit dès que je m'exécute. Ses muscles se resserrent autour de moi et j'effectue des va-et-vient féroces, sans m'arrêter, jusqu'à ce qu'elle jouisse dans un cri bref et incontrôlable.

Ce son réveille mon sexe affamé. J'ouvre d'un coup sec ma braguette avant qu'un dernier frisson secoue son corps repu de plaisir.

Au moment où ma ceinture et mon pantalon atteignent le sol, je l'attire au plus près de moi, dirigeant ma queue, prête à exploser, vers sa délicieuse chatte toute mouillée. Mais avant de commencer, je la mets en garde :

– Je ne fais pas l'amour, je baise. Je baise pendant des heures. Et je baise avec fureur. Je ne suis pas venu ici pour tomber amoureux, dis-je pour la prévenir, tout en caressant sa fente du bout de mon sexe. Je ne fais pas de fausses promesses. Je suis là pour prendre mon pied. C'est compris ?

Juliet émet un grognement guttural, manifestement excitée par ma promesse de plaisirs sans limites.

– Montre-moi ce dont tu es capable.

Ce qui me reste de raison me rappelle que je ne couche pas sans me protéger. Surtout avec quelqu'un d'aussi libéré que Juliet.

Elle remarque que je retarde ma pénétration et murmure rapidement :

– Je suis clean.

Puis elle remue ses fesses, suppliant que je lui donne ce que nous voulons tous les deux.

Toute ma raison s'évapore et je succombe à Juliet Harte, la lascive.

D'un mouvement brusque et fluide, je pousse en avant et l'empale en l'écrasant contre le mur. Elle hurle, mais son hurlement est loin d'exprimer de la douleur.

– Attends, l'avertis-je, redoutant de perdre le contrôle.

Elle plaque ses mains sur le mur, se relève sur la pointe des pieds, accentuant la cambrure de son corps pour que je puisse la prendre plus en profondeur. J'enveloppe sa taille d'une main et enfouis l'autre dans ses longs cheveux blonds, puis je fais frénétiquement aller et venir mes hanches. Je la baise si sauvagement que son corps cogne contre le mur chaque fois que je la pénètre. Je ne peux plus m'arrêter. Je la baise pour faire disparaître ma souffrance et plus je pousse fort, plus elle semble s'estomper. Je veux la prendre jusqu'à ce qu'elle n'existe plus, que seul demeure ce plaisir anesthésiant.

Je l'attrape par les cheveux et incline brutalement sa tête sur le côté, dévoilant son long cou et son pouls qui bat fort sous sa peau en feu. Je me penche et la mords bestialement, aspirant sa chair parfumée d'une bouche affamée, tandis qu'elle hurle son plaisir.

Ses cris passionnés m'excitent de plus belle et je gémis contre sa gorge, je la mords et la suce tout en m'enfonçant encore plus profondément. Je suis si près de l'orgasme, il monte à la surface, alors je me mets à masser son clitoris, mes doigts ne s'arrêtant pas jusqu'à ce qu'elle jouisse dans un hurlement tonitruant.

Un… Deux… Trois… Je n'en peux plus.

Au moment où je me retire et éjacule sur son dos, elle s'affale, les jambes tremblantes, incapable de se tenir debout parce que je l'ai prise comme un animal. Un sentiment de honte et de dégoût s'abat sur moi, j'ouvre la bouche, prêt à m'excuser d'avoir été si brutal. Je l'avais bel et bien prévenue, mais la situation est devenue incontrôlable.

Or, elle tourne la tête et, à ma grande surprise, murmure :

– On recommence ?

CHAPITRE 7
JE NE SUIS QU'UN HOMME

Dixon

Je me réveille le jour suivant, endolori à cause de la position inconfortable dans laquelle je me suis endormi. Mon corps est à moitié étendu sur le canapé, l'autre partie étalée par terre. Et je viens de me rentre compte que je ne porte pas de pantalon. Les trois premiers boutons de ma chemise blanche ont disparu, victimes des doigts avides de Juliet.

Des images de la nuit dernière assaillent mon cerveau qui a enfin dessoulé. Entre mes jambes, la matière poisseuse sur mes parties me rappelle à quel point je suis bête.

Avant que mon corps ne s'effondre, après le troisième round, en un tas de chair exténuée, Juliet m'a enfourché et s'est mise à me baiser comme une dingue jusqu'à ce que j'en oublie mon nom. Ensuite, je suis sûr de m'être écroulé, vidé, tout collant, et de ne plus avoir bougé jusqu'à présent.

Clignant des yeux, je découvre qu'il est sept heures du matin. En observant autour de moi, je me demande où est passée Juliet. La petite salle de séjour est élégamment décorée, je m'arrête pour admirer les meubles au style sophistiqué. Hier soir, la seule chose que j'admirais, c'était les fesses de Juliet.

J'aperçois mon pantalon à l'autre bout de la pièce, je me lève avec lassitude et pousse un gémissement. J'ai l'impression que mes muscles ont été arrachés de mes os. Je rentre ma chemise dans mon pantalon, je me mets en quête de Juliet, car je me sens un peu stupide d'attendre là.

Ne voulant pas déambuler sans but dans son appartement, j'emprunte le couloir de l'entrée, espérant que Juliet se trouvera dans la première chambre. Je me glisse au niveau du seuil pour y jeter un coup d'œil, pour ne pas envahir son intimité. C'est tout à fait ridicule vu que hier je n'ai eu aucun problème à le faire.

Ne la trouvant pas, je décide d'inspecter la salle de bain. En vain. Je choisis alors de me préparer et tente de discipliner mes cheveux en bataille, déclarant rapidement forfait. J'utilise alors les toilettes, me passe un peu d'eau sur la figure et effectue quelques gargarismes en espérant me sentir et ressembler un peu plus à un humain.

Il y a une autre porte qui donne sur le couloir, mais je préfère attendre dans la cuisine. Juliet m'a sans doute entendu faire du bruit, elle sait que je suis debout. Pourtant, trente minutes passent et je suis sur le point de m'arracher les cheveux. Je n'ai qu'une envie : prendre une douche, de l'Ibuprofène et un café. Mais je ne veux pas être malpoli et partir sans dire au revoir à Juliet. Après ce qui s'est passé la nuit dernière, c'est le moins que je puisse faire. Mais je pense à une chose. Et si elle ne souhaitait pas que je l'attende ? Elle aurait certainement laissé un mot si c'était le cas, pour me dire où elle est allée. Je parcours la table des yeux, aucune trace de mot.

Soudain, je me sens vraiment le roi des cons. J'attrape ma cravate, cachée derrière le canapé et claque la porte derrière moi. Je suis tellement bête d'être resté à attendre une fille qui visiblement n'a pas envie qu'on la trouve.

En appuyant sur le bouton de l'ascenseur, j'ignore l'impression persistante que Juliet a juste… baisé comme un mec.

Dans ce cas, moi, je suis la pauvre fille qui attend que le mec réapparaisse par magie après une aventure d'un soir, sans comprendre qu'il ne s'agissait précisément que d'un coup d'un soir. Cette situation est plus qu'embarrassante. Je devrais me sentir soulagé, mais non.

Me précipitant hors de l'ascenseur aussitôt que les portes s'ouvrent, je baisse la tête pour cacher l'état dans lequel je suis et aussi, parce que j'ai honte. C'est la première fois que c'est moi qui quitte au petit matin un appartement après avoir passé la nuit avec une fille, et je suis bien décidé à ce que ce soit la dernière fois.

Sans regarder où je marche, je bouscule une silhouette toute menue, mais j'ai le réflexe de l'attraper par les bras avant qu'elle ne tombe par terre.

Je regarde vers le sol sans savoir si je dois bénir ou maudire l'ironie du sort tandis que je croise les beaux yeux verts de Madison, qui brillent d'amusement.

– Va falloir qu'on arrête de se rentrer dedans comme ça !

Elle me sourit et replace une mèche de cheveux derrière son oreille.

Elle est en sueur, essoufflée, et elle a l'air divine. Son petit short moulant et sa brassière exposent beaucoup trop de peau laiteuse et, une fois de plus, je me retrouve à la dévisager comme un vieux pervers. Comment cette fille fait-elle pour que je me retrouve toujours muet devant elle ?

– Qu'est-ce que tu fais là ? me demande-t-elle alors que je reste silencieux.

Je me sens encore plus comme un vieux dégueulasse lorsqu'elle me pose cette question innocente, mais je lui réponds nonchalamment :

– Je suis passé voir un ami.

Elle repère du coin de l'œil mon état débraillé, sans croire une minute à mon pathétique mensonge. Mais elle hoche la tête, sans me poser de questions.

– Je rentrais à l'instant de mon jogging. Comme si j'ai vraiment besoin de l'expliquer, dit-elle en remuant ses baskets, sourire narquois aux lèvres.

Je me mets à rire, et me rends compte qu'elle est aussi pétrifiée que moi.

– Qu'est-ce que tu as prévu maintenant ? demande-t-elle en se mordillant les lèvres.

– Euh, rien, pourquoi ?

– Eh bien, j'allais juste monter vite fait prendre une douche et puis aller manger quelque part. Tu veux venir ?

Ignorant son invitation à petit-déjeuner avec elle, je lui demande :

– Tu vis *ici* ?

Je montre du doigt l'immeuble au-dessus de nous.

Madison sourit et hoche nerveusement la tête.

– Oui. Mon beau-père est propriétaire de l'immeuble et avec le prix des appartements à New-York, c'est plus intelligent de vivre ici. Tu veux monter chez moi ?

Je siffle entre mes dents :

– Tout l'immeuble ? Waouh ! Impressionnant !

Aussi impressionné que je sois, il n'est pas question que je remonte dans cet immeuble, mais je voudrais vraiment accepter l'invitation de Madison.

Devinant mon hésitation, elle finit par ajouter :

– Tu sais, quoi ? Ce n'est pas grave. Je ne pense pas sentir plus mauvais que toi.

Elle me donne un coup de coude taquin et rit en me voyant blêmir.

Le réalisant, je me détends et lui tape le dos :

– Bon, Sporty Spice, vu ce que tu viens de dire, c'est toi qui invites.

⋆ ⋆ ⋆

– Sporty Spice ?[1] Tu fais vraiment ton âge quand tu dis ça, Dixon ! plaisante la diablesse installée en face de moi tout en noyant sa gaufre dans du sirop.

Nous sommes assis dans le plus petit *diner* américain jamais vu, j'ignorais totalement son existence. Mais Madison a promis que ce qu'ils servent à manger est excellent, qu'il ne faut pas se faire une idée préconçue de l'intérieur en ne se basant que sur l'aspect extérieur. J'essaie de pas sombrer dans une analyse plus poussée du sens de ce commentaire et me concentre plutôt sur le fait que cette fille de cinquante-cinq kilos a assez de nourriture devant elle pour nourrir toute une population frappée de famine. Impossible de savoir où elle stocke tout ça, je ne pense pas qu'elle se fasse vomir.

1. Sporty Spice était le surnom de Melanie Chisholm, dite Melanie C., membre du groupe de filles, les Spice Girls. C'est un groupe des années 90.

Elle sent que je la regarde, et lève alors des yeux attentifs :

– Quoi ?

– Rien, réponds-je avec en sourire en coin, me concentrant sur mon café.

– C'est pour ça que je cours tous les matins, explique-t-elle en ajoutant du sel sur ses œufs brouillés.

– Tous les matins ? Ça, c'est une belle preuve d'assiduité.

– Je commence les cours à neuf heures, et de toute manière je me lève tôt, dit-elle en haussant les épaules. Autant démarrer la journée de façon saine parce que, plus elle avance, moins elle l'est.

Elle affiche un petit sourire satisfait avant d'attraper sa fourchette et son couteau, prête à attaquer ses gaufres.

Après l'avoir entendue mentionner ses cours, je me demande ce qu'elle fait.

– Qu'est-ce que tu étudies ? demandé-je en m'emparant du fromage à tartiner.

– Je fais des études d'infirmière à Columbia. En fait, je viens de commencer un double diplôme. Plus tard, j'aimerais me spécialiser comme sage-femme, répond-elle en avalant un bout de sa gaufre.

Je suis plutôt surpris, car je n'avais pas du tout réfléchi à ce qu'elle pouvait bien faire dans la vie. Maintenant que je le sais, je me sens encore plus attiré par elle, étant donné qu'en plus d'être belle, elle est intelligente.

– Un double diplôme ? Donc une licence et un master en sciences ?

– Ouais, répond-elle en hochant la tête de façon évasive.

– C'est assez impressionnant, faire un double diplôme donne vraiment du pain sur la planche. Soit tu es un vrai petit génie, soit tu es complètement folle.

Madison se lance dans un rire au son absolument merveilleux.

– Un peu des deux, peut-être. Comment sais-tu que c'est beaucoup de travail ?

En général, je déteste dire aux gens ce que je fais dans la vie parce que j'ai toujours droit à « Qui est la personne la plus folle que tu aies traitée ?» ou encore, «Tu peux me prescrire un peu de Valium ?» Mais je suis sûr que Madison trouvera un certain intérêt dans ce que je fais puisque nous évoluons dans le même domaine.

– Je suis psychiatre, dis-je en espérant que ça ne semble pas trop rabat-joie. Je suis spécialisé dans les dépendances.

Madison écarquille les yeux et s'arrête net, au beau milieu d'une bouchée, puis elle secoue la tête.

– Sérieux ?

Je ne sais pas trop si je dois me sentir insulté ou pas. Comme cela doit se voir sur mon visage, elle revient sur ce qu'elle a dit :

– Oh mon Dieu, je suis désolée. C'était impoli de ma part. Je ne voulais pas dire «Sérieux ?» genre, je ne te crois pas. Je voulais dire «Sérieux, waouh, c'est super !», conclut-elle les yeux écarquillés. En fait, je suis un cours intensif en psychiatrie en ce moment. Je me suis dit que ça pourrait être utile si je change de spécialité en cours de route. Mais jusqu'à maintenant, je suis plutôt nulle. Tu dois être incroyablement intelligent.

Intérieurement, je pousse un soupir de soulagement et lui souris :

– Eh bien merci. Tout le monde ne partage pas l'idée que c'est super d'être psy, donc je le prends comme un compliment.

Madison hoche vivement la tête.

– Oui, c'est bien un compliment, Docteur Dixon.

Je me mets à rire.

– Dixon, ça suffira.

– Tu n'as pas le look d'un médecin.

– C'est encore un compliment ?

Je ne vois pas ce qu'elle veut dire par là.

Elle ressent ma confusion et, une fois de plus, se ravise et précise :

– Enfin, je veux dire que…

Sa langue démoniaque sort soudain de sa bouche pour lécher le sirop qui dégouline, tandis qu'elle réfléchit à ce qu'elle veut dire.

– Je veux dire par là que tu as l'air si… jeune.

Elle marque une pause avant de finir sa phrase et je me demande ce qu'elle voulait vraiment dire. J'aimerais penser qu'à la place, elle voulait peut-être dire « tu es si séduisant ». Quoi ? On a tous le droit de rêver.

Nonchalamment, je passe le doigt sur le bord de ma tasse de café et affiche un sourire en coin.

– Ne te fais pas avoir par cette apparence ordonnée, dis-je en pointant ironiquement du doigt mon état débraillé.

Madison se met à rire et je ne manque pas de remarquer que ses yeux s'attardent sur mon visage plus longuement que d'habitude. Mademoiselle Madison serait-elle aussi impressionnée par moi que je le suis par elle ?

Cette situation pourrait devenir très, très intéressante, ou vraiment très moche. Tout va dépendre de la façon dont je décide de la jouer.

– Est-ce que c'est indiscret de te demander ton âge ?

Madison semble plongée dans ses pensées, mais elle secoue la tête comme pour y faire le vide.

– J'ai vingt-trois ans.

J'avais raison. Mais son jeune âge confirme que je suis un ignoble vieux mec, car la seule chose qui me vient à l'esprit, c'est l'image de son petit cul jeune, musclé et rond ainsi que de ses seins parfaits et fermes. Je baisse les yeux sur sa poitrine et me reproche d'être pris en flagrant délit d'indélicatesse, car jusqu'à présent, j'ai été un vrai gentleman.

Aussi triste que cela puisse paraître, j'ai oublié comment apprécier la compagnie du sexe opposé sans forcément penser à la fille nue, ou imaginer la couleur de ses sous-vêtements. Mais avec Madison, c'est différent. Nous sommes assis là depuis déjà – waouh, je ne saurais dire combien de temps – et je n'ai pas pensé une seule fois au sexe ou à son corps nu, ce qui est un record pour moi.

Sa seule compagnie est une stimulation suffisante. Je n'ai pas ressenti cela avec quelqu'un depuis Lily. Mais le simple fait de penser à elle ruine cette agréable matinée. Je repousse alors mon bagel, à moitié entamé.

– Ça va ? demande-t-elle.

Je lève les yeux et croise son regard inquiet.

– Oui, ça va.

Je me sens complètement idiot d'avoir encore permis à mon ex de me miner le moral.

Je décide de changer de sujet et lui demande :

– J'espère que ça ne te dérange pas que je te pose cette question, mais c'était qui le petit con de l'autre soir ?

J'espère vraiment qu'elle ne va pas flipper. J'ai besoin de savoir.

– Oh, c'était Tim.

– C'est ton copain ? dis-je l'air de rien, surveillant l'expression de son visage.

À ma grande surprise, elle se met à rire.

– Non, hors de question. On a eu deux rendez-vous et apparemment, depuis, je suis l'amour de sa vie.

– Eh bien, vu la façon dont il te malmenait l'autre soir, il ne sait visiblement pas comment prendre soin de l'amour de sa vie.

Madison hoche la tête et baisse le regard. Je sais que j'ai touché là où ça fait mal. Je laisse tomber et prends une gorgée de mon café pendant que Madison avale le reste de son repas en silence. Après avoir fini, elle pose une main sur son ventre plat et grogne.

– Tu aurais dû me dire d'arrêter à la troisième bouchée, dit-elle en souriant

Le malaise d'avant a heureusement disparu.

– Et puis t'écouter proclamer ton amour pour les tartines de beurre ? Non, merci ! réponds-je en évitant le vol d'une barquette de crème

Je sur le point de m'emparer de l'addition quand Madison me frappe gentiment la main. Je décide d'ignorer la décharge électrique que cela provoque immédiatement et arque les sourcils en me demandant pourquoi elle fait ça.

– C'est moi qui paye, déclare-t-elle et, Seigneur, je tombe presque de ma chaise en la voyant mettre sa main dans sa brassière.

– Quoi ? Avec tes seins ? dis-je en m'étouffant, me retenant difficilement de baver.

Madison éclate de rire en sortant un billet de vingt.

– Non, avec ça.

Elle pose le billet sur la table.

Oh mon Dieu, bien sûr. Elle garde des billets dans sa brassière et ses seins lui servent de porte-monnaie. Je jette un coup d'œil au billet, jaloux.

Retrouvant suffisamment de contenance pour être capable de formuler une phrase, je proteste :

– Non, je t'en prie. Je ne peux pas te laisser payer. Tu crois que je suis radin ou quoi ?

Je fouille dans les poches de mon pantalon à la recherche de mon portefeuille, en vain. Je vérifie à nouveau, frénétiquement, mais toujours rien.

Je ne porte pas de veste, donc le seul endroit où il peut être… c'est chez Juliet. On dirait bien que je vais devoir faire profil bas et laisser Madison payer pour moi.

– La prochaine fois, c'est moi qui t'invite, dis-je bêtement, car qui a dit qu'il y aurait une prochaine fois ?

Je garde le silence tout en m'efforçant d'avoir l'air indifférent pendant que nous nous levons et sortons.

– Oui, j'aimerais bien, dit Madison au moment où nous franchissons la porte.

– Quoi ?

– Qu'il y ait une… prochaine fois.

Mon cœur se met à battre plus vite, et je ne peux retenir le petit sourire qui se creuse sur mon visage. Lorsque nous sommes à l'extérieur, dans la gigantesque jungle bétonnée de New York, elle a l'air si petite, si menue et je dois vraiment me forcer à ne pas la prendre dans mes bras pour la protéger de l'agitation de cette ville qui ne dort jamais. Je ne sais pas d'où me vient ce côté protecteur et je décide d'arrêter de me torturer l'esprit avec des pensées ridicules. Elles ne peuvent être bonnes ni pour elle ni pour moi.

Je remarque alors que Madison me dévisage, dans l'attente que je réagisse à sa confidence. Je me dépêche de mettre fin à cette tension :

– Moi aussi !

– Ah bon ?

– Oui !

Je reste planté là à regarder ses joues qui rosissent et elle me fixe elle aussi. Ce moment est simplement magique, mais soudain je me rends compte qu'elle attend que je prenne les devants et lui demande son numéro.

Je cherche dans mes poches vides et réalise que j'ai aussi laissé mon téléphone chez Juliet, sans doute sous le canapé.

– Je n'ai pas mon téléphone sur moi.

Je me penche en avant, faisant semblant de regarder dans sa brassière et lui demande :

– Tu n'aurais pas autre chose caché là-dedans ?

Madison me surprend en prenant un air espiègle et lance :

– Tu veux vérifier ?

Puis elle me lance un clin d'œil, qui me fait presque m'étrangler.

– Donc qu'est-ce que tu suggères ?

Elle me sourit et j'en ai le souffle coupé.

– Tu sais où je travaille. Tu veux venir ce soir ? Je commence mon service à sept heures, dit-elle de façon détachée.

– D'accord, je pense que c'est possible.

Madison hoche la tête avec entrain et puis, voilà que nous nous retrouvons dans une situation gênante. Vous savez, ce moment où deux personnes qui sont clairement attirées l'une par l'autre n'arrivent pas à déterminer s'il faut se faire une accolade, une bise, se serrer la main ou simplement se dire au revoir.

Elle a l'air aussi hésitante que moi sur le choix du protocole, se mordant les lèvres et me dévisageant discrètement pour que je fasse le premier pas. Mais comme j'ai encore sur moi l'odeur de Juliet, j'abandonne l'idée de la serrer dans mes bras. Je ne peux évidemment pas non plus l'embrasser. Lui serrer la main ou lui faire un simple signe d'au revoir paraîtrait beaucoup trop froid, comme si on était deux parfaits inconnus. Alors comme un gros débile, je lève mon poing en l'air. Madison me regarde faire, déconcertée. Je finis par regarder mon poing, maudissant ma stupidité mais maintenant qu'il est là, je n'ai pas d'autre choix que de continuer ce que j'ai entamé à moins de vraiment avoir l'air d'un complet crétin.

Mais je suis sidéré de voir que Madison évite mon poing levé, pas convaincue à l'idée de me faire un check, et qu'elle se hisse sur la pointe des pieds pour venir embrasser ma joue mal rasée. Au moment même où elle envahit mon espace personnel, mon corps se met à frémir, inondé par son parfum à la vanille.

– À plus tard, Dixon, dit-elle en reculant bien trop rapidement.

Je hoche la tête en baissant mon poing.

– Salut, Madison.

Je regarde s'éloigner la fille la plus craquante du monde, en priant pour que ce ne soit pas la dernière image que j'aurai d'elle.

* * *

Dieu soit loué, au moins j'ai réussi à ne pas perdre la clef de chez moi. Une fois rentré à la maison, je prends une longue douche puis m'affale, tête la première sur mon lit, sans même prendre le temps de m'habiller. La seule chose qui me tire du sommeil, ce sont des coups répétés et bruyants sur ma porte. En gémissant et en tentant d'éclaircir le brouillard qui embrume mon cerveau, je roule sur le côté droit et découvre qu'il est 18h27.

Une fois qu'il est clair que la personne qui frappe à la porte n'a pas l'intention de partir et que les coups s'intensifient, je renonce à rester coucher et enfile un pantalon de survêt'. Je ne prends même pas la peine de mettre un T-shirt parce que cette personne va avoir vite fait de décamper.

– Quoi ?

Je tombe des nues en découvrant Juliet debout face à moi.

J'ai du mal à reprendre mes esprits, mais une fois que c'est fait, je lui demande froidement :

– Que faites-vous là ?

Juliet se contente de me lancer un grand sourire et de montrer mon portefeuille et mon téléphone, sans avoir besoin de donner plus d'explications.

Je trouve assez indiscret qu'elle ait fouillé dans mon portefeuille pour trouver mon adresse, mais je devrais plutôt être reconnaissant qu'elle se soit déplacée jusqu'ici. Pourtant, cette situation me semble trop intime, trop proche de mon sanctuaire. Aucune femme n'a mis les pieds dans mon appartement depuis Lily, mais vu la façon dont Juliet me dévisage, elle a bien l'intention d'y remédier.

– Tu me fais entrer ? Ou je dois te sucer dans le couloir ?

Si mon ouïe n'était pas aussi fine, j'aurais pu penser ne pas avoir bien entendu, mais je sais très bien que je ne me méprends pas sur ses intentions. Elle dévore mon corps des yeux, s'arrêtant sur mes côtes, puis sur mon tatouage.

– « Nous ne sommes jamais aussi mal protégés contre la souffrance que lorsque nous aimons », dit-elle en lisant mon tatouage inspiré par Freud et Lily. Eh bien, Docteur Mathews, je n'aurais jamais cru cela de vous.

J'avais oublié que Juliet ne m'a encore jamais vu complètement nu. Étant donné la nature de nos ébats brutaux, seules les parties essentielles ont jusque-là été découvertes. Nous avons fait comme nous pouvions avec le reste. En y repensant, j'ai vraiment l'impression d'avoir été un enfoiré, j'ouvre donc la porte pour laisser Juliet entrer chez moi.

Cependant, dès qu'elle fait un pas à l'intérieur de mon appartement, mes poils se hérissent. Je souhaiterais pouvoir la remettre à la porte, je ne le sens pas. Je n'ai pourtant pas le choix, je ferme donc la porte derrière moi, avec le sentiment d'avoir verrouillé ma propre prison.

Je reste en retrait pendant que Juliet parcourt les lieux des yeux.

– Alors ? dit-elle en se retournant vers moi après avoir passé une minute à observer ma maison.

– Alors ?

Je n'ai rien à lui dire parce qu'après l'épisode de ce matin, je suis un peu choqué de la trouver ici. J'avais accepté l'idée de ne plus jamais la revoir. Mais la voici, debout devant moi et très appétissante.

– Je suis désolée pour ce matin, Dixon. J'avais un rendez-vous.

Je hoche la tête en faisant de mon mieux pour ne pas avoir l'air affecté.

– Merci d'avoir ramené mes affaires. Vous pouvez les laisser là.

Je désigne du menton le comptoir de la cuisine.

– Tu es *fou*, ou quoi ? dit-elle, en tentant de contenir sa surprise.

Suis-je fou ?

Franchement, je ne pourrais pas exprimer ce que je ressens. Je ne me suis jamais senti comme ça auparavant. Surtout, ça ne m'était jamais arrivé avant, j'imagine que mon égo en a pris un coup.

– Être fou impliquerait que je sois intéressé, Mademoiselle Harte. Mais, pour être tout à fait honnête, ce n'est pas le cas. La nuit dernière, c'était sympa, mais c'est tout. Donc la réponse à votre question est : non, je ne suis pas fou.

Juliet semble interloquée par ma brusque réponse, mais elle se reprend rapidement.

– Hier soir, ce n'était pas que *sympa*. Je n'ai pensé qu'à ça toute la journée.

Elle balaye les cheveux de son cou révélant l'énorme marque rouge que mes dents ont laissée.

Je reste impassible, même si je me sens comme une bête sauvage.

– Eh bien, je suis content de vous avoir offert certaines images auxquelles vous pourrez repenser. C'était bien la première *et* la dernière fois. Je considère que, hier soir, c'était une erreur, dis-je avec fermeté.

– Mais tu n'y crois pas une seconde, riposte Juliet avec un sourire confiant.

– Bien sûr que si. C'était entièrement ma faute. Je tiens à vous présenter mes excuses pour mon comportement impardonnable. J'en prends toute la responsabilité, dis-je en prenant un ton professionnel.

Mais Juliet ne veut rien entendre.

– Oh, arrête tes conneries. J'étais là, je sais très bien que tu as pris ton pied. Tu as adoré me prendre sans aucune retenue. Tu n'as à t'excuser pour rien, j'en avais envie autant que toi. J'ai eu envie de *toi* dès que je t'ai vu, avoue-t-elle.

C'est la première fois que je perçois une lueur de vulnérabilité chez l'inflexible Juliet.

– J'ai toujours envie de toi et je sais que toi aussi.

Avoir envie d'elle, ce n'est pas ça le problème. C'est justement que je ne *devrais pas* avoir envie d'elle. Juliet est une femme dangereuse et tout ce que je peux voir c'est qu'avec elle, les choses vont dégénérer et atteindre une zone à hauts risques. Mon cerveau me conjure de la mettre à la porte mais mon corps me trahit et me rappelle qu'elle n'est plus ma patiente. Quel mal y-a-t-il à ce que des adultes consentants fassent ce que tous les deux ont envie de faire ?

Juliet s'avance vers moi, elle a senti que je battais en retraite. Je ne recule pas, même si je sais que je devrais le faire. Avec désinvolture, elle desserre la ceinture autour de sa taille puis elle retire son trench beige, découvrant son corps élancé. Le manteau tombe au pied de ses talons aiguilles. Elle fait un pas de plus vers moi.

– Ne sois pas en colère contre moi. Laisse-moi te rappeler combien c'est bon, nous deux.

Elle passe un ongle carmin sur mon torse.

– Juliet... protesté-je sans grande conviction.

Au moment où elle pose sa main sur mon sexe déjà raidi, je lui appartiens.

– Toi, tu dis non, Dixon, mais clairement ton corps dit oui.

Puis elle me caresse plus intensément et mon corps succombe.

Sans perdre de temps, elle s'agenouille et baisse mon pantalon. Exposant ainsi mon sexe ferme qui trahit à quel point je suis excité.

– Tu veux savoir combien c'était bon de l'avoir en moi, hier soir ? dit-elle en me caressant de haut en bas.

– Dis-moi.

– Et si je te montrais ?

Au moment où elle gobe mon sexe avec ses lèvres rouges, tous mes doutes passent par la fenêtre et je laisse à cette garce le contrôle total.

Ses lèvres expertes glissent sur ma queue avec grande précision. Je ne peux retenir le gémissement qui m'échappe, on ne m'a encore jamais sucé comme ça. Je pousse mes hanches vers l'avant, puis rejette la tête en arrière quand j'atteins sa glotte. Elle enfouit mon sexe au plus profond de sa gorge, sans le moindre effort.

– Oh oui, c'est ça. Putain ce que tu fais ça bien, dis-je d'une voix haletante, en tentant de me contenir. Va plus profond encore.

Cette fille est vraiment la reine des pipes. Et cela ne me dégoûte en rien parce que, comme on dit, plus on s'entraine, plus on est performant. Mais cette pensée est vite dissipée lorsqu'elle pose sa main autour de ma taille et que ses doigts pressent mon sexe en totale synchronisation avec le mouvement de sa bouche si délicieuse.

Plus elle me suce vite, plus j'accélère le va-et-vient de mes hanches et, bientôt, je me retrouve à baiser sa bouche sans contrôler ma vitesse. Parfois j'essaie de me retirer, par peur de lui faire mal, mais elle resserre l'étreinte de sa bouche et ajoute sa main. Avec la friction de ses doigts combinée à la succion de sa bouche, je n'en peux plus. Je vais jouir en quelques secondes.

Elle sent que j'ai désespérément besoin d'exploser, alors elle resserre sa prise, sa bouche crée alors une forte pression autour de mon sexe et il suffira de deux mouvements supplémentaires pour que j'en finisse, honteusement. Je recule mes hanches mais elle continue à me lécher et à me branler intensément. Je n'ai pas le choix d'exploser ailleurs que dans sa bouche, jurant au moment de décharger. Elle prend tout ce que j'ai à donner et ce n'est qu'à la dernière secousse de mon corps qu'elle finit par me relâcher.

Je viens de recevoir la meilleure fellation que j'ai jamais eue, dans l'appartement que je partageais avec l'amour de ma vie. L'appartement dans lequel je m'étais fait la promesse de ne jamais ramener une autre fille.

Est-ce que je me sens coupable ?

Bordel, non.

CHAPITRE 8
COMME UN CYCLONE

Madison

– Maddy, je suis désolée mais je ne pense pas qu'il va venir, dit Mary Mitts, ma meilleure amie, alors qu'elle nettoie la table numéro neuf.

– Tu n'en sais rien.

Son observation plutôt juste me tire brusquement de la contemplation obsessionnelle de la porte d'entrée dans laquelle j'étais plongée.

– On ne s'est pas mis d'accord sur une heure précise. Peut-être que quelque chose lui est arrivé et qu'il est en chemin. Je lui ai juste dit « Passe dans la soirée »

– Techniquement, c'est déjà demain, lance Mary en regardant sa montre.

– Tu ne m'aides pas trop là, bichette, lui dis-je en souriant et utilisant le surnom que je lui donne depuis que nous sommes toute petites.

– Je suis désolée, mais c'est le rôle d'une amie que de te protéger. Je ne veux pas te voir souffrir, et je sais bien qu'elle fait référence à Tim, le harceleur, dont Dixon m'a sauvée le soir de notre rencontre.

– Je sais, mais Dixon est…

– Je t'interdis de dire le mot « différent », prévient-elle en agitant son doigt devant mon visage tandis que je réprime un sourire.

– Mais c'est le cas !

Je dois ensuite esquiver un dessous de verre pour ne pas le prendre en pleine figure.

– Non, il n'est pas différent. C'est un mec, donc c'est un connard, déclare Mary, mais je prends cela avec recul.

Elle est très amère en ce moment parce qu'elle traverse une rupture difficile.

– Bichette, tous les mecs ne sont pas des ordures. Personne ne l'a forcé à intervenir et à me sauver de Tim, mais il l'a fait, sans même y réfléchir une seconde. Si ça, ce n'est pas le signe que c'est un mec bien, alors je ne sais pas quoi te dire.

– Oh arrête, ce sont tes hormones qui parlent. Ce mec sent les embrouilles, avec un grand E, à dix kilomètres. Sans parler du fait qu'il est deux fois plus âgé que toi, ajoute-t-elle en attachant sa chevelure d'un roux ardent en queue de cheval.

Tout ça me fait rire, il est loin de faire le double de mon âge. Je dirais qu'il a trente ans et quelques. Mais ce n'est pas son âge qui me fait penser à lui toute la journée. Par contre, ses grands yeux bleus et ses cheveux ébouriffés couleur chocolat, c'est une autre histoire.

– Je lui donne encore vingt minutes et s'il ne vient pas, je tire un trait sur le Docteur Dixon, dis-je sans grande conviction.

– Ah ah, rétorque Mary sans me croire. Je le répète à nouveau : je pense que ce sont tes hormones qui parlent.

Pour rire, je lui fais un doigt d'honneur, elle me tire la langue à son tour, avant d'aller servir la douze.

Quant à moi, je continue de nettoyer une table déjà immaculée, les yeux rivés sur la porte, parce que je sais qu'il va arriver d'un instant à l'autre.

C'est sûr.

* * *

Vingt minutes passent et toujours aucun signe de Dixon. Il est à présent deux heures du matin et je dois faire la fermeture. J'ai hâte de rentrer à la maison et d'oublier cette journée.

Je n'arrive toujours pas à croire qu'il m'ait posé un lapin. Je sais bien que nous n'avions pas vraiment un rendez-vous officiel, mais nous avions convenu de nous voir. Je pensais vraiment qu'il *était* différent, il y avait vraiment quelque chose entre nous. Je suis convaincue qu'il le ressentait lui aussi et, avec tous les regards qu'il me lançait ouvertement, je sais qu'il est attiré par moi.

Le mauvais côté, c'est qu'il avait l'air de sortir de chez quelqu'un ce matin, et puis il a essayé de me faire un check. Mais peut-être que je me fais des idées, qui sait ? Mon expérience est quand même assez limitée dans ce domaine.

Je n'ai jamais vraiment eu de copain. Tim ne compte pas, nous nous sommes fréquentés pendant un mois et, après deux rendez-vous, je savais que ça ne marcherait pas. Mais Tim en a pensé autrement, ce qui explique pourquoi il était si en colère le soir où j'ai rencontré Dixon. En gros, il voulait que je lui donne une autre chance. Je l'ai envoyé promener, il a alors suggéré qu'on aurait dû passer aux « choses sérieuses » car c'est apparemment ce qui manquait à notre relation non-existante. Après avoir décliné sa proposition, plutôt rudement, il est devenu un peu agressif physiquement, et c'est à ce moment-là que Dixon m'a sauvé la mise.

En dehors du fait que je ne suis pas du tout attirée par Tim, je ne sais pas si je serai un jour prête à passer aux choses sérieuses…

Je suis très forte pour cacher mes émotions et mes sentiments, et ce depuis toujours. Mais lorsque Dixon m'a dit qu'il était psychiatre, j'ai cru que mon secret allait être découvert. J'ai failli me lever et partir, mais décider de prendre la fuite devant le premier homme qui m'intéresse vraiment n'aurait eu aucun sens. En plus, je me suis promis de ne plus jamais laisser le poids de mon passé peser sur mes épaules.

Je suis contente d'être restée, car pour la première fois depuis longtemps, je me suis vraiment amusée. Je n'ai pas passé mon temps à vérifier ma montre ou encore à regarder par-dessus mon épaule. Avec Dixon, je me sens en sécurité, je me suis également sentie vivante.

J'éteins toutes les lumières et ferme le bar. Lorsqu'on vit à New York, il faut s'habituer à avoir un million de verrous aux portes. Je prends au moins deux minutes à déterminer quelle clef appartient à chaque serrure. J'ai presque terminé quand une main se pose sur mon épaule, ce qui me fait hurler de terreur.

– Madison, c'est moi ! Merde, je suis désolé. Je ne voulais pas te faire peur, dit une voix familière.

Je me retourne si rapidement que je manque de tomber par terre.

– Dixon ? Qu'est-ce que tu fais là ?

Je le regarde détourner son beau regard bleu et répondre, mal à l'aise :

– J'ai dit que je passerai te voir. Désolé, je suis en retard.

– Tu as couru jusqu'ici ?

– Je dirais plutôt que j'ai fait de la marche rapide, avoue-t-il avec un sourire en coin, tout en faisant rouler un caillou sous sa chaussure.

Les quelques mèches de cheveux humides sur ses tempes prouvent qu'il a fait plus que marcher. J'essaie de ne pas trop me délecter du fait qu'il ait couru jusqu'ici pour me voir. Dans ma tête, je m'adresse secrètement à Mary, « tu vois, je te l'avais dit ». Puis je me retourne pour finir de verrouiller la porte. J'ai besoin d'une minute pour apaiser mes nerfs.

Je ne peux m'empêcher de me demander où était Dixon jusqu'à présent. Il n'a pas l'air d'être particulièrement bien habillé. Alors que faisait-il jusqu'à deux heures du matin ? Et surtout, avec qui était-il ? Cette pensée m'amène à imaginer des scénarios et des *positions* déplaisants. Je m'efforce d'écarter de mon esprit suspicieux toute théorie conspirationniste.

– J'espère que tu n'as pas de point de côté.

Je le nargue pour alléger l'atmosphère et Dixon répond d'un air moqueur :

– Eh bien, sache que j'étais champion d'athlétisme, au lycée.

– Et le mot qu'il faut retenir dans cette phrase c'est bien « étais », dis-je en me retournant pour lui faire face. Et le lycée c'était il y a trèèèèès longtemps pour toi.

– Tu veux parier ?

Il me lance un sourire narquois. Dieu qu'il est beau.

– D'accord, réponds-je en croisant mes bras sur ma poitrine en espérant que mon cœur qui bat à cent à l'heure n'explose pas.

– Tu as dit courir tous les matins, alors je te propose une course, déclare-t-il d'un air suffisant, soulevant un sourcil.

– Quelle heure et quel endroit, Docteur Dixon ?

– Demain à six heures du matin. Central Park. Le premier arrivé au bout d'un kilomètre et demi a gagné.

– Je propose trois kilomètres.

Dixon a l'air impressionné.

– Très bien, trois kilomètres, adjugé, vendu. On se retrouve à North Meadow ?

– D'accord. Et qu'est-ce que remporte le gagnant ?

Dixon se tapote le menton et réfléchit intensément

– Le perdant doit offrir un déjeuner plantureux au gagnant.

– Tu me dois déjà un déjeuner, Doc'. Je ne peux pas prendre deux déjeuners la même journée.

Mon aplomb le fait rire.

– Bon, alors un dîner.

– D'accord pour un dîner. J'espère que tu as fait des économies, parce que je commanderai du homard.

– On verra bien, dit-il en souriant et je suis contente de voir qu'il apprécie mon humour.

– Bon, je ferais mieux de rentrer à la maison et de bien dormir. Bonne nuit, Dixon.

Je fouille dans mon sac en quête de mes clefs.

– Où es-tu garée ? Je t'accompagne jusqu'à ta voiture, propose-t-il immédiatement.

– Pas la peine, je suis juste garée à l'angle.

– Non, j'insiste.

Et avant même d'avoir le temps de protester, il se met en marche.

Affichant un léger sourire, je le suis, assez contente bizarrement, que cet homme tellement séduisant veuille bien m'accompagner jusqu'à ma voiture.

Nous marchons en silence alors que je meurs d'envie de lui demander où il a passé la soirée, mais je me rends compte que cela ne me regarde pas. Nous venons tout juste de nous rencontrer. Nous ne sommes pas vraiment amis, car je ne le connais presque pas. Mais j'ai précisément envie d'apprendre à le connaître. Dès que je l'ai vu, j'ai senti qu'il y avait quelque chose. Mais bon, je suis sûre qu'un homme comme Dixon n'est pas en manque d'attention de la part de la gent féminine. Il doit avoir un tas de femmes à ses pieds – et pas des filles vierges, inexpérimentées et effrayées – qui satisfont tous ses besoins.

– Tout va bien ? demande-t-il m'arrachant à ma rêverie.

– Oui, pourquoi ? dis-je, soudain inquiète qu'il lise dans mes pensées.

– Tu as l'air d'être anxieuse, ce n'est pas bon signe.

– J'étais juste en train de me demander où on pourrait aller dîner.

J'espère parvenir à cacher mon manque d'assurance. J'ouvre ma Fiesta en appuyant sur la clef.

– Voici ma voiture. À dans quelques heures.

Je tripote la bandoulière de mon sac, ne sachant pas quoi faire d'autre.

C'est la deuxième fois qu'il y a autant d'électricité dans l'air entre nous et je sais qu'il ressent la même chose : il vient juste de reluquer ostensiblement mes seins. Je ne suis pas habituée à ça. Je ne suis pas du genre à me sentir à l'aise avec des garçons ou à chercher à découvrir si je leur plais ou pas. Mais avec Dixon, c'est tout le contraire. Je n'arrive pas à comprendre pourquoi.

– Eh bien, dit-il en s'éclaircissant la voix, à demain matin.

Je ne sais plus où me mettre, j'espère qu'il ne souhaite pas à nouveau me faire un *check*.

Cette fois, il me surprend en se penchant vers moi et en balayant de la main une mèche de cheveux tombée sur mon visage. En temps normal, j'aurais reculé devant ce geste, mais là j'ai carrément envie de m'appuyer contre lui. Cependant je ne le fais pas.

– Bonne nuit, Dixon, dis-je en me perdant dans la profondeur de ses yeux bleus.

– Bonne nuit, Madison.

Sur ce, il tourne les talons, et ce n'est qu'à partir de ce moment que je me remets à respirer.

CHAPITRE 9
DESSERT

Madison

Il est 5h30 et j'ai vraiment une sale tête. Quelle idée d'avoir accepté une course si matinale, un dimanche matin en plus. Mais je sais bien que, quoi que me demande Dixon, je dirais oui.

Je m'habille confortablement, sans me soucier du style. J'ai bien l'intention de courir comme une flèche jusqu'à la ligne d'arrivée. J'ai été plutôt gâtée question poitrine, et je dispose d'un décolleté assez imposant pour ma petite taille. Pourtant, alors que la plupart des filles rêveraient d'avoir des seins comme les miens, je les considère comme une malédiction.

J'attrape ma bouteille d'eau et mes clefs, puis je ferme la porte derrière moi et descends les escaliers. Je me mets à marcher rapidement sur le trottoir, ça ne me rassure pas d'être dehors de si bonne heure, il n'y a pas un chat dans la rue. Mais j'ai vingt-trois ans et, cette année, je veux enfin cesser d'être hantée par les fantômes du passé.

Depuis plus de douze ans je vis avec un secret que je n'ai partagé avec personne, pas même avec ma mère que j'aime plus que tout. Même si ces secrets ne peuvent pas être révélés, j'ai l'impression que d'une façon tout à fait tordue, ils m'ont quand même aidée à me forger telle que je suis et à définir la femme que je souhaite devenir.

Je traverse la rue et je sors de ma rêverie Je me concentre pour trouver Dixon, je cherche autour de l'entrée principale, mais aucune trace de lui. Peut-être qu'il est en retard.

Je commence à m'échauffer en tournant la tête vers la gauche pour étirer mes muscles du cou. Du coin de l'œil, j'aperçois Dixon. Pour quelqu'un qui va courir trois kilomètres, il ne devrait pas avoir l'air aussi désirable. Il porte un short d'athlétisme ample et un T-shirt blanc moulant. Bien que cette tenue semble ordinaire, Dixon a l'air tout droit sorti de Milan.

Son physique musclé est beaucoup plus apparent maintenant qu'il ne porte pas de veste de costume et de pantalon. Mon Dieu, lorsqu'il étire ses bras au-dessus de sa tête, son T-shirt se soulève, exposant des abdos et des obliques fermes et parfaitement sculptés. Mes yeux m'ont peut-être induite en erreur – il est encore assez loin de moi – mais je suis quasi certaine d'avoir aperçu un tatouage sur son flan.

Je frissonne en pensant à cette image, elle vient de rendre le Docteur Dixon dix fois plus sexy.

Décidant qu'il est temps d'arrêter de baver, je me dirige vers lui. J'intime à mon cœur de se calmer, car nous n'avons même pas commencé à courir.

– Tu peux encore déclarer forfait, tu sais ? dis-je gaiement en m'arrêtant à quelques centimètres de lui.

– Dans tes rêves ! lance-t-il avec un sourire en coin.

Un incendie inattendu s'allume dans ses yeux alors qu'il me contemple.

J'ai toujours le même look lorsque je vais courir. Pas de maquillage, mes longs cheveux sont ramassés dans une queue de cheval haute. Je porte des vêtements qui ne sont pas vraiment flatteurs, mais il est clair que Dixon me mate ouvertement. Peut-être qu'il m'aime bien, en fait.

Mon corps s'échauffe à cette idée, mais je repousse fermement mes fantasmes de gamine et finis par répondre :

– Prêt à te prendre une raclée ?

Dixon sourit largement et, heureusement, ses yeux reprennent leur bleu naturel.

– T'as intérêt à te donner à fond, ma petite.

Son arrogance me galvanise.

– Alors, quelles sont les règles ?

Je me penche en avant pour étirer une de mes jambes pendant que Dixon programme sa montre.

– Je dirais que le zoo est à trois kilomètres d'ici.

J'acquiesce d'un hochement de tête

– Donc, le premier qui atteint le zoo a gagné. Et bien entendu, nous devons suivre le même parcours, ajoute-t-il en souriant, au cas où je pensais prendre un raccourci.

– C'est tout ?

– Oui, c'est tout.

Se tenant à côté de moi, il me dévisage et arbore un sourire narquois :

– Je dois juste te prévenir d'une chose, je déteste perdre.

– Oh, quelle coïncidence ! Moi aussi ! À tout à l'heure… *loser.*

Je me lance à un rythme rapide, laissant Dixon derrière moi, au niveau de la ligne de départ improvisée.

Je l'entends m'emboîter le pas et me poursuivre à toute vitesse, j'augmente alors mon allure et adopte une cadence régulière. Les premiers mètres sont toujours les plus difficiles pour moi, mais une fois que je trouve mon rythme, je peux continuer pendant des kilomètres. J'ai commencé à courir pour échapper à mes démons, pourrait-on dire. Mais qu'importe la vitesse à laquelle je cours, ils finissent toujours par me rattraper et me mordiller les mollets.

– Pour ta gouverne, souffle Dixon en me rattrapant, je t'ai laissée partir délibérément en tête.

Nous conservons tous les deux une allure régulière, seuls nos souffles résonnent entre nous et c'est agréable parce que si nous nous mettions à parler, toute mon attention se perdrait dans sa voix grave. Je préfère me concentrer sur les sensations de mon corps, je me sens vivante, je sens le sang qui bouillonne dans mes veines, animant chacun de mes mouvements.

Nous courons en silence, l'un à côté de l'autre pendant quelques minutes avant que Dixon n'accélère, passant en tête. Je reste en arrière, gardant mon énergie pour un sprint au cours du dernier kilomètre. Et puis, cette position me permet de mater ses jambes musclées et ses fesses bien fermes. Ce mec est une véritable œuvre d'art, je serais curieuse de savoir à quoi ressemblent ses fesses en vrai.

– Tu es déjà fatiguée ? raille Dixon en se retournant et en faisant quelques foulées à reculons.

Il me regarde, amusé, tandis que je lui fais un doigt d'honneur.

– Je suis juste sympa, je ne veux pas t'humilier dès le départ. Ce serait quand même gênant.

Dixon se met à rire et se retourne, regardant enfin là où il met les pieds. Je me décide à le rattraper. Il est vraiment en train de prendre la tête depuis que je traîne derrière, distraite par ses belles fesses.

– Dis-moi, dit-il, essoufflé, les yeux fixés devant lui, depuis quand tu cours ?

– Depuis neuf ans à peu près.

Je ne m'attarde pas sur la raison.

– Tu es plutôt douée.

Je tourne la tête dans sa direction avec un grand sourire.

– Ça te surprend ?

Il secoue la tête.

– Non, pas du tout. Ma mère m'a appris qu'on peut s'attendre à tout avec les filles.

Je ne peux retenir un éclat de rire entre deux respirations essoufflées.

– Ta mère est une femme perspicace.

– Oui, elle l'était, dit-il. Elle est morte, explique-t-il, il y a six mois, d'un cancer du sein.

– Oh, je suis vraiment désolée, Dixon.

Je fronce les sourcils. Le simple fait de penser que je puisse perdre ma mère me déchire le cœur.

– Merci.

– Donc il n'y a que ton père et toi ?

– Ouais, répond-il en marquant une pause, ce qui m'intrigue mais je laisse tomber parce que je vois bien qu'il n'est pas à l'aise.

– Et toi ? demande-t-il innocemment, ne sachant pas qu'une simple question comme celle-là est mon pire cauchemar.

Mais je réponds comme si de rien n'était :

– Quoi, « moi » ?

– Tu as des frères et sœurs ?

– Oui j'ai un frère plus âgé, mais ce n'est que ma mère et moi.

– Et ton père ?

– Euh… Il est parti quand j'avais cinq ans. Je ne me souviens pas vraiment de lui.

– Ça a dû être dur.

– Ça allait, ma mère est géniale. Elle a joué le rôle de la mère *et* du père. J'ai de la chance de l'avoir, nous sommes très proches.

– Elle a l'air d'être une femme incroyable, dit-il et je hoche la tête.

– Oui, elle l'est vraiment. Avant qu'elle ne se remarie, nous avons connu des moments difficiles.

– Mais je suis sûr que ton grand frère s'est bien occupé de toi aussi, hein ?

Je sais bien qu'il s'agit d'une question naïve mais le simple fait qu'il mentionne mon frère me fait perdre pied et trébucher. Je m'effondre, me cognant le front et me meurtrissant les poignets.

– Merde ! Ça va ? demande-t-il. Sa voix se mêle au bruit sourd qui retentit dans mes oreilles.

Je ne me sens pas bien du tout mais je hoche la tête, sentant alors mon cerveau se cogner dans tous les coins de ma tête comme un sac de billes.

Je me suis écrasée face contre terre, je me sens tellement gênée d'être étalée comme ça. J'essaie donc de me relever mais Dixon me met en garde immédiatement :

– Non, ne te relève pas trop vite, tu t'es cognée la tête vraiment fort.

– Non mais ça va, dis-je en le repoussant.

Je m'inquiète surtout de mon apparence, mais pas de ma blessure à la tête.

Alors que je me redresse à moitié en position assise, j'aperçois Dixon accroupi à côté de moi. Je l'observe écarquiller les yeux et s'exclamer :

– Putain, tu saignes.

Avant que je ne puisse protester, il s'empresse de retirer son T-shirt et de presser le tissu au parfum incroyable sur mon front.

Je gémis lorsqu'il touche mon sourcil blessé ce qui le fait sursauter et relâcher la pression.

– Désolé.

Il fronce les sourcils, ses yeux intenses concentrés sur ma tempe.

– Ça va, ne t'inquiète pas.

Je suis hypnotisée par sa proximité, surtout qu'il est torse nu.

Je me force du mieux que je peux à ne pas le dévisager, mais c'est très difficile, il est tellement beau.

Son torse glabre et bien défini est à quelques centimètres de mon visage. Je baisse les yeux et découvre que les seuls poils visibles se concentrent entre son nombril et l'élastique de son short, traçant une fine ligne de boucles brunes. Ses abdos en forme de tablette de chocolat devraient être interdits par la loi, sans parler du V formé par les muscles de ses hanches. Je suis ébahie à la vue d'une telle perfection.

– Tu es sûre que ça va ? demande-t-il gentiment.

Je sors alors de mon état de transe.

– Oui, oui, dis-je en levant les yeux pour rencontrer les siens.

Les traits de son visage n'expriment que de l'inquiétude. Alors que je pensais ne pas pouvoir tomber davantage sous le charme de cet homme, je suis comme ensorcelée, comme jamais auparavant.

Je regarde Dixon retirer son T-shirt souillé de mon arcade sourcilière, ses grands yeux examinent alors ma blessure.

– Je ne pense pas que tu aies besoin de points de suture, mais tu risques d'avoir un sacré mal de tête pendant quelques jours.

– Ça passera avec de l'Ibuprofène.

J'essaie ensuite de me redresser.

Dixon place sa main sous mon bras pour m'aider à me relever. J'apprécie vraiment son aide, j'ai toujours autant la tête qui tourne.

– Bon, on dirait bien que c'est moi qui t'invite, dis-je en essayant de ne pas faire attention à la façon dont mon corps tressaille au toucher de Dixon.

– Franchement, d'après moi, c'est toi qui allais gagner, c'est sûr.

– Comment peux-tu en être si certain?

– Avant que tu ne fasses ce magnifique saut de l'ange – je me penche brusquement pour taper son avant-bras mais il esquive mon geste – j'allais déclarer forfait, explique-t-il.

– Non, je sais que ce n'est pas vrai ! Menteur !

Dixon me lance un grand sourire, posant la main sur son cœur pour se donner l'air tout à fait sincère.

– Mais bien sûr que si. Mon corps de vieux ne fait visiblement pas le poids face à ton esprit juvénile. Tu as gagné haut la main, Madison.

Je n'y crois pas une seconde, mais il a l'air si mignon que je ne veux pas le contredire.

– Je sens quand même que je ne le mérite pas vraiment, on pourrait croire que j'ai triché. Et si le *deal* c'était que tu m'invites à dîner et que moi je t'invite pour le dessert ?

J'espère qu'il dira oui, car je veux toujours passer plus de temps avec lui.

Dixon fait semblant de bien réfléchir à ma proposition puis, en souriant, il annonce :

– Tu es vraiment dure en affaires. Mais je suppose que c'est équitable.

Je dois me retenir de lever le poing en signe de victoire tellement je suis contente. Tout mouvement brusque déclencherait le mal de tête qui se profile déjà.

– On est d'accord alors. Je te laisse choisir le jour.

Je ne veux pas avoir l'air trop impatiente et proposer de nous revoir dès ce soir pour sceller notre accord.

Cependant, mon cœur fait un bond lorsque Dixon suggère :

– Demain soir ?

Je m'efforce de ne pas l'aveugler avec le sourire éblouissant qui se dessine sur mon visage et hoche la tête.

– Oui, demain soir ça me va.

Dixon sourit à son tour et se redresse lentement pour se mettre complètement debout, torse nu. Il me tend la main et j'accepte avec reconnaissance. Je me relève par étapes, car j'ai encore la tête qui tourne. Lorsque nous sommes tous les deux debout, face à face, mon esprit en ébullition forme des images de nous deux, où je me blottis contre sa peau bronzée et souple. Mais je secoue ces pensées. Je me sens coupable de voir que Dixon est à moitié nu, à cause de moi.

Une fille qui fait son jogging passe devant nous, manifestement estomaquée à la vue de ce dieu dévêtu. Un éclair inattendu de jalousie me traverse et je dois vraiment me forcer pour ne pas la foudroyer du regard, car je n'en ai pas le droit.

Dixon semble ne pas se rendre compte de la scène. Il enfouit une main dans sa poche et en ressort une carte de visite blanche.

– Pas d'excuses pour en être en retard, cette fois, dit-il l'air désolé, se référant à l'autre soir.

J'accepte la carte avec gratitude, mais n'ayant rien sur moi pour la mettre en lieu sûr, je la glisse dans ma brassière, une habitude prise depuis que je cours comme ça. Rien de grave en soi, mais lorsque je rencontre le regard brûlant de Dixon, il ne semble pas avoir la même opinion. D'un air coupable, il détourne rapidement le regard de ma poitrine et finit par m'observer avec prudence.

– Rappelle-moi de ne jamais te demander de garder mes affaires, dit-il à moitié sérieux.

– Et pourquoi ça ?

– Parce que sinon, je vais finir par y égarer la main, répond-il avec audace, tandis que je manque de me mordre la langue.

S'il savait… Ses mains sont toujours les bienvenues.

CHAPITRE 10
INCONNUE

Dixon

Bon, je suis soit le plus malin soit le plus stupide de tous les enfoirés de la Terre.

Je parierais davantage sur la seconde proposition.

Je ne sais comment, j'ai réussi à faire en sorte que deux filles m'intéressent. Quelques semaines plus tôt, la simple idée d'être attiré par une seule femme m'aurait fait rire, mais voilà que quelque temps a passé et, assis à mon bureau, fourrageant nerveusement dans mes cheveux, je ne sais vraiment pas quoi faire.

Après ma séance de baise intense avec Juliet, je me suis effondré et endormi très profondément. Seul le bruit d'une sirène de pompiers qui passait à toute allure dans la rue vers une heure du matin, m'a réveillé. Une fois que mon cerveau, engourdi par le sexe, s'est reconnecté à la réalité, je me suis rendu compte que j'avais fait faux bond à Madison, avec qui j'avais convenu d'un rendez-vous pour échanger nos numéros, et plus si affinités.

Un sentiment de profond regret s'est emparé de moi et, avant même de comprendre ce qui se passait, j'ai foncé jusqu'à son travail.

Une question me vient en tête : pourquoi me sentir coupable ? J'ai couché avec une autre fille six heures plus tôt. S'il y a une chose dont je dois me sentir coupable, c'est bien d'avoir encore sur moi l'odeur de Juliet lorsque je retrouverai Madison. Mais avec Juliet, ce n'est que du… sexe. Avec Madison, c'est… plus que ça.

La réponse logique serait d'envoyer balader Mademoiselle Harte et d'attendre de voir où vont les choses avec Madison.

Mais je n'y arrive pas. Le sexe sans sentiments, c'est beaucoup plus simple qu'une vraie relation. Et puis j'ai le pressentiment qu'une relation avec Madison ne serait pas de tout repos. C'est peut-être mon intuition de médecin qui parle, mais je pense qu'elle a beaucoup de casseroles qui se cachent derrière son doux sourire.

Qu'est-ce que je veux au juste ? Du sexe ou une relation ? En ce moment, les deux possibilités se présentent à moi et je ne sais pas laquelle je désire le plus.

Je sais bien que tout ceci découle de ma rupture traumatisante avec Lily la connasse. Or je suis aussi responsable qu'elle. C'est sûr, je ne l'ai jamais forcée à coucher avec mon meilleur ami, mais, à l'époque, je ne me suis jamais vraiment occupé de mes blessures émotionnelles. Et voilà que maintenant, je suis devenu phobique des relations.

Je me masse les tempes.

Je ne suis vraiment pas en état de recevoir mes patients aujourd'hui. Il serait plus sage de prendre mon après-midi. Alors que je m'apprête à appeler Madame Vale pour lui demander d'annuler mes rendez-vous, sa voix s'élève dans l'interphone.

– Docteur Mathews ? dit-elle, sur un ton affolé qui ne lui ressemble pas.

– Oui, Madame Vale. Tout va bien ?

– Docteur Mathews, une patiente qui n'a pas de rendez-vous insiste pour vous voir.

J'entends Susanna recouvrir le combiné et expliquer à la personne en question qu'elle doit prendre rendez-vous si elle souhaite une consultation.

– Arrêtez-vous, Mademoiselle ! Non, vous ne pouvez pas rentrer, déclare Susanna et, avant même que je ne comprenne ce qui se passe, la porte de mon bureau s'ouvre brusquement et Juliet, hystérique, fait irruption.

Susanna la poursuit, le visage agacé et inquiet, mais je lui fais signe de partir, Juliet a une tête de déterrée.

– Je suis désolée, Docteur Mathews ! Elle a forcé le passage.

Susanna présente ses excuses tout en lançant un regard noir à Juliet, en larmes.

– Ce n'est pas grave, Madame Vale. Fermez la porte derrière vous, s'il vous plaît.

Elle me dévisage, un peu désorientée, mais elle s'exécute, sachant que je ne suis pas du genre à ne pas savoir ce que je dis. Après que la porte se referme, je reste debout derrière mon bureau, observant Juliet qui sanglote sans s'arrêter. Je reste immobile, sans savoir quoi faire.

D'un point de vue strictement professionnel, ce n'est pas mon rôle de la prendre dans mes bras ou de lui faire un câlin, car je ne suis pas son ami. Je ne suis pas là pour lui donner de l'affection et lui dire que tout ira bien. Mais en tant qu'amant, c'est exactement ce que je devrais faire. Voilà pourquoi la règle numéro une consiste à ne jamais avoir de relations avec ses patientes.

– Ça va, Juliet ?

Je me tiens debout derrière mon bureau, l'utilisant comme bouclier entre nous.

– À ton avis ? Non, ça ne va pas, putain ! crie-t-elle tandis que son regard rougi par les larmes croise le mien.

Je m'éclaircis la voix et ajuste ma cravate, puis contourne mon bureau avant de pointer le canapé du doigt.

– Je vous en prie, asseyez-vous.

– Je ne suis pas là pour faire une putain d'analyse, Dixon.

Elle finit par s'écrouler sur le canapé et ses sanglots s'apaisent. Je m'assieds près d'elle, pose ma main sur son genou dénudé.

– Qu'est-ce qui s'est passé ? Pourquoi ça ne va pas ?

– Quoi que je fasse, je ne serai jamais à la hauteur, murmure-t-elle en baissant la tête les lèvres tremblantes.

– À la hauteur pour qui ?

– Pour… tout le monde, répond-elle et je me demande ce qu'elle avait l'intention de dire avant de marquer une pause.

– Ce n'est pas vrai. Vous devez simplement croire en vous, Juliet. Je sais bien que c'est compliqué de s'en rendre compte, au regard de notre situation actuelle, mais un homme aurait bien de la chance d'obtenir votre affection.

– Tu le penses vraiment ? dit-elle en reniflant, relevant le visage.

– J'en suis sûr. Tous ces diplômes accrochés au mur prouvent que je sais de quoi je parle, dis-je en souriant à moitié dans l'espoir de détendre l'atmosphère.

Heureusement, elle se met à rire et prend un mouchoir dans sa pochette. Alors qu'elle se tamponne les yeux, je me demande ce qui a déclenché tout cela. Le docteur en moi a abandonné la partie depuis longtemps déjà, et c'est uniquement en tant qu'amant que je lui parle désormais :

– Puis-je faire quelque chose pour toi ? demandé-je en me penchant vers elle et en balayant une mèche blonde de son visage.

– Peut-être qu'on pourrait, je ne sais pas, sortir ensemble ?

C'est la première fois que je la découvre… vulnérable et cela lui va bien.

– Bien sûr, ce serait avec plaisir, dis-je, me rendant compte qu'en réalité, je ne sais rien d'elle.

Je sais comment la faire jouir en cinq minutes avec ma bouche. Et comment elle aime que je la baise, mais je ne sais pas *qui* elle est vraiment ou ce qu'elle aime, en dehors du sexe. Je pensais qu'elle appréciait que l'on ne soit qu'un plan cul, mais c'est ma faute, j'aurais dû ne jamais penser que…

On dirait bien que ma mère avait raison une fois de plus.

– On pourrait aller au cinéma ce soir ? suggère-t-elle timidement.

À ce moment-là, la Juliet que je pensais connaître bouscule toutes mes certitudes et la personne assise devant moi devient une parfaite inconnue. J'ai envie d'apprendre à mieux connaître cette inconnue. Aller voir un film avec elle un lundi soir me semble être une bonne idée.

– Oui.

Juliet prend une grande inspiration, passe sa main sur ses cheveux et me fait face :

– Je suis désolée d'avoir débarqué ici comme une folle. J'aurais dû d'abord appeler.

– Ne t'inquiète pas, ça arrive tout le temps, dis-je en souriant largement ce qui la fait rire.

Son beau visage n'est plus couvert de larmes.

– Bon, je vais te laisser travailler, dit-elle en se relevant, puis lissant les plis de sa robe, elle ajoute : on se retrouve vers sept heures ?

– Parfait, réponds-je en me levant également, les mains enfoncées dans les poches.

– Super, alors à ce soir.

Je suis totalement déstabilisé de la voir faire un pas en avant et de me serrer dans ses bras.

C'est la première fois que nous nous prenons dans les bras l'un l'autre, ce qui est tout à fait ridicule et honteux, vu que je l'ai prise au sens littéral du terme plus d'une fois. Je retire lentement les mains de mes poches et, alors que j'entoure mes bras autour d'elle, je suis choqué de sentir combien elle est fragile et vulnérable. Je n'ai pas l'habitude de cette Juliet et j'ai l'impression que je mettrai du temps à m'y habituer.

Au bout d'un moment, elle s'écarte et me dit au revoir en me donnant un chaste baiser sur la joue. Je la regarde, abasourdi, quitter mon bureau. Cette fille ressemblait à Juliet mais ce n'était pas celle que je pensais connaître.

Je me rassois à mon bureau, toujours ahuri par ce qui vint de se passer. Dès que je l'ai rencontrée, je savais qu'elle provoquerait un cyclone. Mais qu'en est-il de Madison ?

Mon téléphone sonne, annonçant l'arrivée d'un message et j'accueille volontiers cette distraction. Je parcours les phrases des yeux puis pousse un grognement en me tapant la main contre le front.

Je relis le message et j'ai l'impression d'être le plus gros con du monde, car les mots doux que je viens de recevoir sont une vraie torture.

Je n'ai pas mangé de la journée :p
À ce soir, j'ai hâte
Maddy x

CHAPITRE 11
C'EST TOI QUI LE DIS

Madison

– Qu'est-ce que tu veux dire par « il ne vient plus » ? me demande Mary, assise au bord de mon lit.

Je hausse les épaules en lui jetant mon téléphone afin qu'elle voie par elle-même.

Elle lit le message et lance un juron.

– Qu'est-ce qu'il entend par « un imprévu » ? Quoi par exemple ? La seule excuse pardonnable serait que sa mère soit morte.

La demande de Dixon que l'on reporte le rendez-vous la fait grimacer de dégoût.

– Sa mère est déjà morte, réponds-je, en rangeant la robe que j'avais prévue de porter ce soir.

– Ça m'est égal. Il te raconte des conneries ! crie-t-elle en tapant du doigt sur l'écran du téléphone.

– Je sais, Bichette, dis-je en soupirant, car ce sont vraiment des conneries.

Dixon m'a écrit, trois heures plus tôt, prétextant qu'il avait un imprévu et qu'il ne pourrait pas venir à notre rendez-vous de ce soir. Il s'est excusé de nombreuses fois et m'a demandé si on pouvait reporter. En dehors de cela, il ne m'a donné aucune explication sur cet imprévu ou encore d'indications sur la date à laquelle nous pourrions nous revoir.

Je me sens si bête. Je n'arrive pas à croire que je suis tombée dans le piège de penser une seconde qu'un homme comme Dixon pourrait être attiré par une *fille* comme moi.

– Je suis stupide. Sans doute que Dixon ne pense pas à moi de cette façon. C'est simple, il suffit de le regarder puis de me regarder, dis-je en désignant mon corps de la main.

– Non, c'est lui qui est stupide. Allez, on sort, déclare Mary avec colère.

Elle saute du lit, se précipite vers mon placard et se met à fouiller dans mes vêtements.

– Je n'en ai pas envie.

La simple idée de sortir et de parler avec qui ce soit ce soir m'horripile.

– Tu n'as pas le choix, me lance Mary, la tête enfouie dans mon placard.

– Bichette…

Mais Marie tourne la tête et me fixe d'un air indiquant clairement que cette décision est irrévocable.

– Bon, d'accord.

Cela ne sert à rien de discuter avec elle.

– Tu ne vas pas le regretter, dit-elle en souriant.

C'est toi qui le dis.

* * *

Lorsque Marie a proposé que nous sortions, je pensais qu'elle avait en tête d'aller manger une pizza ou voir un film. Je n'avais pas compris que son intention était de sortir faire la fête.

Assise à une table qui surplombe une vaste piste de danse, je me sens vraiment mal à l'aise. Je regarde Mary en pleine séance de frottis frottas avec un beau rocker percé, sans aucune gêne. Elle vient de se séparer de son copain Corey, avec qui elle était depuis le lycée, et je sais que sous son apparence coriace, elle souffre.

Le mec en qui elle avait totalement confiance, à qui elle a offert sa virginité, s'est avéré être un menteur et un connard infidèle, donc je ne peux pas lui en vouloir d'être si amère. J'aimerais cependant pouvoir me dire que tous les hommes ne sont pas guidés par leur sexe.

C'est sûr que Dixon est un con pour m'avoir posé un lapin mais, avec lui, je n'ai jamais eu l'impression d'être mal traitée ou encore qu'il m'adressait la parole seulement pour pouvoir me mettre dans son lit. J'ai ressenti une réelle affinité entre nous et pensé qu'il *était* peut-être différent de tous les autres garçons que j'ai rencontrés.

J'avais certainement tort.

J'attrape mon verre et décide de noyer ma tristesse dans ma tequila, car je n'ai pas cours jusqu'au lendemain après-midi.

Au moment où je commence à me sentir un peu pompette j'entends le raclement du tabouret voisin sur lequel quelqu'un est en train de s'installer. Je me retourne alors pour regarder qui est en train de voler le siège de Mary.

– Hé, il est libre ? demande un bel inconnu aux yeux verts.

Je hoche la tête en souriant.

– En fait, il est occupé. Tu vois la rousse qui se déchaine au milieu de la piste ?

Je désigne du doigt ma meilleure amie entourée d'un groupe de prétendants empressés.

Le mec canon à côté de moi hoche la tête en plissant les yeux.

– C'est la fille qui était assise là.

Il me lance alors un sourire qui creuse ses fossettes et, comme la musique est trop forte, il se penche pour crier dans mon oreille :

– Je ne pense pas qu'elle va revenir de sitôt, répond-il et j'en rigole parce qu'il a sans doute raison.

Je ne sais pas si c'est l'alcool ou le fait de me sentir un peu rejetée par Dixon, mais quoi qu'il en soit, je lui tends la main et lui souris :

– Je suis Madison.

– Moi c'est David.

Je m'efforce de ne pas faire la grimace quand son nom m'en rappelle un autre commençant par un D.

– Ravie de faire ta connaissance, David, dis-je, me reprenant rapidement de ma petite dépression Dixon.

– Moi aussi. Je peux t'offrir un verre J'avale le reste de ma tequila et lui souris à nouveau :

– Bien sûr !

David rit et je me sens immédiatement à l'aise avec lui.

– Je reviens tout de suite, dit-il et je l'observe se diriger vers la foule, impressionnée par ce que je découvre.

Peut-être qu'il y a encore de l'espoir pour moi. Les choses n'arrivent pas par hasard, n'est-ce pas ? Peut-être que je n'ai juste pas encore découvert la raison pour laquelle j'ai rencontré Dixon.

Acte 2

Deux mois et demi plus tard

CHAPITRE 12
LE GÂTEAU AU CHOCOLAT

Dixon

– L'ail doit-il être émincé ou haché ?

Je marmonne tout seul en tournant les pages de ce maudit livre, à la recherche de la recette du confit de saumon aux miettes de crabe et à l'aneth.

C'est fou comme la vie peut changer en un clin d'œil.

Un jour, Juliet est mon plan cul, et puis le lendemain elle devient mon… plan câlin ?

Je ne sais pas du tout comment désigner Juliet, elle n'est pas vraiment ma copine, mais elle n'est pas non plus simplement mon plan cul. Je n'ai pas couché avec une autre fille qu'elle depuis plus de deux mois et j'expliquerais cela par le fait qu'être avec Juliet s'avère plutôt simple. Je n'ai pas besoin de faire trop d'efforts avec elle et puis, elle satisfait tous mes besoins.

Elle aussi dit n'avoir couché avec personne d'autre depuis que nous nous fréquentons, ce qui est un grand pas en avant pour une ex-addict au sexe. Nous avons cependant décidé qu'elle devait poursuivre une thérapie pour sa dépendance, car comme on dit : dépendant un jour, dépendant toujours. Nous sommes tombés d'accord sur le fait que je n'étais pas la personne la plus adéquate pour ce travail, puisque ce serait vraiment trop compliqué. Cela ne serait pas une partie de plaisir de l'entendre raconter combien elle a un jour désiré sucer profondément la queue de son coach de sport.

Alors, quel type de relation nous unit, Juliet et moi ? Franchement, je ne sais pas.

Je suis trop âgé pour utiliser le mot «petite-amie» et le mot «compagne» me donne l'air ridicule, donc je préfère ne la désigner que par «Juliet» – la fille que je «fréquente» actuellement, mais avec qui je ne suis pas en couple.

Tout a changé le soir où nous sommes allés au cinéma. Juliet et moi avons fait quelque chose qui jusqu'alors apparaissait inconcevable : nous avons discuté. Bon, cela a aussi inclus une fellation, mais après le film, nous sommes allés prendre un café et j'ai appris à connaître la vraie Juliet Harte.

Je dois dire que j'avais peur de découvrir ce qui se cache réellement derrière cette bombe sexuelle, mais une fois que j'ai su effeuiller les différentes couches qui la protègent, j'ai pu apprécier ce que j'ai découvert. Et puis c'est sûr que le fait qu'elle baise à un rythme incroyable est un plus, de même qu'elle me satisfasse, au-delà de ce je pensais possible.

Ce moment de faiblesse a été néanmoins le seul dont j'ai été témoin. Depuis, Juliet est à nouveau sur ses gardes et a retrouvé toute sa confiance en elle. Très franchement, je ne sais pas ce que je préfère.

Nos conversations sont souvent un peu artificielles et les silences pesants se font de plus en plus fréquents, mais pas besoin de parler quand nos corps communiquent si bien.

Mon plus grand regret, c'est cette impression d'avoir préféré Juliet à Madison. Je n'ai plus parlé à cette dernière depuis le jour où je lui ai fait faux bond. Si Madison et moi nous étions rencontrés dans d'autres circonstances, alors les choses se seraient déroulées différemment. C'était juste le mauvais moment pour nous. Je ne suis pas un si gros connard que ça : je n'aurais jamais eu d'histoires avec ces deux filles en même temps. Et puis, pour être honnête, je ne pourrais jamais faire à Madison toutes les choses je fais à Juliet. Mon besoin de plaisirs souillerait son innocence, parce qu'au bout de compte, c'est toujours mon sexe qui prend le dessus sur ma raison.

Je me plais donc à penser que c'est mieux ainsi. Je souhaite à Madison de trouver quelqu'un qui lui corresponde davantage.

Où qu'elle soit, j'espère qu'elle est heureuse et qu'elle utilise à bon escient sa poitrine porte-monnaie. Rien qu'en y pensant, je sens ma verge qui se réveille, intéressée. Bien que les seins de Juliet soient tout aussi spectaculaires, ceux de Madison étaient vraiment exceptionnels.

Une odeur de brûlé efface de ma tête l'image des seins appétissants de Madison et me ramène à la réalité.

– Merde !

Mon saumon ressemble désormais à un cale-porte.

Le fait que je cuisine, un vendredi soir, pour ma petite amie – qui n'est pas ma petite amie – est consternant. Si Hunter était là, il m'en ferait voir de toutes les couleurs. C'est vrai, je suis devenu une vraie nana. Mais c'est bien à cause de la chatte d'une nana que me voilà transformé en crétin domestiqué.

Sauf que Hunter n'est pas là ce soir. Bizarrement, les vendredis soirs sont désormais des soirées destinées à Juliet et moi. Avant, le vendredi soir était réservé à mes amis, mais Juliet est devenue prioritaire. J'ai annulé nos soirées entre potes plus de fois que je n'oserais l'admettre.

La règle que je m'étais fixée quant à mon appartement a lentement cessé d'exister. Juliet a effectivement dormi chez moi plusieurs nuits. Ce qu'il y a de bien d'avoir Juliet chez moi, c'est que les souvenirs de Lily, que je pensais ne jamais pouvoir oublier, se sont désormais estompés si bien que je ne m'en rappelle plus très bien. J'ai même l'impression d'être enfin passé à autre chose et d'avoir tiré un trait sur cette page de ma vie. J'aurais dû le faire il y a déjà bien longtemps.

Bien que les choses ne soient pas conventionnelles entre Juliet et moi, elles fonctionnent. Nous n'avons ni l'un ni l'autre des attentes sur cette relation et cela me convient parfaitement. Mais est-ce que ces conditions me rendent vraiment heureux ? Suis-je épanoui en maîtresse de maison apprivoisée, monogame et castrée ?

Mon téléphone posé sur le plan de travail en marbre émet un signal annonçant l'arrivée d'un message. Je l'attrape tout en jetant un œil au saumon, me demandant s'il est récupérable, oui ou non.

Préoccupé par mon repas carbonisé, je ne comprends pas tout de suite le message de Juliet. Il faut que je le lise une seconde fois.

Le ton est direct, ce qui ne me dérange pas. Nous n'aimons pas particulièrement nous envoyer des SMS.

Retenue au travail.

On se voit plus tard ce week-end.

Décidément, je suis maudit. C'est le troisième vendredi d'affilée qu'elle annule parce qu'elle est occupée. Cela ne devrait pas trop m'affecter, mais je suis déçu, malgré tout. J'attendais avec impatience de me poser, de boire un verre de vin et de manger un bon repas et puis, en guise dessert, de me faire Juliet.

Maintenant qu'elle ne vient pas, je me sens vraiment con, cloué à la maison à préparer un repas pour mon ex-plan cul. Si Hunter était là, il remettrait en question ma virilité et dirait haut et fort que je ne mérite pas mes couilles.

Cette pensée me donne une idée et je décide d'envoyer un message moi-même

Je regarde le triste saumon tout sec, attrape la poêle et vide le contenu dans la poubelle, ainsi que le reste des ingrédients que j'avais préparés.

Je me dirige vers la salle de bain en sifflotant pour me préparer à sortir. C'est alors que je me rends compte que *maintenant,* je me sens heureux.

★ ★ ★

– T'es devenu une petite gonzesse de merde, Dixon et tu as de la chance que j'accepte encore de te parler. Tu m'entends ? déclare Hunter pour la énième fois en m'empoignant par le col et rapprochant nos visages si près que nous ne sommes plus qu'à quelques centimètres l'un de l'autre.

– Oui, espèce de Neandertal, je t'ai bien entendu. Maintenant, soit tu m'embrasses, soit tu me laisses finir mon verre, dis-je en m'arrachant à son étreinte.

Finch rit, heureux que nous soyons à nouveau réunis.

– Tu m'as vraiment manqué, Dix, dit-il en avalant une gorgée de sa bière.

Finch peut boire de l'alcool ce soir car Heidi est partie pour le week-end. Ce qui veut dire que les choses pourraient… mal tourner.

– Toi aussi tu m'as manqué, mec, réponds-je en le tapant dans le dos.

– Oh, c'est pas bientôt fini vos câlins, là ? aboie Hunter en jetant un billet de vingt sur le bar pour payer nos verres. Allez ! On va voir des nibards !

Finch blêmit et agite frénétiquement la tête.

– Pas de nibards pour moi, merci. Et puis je suis sûr que Juliet ne serait pas d'accord que Dixon aille dans un club de strip-tease.

– On l'emmerde la nympho, hurle Hunter en nous passant nos nouvelles boissons. Jusqu'à preuve du contraire, Dixon est toujours en possession de ses couilles, contrairement à toi, Finch.

Je me mets à rire. Mais je ne sais pas vraiment si c'est encore vrai.

Sortir avec mes potes me fait prendre conscience que je suis en train de vivre en couple sans même le savoir. Je ne sais pas comment ou quand c'est arrivé, mais ça s'est fait. Même si ce n'est pas une relation classique, Juliet est la seule fille, après Lily, dont je suis aussi proche. Je ne sais vraiment pas quoi en penser.

– Hunter, quand tu rencontreras une fille vraiment faite pour toi, tu changeras de discours.

Finch me donne un coup dans les côtes pour m'encourager à le soutenir dans ce qu'il vient de dire.

– Oh arrête, va. Je suis un partenaire bien plus compatible que Juliet pour Dixon, lance Hunter, l'air railleur. Une fois que la chatte de Juliet perdra de sa nouveauté, Dixon se rendra compte qu'il y plein d'autres gâteaux à déguster autour de lui.

– Mais qu'est-ce que tu racontes ?

Je ne sais pas si j'ai envie d'écouter Hunter développer sa comparaison avec les gâteaux.

– À ton avis, qu'est-ce qui se passe quand tu manges toujours le même gâteau au chocolat, jour après jour ? demande-t-il en haussant les sourcils.

– On devient diabétique, dit Finch avec sérieux.

– Mais non, espèce d'imbécile, raille Hunter en levant les yeux au ciel avant de poursuivre : Au bout d'un certain temps, le gâteau au chocolat perd de sa saveur, et bientôt, tu te mets à vraiment le détester, parce que la seule chose que le gâteau au chocolat veut, c'est faire des câlins sur le canapé et regarder toutes les rediffusions de *Friends.* Et toi, pendant ce temps, tu te demandes à quel moment tu as fini par accepter de lui offrir tes couilles sur un plateau d'argent.

C'est de loin la comparaison la plus ridicule que j'ai jamais entendue, mais bizarrement, je comprends tout à fait ce qu'il veut dire.

– Donc une fois que tu as fini de faire en sorte que le gâteau au chocolat prenne son pied, en position du missionnaire, devrais-je ajouter, continue Hunter en faisant la grimace, tu commences à penser aux choux à la crème et tu réalises combien ils t'ont manqué. Et puis soudain, la seule chose à laquelle tu penses ce sont ces beaux choux dodus et sucrés. Tu te dis qu'ils sont bien meilleurs que le chocolat fade que tu as été obligé de manger au cours des deux derniers mois. Tu finis alors par vraiment détester le gâteau au chocolat et tu passes au chou à la crème sans même te souvenir de l'existence du gâteau au chocolat.

En ayant terminé avec son analogie sur le thème des pâtisseries, Hunter avale une bonne gorgée de sa bière.

Finch a l'air de retourner dans sa tête tout ce que Hunter vient de dire, pour parvenir à comprendre, tandis que je ris tellement que je manque de m'étouffer en avalant de travers ma bière.

– Tu es con.

– Non, je suis un génie. Et ce soir, on va te trouver un chou à la crème, ajoute Hunter avec un sourire espiègle.

Je ne sais pas trop quoi en penser. Je crois que je me sentirais plutôt coupable de coucher avec une inconnue juste parce que

Juliet n'a pas pu me voir ce soir. Mais avec Juliet, les choses se sont installées sournoisement et me hurlent à la figure que je suis devenu un bon petit toutou obéissant. Je n'aime vraiment pas ça.

Même si je n'ai pas forcément envie de manger du « chou à la crème », je ne vois pas quel mal il y aurait à aller voir les autres gâteaux en vitrine. Hunter repose sa bière et se met à beugler dès qu'il comprend que j'ai pris ma décision, tandis que le discours de Hunter semble enfin prendre tout son sens pour Finch.

– Putain, Hunter ! T'es vraiment tordu, dit-il avec dégoût.

Hunter se met à rire et lève un sourcil d'un air malicieux :

– Tu trouves que ça c'est tordu. Alors ne parlons pas de ce qui se passe quand tu manges trop de gâteau aux noix de pécan, jour après jour.

Finch mord à l'hameçon. Je dois pincer les lèvres pour ne pas sourire.

– Qu'est-ce qui se passe ? demande-t-il, en se laissant prendre au jeu.

– Tu deviens accro aux noix, explique Hunter avec un sourire en coin. Et bientôt, tu n'arrives plus qu'à penser aux noix. Des noix dans ta bouche, des noix sur ton visage. Des noix sur ta langue, dans le fond de ta gorge…

J'éclate soudain de rire, les larmes aux yeux.

Flinch blêmit, saisissant enfin l'analogie que Hunter fait avec les noix dans son petit discours. Il lui lance un regard consterné tandis que je fais claquer mon poing contre celui de Hunter.

On est vraiment des cinglés.

CHAPITRE 13
LE CHOU À LA CRÈME

Dixon

Je ne m'étais pas rendu compte à quel point ces mecs m'avaient manqué. Alors que nous marchons ensemble vers le centre-ville, je me dis que les vendredis soirs vont redevenir des soirées uniquement entre mecs.

J'ai éteint mon téléphone. Je n'ai pas honte d'avouer qu'effectivement, j'ai été tenté à plusieurs reprises de le regarder. Mais la comparaison idiote de Hunter sur le gâteau au chocolat m'a empêché de céder. Donc dans ce club, il n'y a que Finch, Hunter et moi, au milieu de mille autres personnes.

Ironie du sort, cet endroit s'appelle le « Crème de la crème ». Un nouveau club qui vient de s'ouvrir à Manhattan et qui ne passe que de la musique à la mode alors que j'aimerais écouter de bonnes vieilles balades rock des années 80.

À force d'observer les filles en petites tenues et les métrosexuels, l'envie d'un autre verre devient irrésistible.

– Rappelle-moi ce qu'on fait là ? dis-je en regardant Hunter qui se frotte les mains devant le grand buffet de chair fraîche qui s'étale devant lui.

– Tu es aveugle ou quoi ? ricane-t-il en désignant toutes ces filles à peine majeures dansant sur cette musique atroce.

– Je suis loin d'être aveugle, jamais je ne toucherais ces filles.

Je siffle mon verre, affligé. Putain, même leur scotch est dégueulasse.

– Oh, ça va. Détends-toi, le rabat-joie. Il n'y a pas si longtemps que ça, tu avais l'air de n'avoir aucun scrupule à l'idée de toucher une petite jeune, lance Hunter en faisant allusion à Madison.

– C'était complètement différent. D'une, elle n'est pas mineure et de deux, elle est beaucoup plus classe que toutes ces pouffiasses qui ont pris possession des lieux.

– Euh, Dixon, dit Finch.

Je me tourne vers lui et le découvre assis sur son tabouret, les yeux plissés et rivés sur la piste de danse.

– Oui ? dis-je, curieux de savoir ce qui semble tant l'intriguer.

– Ce ne serait pas ta petite jeune là-bas ?

Il pointe le doigt devant lui.

– Quoi ?

Je parcours frénétiquement des yeux la zone qu'il désigne. Ce n'est pas possible.

Le rire de Hunter qui s'élève à ma droite m'indique que c'est tout à fait possible.

– Putain, le petit chou à la crème a grandi.

Je lui donne un coup sur le torse sans quitter des yeux ce que j'ai en face de moi. Madison se trouve juste devant nous. Sa silhouette, qui m'a toujours semblé incroyable, est encore plus belle que dans mes souvenirs. Elle a toujours été longiligne, mais ce n'est plus le cas. En l'espace de quelques mois, on croirait qu'elle a fait un cours intensif de musculation. Elle n'est plus que courbes harmonieuses et chair souple et ferme.

– Et dire que tu as préféré le gâteau au chocolat à *ça*, chuchote Hunter dans mon oreille.

En temps normal je riposterais par une phrase pleine d'esprit, mais là, je reste bouche bée devant ce que je vois.

Une chanson au rythme plus rapide commence, Madison, toute excitée, agrippe son amie par le bras, la rouquine. Elles se mettent à danser et éclatent de rire en essayant de suivre le tempo rapide de la musique.

Elle porte une robe moulante rouge, très courte et très décolletée. À chaque pas de danse, sa robe descend au niveau du décolleté et l'ourlet remonte Je me lève alors de mon siège dans l'espoir d'apercevoir ce qui se cache en dessous.

Les hormones en furie, c'est comme si je recevais une douche glacée lorsqu'un bel Adonis s'approche d'elle et passe ses bras autour de sa taille, la pressant contre son corps musclé.

Le mâle alpha en moi proteste en hurlant intérieurement. Je serre très fort le verre dans ma main imaginant que c'est sa tête à lui que je broie. Mais à la façon dont Madison lui sourit et se colle contre lui, cet enfoiré absolument ravi semble bien être son nouveau prétendant.

Qui pourrait lui en vouloir ? Elle est tellement belle.

Ses longs cheveux bruns ont poussé et, après à sa danse effrénée, ils ont ce look sauvage et indomptable d'après le sexe. À cette idée, je grince des dents. Je n'ai pas envie de l'imaginer en train de coucher avec ce pauvre mec, ou avec n'importe quel autre mec, d'ailleurs.

Putain. J'ai besoin d'un verre.

– Ça alors, je…

– Boucle la, Hunter, dis-je d'un ton sec en me relevant pour me diriger vers le bar, ignorant son commentaire sarcastique.

La queue est longue et je n'ai pas du tout envie d'attendre, vu mon humeur massacrante. Si je reste là une minute de plus, je dois au moins me saouler la gueule et oublier que j'ai vu Madison.

Je suis pourtant bien conscient du paradoxe de ma situation. C'est classique, on désire toujours ce que l'on ne peut pas obtenir. J'aurais pu être avec la douce et innocente Madison, mais au lieu de ça, j'ai opté pour un plan cul facile et intense, Juliet, avec qui je couchais déjà avant de me rendre compte que j'en pinçais pour Madison.

Mais ce soir, je ne suis pas sûr d'avoir fait le bon choix, non pas parce que je viens de voir que Madison est torride. Je le savais déjà. Sous son maquillage sophistiqué et sa robe moulante, elle reste toujours la jeune fille maladroite qui m'a invité à déjeuner et qui m'a fait rire.

Je remets en question ce choix parce que je ne cesse de me demander si Juliet et moi ne serions pas trop semblables. Le sexe avec elle est vraiment dingue mais une fois que ça retombera – ça va forcément retomber – aurais-je toujours envie d'elle ?

Voilà ce qui arrive quand on se lance dans une «relation» avec une ancienne patiente, qui est dépendante au sexe, que j'ai observée se masturber sur mon bureau et que je saute comme une brute pour oublier mon ex-fiancée.

C'était foutu d'avance. Comment ai-je pu penser que cela pourrait se passer autrement ?

– Dixon ?

Je grogne intérieurement et maudit les dieux du ciel qui m'observent et rient de mes malheurs.

– Madison ? dis-je en tentant d'adopter le même ton de surprise qu'elle, bien que mon étonnement ne soit qu'une mascarade.

Je me tourne vers elle et mon cœur fait un bond dans ma poitrine. Je me ressaisis vite, remettant mon masque.

– Qu'est-ce que tu fais-là ? demande-t-elle encore essoufflée par la danse.

– Oh, mes amis voulaient qu'on vienne faire un tour ici.

Elle hoche la tête et je vois bien que ses yeux observent chaque détail de mon visage pendant notre échange…

– Cool, moi aussi. Enfin, mes amis voulaient venir, explique-t-elle.

Je suis hypnotisée par ses lèvres brillantes.

– Génial.

Je m'éclaircis la gorge car je ressens exactement les mêmes choses que lors de notre première rencontre. L'attirance entre nous ne fait aucun doute, mais Madison a changé. Elle a l'air plus… confiante, plus sûre de sa beauté, sans pour autant être devenue prétentieuse. Je me demande ce qui l'a fait changer.

La réponse à cette question ne tarde pas à se manifester comme une claque dans la figure. Son copain arrive et pose ses grosses mains sur sa taille, comme pour marquer son territoire. Ce mec est vraiment immense par rapport à elle. Madison lève les yeux vers lui. Comme si elle avait brièvement oublié où elle se trouvait, elle secoue la tête et puis elle lui sourit.

– Dixon, je te présente David.

David le géant me tend sa main que je serre sans empressement.

– Enchanté, dis-je d'un ton légèrement sarcastique.

Sa poignée de main est aussi peu enthousiaste que la mienne… J'ai soudain l'envie pressante de l'essuyer sur mon jean. David me dévisage, visiblement en alerte, et passe un bras protecteur autour des épaules de Madison.

– Comment tu connais Maddy ? aboie-t-il en essayant de m'intimider.

Ce *garçon* a encore beaucoup à apprendre s'il imagine que ses bouffonneries de cours de récré m'impressionnent.

– Eh bien, Madison n'arrêtait pas de se retrouver les quatre fers en l'air en ma présence, n'est-ce-pas *Maddy* ? dis-je d'un ton sarcastique sans jamais quitter David des yeux.

Sa mâchoire se contracte et je me félicite intérieurement de mon sens de la répartie.

– Comment va ton front ?

Je me penche vers elle pour balayer les cheveux sur sa tempe, à la recherche d'une possible cicatrice.

Ça alors ! Madison se laisse aller contre moi. Sa volonté de s'abandonner à mon contact fait hurler victoire le barbare qui se cache en moi. Tiens, prends ça, grand con.

Par chance, je suis le prochain à être servi, je mets alors immédiatement fin à cette plaisante rencontre.

– Bon, ravi d'avoir faire ta connaissance, Damon, dis-je en faisant exprès de me tromper de prénom.

– C'est David, corrige-t-il en pressant de plus belle ses doigts sur la peau de Madison.

– Ah, d'accord, réponds-je d'un ton dédaigneux puis hoche la tête et dirige mon regard sur Madison, qui a l'air plutôt énervée.

Je ne sais pas ce qui a pu faire naître tant d'hostilité en elle mais je n'ai pas le temps de le découvrir, la personne devant moi vient de payer ses verres.

– Madison, ravi de t'avoir revue.

Je me penche en avant et dépose un simple baiser sur sa joue.

Dès que son parfum à la vanille atteint mes narines, je dois lutter pour ne pas enfouir mon visage dans le creux de son cou.

Je me recule calmement, m'efforçant d'apparaitre impassible. Je suis alors ébahi de la voir se pencher vers moi et de l'entendre murmurer à mon oreille :

– Tu me dois encore un dîner.

Sous mon air calme, je me décompose totalement. Madison me lance un sourire en coin et tourne les talons, poursuivie par le babouin.

Je reste immobile, subjugué par ses belles fesses fermes et galbées, et manque mon tour pour commander au bar. Mais je m'en fiche. Je viens tout juste de me faire prendre à mon propre jeu.

Bien joué, mon chou à la crème, je m'incline.

CHAPITRE 14
MEC, J'AI L'IMPRESSION D'ÊTRE UNE FEMME

Dixon

Je me réveille d'un rêve extrêmement précis dans lequel Madison me suçait. Curieusement, elle faisait exactement tout ce que j'aime. Mais soudain, je me rends compte que quelqu'un est vraiment en train de me tailler une pipe. Malheureusement, la personne qui a mon sexe dans la bouche n'est pas Madison, mais Juliet.

Je regarde vers le bas et découvre une masse de beaux cheveux blonds allant et venant entre mes cuisses. Je décide d'ignorer le fait que j'aurais plutôt préféré découvrir des cheveux bruns.

Juliet me relâche et lève un regard lourd de désir vers moi.

– Bonjour mon chou, murmure-t-elle.

Je fais la grimace car je *déteste* ce petit nom, mais elle a l'air de s'en foutre.

– Salut, réponds-je d'une voix rauque à cause de mon abus de whisky, la veille. Comment es-tu rentrée ?

– J'ai mes propres techniques, répond-elle, la voix basse.

Je ne prends pas la peine de lui demander de m'expliquer puisqu'elle baisse la tête et reprend là où elle s'était arrêtée.

J'adore me faire sucer par Juliet. Sa bouche, sa langue, ses mains et sa gorge se synchronisent en parfaite harmonie. En général, je jouis au bout de quelques minutes. Mais aujourd'hui, Juliet ne me satisfait pas. Sa bouche est trop humide, sa langue bouge dans tous les sens, ses mains n'en font pas assez et sa gorge est trop profonde.

Elle sent que je ne suis pas d'humeur et relâche mon sexe, la bouche humide et gonflée de m'avoir sucé à fond.

– Qu'est-ce qui ne va pas ? demande-elle le souffle haletant, écartant ses cheveux de son visage.

Je plonge dans ses yeux bleus étonnés, mal à l'aise d'être aussi peu sensible à ses attentions. Elle fait des efforts.

Peut-être que j'ai juste envie de baiser.

– Déshabille-toi, lui dis-je en me redressant et en ouvrant le tiroir de la table de nuit pour prendre une capote.

Elle a l'air surprise, d'habitude je n'en mets pas, car je me laisse entièrement emporter par mon besoin de sexe et que toute ma raison s'évapore face à mon érection. Juliet se lève néanmoins et se déshabille, arrachant littéralement son pull en cashmere et sa mini-jupe noire. Elle se tient debout, provocante, vêtue simplement d'un soutien-gorge noir sans bretelles, d'un string assorti et de talons hauts rouges. Je ne peux pas le nier, elle est vraiment très belle.

– Enlève tout.

Le dos appuyé contre la tête de lit, je la regarde s'exécuter.

Elle affiche un grand sourire, sans doute excitée par le fait que je lui donne des ordres, puis elle dégrafe son soutien-gorge. Il tombe par terre, atterrissant à ses pieds. Mon regard se focalise sur ses seins lourds et généreux. Ses tétons sont roses et érigés. J'en ai l'eau à la bouche et brûle d'envie de les sucer.

– Ça aussi, dis-je en désignant sa petite culotte.

Elle passe sa langue sur ses lèvres avant de me tourner le dos et de se pencher en avant, le dos droit, ce qui me permet d'observer ses fesses fermes. Elle passe les doigts sous l'élastique de son string et le fait glisser lentement le long de ses jambes en se tortillant, jusqu'à ce qu'il atteigne le sol. Elle se relève tout doucement en me regardant par-dessus son épaule, ses longs cheveux blonds voilent son visage de femme fatale.

– Et maintenant quoi, Docteur Mathews ? demande-t-elle en passant sa langue sur les lèvres.

– Maintenant je vais te sauter jusqu'à ce que tu me supplies de te laisser jouir, réponds-je en déchirant l'emballage de la capote et en me préparant à l'action.

Juliet tente de se retourner mais je l'en empêche.

– Ne bouge pas.

Elle obéit, son corps est secoué par un frisson.

Je me lève du lit et pose une main sur sa taille pendant que l'autre s'aventure devant. Mes doigts se faufilent jusqu'à son sexe humide. Elle pousse un gémissement guttural et ce son qui d'habitude me rend fou, n'a bizarrement aucun effet sur moi. Mais je continue, enfonçant un doigt dans son sexe avide et en en ajoutant rapidement un autre. Un seul doigt ne suffit pas pour l'insatiable Juliet.

Elle ondule contre ma main et son corps s'agite lorsque je commence à caresser son clitoris avec mon pouce.

– Prends-moi Dixon, crie-t-elle en frottant ses fesses rondes contre mon sexe.

– Tu es vraiment une vilaine gourmande.

Je me presse de retirer mes doigts tandis qu'elle pose ses mains sur le placard face à elle, puis se penche en avant et écarte largement les jambes. Cambrant le dos, elle pousse ses hanches vers l'arrière, me présentant son cul pour mon plus grand plaisir. Je plie les genoux, la maintiens des deux mains au niveau de la taille et je la prends par derrière.

Dès que je me suis enfoui dans ce fourreau brûlant, mon corps prend la direction des opérations, mes hanches se mettent à aller et venir en elle, avec une précision de métronome. Je sais que ça ne va pas être long, car plus je la pénètre, plus elle gémit, ce qui me va parfaitement vu que nous sommes là pour la même chose. À la façon dont elle agite ses fesses, je sais ce qu'elle veut mais je ne suis pas d'humeur pour ce type de jeu aujourd'hui.

Je place une de mes mains plus bas sur ses hanches tandis que mon autre main l'agrippe par le cou. J'appuie sur sa nuque pour que ses hanches se relèvent, me permettant de la pénétrer plus en profondeur, car j'ai du mal à trouver mon rythme. Je sais qu'elle est proche de l'orgasme, mais pas moi et je ne comprends pas pourquoi. C'est une de mes positions préférées, mais aujourd'hui Juliet ne m'excite pas autant. Je la pistonne avec mes hanches et pose ma main sur ses tétons érigés, ce qui d'habitude me rend dingue. Mais aujourd'hui… Rien.

– Je vais jouir, murmure-t-elle, la joue écrasée contre la porte en bois du placard dont le contenu s'entrechoque à chaque poussée vigoureuse.

Dès que ses muscles internes enserrent ma verge, je sais que c'est fini. Elle jouit alors en poussant un grand cri et elle tremble de tous ses membres. Pourtant, de mon côté, je vais et viens en elle sans résultat. Mon plaisir est encore loin.

Juliet est déjà prête pour le deuxième round, mais je ne suis pas encore près de boucler le premier.

– Chéri, gémit-elle.

Son corps s'affale et mes mouvements brutaux la collent au placard comme si elle allait en devenir un élément.

Pourquoi je n'arrive pas à jouir ? Je suis au bord de l'orgasme mais je n'y arrive pas.

Soudain, les boucles de Juliet sont remplacées par de luxuriants cheveux bruns et son petit cul devient plus rond et plus galbé. Je commence à imaginer mon sexe aller et venir dans une petite brune inconnue aux grands yeux verts et aux lèvres charnues, ses joues sont teintées de rose pâle. Ses seins magnifiques rebondissent irrésistiblement pendant que je m'introduis dans son corps chaud et innocent. *Cette* image-là réveille mon corps et je me retire avant de la pénétrer à nouveau. Cette sensation délicieuse déclenche en moi un éclair de pur plaisir qui me traverse de la tête aux pieds.

Soudain, de façon inattendue, le visage n'est plus celui d'une inconnue. Lorsque la fille tourne la tête pour me regarder par-dessus son épaule, je croise les yeux verts et brillants de Madison.

Le souvenir d'elle en train de danser, la façon dont son corps bougeait au rythme de la musique m'assaille. J'imagine sa douce voix résonner dans mes oreilles et j'explose si violemment que je manque de m'effondrer. Mon sexe expulse mon plaisir qui se prolonge jusqu'à je ne sois plus qu'un corps pantelant, haletant, au bord de la crise cardiaque. Je n'ai jamais eu un orgasme aussi puissant de ma vie.

Il me faut une bonne minute pour rejoindre la réalité. C'est alors que mon regard croise des yeux bleus comblés, au lieu des iris verts que j'imaginais.

– C'était… Waouh… s'exclame Juliet, le fil du bois de la porte du placard imprimé sur la joue.

Je souris à moitié et me retire. Son corps me donne désormais l'impression d'être froid et inconnu. Jetant le préservatif, je m'effondre à plat ventre sur mon lit et prie pour que le sommeil s'empare de moi, et efface ma honte.

Par bonheur, je m'endors immédiatement.

★ ★ ★

Je me réveille seul.

Juliet est sans doute partie depuis longtemps vu que j'ai bien signifié que je n'étais pas d'humeur pour des câlins au lit.

Comment expliquer ce qui s'est passé ? Je n'ai jamais, mais vraiment jamais eu besoin d'imaginer une autre fille pendant l'acte pour pouvoir jouir. Même lorsque je prenais Sharon sur mon bureau, mon orgasme venait du fait que son corps dodu enserrait ma verge et me forçait à donner tout ce que j'avais.

Soulevant ma couverture, j'attrape mon téléphone et appelle la seule personne à qui je peux expliquer le bordel qui se passe dans ma tête.

★ ★ ★

– Tu baises comme une femme.

– Pardon ?

Je dévisage Hunter par-dessus mon café, légèrement vexé.

– Tu. Baises. Comme…

– Oui j'ai bien entendu la première fois. Mais qu'est-ce que ça veut dire ?

– Ça veut dire, explique Hunter en agitant sa fourchette dans ma direction, que tu baises avec ta tête plutôt qu'avec ta bite.

Il termine sa phrase en pointant sa fourchette sur mon entrejambe

– Arrête tes conneries.

Mais putain… il a raison.

Je leur ai déjà raconté plusieurs fois que Juliet couche comme un mec. Elle peut baiser n'importe où, n'importe quand, comme un mec. D'habitude, je suis à fond avec elle, mais ce matin je n'ai pu finir que lorsque j'ai imaginé que j'étais avec Madison.

– Et voilà ! dit Hunter en levant les bras au ciel en signe de victoire.

– Ce n'est pas possible.

Mais en fait, c'est tout à fait possible.

L'idée selon laquelle la plupart des femmes font l'amour avec leur tête alors que la plupart des hommes le font uniquement avec ce qui se trouve entre leurs jambes est un fait avéré. C'est plus difficile de stimuler l'imagination d'une femme que son point G. Mais si on arrive à faire les deux à la fois, à savoir stimuler son imagination et son corps, alors on est un véritable génie du sexe.

Mon Dieu, je suis en train de devenir une femme.

– Mais c'est impossible. Je veux dire par là que je n'ai jamais eu ce problème avant et j'ai couché avec de vraies… dis-je, l'air dégoûté. Et puis tu as bien vu Juliet, elle est super belle.

– Mais ce n'est pas elle que tu veux te faire, visiblement, constate Hunter, la bouche pleine.

Je finis mon verre d'eau, je ne me sens pas bien tout d'un coup.

– Comment ça se passe avec Juliet ? demande Finch en dégustant sa salade de fruits.

– D'habitude elle arrive à me faire jouir en cinq secondes.

– Non, ce n'est pas ce que je te demande, dit-il l'air gêné. Je veux dire, qu'est-ce que vous faites après l'acte ? Vous parlez ? Vous vous faites des câlins ?

– Mais mec ! s'exclame Hunter dégoûté. Et ensuite quoi ? Tu vas nous annoncer que toi et Heidi avez vos règles en même temps ?

Finch se contente de l'ignorer et continue :

– Après l'acte, qu'est-ce que tu ressens ?

Je réfléchis un instant et réponds en toute franchise :

– Rien.

– Exactement, ce n'est que du sexe, Dixon. Ce n'est pas moi le spécialiste ici… dit Finch en me regardant avec un sourire en coin, mais ne crois-tu pas que Juliet te sert juste à combler un… vide ?

Hunter émet un grognement de dérision et je le foudroie du regard, car j'entends déjà monsieur je-sais-tout faire un commentaire sur mon habileté à combler des trous.

– Peut-être que ces plans cul mécaniques ont commencé à perdre de leur saveur, poursuit Finch, Juliet est la première fille qui est, depuis longtemps, un peu plus qu'un plan cul.

Je hoche la tête car il a raison. Dès que je l'ai vue, je savais très bien qu'elle n'annonçait rien de bon. Serait-ce qu'inconsciemment, je *tentais* de combler ce vide ? Avais-je l'intention de créer quelque chose à partir de rien ? Mais cela n'explique pas Madison.

– J'aurais pu combler ce soi-disant « vide », dis-je en mimant des guillemets avec les doigts, avec Madison, mais j'ai choisi Juliet.

– Le sexe c'est facile, Dix. C'est la relation de couple qui est compliquée. Il y a manifestement quelque chose de plus avec Madison.

– Mais je ne la connais presque pas.

– Oui mais malgré tout, tu es clairement attiré par cette fille. Tu dois bien avoir une sorte… d'intérêt pour elle.

Il a raison. Pendant le peu de temps que nous avons passé ensemble, j'ai su simplement apprécier sa compagnie sans me demander si elle aimait ou pas la levrette.

– Voilà ce qui arrive lorsque tu fais passer ton plan cul au rang de copine, Dix, lance Hunter, peu compatissant, tout en salant ses frites.

– Ce n'est pas ma copine.

– On dirait pourtant bien. Tu ne couches plus avec d'autres filles et tu plantes tes amis pour elle. Donc vous êtes ensemble.

– On n'est pas ensemble !

Je me retiens de lui faire un doigt d'honneur.

– Ouais, c'est ça, maugrée-t-il.

Je décide de l'ignorer et de m'adresser plutôt à l'adulte de notre groupe :

– Ça se passe comment entre toi et Heidi ? Tu es toujours aussi à fond sur elle ?

Finch sourit à la simple mention du prénom de sa ravissante épouse.

– C'est la femme la plus sexy du monde et je n'ai jamais eu aucun problème à lui faire l'amour, affirme-t-il fièrement tandis que Hunter s'étouffe.

– Beurk. Pourriez-vous ne pas utiliser ce mot, s'il vous plaît ?

– Lequel ? Amour ? demande Finch en fronçant les sourcils.

– Oui, et s'il te plaît, arrête aussi d'utiliser le mot « faire » juste avant. C'est tellement… gay, répond Hunter, dégoûté.

Je ne peux qu'en rire.

– Faire l'amour à ta somptueuse femme, c'est loin d'être « gay », je peux te le dire. On se donne du plaisir, c'est ça une relation. Rendre l'autre aussi heureux que soi.

– Voilà pourquoi Hunter est toujours célibataire.

Il me fait un doigt d'honneur pour rigoler mais je vois bien qu'au fond il a l'air un peu blessé.

– Désolé d'évoquer ça, dit Finch avec prudence, mais tu as été fiancé, Dix. Quand vous étiez ensemble avec Lily, tu as bien dû ressentir une sorte de connexion ?

En temps normal, le simple fait de parler de Lily m'aurait bouleversé, mais aujourd'hui je ne ressens rien et je prends vraiment la question de Finch au sérieux.

Quelle que soit la relation entre Juliet et moi, cela n'a rien à voir avec ce que j'ai pu ressentir pour Lily. J'aimais Lily plus que ma propre vie. Jamais je n'ai imaginé une autre femme qu'elle lorsque nous… faisions… lorsque nous baisions. Mais avec Juliet j'ai l'impression d'être une queue en libre-service, ce qui me convient, puisque qu'elle est également une chatte en libre-service pour moi.

Finch et Hunter ont raison. J'ai eu tort de penser que notre relation était autre chose que du sexe.

– Tu as raison, dis-je en soupirant.

Hunter se racle la gorge, je corrige alors mon propos en lui souriant d'un air sarcastique :

– Vous avez tous les deux raison.

Je décide d'être franc et leur avoue :

– Avec Juliet, j'ai l'impression de n'être qu'une bite sur commande.

Malheureusement, Hunter ne respecte pas ma franchise et éclate de rire.

– Docteur Dixon, le Docteur ès plans cul, dit-il en faisant semblant de l'écrire sur un panneau.

– Alors arrête de la voir, lance Finch en sous-entendant que la solution n'est pas si difficile, tu sais, c'est toi le psychiatre ici. Tu ne devrais pas être celui qui donne des conseils ?

– Ce n'est pas si simple, Finch. Tout ce que j'ai appris et appliqué sur les autres ne s'applique pas forcément dans mon cas, lorsque j'ai besoin d'un conseil. Et puis, mon fort ce sont les addictions, pas les relations. Je suis un psychiatre et pas un putain de gourou des relations.

Finch hoche la tête.

– Ça se comprend.

– Non tu n'es qu'un crétin, le coupe Hunter, en repoussant son assiette vide, je t'avais dit de ne pas t'approcher de cette harpie.

– Tu n'as pas bientôt fini de me faire la leçon ? Aux dernières nouvelles, tu n'es pas encore marié avec ton âme sœur.

– Parce que je ne suis pas con.

Il se corrige rapidement :

– Sans vouloir te vexer, Finch.

Finch secoue la tête pas le moins du monde vexé, ce n'est pas la première fois qu'il entend cela.

– Les femmes ne font que créer des problèmes. Moi je veux vivre comme Hugh Hefner[2].

---

2. Hugh Hefner est le créateur du magazine Playboy.

– Donc tu veux finir tes jours vieux, seul et accro au Viagra ?

Hunter me lance un bout de pain et je me baisse pour éviter sa trajectoire.

– Non. Riche, célibataire et heureux.

Finch et moi regardons Hunter puis nous éclatons de rire. Chacun ses rêves.

– Appelez-moi Hunter Hefner, dit-il en blaguant.

Il dévisage la serveuse blonde en mimant des oreilles de lapin au-dessus de sa tête.

– Et si on t'appelait plutôt Hunter l'Imbécile ? dis-je en riant.

Hunter croise ses bras sur son large torse et s'incline sur sa chaise :

– Ouais, c'est ça, Dixon Mathews, queue de garde. Oh, pardon, dit-il en toussant, la main posée sur sa bouche : je voulais dire toubib de garde.

Je ne peux pas arrêter le ricanement qui monte dans ma gorge. Lorsque Finch et Hunter se mettent également à rigoler de concert, je n'arrive pas à croire que nous parlions de tout cela pendant notre brunch.

CHAPITRE 15
DATE DE PÉREMPTION

Dixon

Après le brunch, je suis rentré à la maison et j'ai entrepris de rattraper mon retard dans ma paperasse. Mais je suis vite distrait par les paroles de Finch. Je n'arrête pas d'y penser. Aurais-je des sentiments pour Madison ? C'est vraiment impossible. Si c'était le cas, pourquoi aurais-je choisi Juliet à sa place ? Je sais que ce n'est pas simple, mais j'aurais très bien pu dire non à Juliet le jour où j'avais rendez-vous avec Madison.

Avant ce matin, j'adorais coucher avec Juliet. Désormais, ça m'attire beaucoup moins.

Je décide de faire l'autruche et de me concentrer sur mon nouvel article de recherche.

Alors que je suis totalement absorbé par mon étude des modèles de comportements innés, mon téléphone sonne. Je l'attrape et découvre un message de Juliet

J'ai mal partout depuis ce matin. Merci. x

D'habitude je réponds toujours par un commentaire salace qui consisterait en l'occurrence de proposer de lui faire encore plus mal. Mais non, cette fois je ne prends même pas la peine de répondre.

★ ★ ★

Samedi soir, neuf heures, je suis à la maison et je suis seul.

Impossible de me souvenir de la dernière fois où cela m'est arrivé. Avant d'avoir rencontré Juliet, je serais déjà parti en chasse un peu plus tôt et serais en ce moment même à deux doigts de conclure. Juliet s'est accaparée mes samedis soirs et ce n'est que maintenant que je m'en rends compte.

Je vérifie mon téléphone. Elle ne m'a pas écrit, mais comme je n'ai pas répondu à son message plus tôt, son silence radio semble normal.

Merde alors... À quel moment ce truc entre nous s'est transformé en une vraie relation ?

Je soupire et focalise mon attention sur l'écran de la télé avec l'espoir de trouver une émission débile pour m'occuper.

* * *

Après deux films de la série *Les dents de la mer* et douze bières, je meurs d'envie d'un bon scotch et d'un porno.

Je pourrais très bien me contenter de me branler, or je me demande quel corps et quel visage j'aimerais visualiser comme source d'inspiration.

Finalement l'envie passe, j'attrape alors mon téléphone et décide de consulter mes e-mails. Sans pouvoir l'expliquer, au lieu de cela j'ouvre la liste de mes contacts et m'arrête à la lettre M. Je n'aurais jamais dû envisager ce que je suis en train de faire actuellement. Mais c'est samedi et il est tard – ou tôt le dimanche. Je suis aussi à moitié saoul et très excité. Jamais de la vie je ne devrais écrire à Madison mais... comme on dit : ne jamais dire jamais.

Je ne peux pas m'arrêter ; j'écris un petit message et appuie sur envoyer sans parvenir à raisonner mon impulsivité. Le message est vraiment innocent, sachant qu'il est à peu près une heure du matin. Je ne souhaiterais pas que Madison s'imagine que je lui écris parce que je suis bourré et à la recherche de sexe.

Je fixe mon écran des yeux pendant une éternité, mais rien. Ce n'est qu'au moment où je commence à maudire cette tentative irréfléchie que mon écran s'allume et affiche la réponse de Madison.

Aucune idée dit-elle en réponse à la blague « Qu'est-ce qu'un fou qui travaille dans un bureau de poste ? ».

Je sais, c'est nul mais c'est mieux que de lui demander « Qu'est-ce que tu portes en ce moment ? »

Un timbré, réponds-je.

Je fais la grimace en voyant à quel point ma blague est stupide, mais ça a au moins permis de briser la glace. J'avoue que cette histoire est vraiment puérile, mais j'ai attiré son attention grâce à une ânerie. L'attente de sa réponse me donne des brûlures d'estomac. Je lance alors mon téléphone sur le canapé. Une seconde après, il se met à sonner et je plonge pour l'attraper, impatient de lire son message.

LOL. À mon tour : qu'est-ce qu'une infirmière qui attend qu'un mec l'appelle ?

Je lis le message plusieurs fois pour être sûr qu'il n'y a pas eu de malentendu. Même si nous ne plaisantons plus vraiment apparemment, je lui réponds en plaisantant tout de même :

Je donne ma langue au chat.

L'attente entre chaque message est insoutenable. Heureusement, cette fois, la réponse arrive tout de suite.

Une fille naïve. Pourquoi tu n'as jamais appelé ?

Sa chute est pire que la mienne.

Je suis vraiment un connard de m'être cru en droit de la contacter après tant de semaines. C'est insensible de ma part d'imaginer que je puisse la faire rire et tomber d'admiration pour mes blagues débiles. Je lui dois la vérité et je luis dois surtout des excuses.

Je suis désolé, je suis vraiment un gros con.

Elle répond immédiatement :

Oui, c'est vrai.

Sa réponse concise indique clairement que la balle est dans mon camp. Je réfléchis à ce que je pourrais dire, et je sais déjà que ce ne sera pas un moment glorieux.

Je couchais... mais je m'empresse d'effacer cela et d'opter pour Je sortais avec quelqu'un d'autre.

Mes doigts hésitent à appuyer sur le bouton « envoyer » mais je finis par le faire en retenant ma respiration.

Les minutes passent lentement et je suis sur le point de lui envoyer un autre message quand elle répond :

Tu sortais ?

Je souffle, soulagé et content de voir que sa réponse n'est pas «Va te faire foutre, connard».

Oui.

C'est trop compliqué d'expliquer la situation via SMS sans avoir l'air d'un gros pervers. Donc un simple « oui » suffit.

Moi aussi.

Ah bon ?

Ou plutôt, je sors avec quelqu'un puisque je l'ai vu ce soir.

Je n'ai pas besoin de deviner qui c'est.

Avec Damon ?

Je suis incapable de taper son prénom sans avoir envie de me planter un crayon dans l'œil

Tu sais très bien qu'il s'appelle David.

Et pour répondre à ta question, oui je sors avec lui.

Je serre les mâchoires en imaginant ce Titanosaure poser ses mains sur elle mais je décide de rester calme.

Félicitations.

J'envoie cela mais en réalité j'ai plutôt envie de lui dire «J'espère qu'il va attraper la fièvre jaune et crever».

Merci. David est aussi mon coach privé.

Je crispe mes doigts autour du téléphone en imaginant la trique que se tape David lorsqu'il la regarde faire ses exercices en tenue de sport légère. Mais je décide de me la jouer cool.

Ça explique tout.

C'est un compliment ou une insulte ?

Un compliment, bien entendu.

Je sais, je sais, elle est en couple, mais un tantinet de drague ne peut pas faire de mal.

Tu peux préciser stp ?

Je l'imagine en train de se creuser la cervelle pour deviner ce que ce commentaire signifie. Mais elle sait déjà qu'elle ne peut pas gagner à ce petit jeu avec moi.

Tu ne l'encaisses pas, la vérité ! [3]

---

3. Cette réplique est tirée du film, A Few Good Men (en français, Des hommes d'honneur) avec Jack Nicholson, Tom Cruise, Demi Moore et réalisé par Rob Reiner. Il est sorti en 1992.

Je réponds en utilisant la réplique culte de Jack Nicholson.

Mais soudain je me dis qu'elle est peut-être trop jeune pour connaître ce film, je m'empresse alors de taper un autre message. Je ne voudrais pas qu'elle pense que je suis malpoli ou agressif ou juste hyper bizarre.

Mais avant d'avoir eu le temps de renchérir, mon téléphone bipe.

Oh ! J'adore ce film, Jack Nicholson est trop sexy.

Je lis le message au moins trois fois d'affilée, mon sexe commence à se dresser en apprenant qu'elle trouve sexy un mec qui a deux fois mon âge. Peut-être qu'elle aime les hommes plus âgés ? Cela éveille mon désir, mais j'y mets un frein avant de faire quelque chose de stupide ou de formuler une idée encore plus stupide.

Je décide de changer de conversation et je tape :

Quel est ton film préféré ?

Je vois bien que c'est nul comme question mais j'ai vraiment envie de savoir quel est son film préféré. En fait, j'ai envie de savoir tout ce que Madison préfère dans la vie.

E.T. Et toi ?

Waouh, elle connait Jack Nicholson et E.T. Finalement, ma blague du début n'était pas si foireuse.

* * *

Trois heures et une bouteille de scotch plus tard, j'ai découvert *toutes* les choses que Madison adore.

Nous nous sommes envoyé des messages jusqu'au petit matin et je ne me suis pas ennuyé une seule seconde ou je n'ai pas souhaité mettre fin à la conversation. Je voulais tout savoir sur elle et, d'après la nature de ses questions inquisitrices, j'ose croire qu'elle avait la même intention à mon égard.

Elle ne s'est pas attardée sur le sujet de mon père, quand je lui ai fait comprendre je n'étais pas à l'aise avec ce sujet. De son côté, j'ai bien senti qu'il y avait des éléments de son passé et de son présent – comme David l'Abruti – qu'il fallait éviter. J'ai donc respecté cela, comme elle l'a fait pour moi.

En revanche, tout le reste était ouvert à discussion et je pense n'avoir jamais découvert autant de choses sur un autre être humain.

Pas même Lily.

Si j'avais auparavant des doutes sur la décision à prendre avec Juliet et notre « situation », cette nuit passée à parler avec Madison m'a permis de balayer toutes mes réserves. Je ne pense pas avoir eu, avec Juliet, une seule conversation de plus de cinq minutes. Bien sûr, je connais le strict minimum sur elle, nous ne sommes pas que de simples inconnus qui se retrouvent pour baiser, mais contrairement à Madison, je ne connais pas du tout Juliet en tant que personne.

Cependant, je ne sais vraiment pas comment ou *quoi* lui dire. Et puis, même si je mets fin à ma relation avec Juliet, je ne vais pas pour autant pouvoir me rapprocher de Madison puisqu'elle sort avec le Titanosaure. Il faudrait donc je me trouve d'autres plans en attendant, mais la perspective d'un coup d'un soir, sans visage et sans âme perd soudain tout son charme. J'ai déjà Juliet sous la main qui est tout à fait capable de satisfaire mes besoins. Mais est-ce vraiment le cas ? Notre passion ne se serait-elle pas déjà consumée, après ce qui s'est passé hier ? Notre flirt aurait-il une date de péremption ? J'imagine qu'il n'y a qu'une seule façon de le découvrir.

Pour l'instant je dois dormir. Et j'ai l'intention de faire de beaux rêves avec Madison et son bonnet E.

Oui ! Je lui ai demandé. Je n'ai pas pu résister.

CHAPITRE 16
« L'AMOUR N'EST QU'UNE FOLIE »

Dixon

Je suis allé à la salle de sport, puis j'ai couru. C'est dimanche et il n'est que neuf heures du matin. Aujourd'hui, j'ai enfin le courage de faire une chose que j'ai passé mon temps à remettre à plus tard. C'est la première fois, depuis l'enterrement de ma mère, que je lui rends visite.

Je gare ma BMW bleue, respire profondément et jette un coup d'œil au portail du cimetière de Hillcrest. Je ne suis pas revenu chez moi, dans le New Jersey, depuis le jour où j'ai fait interner mon père. Je prends une autre longue inspiration puis j'observe mon reflet pâle dans le rétroviseur. Il faut enfin que je me comporte comme un homme, un vrai.

Je me mets en marche et traverse le jardin parfaitement soigné du cimetière. Le mois de juin et son beau temps ont déjà fait éclore quelques jolies fleurs. Malgré leur beauté, les plantes ne cachent pas la nature de ce lieu, rempli de pierres tombales. Je ressens une immense tristesse pour toutes ces âmes qui ont un jour vécu. Chaque tombe représente la vie d'une personne et l'histoire de leur vie est gravée à jamais dans la pierre pour que le monde entier puisse admirer qui ils étaient.

Je me demande ce que sera le récit de ma vie. Mais surtout, *qui* sera l'auteur de mon histoire.

Chassant ces pensées, je lance un sourire poli à une femme habillée de noir qui, sans nul doute, est venue pleurer celui qu'elle aimait. Cet endroit est rempli de tristesse, mais c'est aussi un lieu de réflexion. Les vivants doivent pleurer leurs morts, c'est ici qu'ils peuvent le faire.

Lorsque j'atteins la tombe de ma mère, je m'arrête à quelques pas d'elle. Mes lunettes aviateur cachent les larmes qui me montent aux yeux. Je ne peux pas m'approcher plus près, pour l'instant cette distance entre sa tombe et moi suffit. Je m'agenouille et fixe du regard la stèle en marbre, me souvenant combien je l'ai soigneusement choisie. Il fallait qu'elle soit parfaite pour ma mère, car elle-même était parfaite dans sa vie. Je voulais être sûr que cette perfection la suive même dans l'au-delà.

– *Ciao Mamma*, dis-je en m'adressant à elle comme si elle était encore en vie.

Adolescents, mes parents ont tous les deux quitté leur petit village de Sicile pour émigrer aux États-Unis. À peine majeurs, ils se sont rencontrés dans une usine et se sont mariés un an après. Je suis né deux ans plus tard.

Mes parents n'avaient pas grand-chose quand ils sont arrivés en Amérique mais ils ont bien réussi leur vie. Ils ont travaillé très dur et se sont intégrés du mieux qu'ils pouvaient, sachant qu'ils ne parlaient que très peu anglais au moment de leur arrivée. Si la génération des jeunes d'aujourd'hui avait à vivre comme eux, à la dure, ils ne tiendraient pas même un jour, incapables de survivre sans leur iPods ou leurs téléphones.

D'un côté, les choses étaient plus simples à l'époque. On se mariait jeune, on avait rapidement des enfants et on se devait de subvenir aux besoins de sa famille du mieux qu'on pouvait. C'était dur, mais la famille passait avant tout le reste. Il était normal de se sacrifier pour ceux que vous aimiez.

C'est grâce à mon père et à ma mère, qui ont vraiment travaillé très dur, que j'ai pu arriver là où j'en suis. Chaque jour qui passe, je les remercie pour tous les sacrifices qu'ils ont faits pour moi.

– Tu me manques, dis-je en fixant la tombe, je suis désolé d'avoir mis autant de temps à venir te voir. Mais je pense à toi tous les jours et pas un seul moment ne passe sans que je ne te regrette.

J'hésite avant d'avouer avec peine :

– Je suis désolé pour ce que j'ai fait à *Papà*.

Et je baisse la tête, écrasé par la honte.

Si ma mère était encore en vie, elle serait offusquée de ce que j'ai infligé à mon père. Elle serait aussi choquée par mon mode de vie. Elle me dirait de me marier à une gentille fille et de lui faire plein de petits-enfants.

J'essaie d'imaginer Juliet portant mes enfants et je me rends compte que je n'y arrive même pas, tellement c'est improbable.

– Je suis perdu, dis-je en passant ma main dans mes cheveux. J'aimerais juste avoir pu passer plus de temps avec toi.

Je retiens mes larmes et ravale ma tristesse. La vie est vraiment dégueulasse. Quand on est jeune, on n'apprécie pas ses parents et tout ce qu'ils ont fait pour nous. Aimer ses parents, ça ne se fait pas, tout ce qui compte ce sont les amis, l'alcool et les filles, les filles, et encore les filles.

Mais plus on grandit, plus on se rend compte de tout ce qu'ils ont fait pour nous. En revanche, les amis et les copines ont fichu le camp depuis longtemps.

Les amis vont et viennent, mais la famille demeure, quoi qu'il arrive.

Cela suffit pour aujourd'hui. J'ai tenu bien plus de temps que ce que j'avais prévu.

– *Sogni d'oro*, je reviens te voir bientôt, je te le promets.

Puis je me relève avec l'impression qu'une petite partie de l'ancien Dixon a enfin fait sa réapparition.

Je marche jusqu'à ma voiture en tentant de compter les fois où Juliet et moi avons passé du temps ensemble à faire autre chose que coucher ensemble. Malheureusement, ces moments se comptent sur les doigts de la main.

Comme le dit si bien Shakespeare, « l'amour n'est qu'une folie ». D'un côté, j'ai Juliet qui est phénoménale au lit mais à mourir d'ennui une fois que nous avons fini. De l'autre, j'ai Madison et je parie qu'avec elle, ce serait aussi bon au lit qu'ailleurs.

J'ai rencontré une femme avec qui l'entente était sexuelle, puis une autre avec qui cette entente était plus intellectuelle et, sans réfléchir, comme beaucoup d'hommes, j'ai choisi le sexe. Mais voilà où cela m'a mené…

J'ouvre ma voiture et lance un regard noir en direction du ciel parce que le karma… peut bien aller se faire foutre.

⋆ ⋆ ⋆

Le trajet du retour pour Manhattan est long et ennuyeux. En plus je suis bloqué dans les embouteillages. Cela me laisse l'esprit libre et il vagabonde vers mon père.

Marie a dit qu'il allait mieux. J'en doute fortement, mais je décide de le découvrir par moi-même. Je parcours la liste de mes contacts et trouve le numéro qui me nargue chaque fois que je l'aperçois. Je me dis qu'il est temps de prouver que j'ai des couilles. Je presse alors sur « appeler » et attends que le Bluetooth transmette mon appel.

Pendant que la sonnerie retentit, je tapote mes doigts sur le volant, envahi par l'appréhension. C'est pour cela que je ne vais jamais lui rendre visite ou que je ne l'appelle pas. Parler à mon père, c'est démontrer que je suis un raté et confirmer que j'ai bel et bien laissé tomber mes parents.

Alors que je suis sur le point de raccrocher, une voix avenante répond, me demandant avec qui je souhaite être mis en relation.

– Pourriez-vous me mettre en ligne avec la chambre de Pino Di Matteo, s'il vous plaît ? dis-je après quelques secondes de silence.

– Bien entendu, je vous passe sa chambre.

Par chance, je suis à l'arrêt, car je ne parviens à me concentrer que sur la musique d'attente kitsch qui me sépare à présent de mon père. Acceptera-t-il de me parler après tout ce que je lui ai fait ?

– Allô ? fait une voix de femme,

– Heu, bonjour, réponds-je, déconcerté. Excusez-moi, j'ai dû me tromper de chambre. Je souhaiterais parler avec Pino Di Matteo.

– Oui, il est bien dans cette chambre. Je suis Julia, l'infirmière de Pino. Je m'occupe de lui aujourd'hui, dit-elle avec entrain.

– Ah d'accord. Je suis Dixon… le fils de Pino.

Je donne cette précision car elle ne doit même pas savoir qu'il a un fils.

Elle marque une courte pause avant de répondre :

– Quelle belle surprise ! Je vous prie de patienter un instant.

Je l'entends reposer le combiné puis j'entends ses chaussures qui couinent sur le lino le temps qu'elle traverse la pièce.

– Pino, dit-elle et mon cœur fait un bond lorsque je l'entends s'adresser à lui. Pino, votre fils est au téléphone. Voulez-vous lui parler ?

Silence.

– Pino ? insiste-t-elle.

Je ne peux m'empêcher de sourire. Mon père a toujours été un homme têtu. Il y a des choses qui ne changent jamais.

– Allô ? Vous êtes toujours en ligne ?

– Oui je suis là, dis-je mais je vois bien que c'était une erreur que de l'avoir appelé.

– Je vais vous mettre sur haut-parleur, d'accord ? Ce sera plus simple comme ça, explique-t-elle gentiment, mais je sais pourtant que mon père ne veut pas me parler.

– D'accord.

– C'est bon, il vous écoute. Je vais vous laisser entre vous, dit-elle et j'entends la porte se refermer derrière elle.

Il n'y plus aucun bruit, mise à part la respiration rauque de mon père. Il attend que je prenne la parole.

– *Ciao, Papà. Come stai ?*

Ma question est stupide. Il est enfermé dans un hôpital.

Je poursuis en utilisant la même excuse que j'avais donnée à Marie :

– *Mi dispiace per non visitare. Lavoro è stato occupato.*

Je sais qu'il m'écoute parce que le rythme de sa respiration s'est accéléré. Je décide de changer de langue en espérant obtenir une réponse de sa part.

– Tu as fait un peu de jardinage dernièrement ? Je me souviens avoir vu un beau jardin derrière l'hôpital.

Il reste muet.

Je sais que mon père se fiche de mon travail ou du jardinage, il veut simplement des réponses. Il veut que je lui dise que je suis désolé de l'avoir abandonné alors qu'il avait tant besoin de moi. Il souhaite que je lui explique pourquoi je l'ai quitté comme ça.

Pressant ma main sur le volant, j'inspire profondément et sors ce que j'ai sur le coeur depuis le jour où je l'ai abandonné là-bas.

– Je suis désolé *Papà*. Je suis vraiment désolé… Je ne savais pas quoi faire. Je pense que quand nous avons perdu *Mamma*, elle est partie en emportant un peu de nous avec elle. Toi, surtout. Je sais que je t'ai trahi, mais je te demande pardon.

Pourquoi refuse-t-il de me parler ? Je l'entends et je sais qu'il m'écoute. Soudain, j'entends le bruit de ses chaussons qui frottent le sol. Il fait de petits pas prudents, les pas d'un homme qu'on a brisé.

– *Papà* ?

Je l'implore d'accepter de me parler.

Sa respiration produit un râle, son souffle devient plus fort et agité. À l'entendre, j'en ai la nausée. Je lui dis alors la seule chose qui exprime vraiment ce que je ressens pour lui :

– *Ti amo.*

Cette fois, mes mots d'amour sont accueillis par le silence du combiné. Mon père m'a raccroché au nez

Abattu, je ferme les yeux. Je raccroche à mon tour, hébété, puis je repose ma main sur le volant.

Ce n'est que lorsqu'une voiture se met à klaxonner derrière moi que je relève la tête, découvrant que la file de voiture a enfin commencé à avancer. Je passe la première et démarre à toute allure, m'éloignant des démons que je devrai un jour affronter.

Ce jour n'est pas encore arrivé. Et je ne pense qu'il s'annoncera de sitôt.

* * *

J'ai invité Finch et Hunter chez moi pour une soirée pizza et bières devant un match de basket. Rien de mieux pour me changer les idées et chasser les soucis entraînés par ma non-relation. Quelqu'un frappe à la porte et m'interrompt. J'étais en train de remplir le frigo de bières. Je regarde ma montre. Les mecs sont en avance et c'est bien une première.

– Vous êtes si impatients que ça de voir mon équipe vous mettre une raclée ? dis-je en ouvrant la porte.

Mais c'est Juliet qui me salue.

– Oh oui, j'ai hâte, ronronne-t-elle en me dévisageant avec de grands yeux innocents.

– Qu'est-ce que tu fais là ?

Elle est visiblement surprise par le ton sec avec lequel je m'adresse à elle, mais après le week-end qui vient de s'écouler, c'est de loin la dernière personne que j'ai envie de voir.

Elle se reprend très vite.

– Je suis là pour t'envoyer au septième ciel, répond-elle, provocatrice, sans préambule.

En temps normal, à l'entendre parler ainsi j'aurais déjà arraché ses vêtements, mais là cela ne me fait pas du tout envie.

Juliet hésite, fait un pas en avant, et passe ses bras autour de mon cou.

– Qu'est-ce qu'il y a ? Tu n'es pas content de me voir ? demande-t-elle en faisant la moue.

– C'est juste que je ne m'attendais pas à te voir.

J'enlève ses bras de mon cou avec fermeté.

– Eh bien, surprise ! répond-elle trop sûre d'elle. Ses yeux bleus brillent d'une lueur espiègle.

Effectivement, quelle surprise.

Nous restons debout en silence quelques instants, l'attitude de Juliet me laisse entendre qu'elle souhaite entrer. Je n'en ai aucune envie. Pourtant elle m'excite vraiment dans son jean skinny et son débardeur couleur pêche. Je sens qu'elle pourrait bien détruire le peu de détermination qui m'habite encore.

– J'attends du monde.

Je me sens un peu coupable, car je suis clairement en train de lui signifier qu'elle n'est pas la bienvenue.

– Ah bon ? dit-elle en levant les sourcils.

– Juste quelques amis qui viennent voir un match.

– Ah, d'accord, dit-elle en ramenant ses cheveux vers l'arrière, je vais te laisser alors.

Elle a compris. Elle a bien vu que je ne souhaite pas qu'elle reste pour rencontrer mes amis et elle… s'en fout.

La plupart des mecs penseraient avoir trouvé la perle rare, mais je suis différent des autres. Je sais que Juliet s'en fout parce qu'au fond, elle se fout de moi aussi. Le sexe sans attache a eu son charme pendant un certain temps, mais là c'est juste devenu triste.

Ce changement a-t-il été provoqué par Madison, pour qui j'ai de l'intérêt à la fois physique *et* sentimental ? Ou bien est-ce simplement parce que je ne supporte plus celui que je découvre chaque matin dans le miroir ? Quelle que soit la raison, je suis convaincu que je n'aurais jamais dû commencer à fréquenter Juliet.

– Je te vois dans la semaine ? demande-t-elle en me sortant de ma rêverie.

– D'accord.

Elle effleure ma mâchoire mal rasée du bout des doigts et déclare :

– J'irai faire du shopping cette semaine pour trouver la parfaite tenue.

Je hausse les sourcils, sans comprendre et elle me sourit.

– Pour le gala, idiot. Je vais être une excellente invitée, tu verras, dit-elle en me faisant un clin d'œil puis elle poursuit : en parlant de ça, on pourrait tenter un plan à trois à Boston… – elle se lèche les lèvres – si tu es partant, moi je le suis.

Je reste de marbre et hoche la tête.

– Je vais y réfléchir.

– D'accord, mais ne cogite pas trop. Contente-toi de t'imaginer en train de me lécher la chatte pendant que tu baises une autre fille, ajoute-elle de façon anodine tandis que je manque de m'étrangler.

– Salut Dixon, dit-elle en m'embrassant avec passion.

Ma bouche, cette traîtresse, répond à son baiser. Les mouvements de sa langue experte commencent à réveiller mon sexe.

Je parviens cependant à me séparer d'elle avant de vraiment perdre le contrôle.

– À bientôt Juliet, dis-je, la voix hésitante.

– Au revoir mon chéri.

Elle fait volteface et s'éloigne, me laissant admirer son beau petit cul.

Je claque la porte et m'y adosse à la recherche d'un appui. J'avais complètement oublié avoir demandé à Juliet de m'accompagner au gala. J'ai été pris au dépourvu à un moment où je la sautais sur mon bureau. C'est le carton d'invitation doré qui a attiré son attention. Elle m'a demandé qui je pensais y amener et comme j'étais très profondément enfoncé en elle à ce moment-là, je lui ai proposé de venir. Quelques instants plus tard, elle a fini par *venir*, puis elle a accepté de m'accompagner à la cérémonie. J'avais l'intention d'y aller tout seul. Ce n'est pas vraiment approprié de venir accompagné de son plan cul à un événement prestigieux lié à son activité professionnelle. Mais je ne pouvais pas vraiment lui dire cela.

À présent, je dois subir les conséquences de ma connerie et passer le week-end avec Juliet, et peut-être une autre fille si elle arrive à avoir le dernier mot.

Frustré, je m'écarte de la porte et me dirige vers la cuisine en quête d'une bière bien méritée. Je ne parviens pas à comprendre Juliet. Je savais qu'elle serait source de problèmes, mais ça c'est vraiment n'importe quoi. Je ne devrais sans doute pas m'attendre à autre chose de sa part, vu où et pour quelle raison nous nous sommes rencontrés.

Avalant ce qui reste de ma Budweiser, je vais pour en prendre une autre, car je sais que je vais aussi avoir affaire à Hunter qui, dès qu'il mettra un pied chez moi, sentira que quelque chose ne va pas. Mon téléphone, posé sur le comptoir en marbre, se met à biper. J'espère que les mecs n'ont pas décidé d'annuler, j'ai vraiment encore besoin de leurs conseils.

Mais le message est de Madison.

Savais-tu que le cheesecake new-yorkais est le plus populaire du monde ?

Je souris et lui réponds : Non, je ne savais pas. Content de voir que tu parfais tes connaissances. D'ailleurs, où en es-tu avec ton double diplôme ?

Ça ne va pas fort.

Pourquoi ?

Parce que je suis nulle en pharmacologie. Je ne vais pas être une bonne infirmière :(

Tu vas y arriver. Il se trouve que je suis un expert en médocs. Enfin, pour les prescrire, pas pour les consommer :p

Sérieux ? Pourrais-tu partager ton expertise ? Si tu acceptes, tu auras droit au célèbre cheesecake new-yorkais en échange.

Avant même que je n'aie le temps de répondre, elle ajoute :

S'il te plaît... Avec plein de chantilly et une jolie cerise au beau milieu...

C'était déjà assez qu'elle demande pour que j'accepte, mais le fait qu'en plus il y ait de la chantilly et une cerise, l'accord est scellé.

Tu es dure en affaires... mais j'accepte.

Merci ! Merci ! Demain, c'est possible ?

Oui, c'est parfait demain.

Super ! Tu te souviens où j'habite ?

Comment pourrais-je oublier ?

Je devrais peut-être lui suggérer de venir plutôt chez moi. Mais cela n'aurait pas de sens, tous ses livres sont chez elle. Je dois prendre sur moi. Et puis ce n'est pas vraiment un rendez-vous galant. Je vais simplement l'aider à étudier. C'est un rendez-vous studieux, je ne fais que lui offrir mon expertise, rien de plus.

Je lui réponds alors :

Donne-moi le numéro de ton appartement et je serai là demain.

Un grand coup retentit à ma porte et détourne mon attention de la réponse de Madison. Je sais que c'est Hunter qui frappe, d'après la nature des coups. J'ouvre la porte et lui tends rapidement une bière, car je veux vite consulter mon téléphone. Mais dès qu'il met un pied dans l'appartement, il fronce les sourcils. Il regarde de gauche à droite, reniflant l'air de la pièce et faisant un mouvement circulaire avec son doigt.

– Ça sent la nympho ici.

Un petit rire m'échappe.

Il me regarde attentivement et ajoute en reniflant à nouveau :

– Mais ça sent aussi… le chou à la crème.

Je ne suis pas surpris de l'acuité de ses remarques. J'imagine que c'est normal quand on connaît quelqu'un depuis si longtemps.

Je referme la porte derrière lui et annonce :

– Allez, bois. Tu vas en avoir besoin si tu veux écouter tout ce que j'ai à te raconter.

CHAPITRE 17
QUELQUE CHOSE DE SUCRÉ

Madison

– Oh Maddy ! Mais pourquoi acceptes-tu encore de te faire embrouiller par ce connard ? me demande Mary d'un air désapprobateur tandis que j'essaie ma cinquième tenue.

– D'une, je ne me fais pas embrouiller par lui. Il ne fait que m'aider à étudier. Et de deux, ce n'est pas un connard.

– Si, c'est bel et bien un con, gronde-t-elle en levant les yeux des pages du magazine qu'elle survole. Tu as déjà oublié qu'il t'a posé un lapin et puis qu'il a ensuite décidé de disparaître de la surface de la Terre pendant presque trois mois ?

– Pour finir par réapparaître, tel un ange déchu, dis-je doucement en me rappelant combien Dixon était beau dans son jean délavé et son T-shirt blanc qui épousait son torse à merveille.

– Arrête ! lance Mary en me lançant un oreiller à la figure. Ce sont tes hormones qui parlent. La vraie Maddy n'aurait jamais accepté de faire entrer cet homme chez elle et dans son cœur.

La justesse de ses paroles me fait immédiatement réagir :

– Bichette, arrête d'en faire tout un drame. Il m'aide à étudier parce qu'il est médecin. Et sache qu'il est loin d'avoir conquis mon cœur.

Mais j'oublie de préciser qu'il n'en est finalement pas si loin.

– Et puis il y a David, dis-je en retirant mon pull, je ne lui ferais jamais de mal. Je l'aime vraiment bien.

Dès les premiers instants de notre rencontre, nous nous sommes tout de suite bien entendus et, avant même de nous en rendre compte, nous avons commencé à sortir ensemble quelques semaines après.

Au début, je savais que, d'une certaine façon, j'utilisais David pour remplir le manque créé par Dixon mais, rapidement, j'ai fini par réellement apprécier sa compagnie. C'est un vrai gentleman et un copain merveilleux. C'est là d'ailleurs là que ça coince : il est trop parfait. Et je sais bien que cela semble fou.

Si j'évaluais avec honnêteté la situation, je dirais que je ne parviens pas à m'engager à 100% avec David car il n'est pas Dixon.

J'ai rencontré David si rapidement après que Dixon m'a posé un lapin. J'imagine que je me sentais un peu blessée qu'il ne m'ait jamais rappelée pour reporter notre rendez-vous. Je sais cependant qu'il a disparu parce qu'il voyait quelqu'un d'autre. C'est drôle, il n'a pourtant jamais vraiment parlé d'elle ou bien lâché quelques indices indiquant qu'il était en couple.

Maintenant qu'il est de retour dans ma vie, je ne sais plus quoi penser ou quoi ressentir. Peut-être que Mary a raison et que ce sont mes hormones qui prennent le dessus sur mon bon sens.

– Maddy, je t'aime vraiment très fort. Tu es ma meilleure amie, mais laisse-moi te dire que tu vis avec des œillères. Dès que ce mec revient sur le tapis, tu perds toute lucidité, et ça n'a aucun sens. Tu ne lui as parlé que cinq minutes tout au plus.

– Je sais, mais le peu de fois où nous avons parlé, ça a été… – je hausse les épaules – …carrément magique.

– Et ce n'est pas pareil avec David ? demande-t-elle en faisant claquer son chewing-gum.

– Bien sûr que si, mais c'est différent avec Dixon.

– Comment ça ? dit-elle d'un air interrogateur en s'asseyant jambes croisées sur le bord de mon lit.

– C'est juste que… Tu sais, il y a le poids de mon passé…

– Oui et j'espère qu'un jour tu finiras enfin par m'en parler. Je te connais depuis toute petite. Jamais je ne te jugerais, dit-elle d'une voix qui trahit sa peine.

Mary et moi sommes inséparables depuis que j'ai cinq ans. Nous étions voisines. Lorsque ma mère s'est remariée et que nous avons déménagé, Mary est restée ma meilleure amie et nous nous sommes promis de ne rien laisser nous séparer. Jusqu'à présent, nous avons chacune tenu notre parole.

Mais mon secret n'est pas « rien », c'est un secret qui pourrait bouleverser ma vie et je ferais tout pour éviter à Mary de partager cette douleur avec moi.

– Je sais, Bichette, dis-je en baissant les yeux. C'est quelque chose que je veux oublier.

– J'aimerais simplement qu'un jour tu en parles au moins à quelqu'un. Peut-être que le Docteur Dixon t'aidera, dit-elle en plaisantant alors que je manque de me mordre la langue.

– Non. Je ne pourrai jamais lui en parler.

Je déteste mon ton vulnérable.

– Je ne sais pas de quoi il s'agit mais je sais très bien que ce n'était pas ta faute, dit-elle amicalement. Je suis sûre que ta sorcière de demi-sœur y est pour quelque chose.

Je ravale la nausée qui monte en moi et attrape un élégant débardeur.

– Beurk. Ne me gâche pas la journée en parlant d'elle, s'il-te-plaît. Je ne l'ai pas vue depuis deux mois, ce qui me va très bien. J'espère parvenir à atteindre six mois sans la voir.

– Je n'arrive pas à croire qu'elle soit la fille de Sebastian. Il est si bon, alors qu'elle est si…

– C'est une pétasse. Et encore, je suis gentille, dis-je en attrapant un élastique. Mes longs cheveux me rendent soudain folle.

Mary acquiesce en prenant un air écœuré.

– C'est vraiment dingue qu'elle se marie avec ton frère.

L'élastique vole à travers la pièce. Je manque d'air.

– Oui, c'est dingue.

Je mens car pour moi ce n'est pas une surprise.

– Ça ne serait pas de l'inceste ?

– Mais non, ils ne sont pas liés par le sang. Ma mère s'est mariée à Sebastian, donc ils ne sont liés que par ce mariage.

– En gros c'est comme si Cody et Dana de *Notre belle famille* se mariaient.

– Oui.

Je m'efforce à garder mon calme en fouillant parmi tous les vêtements étalés par terre.

– Je trouve ça glauque quand même. D'accord, Dylan est sexy, mais c'est ton frère, dit-elle en fronçant le nez.

Cette conversation me met très mal à l'aise mais je me contente de hocher la tête.

– Je sais, c'est vraiment glauque.

– Quand est-ce qu'ils se marient ?

– Je ne sais pas. Je sais simplement qu'ils célèbrent leurs fiançailles dans quelques mois. Ils viennent juste de l'annoncer donc je ne pense pas qu'ils vont se marier tout de suite. Mais qui sait, avec Beth ? Elle ferait tout pour obtenir ne serait-ce que cinq minutes de gloire.

J'ai peur que mes émotions me trahissent.

– Pauvre Sebastian, il va devoir payer la facture, dit Mary et j'acquiesce. Tu penses que… ?

Je lève un doigt pour faire signe à Mary d'en finir avec ses questions. Je n'ai pas envie de parler de cela une minute de plus.

– Et ça ? dis-je en montrant une robe bleue courte et cintrée pour lui faire comprendre que la conversation est terminée.

Mary pose son visage entre ses mains et observe la robe.

– Hmm, ça fait trop « rancard ». C'est joli, certes, mais pourquoi tu ne gardes pas ce que tu portes ?

Je regarde mon jean déchiré et mon T-shirt noir, je fronce le nez et je tire du bout des doigts dessus.

– Ça? Mais ça fait trop décontracté, non ?

– Quel est le problème ? Ce n'est pas un rancard, n'est-ce pas ?

– Oui, c'est sûr. Tu as tout à fait raison.

Mais lorsque je me retourne pour observer mon reflet dans le miroir, je fais la grimace en découvrant mon visage et mes cheveux complètement en pagaille.

– Par contre il faut vraiment que tu retouches ton maquillage et que tu te recoiffes, lance Mary en voyant ma réaction face à mon look de clocharde.

Je glousse alors par-dessus mon épaule :

– Tu viens pourtant de me faire comprendre que mon apparence n'a pas d'importance.

– Oui, je sais, mais je n'ai quand même pas envie que tu le fasses totalement fuir. Ce mec s'avèrera peut-être utile un jour, explique-t-elle.

Je hausse les sourcils d'un air perplexe.

– Il a sans doute des amis qui sont mignons, dit-elle en faisant un clin d'œil.

* * *

Une fois douchée, j'ai lissé mes cheveux. Puis j'ai décidé de les onduler. Finalement, comme aucun de ces styles ne me convenait, j'ai ramassé mes cheveux dans un chignon flou, la seule coiffure qui a su me satisfaire. Je me suis maquillée très légèrement. Seul le brillant à lèvres à la vanille que j'adore et qui repulpe mes lèvres apporte une touche « flashy » à mon maquillage. Mary a raison. Ce n'est pas un rendez-vous galant. Je suis avec David, bon sang. Mais c'est un peu gênant que je doive me le rappeler constamment.

Lorsque quelqu'un sonne à la porte à sept heures précises, j'ai la sensation d'avoir soudain des papillons dans le ventre. Je dois leur ordonner de se calmer, parce que *ce n'est pas un rancard*. J'essuie mes mains moites sur mon jean et inspire profondément avant d'ouvrir la porte au mec *le plus sexy* de la planète.

La grande inspiration que j'ai prise avant d'ouvrir la porte n'a servi à rien, car je suis toujours aussi nerveuse. Je respire alors à nouveau avant de tomber dans les pommes, faute d'oxygène dans mon cerveau.

– Madison.

J'adore l'entendre prononcer mon prénom de cette voix grave et rauque.

– Sa… Salut, dis-je timidement en repoussant une mèche de cheveux derrière mon oreille. Entre, je t'en prie, ajouté-je en ouvrant davantage la porte et en m'écartant légèrement.

Dixon hoche la tête. Ses lèvres affichent un sourire espiègle, révélant ses fossettes. Il fait alors un pas chez moi. Je remarque qu'il a l'air plus jeune dans sa tenue décontractée. Il porte un jean délavé et un T-shirt noir moulant des Yankees. Bien qu'il ait adopté un look informel, il est toujours aussi canon.

Tandis que je ferme rapidement la porte derrière lui, il regarde par-dessus son épaule et sourit en pointant du doigt mon poster du film *Une nuit en enfer.*

– J'adore Tarantino.

– Ah bon ?

Il a oublié de me le dire lors de la nuit passée à nous envoyer des SMS.

– Oui, carrément. J'aime tout ce qui déglingue l'esprit, dit-il en tapotant sa tempe du doigt.

Ce n'est pas une surprise.

– Tant mieux, comme ça je me sens un peu moins seule.

– Ne t'inquiète pas, ton secret est en sécurité avec moi.

Son ton de conspirateur me fait rire.

– Bon, tu veux ton dessert avant ou après ?

Je suis toujours le dos contre la porte, trop nerveuse pour pouvoir bouger. Son regard magnifique me rend incapable de faire quoi que ce soit.

Il se retourne complètement et croise ses bras sur son large torse, ses lèvres étirées par un début de sourire.

– Et si on commençait d'abord par travailler un peu ? Ensuite je m'empiffrerai jusqu'à tomber dans le coma.

– Bonne idée, dis-je, un sourire espiègle aux lèvres en fermant la porte. Je n'ai pas vraiment de bureau.

Je désigne la table basse enfouie sous une tonne de papiers, de livres, de Stabilo et de quelques papiers d'emballages de sucreries.

– Pas de problème. Voici donc ton repaire pour travailler. C'est pas mal. Tu aurais dû voir ma chambre quand j'étais étudiant. J'y ai perdu deux chats, dit-il en plaisantant.

– Je me sens alors moins coupable à présent. Moi au moins je sais où est mon chat.

Dixon se met à rire. Je me rends alors compte que c'est la première fois que je le vois dans une situation plus ordinaire. Son attitude détendue me permet de me calmer.

– Alors, on s'y met ? suggère-t-il en désignant le canapé.

– Oui… oui, bien sûr, dis-je en me donnant intérieurement une claque bien méritée.

Je contourne le canapé, Dixon fait de même et nous nous asseyons à l'opposé l'un de l'autre, nos corps appuyés sur chacun des accoudoirs. Il y a énormément de place entre nous, vu que ce canapé contient facilement cinq personnes.

Oh la la, c'est vraiment gênant. Mais c'est sûrement un retour normal à la réalité. J'ai sans doute rendu Dixon très mal à l'aise avec mes regards insistants. Perdue dans mes pensées, je retire mes baskets et attrape mon manuel.

Je croise une de mes jambes sous moi et me tourne vers Dixon. Je m'arrête de respirer en découvrant qu'il arbore une paire de lunettes design à monture noire et épaisse. Ses beaux yeux bleus sont désormais mis en valeur, et cette monture chic lui donne un air de prof sexy.

– Bon, montre-moi ce que tu as.

Je ferme ma bouche qui jusque-là était ouverte.

– Eh bien, j'ai du mal en pharmacologie du système nerveux autonome.

Mes doigts tremblent tandis que je feuillette mon livre jusqu'au chapitre quatre.

Dixon se rapproche de moi et observe les pages que je lui présente.

– Effectivement, c'est assez difficile. Qu'est-ce que tu ne comprends pas ?

– Je n'y comprends rien.

Dixon se met à rire. Je dois me forcer à ignorer l'effet que cela produit sur mon corps.

– Bon, commençons par les bases. Il y a quatre types de médicaments. Certains médicaments mettent en marche le système nerveux orthosympathique et d'autres arrêtent son fonctionnement, explique-t-il en levant sa main gauche, puis il poursuit en levant sa main droite. Parallèlement, il y a des médicaments qui mettent en marche le système nerveux parasympathique, et d'autres qui arrêtent son fonctionnement.

– D'accord, mais comment se souvenir de qui fait quoi ?

– Tu sais déjà que le système nerveux autonome est responsable de l'activation des réponses « combat / fuite » ou encore « digestion / repos ».

J'acquiesce car pour le moment, mon propre système nerveux autonome est en train de se détraquer.

– Eh bien c'est facile. Le système nerveux orthosympathique n'est pas si sympathique que cela. Contente toi d'imaginer une belle journée ensoleillée où tu as décidé d'aller te promener dans les bois quand soudain, un ours…

⋆ ⋆ ⋆

Trois quarts d'heure plus tard, Dixon a réussi à m'expliquer ce que le maître de conférence n'a pas su me faire comprendre pendant tout un semestre.

– Mais oui ! Tout fait sens maintenant !

Je griffonne frénétiquement les explications de Dixon à mesure qu'il parle.

– Bien sûr que ça fait sens, dit-il en se moquant gentiment, et dire que tu doutais de mes compétences de prof.

– Eh bien… dis-je, taquine, en jetant une œillade en coin.

– Pour te punir de ton manque de foi en moi, tu me dois à présent deux parts de cheesecake, déclare-t-il en prenant un air suffisant.

Puis il retire ses lunettes et se frotte les yeux.

– Je pense que c'est possible.

Je me lève pour aller dans la cuisine mais je m'arrête à mi-parcours et lui demande par-dessus mon épaule :

– Dis, est-ce que tu pourrais m'en dire plus sur les récepteurs adrénergiques ?

★ ★ ★

Trois heures plus tard, j'ai découvert des choses que j'ignorais totalement.

Une fois digéré le fait que Dixon se trouve dans ma maison, assis à quelques centimètres de moi, j'ai vraiment appris beaucoup de choses. Il fait un parfait enseignant et puis cela ne fait pas de mal qu'il soit tout aussi incroyable à regarder.

Nos discussions sur tous ces sujets qui le passionnent m'ont confirmé que je suis intriguée par tous les aspects de sa personnalité. J'en suis troublée. Il m'arrive facilement de perdre le contrôle et d'oublier complètement que je suis en « couple » avec David.

– Tu vas manger tout ça ? me demande Dixon.

– Quoi ?

Sa question m'a sortie de ma rêverie.

– C'est toi qui vas manger tout ça ? répète-t-il en désignant mon cheesecake de sa fourchette.

– Non, c'est pour toi, dis-je en lui tendant l'assiette.

Il accepte de bon gré. J'ordonne à mes yeux d'arrêter de fixer ses lèvres lorsqu'il prend une grosse bouchée. Visiblement, ça ne marche pas parce qu'il m'adresse un large sourire.

– J'adore les gâteaux.

– Moi aussi.

Je remercie le ciel qu'il n'ait pas commenté le fait que je sois en train de le mater ostensiblement.

– C'est à cause de ma mère italienne, répond-il en faisant un clin d'œil et en léchant sa fourchette.

– Ah, c'est vrai. Tu m'avais dit que tes parents sont italiens.

Je me souviens de notre conversation via SMS au cours de laquelle je souhaitais à tout prix éviter de parler de ma famille. Mais ton nom de famille, Mathews, ça ne fait pas très italien, non ?

J'ai l'impression de ne pas être suffisamment cultivée. Pas autant que Dixon, au moins.

Il secoue la tête et se penche en avant pour déposer l'assiette vide sur un de mes livres.

– En fait mon nom est « Di Matteo », mais je l'ai anglicisé au moment d'entrer à l'université.

Lorsqu'il prononce son nom, la façon dont il le dit prouve qu'il parle parfaitement italien. Son accent semble très authentique. Waouh, le mec le plus canon de la terre est assis chez moi pour manger un gâteau et en plus il parle couramment la langue de l'amour.

– Et Dixon, ça vient d'où ?

Il s'éclaircit la gorge avant de confesser :

– C'était le nom du bateau de pêche de mon père.

Je me retiens de sourire :

– Oh !

Quand il voit ma réaction, il explique :

– En fait son bateau s'appelait Dixieland. L'Amérique était la liberté pour lui. Une vie meilleure. Donc quand je suis né, mes parents ont mélangé un peu leurs racines du passé avec celles du présent.

– J'aime bien ça. Ça a du sens.

Il acquiesce en souriant ironiquement :

– Je pense, oui. Mais honnêtement je suis heureux qu'ils ne m'aient pas appelé Dixie.

J'étouffe un rire derrière ma main.

Pendant que je réfléchis à tout ce qu'il m'a dit, une idée me traverse soudain l'esprit.

Madison, ne lui demande pas de dire quelque chose en italien, me dis-je en guise de mise en garde.

– Alors tu dois connaitre des insultes en italien, hein ?

Dixon se met à rire et les muscles de son cou se contractent.

– Pourquoi les gens demandent toujours ça en premier ?

Je hausse les épaules d'un air amusé.

– Je ne sais pas, à toi de me dire. C'est toi le médecin.

Dixon acquiesce et fait la moue pendant qu'il réfléchit avant d'ajouter :

– Tu veux du lourd ou du soft ?

– Vas-y, balance, dis-je en souriant.

– *Vaffanculo.*

J'ignore ce qu'il vient de dire. Il vient probablement de m'insulter mais je m'en fiche car ce mot me fait chavirer.

– Continue.

Les lèvres de Dixon tressaillent.

– Tu ne m'as même pas demandé ce que ça veut dire.

Je lui souris timidement. Bien entendu, il voit clairement que je suis impressionnée.

– Ça n'a pas d'importance, je te fais confiance.

C'est vrai, je lui fais totalement confiance. Dixon a l'air perdu dans ses pensées. Heureusement, il ne fait pas de commentaire sur ce que je viens de dire.

Il retire ses lunettes et réfléchit à ce qu'il pourrait dire de plus.

– *Sei una bella ragazza con gli occhi belli.*

Oh… Waouh…

Je suis prête à tomber par terre. Dixon vient de me faire une sérénade dans sa langue maternelle. Je sais que ce n'était pas une insulte, car je m'y connais quand même un minimum. Je sais bien que le mot «*bella*» veut dire belle. Donc Dixon vient-il de dire que je suis… belle ?

Mon cœur s'emballe en pensant à cette possibilité et je murmure :

– Qu'as-tu dit ?

L'air se remplit d'éléctricité. C'est du jamais vu. Je devrais vraiment arrêter de parler mais je n'y arrive pas.

– Je croyais que le sens de ce que je dis en italien n'avait pas d'importance, dit-il en imitant le ton de ma voix et en se rapprochant de moi de quelques centimètres tandis que je m'approche aussi.

– J'ai changé d'avis.

Mes yeux glissent involontairement vers sa bouche.

– J'ai dit que tu es très belle, avoue-t-il d'une voix enrouée.

– Et quoi d'autre ?

J'insiste car je sais qu'il en a dit plus.

– J'ai aussi dit que tu as de très beaux yeux.

Il se rapproche davantage.

– Tu me trouves belle ?

Nos genoux se touchent mais je ne m'en rends compte qu'à partir du moment où ma jambe se met à brûler.

– Oui, répond-il immédiatement, tu es magnifique.

– M… merci.

Mon corps veut être encore plus près du sien.

Qu'est-ce que je suis en train de faire ? Je dois arrêter tout cela parce que c'est mal. Mais pourquoi cela semble si bon, alors ?

C'est tellement simple d'être en compagnie de Dixon. Avec lui je n'ai pas peur, je ne recule pas lorsqu'il me touche comme je peux le faire avec les autres.

– Je te trouve aussi très beau.

Ça sort sans que je parvienne à m'arrêter.

Dixon écarquille les yeux et j'ai envie de me botter le cul pour avoir dévoilé ce qui passe par mon cerveau en ébullition. Or ce que je viens de lui avouer ne semble pas le troubler le moins du monde. Au contraire, ma franchise semble avoir éveillé son intérêt. Je baisse les yeux car j'ai honte d'avoir été si franche, mais il pose avec douceur deux doigts sous mon menton et soulève mon visage pour que mon regard rencontre le sien. Je le laisse faire. Lorsque je croise ses yeux passionnés, j'en ai le souffle coupé. Je sens qu'il est à deux doigts de fondre sur moi.

Pourtant, il demeure totalement immobile. Haletante, j'anticipe le mouvement qui suit.

Son pouce, posé sous mon menton, se met à effleurer lentement la ligne de ma mâchoire. Alors qu'il caresse délicatement ma peau du bout du doigt, j'entrouvre la bouche et passe ma langue sur mes lèvres. Dixon suit ce mouvement des yeux avec désir. Quand il se met à sourire, je ne sais plus où me mettre. Je donnerais tout pour savoir ce qu'il pense.

– *Sei un angelo*, murmure-t-il et l'intensité de son regard bleu laisse entendre que ce sont des paroles tendres.

Puis, doucement, il retire sa main.

– Qu'est-ce que ça veut dire ? dis-je le souffle haletant, mais il se contente de secouer la tête, sans apporter de réponse.

Je me perds complètement dans la bulle que nous formons, Dixon et moi. Soudain, rien d'autre n'existe. Je sais qu'il ressent la même chose. Il se penche en avant – si lentement que ç'en est douloureux – tout en humidifiant ses lèvres tentatrices. Puis il s'arrête à seulement quelques centimètres de mon visage. De petits soupirs essoufflés s'échappent de ma bouche. Un sourire en coin se dessine sur le visage de Dixon. Il voit bien ce que cette proximité provoque en moi.

L'électricité qui passe entre nous rend chaque nerf de mon corps extrêmement sensible. Ma peau frissonne de plaisir en voyant Dixon lever la main et venir caresser ma joue puis mes lèvres entrouvertes. Il demande silencieusement à s'y frayer un passage et moi, bon sang, je le veux en moi.

J'ouvre plus grand ma bouche. Dixon m'observe avec passion puis il passe son doigt le long de mes lèvres avant de me pénétrer juste avec l'extrémité. Timidement, je décris un cercle avec ma langue sur sa phalange, ce qui le fait frémir. Moi, je me liquéfie de l'intérieur.

Il me regarde le lécher lentement, le regard torride, mais il ne va pas plus loin. Je meurs d'envie de l'embrasser. Je sais que c'est mal et que je devrais m'écarter de lui mais je n'y arrive pas. C'est comme ça depuis le jour de notre rencontre.

Dixon retire doucement ses doigts de ma bouche et les fait glisser sur ma lèvre inférieure. Il est clair qu'il sait ce que je veux. Ainsi, comme l'homme qu'il est, il se penche audacieusement prêt à dévorer ma bouche. Mais la sonnerie funeste de *Kill Bill* retentit alors, nous interrompant brutalement. Je m'écarte si brusquement de lui, que je manque presque de me blesser les cervicales. Mes joues sont en feu, tellement je suis gênée, mais aussi à cause du désir. Je tente maladroitement d'attraper mon téléphone sur la table basse.

– Merde ! dis-je en voyant qui m'appelle.

Dixon laisse échapper un profond soupir et s'affale sur le canapé en passant une main dans ses cheveux.

Je ne saurais dire si David appelle au bon ou au pire moment, mais je décide de répondre après la cinquième sonnerie.

– Allô ?

Je parle d'une voix stridente qui ne me ressemble pas.

– Salut ma chérie, tu m'as manqué. Désolé d'interrompre tes révisions, dit-il d'un ton affectueux qui provoque l'apparition d'une boule de culpabilité dans mon estomac.

– Oh, ne t'inquiète pas.

Je me mets à transpirer car je sais que Dixon écoute tout.

Je ne peux pas continuer cette conversation tant qu'il est à mes côtés, c'est si mal et dégoûtant. Pendant que David continue à discuter gaiement, je me lève et me retourne pour regarder Dixon, qui semble aussi énervé qu'excité – cet air lui va bien. Je lève la main pour lui faire comprendre que je n'en ai pas pour longtemps et il hoche la tête. Je le prie de m'excuser et me précipite dans ma chambre, reprenant enfin mon souffle.

– Alors tu en penses quoi ? me demande David quand je ferme la porte derrière moi.

– À propos de quoi ?

Je n'ai pas écouté un seul mot de ce qu'il m'a dit.

– Eh bien, que tu rencontres mes parents ce week-end. Ils ont vraiment hâte de te voir. Et j'ai vraiment envie que tu fasses leur connaissance.

Et merde.

Ce n'est pas le bon moment. Dixon est dans l'autre pièce, sans compter qu'il y a quelques secondes, j'étais à deux doigts de l'embrasser. Et maintenant, mon supposé copain vient de me demander de rencontrer ses parents. Mon Dieu… C'est vraiment trop. Je sens une grosse boule de stress m'envahir. Alors je m'assois au bord de mon lit.

– Heu… David, je ne sais pas.

– Mais pourquoi, Maddy ? Tu sais bien que je suis dingue de toi et que je ne suis pas près de disparaître de ta vie.

– Je sais, moi aussi je suis très attachée à toi…

– Mais ?

– Mais c'est quand même une grande décision à prendre.

– Je sais. C'est justement parce que je me sens prêt avec toi, dit-il la voix tendre.

Incapable de supporter cette pression, je sens mon souffle s'accélérer. Contente-toi de dire non, Madison, hurle ma voix intérieure. Apprends à dire non !

David est doux, gentil et je le « fréquente ». Le simple fait que le mec qui m'obsède se trouve dans mon salon ne justifie pas que je sois aussi distante avec lui.

– Bon, d'accord. Mais juste un dîner, j'ai énormément de travail ce week-end.

– Entendu, ma puce, c'est comme tu veux, lance David avec enthousiasme, je ne peux alors m'empêcher de sourire en l'entendant si heureux. Je m'occupe de tout. Ma mère va être tellement contente. Elle n'attend que ça.

– Moi aussi j'ai hâte de la rencontrer, dis-je en me massant les tempes.

Je devrais vraiment raccrocher, Dixon m'attend dans la pièce d'à côté et ce que je fais est très impoli.

– Maddy ? demande David.

– Oui ?

Je n'aime pas le ton de sa voix.

– Peut-être qu'après le restaurant tu pourrais, heu… passer la nuit chez moi ? Je peux t'aider à réviser.

Je distingue clairement de l'appréhension dans sa voix.

Je marque une pause car j'ai besoin de réfléchir à sa question. David et moi nous sommes embrassés et puis nous avons aussi batifolé un peu, mais c'est toujours resté soft. Il ne m'a jamais mis la pression avec le sexe. Même si je ne lui ai jamais encore parlé de mon passé, il sent bien que quelque chose de moche est enfoui dans mes souvenirs. Il respecte cependant que j'aie besoin de temps et ne fait aucune pression.

Seulement, rencontrer ses parents et passer la nuit avec lui, c'est trop pour moi.

C'est juste que… je ne peux pas.

Mon silence est assez révélateur pour qu'il ajoute :

– C'est bon, je comprends. Je suis désolé de t'avoir demandé ça.

Je ressens sa déception et c'est comme si je recevais un coup de couteau en pleine poitrine, alors je lui réponds bêtement :

– Je vais y réfléchir, mais je ne promets rien.

– Oh, Maddy ! s'exclame David, tu es vraiment la meilleure. J'ai tellement de chance de t'avoir.

Sa gentillesse m'impressionne. Je me sens encore plus méchante d'avoir été si insensible à son égard.

– Moi aussi j'ai de la chance. Bon, je dois y aller. J'ai une montagne de travail qui m'attend.

– D'accord, pas de problème. À demain, alors.

– Oui, super, réponds-je en tripotant machinalement un fil de ma couette.

– Bye, ma chérie. Et crois-moi, j'ai vraiment de la chance de t'avoir rencontrée.

Je me sens détestable, mais là c'est vraiment trop.

– Oui, heu… Bye.

Je soupire puis je me masse les tempes et prends un instant pour me reprendre avant de retourner dans le salon. Mais, merde, qu'est-ce que j'ai dit ? Je suis tellement perdue et je refuse d'admettre que toute cette confusion est causée par la personne qui est assise dans la pièce d'à côté.

Avant que Dixon ne réapparaisse dans ma vie, je commençais à m'ouvrir et à voir que les choses progressaient avec David. Mais depuis que Dixon est revenu et qu'il m'a presque embrassée, je ne sais vraiment pas quoi faire. Peut-être que c'était une mauvaise idée et que nous devrions *simplement* être amis. Je n'arrive pas à saisir ce qu'il y a en lui de si spécial, mais c'est le premier mec pour qui je ressens autant de choses. C'est le premier homme avec qui j'arrive à envisager des rapports physiques sans que cela ne m'effraie.

Je veux juste être normale et Dixon me donne l'impression que je peux l'être avec lui.

Essuyant un début de larme, je balance mon téléphone sur ma commode et observe mon reflet dans le miroir. J'ai l'air d'une épave : ma queue de cheval est de travers et mon T-shirt a une tache de cheesecake. Pourtant l'homme sophistiqué qui se trouve derrière cette porte voulait m'embrasser ? Mais pourquoi ?

Je prends une grande inspiration et ouvre la porte. J'espère que mes joues rouges ne vont pas me trahir. Je fais un pas en direction du salon et découvre que le canapé est vide. Dixon n'est plus là. Je ne l'ai pas entendu aller dans la salle de bain, mais je vais quand même vérifier. Il a peut-être voulu se dégourdir les jambes. Après avoir vérifié dans toutes les pièces de la maison, à deux reprises, je dois admettre qu'il n'y a vraiment plus personne. À moins qu'il ne se cache dans le placard, il est parti.

Je jette un coup d'œil à mon horloge en bois à l'ancienne : je suis restée au téléphone pendant vingt minutes.

Je devrais être en colère qu'il soit parti, mais je m'en veux encore plus de ne pas avoir abrégé ma conversation avec David.

Je n'ai plus la tête aux révisions, alors je décide de ranger mes affaires, de prendre une bonne douche chaude et de m'écrouler dans mon lit, dans l'espoir d'oublier cette journée. Mais mon regard est attiré par un bout de papier posé sur la table basse. Je me baisse pour le prendre.

Je découvre une écriture soignée qui dit : *Ça veut dire que tu es un ange.*

Je me mords les lèvres et presse le papier contre ma poitrine, incapable de regarder davantage ces tendres paroles.

CHAPITRE 18
MATIÈRE À RÉFLEXION

Dixon

– Bonjour Docteur Mathews, lance Susanna alors que je fais irruption dans mon cabinet, complètement trempé. L'eau qui dégouline de mon manteau tâche la moquette couleur crème.

– Madame Vale, dis-je en passant une main dans mes cheveux trempés.

– Mais vous auriez dû m'appeler, je vous aurais attendu en bas avec un parapluie, dit-elle en bondissant sur ses pieds et en me tendant une boite de mouchoirs.

– Bon sang, mais nous sommes en juin ! Pourquoi pleut-il comme ça ?

Irrité, je m'essuie le visage avec des mouchoirs.

Ma serviette dégouline également et n'a pas été très efficace comme parapluie.

– Et puis quand est-ce que ces travaux seront terminés ?

J'égoutte maintenant les revers de ma veste grise.

– On est à New York, cette averse n'est pas la dernière.

– Vous avez raison. J'aimerais simplement que ça se termine vite pour enfin pouvoir garer ma voiture dans le parking qui me coûte une fortune.

Susanna acquiesce en souriant.

– La semaine a mal commencé ?

En temps normal, lorsqu'on me pose une question de ce genre, je réponds à la personne de s'occuper de ses propres affaires. Mais Susanna fait partie de ma famille.

– Oui… Ne m'en parlez pas.

– Allez-y. Je vous apporte un café, dit-elle en faisant un geste en direction de mon bureau.

⋆ ⋆ ⋆

La matinée ne s'arrange pas et, vers midi, je sens que je vais finir par assassiner mon prochain patient. Luttant pour ne pas me taper la tête contre le bureau, j'entends frapper à la porte.

– Entrez !

J'aboie littéralement et j'abandonne l'idée de lire quelques notes pour mon rendez-vous suivant.

– Docteur Mathews, je suis désolée de vous déranger.

Susanna passe la tête par l'entrebâillement de la porte.

– Ce n'est rien. Entrez, dis-je en lui faisant le geste de s'avancer.

– Ceci vient tout juste d'arriver.

Elle me montre un petit colis blanc qu'elle tient dans à la main.

– Ah bon ? dis-je en fronçant les sourcils. Qui m'envoie ça ?

– Je ne sais pas. Le coursier a dit que l'expéditeur n'était pas enregistré.

– C'est bizarre.

– Oui, je trouve aussi.

Elle se dirige vers mon bureau et me tend le paquet.

Je regarde le dessus ainsi que les côtés et je n'ai toujours aucune idée de ce que peut bien contenir une si petite boîte.

– J'espère que ce n'est pas une oreille tranchée, dis-je et Susanna pouffe de rire.

Je soulève le couvercle et l'ouvre précautionneusement avant de jeter un coup d'œil à l'intérieur. Susanna se penche en avant pour pouvoir elle aussi découvrir ce que renferme ce paquet. Dès que j'aperçois la part de cheesecake, je sais qui me l'a envoyée.

Mais pour quelle raison ?

– Il y a une enveloppe, lance Susanna tout excitée. Elle se demande sans doute ce qui se passe.

Je la saisis et l'ouvre. À l'intérieur, je trouve le papier que j'avais laissé chez Madison. Mais au-dessous de mon message, elle a ajouté une phrase : *Je t'ai gardé une part. L'offrande d'un ange à un autre.*

– Tout va bien, Docteur Mathews ?

Je reste silencieux, captivé par le petit mot posé devant moi. Pourquoi m'envoie-t-elle cela ?

Malheureusement, les murs de l'appartement de Madison sont aussi fins que du papier à cigarette. J'ai donc quasiment entendu toute la conversation avec David. De toute évidence, elle est attachée à lui. C'est d'ailleurs elle qui l'a dit. Je dois simplement oublier le fait qu'elle m'ait presque embrassé. Une chose est sûre, ses paroles et ses actes sont en total décalage.

Ce soir-là, je n'ai pas pu rester une seconde de plus à l'écouter flirter avec cet idiot raide dingue d'elle. Alors je suis parti. Mais j'ai laissé un mot, car je ne voulais pas la laisser tomber, une fois de plus. Je n'avais pas d'idées, j'aurais pu choisir d'écrire autre chose. J'ai juste pensé qu'il s'agissait d'une meilleure alternative à «Ton copain est un gros con».

Je fixe du regard le cheesecake et le mot. Franchement, je ne sais pas quoi en faire. Je me sens hanté par deux femmes, chacune toxique pour des raisons différentes, mais toxique quand même.

Je referme la boîte et la repousse loin de moi puis je place le mot dans ma poche. J'ouvre la poubelle sous mon bureau et fais glisser la boîte jusqu'à l'autre bout, décidé à la jeter, quand Susanna m'interrompt.

– Vous n'allez pas le manger ?

Elle est visiblement perturbée par mon aversion pour cette pauvre part de gâteau.

Je secoue la tête.

– Non. Vous en voulez ?

– Vous êtes sûr ?

– Oui, je vous en prie.

Susanne s'empare toute contente de la boîte.

– Vous êtes sûr que vous n'en voulez pas ?

Je ne peux empêcher un petit rire sec de m'échapper.

– C'est bien ça le problème, Madame Vale, dis-je mais je ne parle plus du dessert.

Susanna reste perplexe devant ma réponse ambiguë mais elle n'insiste pas. Elle prend la boîte puis se dirige vers la porte.

Mais soudain, elle s'arrête et, la main posée sur la poignée, elle lève la boîte en l'air avant d'ajouter :

– Il y a matière à réflexion, Docteur Mathews.

Elle referme doucement la porte derrière elle. Je soupire, car elle a tout à fait raison.

⋆ ⋆ ⋆

Le reste de la semaine ne s'améliore pas vraiment. Arrive le samedi après-midi et je meurs d'envie du traditionnel S&S – du scotch et du sexe.

Toute la semaine, Juliet a été portée disparue. Mais après l'avoir plantée le week-end dernier, je n'ai rien d'autre à attendre d'elle. Par contre, j'ai été pourri gâté, ces trois derniers mois, puisque j'ai pu m'envoyer en l'air autant que je le voulais. Mes hormones sont en folie.

Je pourrais me contenter d'appeler Juliet, mais je pense que nous nous sommes chacun rendus compte que notre relation n'était rien de plus qu'un plan cul qui s'est un peu égaré sur la voie du conte de fées Disney.

Mais là je me sens coincé. Devrais-je sortir et partir à la recherche d'une fille qui me permettrait de faire disparaître toute la frustration sexuelle que j'ai refoulée en moi ? Ou bien appeler Juliet ? Elle est parfaite pour moi sur le plan sexuel, elle m'est familière et elle n'est pas compliquée. Mais pour une raison inexpliquée, je n'arrive pas à composer son numéro.

Tandis que je double un jogger, je me rends compte que c'est à cause de Madison. Je n'arrive pas à faire sortir de ma tête l'image du moment où nous allions nous embrasser. Plus je me force à oublier, plus ce souvenir devient vif. Je n'ai plus aucune nouvelle d'elle depuis qu'elle m'a envoyé le cheesecake. J'ai délibérément choisi de m'effacer. J'ai besoin de sortir ces deux filles de ma tête et pour ça, j'ai besoin de sexe.

Je sors mon téléphone de la poche de ma veste et compose le numéro de Hunter, qui répond dès la deuxième sonnerie.

– S & S ?

J'accepte en poussant un petit grognement
Que la fête commence !

⋆ ⋆ ⋆

Malheureusement, Finch ne peut pas venir avec nous. Ce sera donc uniquement Hunter et moi ce soir, ce qui n'est jamais une bonne combinaison lorsque nous sommes tous les deux en manque de sexe et saouls. Mais ce soir, je suis capitaine de soirée, donc je ne suis qu'en manque de sexe, mais ça suffit à me faire voir double.

Hunter m'a trainé au *Crème de la crème*, le club où j'ai reluqué Madison en train de se déhancher sur la piste de danse comme une vraie déesse.

J'aurais préféré qu'il choisisse un endroit plus calme, mais je comprends pourquoi nous sommes ici. Les filles sont à moitié nues et pratiquement mineures. Avec tout l'alcool qui coule déjà dans leurs veines, la nuit ne va pas être trop longue.

Hunter est aussi à l'affût. Il semblerait que notre look de célibataires ait un effet magnétique sur les filles. J'ai déjà dans ma poche cinq numéros de téléphone, y compris deux dont je ne sais même pas comment ils sont arrivés là.

– Alors, tu veux quoi ce soir ? Blonde ? Brune ? Rousse ? demande Hunter penché au-dessus de la rambarde, les yeux rivés sur les proies qui dansent plus bas.

– Je ne sais pas trop, dis-je en jetant aussi un coup d'œil à la foule des corps qui s'agitent.

– Moi j'ai envie d'une rousse.

Je pouffe de rire. Puis, posant mon regard sur lui, je me dis qu'il est temps de lui demander ce qui le tracasse ces derniers temps, comme il est saoul et donc plus apte à se confier.

– Ça va, mon pote ? Tu m'as l'air bizarre depuis quelque temps. Enfin, plus bizarre que d'habitude, dis-je en lui adressant un sourire. Je ressens pas mal d'hostilité chez toi dès qu'on parle de filles.

Hunter prend une petite gorgée de sa bière. Je sais que j'ai tapé là où ça fait mal. Mais il hausse les épaules, refusant de parler de ses sentiments.

Je décide d'insister :

– Tu veux en parler ?

– Mec, je suis là pour baiser, pas pour discuter. Alors arrête avec ta psychologie à deux balles, à moins que tu ne souhaites vraiment me mettre en colère. Et puis toi, tu as déjà trop de filles qui te courent après, tu ne comprendrais pas.

– Comprendre quoi ?

– Que tu as une putain de chance.

– De la chance ? Dis-moi en quoi j'ai de la chance, s'il te plaît.

Selon moi, je suis loin d'être chanceux : ma vie sentimentale consiste à être obsédé par une fille inatteignable tout en tentant de me débarrasser d'une nympho.

Hunter lit dans mes pensées :

– Au moins, elles reviennent toutes vers toi après le premier soir. Moi, qu'est-ce que j'obtiens ? C'est mon jour de chance quand je parviens à savoir leur prénom. Je suis moche ou quoi ? Tu me le dirais, hein ? demande-t-il en buvant une nouvelle gorgée.

C'est donc ce qui le tracasse. Serait-ce que mon pote – qui est encore plus queutard que moi – recherche une relation stable ? Ça ne peut être que ça. Le problème c'est qu'il ne choisit pas les bonnes filles. J'aurais dû le lui dire.

– Tu n'es pas moche, mec. Si je virais de bord, bien sûr que j'aurais envie de te baiser, dis-je en lui tapant sur l'épaule d'un air joueur. Alors comme ça tu veux te caser, maintenant ?

Je pose sérieusement la question, je veux être sûr que ma théorie est juste.

Il hausse les épaules, ce qui, dans la langue de Hunter, veut dire oui.

– Hunt ?

– Je ne sais pas, peut-être bien que oui !

Il est probablement énervé par toutes mes questions.

– C'est juste qu'elles sont… elles sont toutes imprévisibles et finissent par disparaître. Est-ce que toutes les femmes sont comme ça ? Si oui, alors merde à tout ça. Je me contenterai des coups d'un soir, dit-il en passant une main sur son visage.

– Peut-être que le problème repose simplement sur le fait que les filles que tu rencontres ne sont pas tout à fait celles que tu présenterais à ta mère, dis-je en espérant ne pas avoir l'air trop critique.

– C'est toi qui me dis ça ?

Je sais qu'il a raison.

J'ouvre la bouche pour lui expliquer mais il me coupe :

– Allez, ce soir on baise et c'est tout.

Je vois bien qu'il souhaite éviter le sujet alors je le laisse tranquille. Il a terminé de parler et au moins, je sais maintenant ce qui ne va pas.

De toute façon cette conversation allait devoir prendre fin puisque des jumelles s'avancent vers nous. Elles sont identiques.

– Pince-moi, murmure Hunter sans ouvrir la bouche.

– Tu es défoncé ou quoi ? dis-je, perplexe

– Je le serai une fois que je me serai tapé la jumelle numéro une ou la numéro deux. Je me fous de savoir laquelle puisque ce sont des jumelles, on ne fera pas la différence.

Il est tout excité, comme en témoigne le grand sourire qu'il arbore.

– Ce n'est pas un rêve, pas vrai ? Ces deux bombes sexuelles se dirigent bien vers nous ?

Je lève les yeux au ciel et prend une gorgée de ma bière.

– Oui, idiot, elles sont bien réelles et elles viennent vers nous.

Je les observe approcher, leurs faux seins anormalement immobiles.

– Donne-moi un coup, juste pour être sûr que je ne rêve pas.

Je n'ai pas le temps d'utiliser la violence car les deux filles se postent juste à côté de moi.

– Salut, moi c'est Mandy, et voici Marisa, lance Mandy en affichant un sourire parfait ; ses dents blanches scintillent sous les spots fluorescents.

Avant même d'avoir le temps de répondre, Hunter fait un pas en avant et prend les choses en main.

– Salut Mandy et Marisa. Je suis Hunter, et ce petit con est Dixon, dit-il en pointant son pouce dans ma direction.

Je souris ironiquement devant ce déploiement de charme et tends la main.

– Ravi de faire votre connaissance, Mesdemoiselles.

Vu comment Marisa me dévore du regard et serre ma main, je sais très bien qu'elle aimerait poser cette dernière sur une autre partie de son corps. Elle est jolie – je veux dire par là : blonde, grosse poitrine, facile – mais soudain j'ai plutôt envie d'une fille brune.

J'ordonne à mon inconscient de la fermer, j'oublie qu'une certaine brune existe déjà et je me concentre sur mon plan cul de la soirée.

– Vous voulez un verre, les filles ?

– Nous adorerions prendre un verre avec vous !

Elles rigolent à l'unisson.

Hunter a l'air d'être déjà au paradis et moi, j'ai l'impression d'être descendu en enfer.

⋆ ⋆ ⋆

Quarante-cinq minutes plus tard, je regrette de m'être déclaré capitaine de soirée, même si aucun alcool ne pourrait jamais, au grand jamais, rendre décente la proposition des jumelles aux gros seins.

C'est la troisième fois que Hunter me donne un coup de coude sous la table et, s'il le fait à nouveau, je vais finir par vraiment lui mettre un coup de poing dans la figure, comme il me l'a demandé précédemment.

Mandy, la jumelle numéro une, qui est plus âgée de deux minutes, a suggéré de façon très peu subtile une bonne vieille partouze. Sans surprise, Hunter est tout à fait partant, mais moi, pas vraiment – d'où les coups de coude sous la table.

En règle générale, je suis loin d'être prude et j'ai déjà eu quelques plans à trois, mais je n'ai encore jamais fait un plan à quatre avec mon meilleur ami et deux sœurs excitées. C'est vraiment dégueulasse, à tous les niveaux, mais surtout, je n'ai aucune envie de voir Hunter vivre son fantasme à la Hugh Hefner avec ces deux apprenties Bunnies de Playboy incestueuses.

– Veuillez nous excuser, Messieurs, dit Mandy en tendant la main à sa sœur. Nous allons au petit coin.

Puis elles se mettent toutes les deux à pouffer de rire et à nous souffler des baisers avec la main avant de filer.

Dès qu'elles ont disparu, Hunter s'empresse de me donner un coup dans l'entrejambe sous la table.

– Putain, mais qu'est-ce que tu fais ? Pourquoi tu fais ça ?

– Oh, je ne sais pas. Je voulais juste vérifier que tes couilles sont toujours en place et que tu n'as pas un vagin qui a poussé entre temps !

– Hé ! Calme-toi, dis-je en rigolant et protégeant mes bijoux de famille. Je te signale qu'elles viennent d'appeler les toilettes « le petit coin ». Tu ne vois pas qu'il y a quelque chose qui cloche ?

Hunter n'apprécie pas mon humour et se contente de répondre :

– La seule chose qui cloche, c'est que tu te comportes comme une lopette. Je ne t'autorise pas à me gâcher cette opportunité.

Pour bien enfoncer le clou, il plante son doigt dans ma poitrine. Je balaie sa main.

– C'est mon rêve depuis que j'ai découvert à quoi servaient une paire de seins et un vagin.

Je ne peux m'empêcher de rire en entendant son cinéma.

– C'est ton rêve de choper un chlamydia ?

Hunter essaye à nouveau de m'en coller une bonne dans les parties. Il ne semble pas apprécier ma blague sur les MST.

– Arrête de me cogner. À ce rythme-là je vais finir par vraiment avoir un vagin à la place.

– Qu'est-ce qui se passe Dix ? Normalement tu serais totalement emballé par cette proposition, comme un enfant obèse devant des bonbons gratuits. Mais on dirait que ces jumelles – qui au passage ont l'air tellement bonnes et n'ont peur de rien – t'ont demandé de leur faire don d'un rein. Tu n'es pas attiré par elles ?

Il a le droit de ne pas comprendre. Putain, même moi je suis complètement perdu. C'est juste que toute cette histoire ne m'inspire rien de bon. Tout comme la proposition de Juliet de faire un plan à trois. C'est la même chose avec ces jumelles aux gros nibards et le plan à quatre qu'elles suggèrent. Je trouve cela tellement sordide et triste. Deux types de trente-deux ans qui envisagent un plan à quatre avec deux jumelles en chaleur. C'est aussi écœurant que ça en l'air.

– C'est exactement pour ça qu'on est venus ce soir, non ?

Effectivement, c'est la raison pour laquelle nous avons exploré les moindres recoins du club, à la recherche de victimes consentantes qui seraient prêtes à soulager notre solitude le temps d'une nuit. Mais comme le sort l'a voulu, nos « victimes » sont venues directement nous trouver pour nous offrir bien plus que ce que nous espérions. Je ne le sens pas. Chaque minute qui passe, ces filles me plaisent de moins en moins. De toute façon, même si j'acceptais cette proposition, ma performance serait bien médiocre.

– Écoute, je n'ai pas l'intention de te priver de ton fantasme à la Hugh Hefner, mais moi je ne participe pas.

Hunter me lance un regard noir.

– Tu pourrais très bien te taper Marisa, mais d'un coup, tu t'es ramolli. Tu ne mérites pas d'en avoir une, lance-t-il mais son sourire révèle qu'il respecte malgré tout ma décision. Eh bien, c'est ton problème, j'en aurai plus pour moi, conclut-il en haussant les épaules d'un air détaché. Son envie de se caser, évoquée plus tôt, est bel est bien tombée aux oubliettes.

Avant que je n'aie le temps d'ajouter quelque chose, les filles reviennent des toilettes et Marisa finit par s'asseoir sur mes genoux.

– Nous avons réfléchi… C'est Mandy, dont les lèvres fraîchement repulpées de gloss m'éblouissent tant elles brillent qui prend la parole.

– Vous n'avez pas l'air d'être trop décidés à ce que nous jouions tous ensemble.

Je me force à ne pas rigoler en entendant un tel euphémisme.

Hunter me dévisage à l'autre bout de la table et articule silencieusement « Lopette », mais je décide de l'ignorer et d'écouter ce que Mandy a à nous dire.

– Mais nous vous aimons bien, tous les deux. Et nous voulons toujours… jouer avec vous.

Je n'ai aucune idée de ce que jouer veut dire, mais j'obtiens la réponse à ma question lorsque Marisa fait glisser sa main sur ma cuisse pour caresser mon entrejambe. Je fais un bond, agrippant le bord de la table pour me retenir tandis qu'elle me regarde discrètement. Sa main est désormais fermement posée sur mon sexe. Hunter fronce les sourcils alors j'écarquille les yeux et désigne mon entrejambe. Heureusement, Hunter finit par comprendre et me sourit.

–Veux-tu jouer avec moi ? susurre Mandy à Hunter pendant que de mon côté, Marisa me caresse toujours sous la table.

– Mais bien sûr, ma jolie.

Il se relève rapidement, sans perdre de temps puis il pousse Mandy pour quitter notre table.

– Amuse-toi bien, Dix, dit-il en me faisant un clin d'œil. On s'appelle demain.

Avant que je ne puisse lui dire un mot, il disparaît avec Mandy.

Je suis désormais seul avec Marisa et mon sexe commence à durcir. Ma queue est en berne, mais il suffit de quelques caresses de plus pour qu'elle soit toute dure. Le mouvement de ses doigts est lent et précis. C'est exactement ce qu'il me faut.

Ensemble, Mandy et Marisa sont vraiment glauques, à finir les phrases l'une de l'autre et à vouloir se taper le même homme. Mais en solo, Marisa me convient parfaitement.

Je ferme les yeux et penche la tête en arrière, contre le siège, lui laissant les rênes. Elle se met alors à déboutonner mon pantalon et dirige ses doigts vers mon sexe. Je ne mets quasiment jamais de sous-vêtements, comme aujourd'hui, alors dès que ses doigts se trouvent à l'intérieur, ils sont en contact direct avec ma chair brûlante. La façon dont elle me caresse et le bruit de son souffle haletant me prouvent qu'elle est aussi excitée que moi. Son étreinte se fait plus forte et, alors qu'elle augmente la vitesse du va-et-vient, mon corps affamé se décontracte. Le moment de libération approche et j'anticipe le prochain mouvement qui me fera exploser.

Mais soudain la réalité me revient en pleine figure et j'ouvre grand les yeux en me souvenant du lieu où je me trouve. J'ai joui dans des endroits bien pires auparavant, mais malgré le plaisir que je ressens, je n'ai vraiment pas envie d'être surpris en train d'éjaculer dans un lieu public, où des centaines de témoins seraient disposés à raconter au *New York Times* l'ampleur de mes vices.

Je recule lentement mes hanches et observe Marisa qui me dévisage, la surprise évidente dans ses yeux bleus pleins de désir.

– Qu'est-ce qu'il y a ? demande-t-elle en faisant la moue.

Je me penche en avant et murmure à son oreille :

– Allons-nous-en. C'est à l'intérieur de toi que je veux jouir, et pas dans un bar miteux.

Je m'écarte pour juger sa réaction. D'après la dilatation de ses pupilles et son souffle qui s'accélère, je sais qu'elle est absolument partante. Je me réajuste sur le siège et reboutonne mon pantalon puis je me lève de la table et offre ma main à Marisa pour l'aider à se redresser.

Je me mets en marche devant elle, ne faisant que quelques pas, car la file pour descendre à l'étage du dessous n'avance pas. Je jette un coup d'œil au-dessus de la tête des gens pour voir ce qui cause cette attente, et je découvre quelques types penchés à la balustrade désignant du doigt la piste de danse. Juste par curiosité, je décide de regarder aussi par-dessus le rebord. Je me penche alors tellement je n'en crois pas mes yeux. Marisa est accrochée à mon bras, si bien que je l'entraine avec moi mais je ne tiens pas compte de ses protestations car je suis à deux doigts de péter un plomb.

– Qu'est-ce qui se passe, Dixon ?

J'entends vaguement Marisa me parler, mais je suis bien incapable de lui répondre car toute mon attention est focalisée sur Madison qui se fait malmener par Tim sur la piste.

Mes pieds se mettent en branle avant même que mon cerveau ne l'ordonne. Je me précipite, poussant tous les gens qui se trouvent sur mon passage. Heureusement, la marée humaine se scinde immédiatement en deux en me voyant débouler. Mais Marisa tire sur mon bras pour arrêter ma course. Je me retourne vers elle, prêt à exploser de colère.

Je sors alors un billet de ma poche et le plonge dans sa main.

– Voilà, prends un taxi.

– Dixon ! crie-t-elle, mais je ne reste pas une seconde de plus pour écouter ce qu'elle a à me dire.

Je me précipite dans les escaliers en colimaçon et manque de me casser la figure, car je descends les marches deux par deux. Mes pieds se déplacent à une vitesse incroyable, mais je m'en fiche. Il faut à tout prix que j'atteigne Madison. J'avance parmi la foule en donnant des coups de coude, je pousse, je bouscule, sans me préoccuper de qui se trouve au milieu. Ma brutalité finit par payer car je parviens à émerger de la foule en un temps record. Cependant, l'endroit où j'avais repéré Madison est désormais occupé par un autre couple. Je me maudis de l'avoir perdue.

Comme je suis grand, je balaye du regard la salle et j'aperçois Madison qui se dirige vers la sortie avec la grande brute dans son dos. Je me mets en marche en mode pilote automatique, déplaçant littéralement toute personne qui se trouve sur mon chemin. Après moult grognements, insultes et claques, j'arrive à atteindre la sortie. Je regarde frénétiquement de droite à gauche, et découvre Madison qui se dégage de Tim, lui hurlant dessus pour qu'il la laisse tranquille.

Je me dirige vers eux en marchant vite. Avant même d'atteindre leur niveau, j'entends Madison crier :

– Arrête de me suivre ! Tu ne m'intéresses pas !

– Comment sais-tu que je ne t'intéresse pas, tu ne m'as pas donné une seule chance ! rétorque-t-il en colère, puis il se penche vers elle pour l'attraper.

Le visage de Madison est déformé par la terreur et cette image me fait perdre le contrôle. Madison écarquille les yeux lorsqu'elle me voit, ce qui alerte le babouin. Il fait alors rapidement volteface pour analyser le danger qui se profile, mais je suis plus rapide que lui et je lui colle un coup de poing dans la mâchoire.

Madison hurle et Tim titube en arrière. Cela ne m'arrête pas, au contraire, je charge à nouveau, prêt à attaquer une deuxième fois. Je lui colle un crochet dans la joue puis j'enchaine rapidement avec un uppercut sous le menton. Le choc émet un bruit sourd.

Tim secoue la tête et chancèle sur ses pieds. Visiblement, mes coups ont endommagé son petit cerveau, mais je ne m'arrête pas là. Je lui décoche un coup droit dans le visage en prenant un puissant élan. Il finit par trébucher vers l'arrière et passe sa main sur ses lèvres en sang.

– Dixon, arrête ! hurle Madison, mais je ne l'écoute pas.

– Encore toi ? marmonne-t-il en me voyant, les yeux plissés de rage.

– Je suis revenu pour t'apprendre les bonnes manières, grogné-je en me penchant en avant pour tenter de le mettre KO.

Il esquive mon attaque et me donne un coup de poing sec qui atterrit sur mes lèvres. Le goût métallique dans ma bouche indique qu'il m'a ouvert la lèvre, mais cela ne fait qu'amplifier ma rage. À présent, nous sommes face à face, nous observant comme des proies. Mais Tim n'est pas bien solide sur ses jambes et son œil commence à enfler.

– Je ne vois pas pourquoi tu te bats pour elle. Elle n'écarte même pas les jambes, crache-t-il, sa salive ensanglantée dégoulinant sur le trottoir. Ou peut-être qu'elle a arrêté de n'être qu'une allumeuse et qu'elle a enfin cédé.

Sa grossièreté ranime ma colère, je suis prêt à cogner de nouveau mais Madison me devance en se postant entre nous deux et en lui flanquant une beigne dans le nez. Il bascule en arrière, sans doute surpris qu'elle l'ait frappé, puis il retombe sur les fesses tandis que Madison gémit de douleur en collant sa main contre sa poitrine.

Inquiet pour elle, je me précipite à son secours au lieu de continuer de faire la peau de ce connard.

– Ça va, Madison ?

Mais sa réaction me surprend : elle se dégage et semble être en colère contre moi.

Lorsqu'elle croise mon regard déconcerté, je découvre ses yeux remplis de larmes. Mais je crois bien que c'est à cause de la douleur qu'elle ressent à la main.

– Laisse-moi voir, dis-je gentiment.

– Pas la peine, ça va, répond-elle courageusement, la main toujours serrée contre sa poitrine.

– S'il te plaît…

Je la supplie et enroule mes doigts autour de son poignet en la caressant pour qu'elle me laisse faire.

Elle finit heureusement par baisser sa main en grimaçant de douleur.

– Est-ce que tu peux serrer le poing ?

Je l'examine tout doucement pour sentir si elle a une fracture.

Elle gémit de douleur alors et tente de retirer sa main. Mais je la tiens fermement et ne la laisse pas faire. Je termine mon examen et conclus :

– Tu n'as pas de fractures, mais tu t'es fait une entorse. Je te ramène à la maison pour que tu puisses mettre de la glace dessus.

– Tu saignes, s'exclame-t-elle en touchant mes lèvres du bout des doigts.

Cette attention me réchauffe le cœur mais je recule à son toucher car je veux absolument qu'elle mette de la glace sur sa main avant qu'elle ne gonfle.

– Ce n'est rien, juste une éraflure. Je te ramène chez toi, d'accord ?

Madison hoche la tête. Je regarde par-dessus son épaule et découvre Tim étalé par terre, à moitié conscient encore mais trop dans les vapes pour bouger.

– Pas mal, ton coup droit, dis-je en entourant mon bras autour de ses épaules et en l'entraînant vers la voiture.

– Merci, répond-elle en s'efforçant au calme, mais les petits frémissements qui secouent son corps révèlent combien elle est chamboulée.

Je veux la serrer contre moi mais elle se rapproche de son propre chef ; je me sens tellement heureux de voir qu'elle cherche du réconfort auprès de moi.

Sentant les premières gouttes de pluie sur mes joues, je me mets à maudire ce temps pourri. Soudain, le ciel se déchire et une pluie torrentielle s'abat sur nous en quelques secondes. Madison pousse un cri perçant. Je la serre plus fort contre moi et j'accélère nos pas, ou bien nous allons bientôt nous noyer.

– Tu es garé loin ? crie-t-elle le visage tourné vers moi pour que je puisse l'entendre par-dessus le bruit de la pluie.

– Trois rues plus loin.

À chacun de mes pas, mes chaussures émettent un bruit de succion.

Soudain, Madison place une main sur mon bras et le serre fort. Je m'arrête immédiatement, en me demandant ce qu'elle a. Elle retire alors maladroitement ses chaussures à talons, ce qui la rend plus petite de douze centimètres. Elle lève les yeux vers moi, toute mouillée mais sourit et hoche la tête. Nous reprenons alors notre course vers la voiture.

Au moment d'arriver à ma BMW, nous sommes complètement trempés, mais la seule chose qui m'importe est de faire rentrer Madison à l'intérieur pour la protéger de la pluie. Je la pousse sur le siège passager après avoir déverrouillé les portes, puis je me précipite en courant vers le côté conducteur.

Dès que le moteur se met en marche, j'allume le chauffage, car j'entends Madison claquer des dents. Je jette un coup d'œil dans sa direction et découvre que ses habits trempés lui collent à la peau.

– Putain de temps, dis-je, furieux, en repoussant vers l'arrière une mèche de cheveux pour pouvoir mieux voir la route encombrée.

Alors que je suis sur le point de démarrer, Madison lance un juron.

– Merde !

– Qu'y a-t-il ?

Elle jure à nouveau et regarde désespérément autour d'elle, puis sous ses fesses.

– Mince alors ! J'ai perdu mon sac, dit-elle en laissant échapper un hoquet.

Ce n'est que depuis que ma colère est retombée et que j'y vois plus clair que je remarque l'aspect vitreux de son regard.

– Tu te souviens quand tu l'avais pour la dernière fois ?

Elle secoue négativement la tête et ses mèches de cheveux viennent se coller contre son long cou.

La pluie tombe de plus en plus fort, mais je détache ma ceinture, prêt à affronter les éléments. Madison me saisit par le bras pour m'empêcher de sortir.

– N'y va pas. Il pleut des cordes et puis on est à New York. Mon sac a déjà un nouveau propriétaire, c'est sûr.

– Et tes affaires ?

– Ce n'est pas grave. Je n'avais pas grand-chose sur moi, juste mes clefs, du liquide, un gloss et des chewing-gums, déclare-t-elle puis elle étouffe un nouveau hoquet.

– Tu es saoule ? demandé-je en lui lançant un sourire en coin.

Madison lève la tête, gênée.

– Non, pas vraiment. Enfin, je ne crois pas.

Le chauffage souffle sur ses cheveux emmêlés.

– Tu ne crois pas ? dis-je, sans comprendre, tout en rattachant ma ceinture.

Madison secoue la tête et répond timidement :

– Je ne bois pas souvent, donc quand ça m'arrive, il ne me faut qu'un verre ou deux pour toute la soirée.

Je mets mon clignotant et sors de mon emplacement pour regagner la rue embouteillée. Le trajet va être un vrai cauchemar.

– Ah ! Une fille qui a besoin de peu pour être bourrée. C'est le rêve de tous les mecs.

Mais une fois que je réalise ce que je viens de dire, je décide de la fermer.

Madison ricane sèchement.

– Oui, c'est bien ça le problème.

– Quoi ?

– C'est pour oublier un mec de rêve que je bois.

– Je ne te suis pas, là… dis-je, les yeux rivés sur la route.

Madison se met à bouger et le cuir crisse. Je me demande si elle regrette d'avoir fait cette confidence. Mais elle me surprend en ajoutant :

– J'ai rencontré les parents de David, ce soir.

– Ah bon ?

Je sais très bien qu'elle devait les rencontrer puisque j'ai entendu sa conversation téléphonique.

– Oui, répond-elle d'un ton abattu.

– Comment ça s'est passé ?

– Super.

– Donc, c'est une bonne chose, non ?

– J'imagine que oui. Ils ont été vraiment très gentils et très accueillants.

– Mais… ?

– Mais je ne sais pas. Ils étaient justement trop gentils et trop chaleureux. Mon Dieu, qu'est-ce qui cloche chez moi ? crie-t-elle en plaquant ses mains sur son visage.

– Mais il n'y a rien qui cloche chez toi. C'est mon travail de détecter ce genre de choses.

– Si, il y a plein de choses qui clochent, rétorque-t-elle en reniflant.

Je lui jette un bref regard et découvre que des larmes embuent ses beaux yeux verts. La tristesse qu'elle éprouve me brise le cœur, je poursuis alors :

– Moi, je ne vois que de la perfection chez toi.

Je me suis exprimé avant d'avoir pu réfléchir. J'espère que je ne la fais pas flipper par ma franchise. Je me concentre sur la route et attends sa réponse.

– Merci Dixon, murmure-t-elle après une minute de silence. Si seulement c'était vrai.

Que cache-t-elle ? Nous avons tous un passé plus ou moins difficile, mais celui de Madison semble peser lourdement sur son avenir. Le docteur en moi a très envie d'en savoir plus, de l'analyser. Mais l'homme que je suis ne souhaite que la prendre dans ses bras et lui dire que tout ira bien. Je ne comprends pas pourquoi je ressens cela. Quelque chose en elle me donne envie d'être un homme meilleur.

– Où va-t-on ? demande-t-elle.

Je secoue ma tête pour éclaircir mes idées.

Merde, je suis parti dans la direction opposée de l'appartement de Madison et je me dirige inconsciemment vers mon quartier. La pluie tombe toujours à torrents et mes essuie-glaces ne cessent d'aller et venir pour tenter de balayer l'eau de cette violente averse.

– On va chez moi, dis-je puis je m'empresse de lui donner plus de détails. Pas question que je te laisse dehors sous la pluie, sans clef pour pouvoir rentrer dans ton immeuble. Je pensais que tu pourrais utiliser mon téléphone, j'ai laissé mon portable à la maison. Tu peux appeler quelqu'un qui a un double de tes clefs. Ou bien je peux aussi te déposer quelque part ?

Je prie pour qu'elle ne me demande pas de la laisser chez David.

Elle marque une courte pause avant d'acquiescer. L'air que je retenais dans mes poumons s'échappe enfin.

– J'appellerai Mary. Mais… elle ne sera pas encore à la maison. J'étais censée la retrouver là-bas mais…

Elle se mordille les lèvres en chiffonnant machinalement la ceinture.

Je me demande ce qu'elle voulait dire mais je n'insiste pas. D'ailleurs je n'ai pas vraiment envie de savoir.

– Merci d'être venu à ma rescousse une fois de plus. Tu dois me trouver pathétique.

Je m'exclame tout en prenant le virage qui mène à mon parking :

– Quoi ? Pourquoi veux-tu que je pense ça de toi ?

– Parce que quand je suis avec toi, soit je tombe, soit je me blesse, soit je me fais agresser par mon ex. Ou aussi parce que je t'ai envoyé une part de gâteau, pour me faire pardonner et que tu n'as pas daigné me contacter de toute la semaine, chuchote-t-elle.

Je me gare sur ma place de parking, arrête le moteur et pivote vers elle après avoir défait ma ceinture. Elle tortille nerveusement ses mains sur ses cuisses et refuse de me regarder dans les yeux.

– Je ne te trouve pas pathétique, lui dis-je d'un ton ferme.

– Alors pourquoi tu ne m'as pas répondu ? demande-t-elle en levant les yeux vers moi. Je voulais m'excuser de ma conduite inhospitalière. Voilà pourquoi je t'ai envoyé un peu de cheesecake. Mais tu n'as jamais répondu alors je me suis dit que le cheesecake ne te plaisait peut-être pas. Ou bien que moi, je ne te plaisais pas.

Elle baisse à nouveau les yeux.

La franchise de cette fille fait voler en éclat mes résolutions. Je me rends compte que ce doit être dû à l'alcool, car je n'ai encore jamais vu Madison sous ce jour. D'habitude, elle n'exprime pas aussi librement ses sentiments. Je ne peux pas m'empêcher de lui poser une question.

– Sache que j'adore le cheesecake… et que tu me plais. Mais imaginons que ni l'un ni l'autre ne me plaisent. Qu'est-ce que ça pourrait bien faire ?

Madison lève ses yeux et se mord les lèvres.

– Selon moi tu serais fou de ne pas apprécier le cheesecake. Mais bon, je dis ça, je dis rien.

– Et si je te disais, toujours de façon hypothétique, que tu ne me plais pas ? demandé-je d'une voix rauque en me rapprochant d'elle.

Elle prend une bouffée d'air, tandis que je baisse mon regard sur sa poitrine haletante. Son débardeur blanc trempé par la pluie est devenu pratiquement transparent. La dentelle de son soutien-gorge couleur crème se détache à travers le tissu mouillé, ce qui me fait saliver.

– Je serais… bégaie-t-elle en gigotant nerveusement. Je serais très triste de savoir que je ne te plais pas, Dixon.

Nos souffles ne font plus qu'un.

– Pourquoi ? demandé-je en prenant le même ton de voix et en m'inclinant pour croiser son regard.

Je retiens un gémissement en l'observant se lécher les lèvres. Sa langue rose a un effet inimaginable sur mon désir.

– Parce que… j'aime… être ton amie.

Mes hormones prennent une bonne douche froide. J'essaie de cacher ma réaction et je lui souris.

– Eh bien, moi aussi j'aime être ton ami.

Madison affiche un petit sourire. Je lui caresse doucement la joue de la main, créant une nuée d'étincelles invisibles dans mon sillage.

– Allez, on rentre, tu frissonnes.

Elle répond rapidement :

– Je n'ai pas froid.

– Pourtant tu trembles.

– Ah bon ? demande-t-elle en fixant ma bouche.

La chaleur intense dans la voiture crée de la buée sur les fenêtres et dans mon cerveau, elle nous isole du monde extérieur. Insensible au reste de l'univers, j'ai l'impression qu'il n'y a que Madison et moi sur Terre. Je me penche de plus en plus vers elle, pour diminuer la distance qui nous sépare. Il y a comme un aimant qui contrôle mes actions et je ne peux pas l'arrêter. Qui suis-je pour m'opposer aux forces de la nature ?

Le souffle de Madison se bloque au fond de sa gorge et, alors que je me penche encore et que seuls quelques centimètres séparent mes lèvres des siennes, elle secoue la tête et se recule subitement, les yeux écarquillés.

– Bon… on y va… balbutie-t-elle en me faisant redescendre sur Terre brutalement.

J'inspire profondément, hoche la tête puis j'hésite. Soudain, je ne sais plus si c'est une bonne idée de la ramener dans mon appartement. Non, pas à cause de cette règle stupide.

C'est juste que je ne sais pas comment je vais me comporter avec Madison chez moi. Je n'arrête pas de me demander quelle serait la saveur de ses lèvres si je la pressais contre le mur de ma chambre pour l'embrasser. J'aurais vraiment dû penser à cela avant de me retrouver dans le parking de mon immeuble.

Je me ressaisis et lui souris.

– Suis-moi.

Je sors de la voiture, effrayé par ce qui nous attend.

CHAPITRE 19
JUSTE DES AMIS

Madison

–Veux-tu une serviette ? me demande Dixon en posant ses clefs sur le plan de travail en marbre.

Je regarde mon T-shirt mouillé et transparent puis hoche la tête.

– Oui, s'il te plaît.

Je croise timidement mes bras sur ma poitrine, ce qui le fait sourire.

– J'en ai pour une minute. Je t'en prie, fais comme chez toi.

Puis il disparaît dans le couloir.

Dès qu'il est hors de vue, je laisse enfin sortir l'air qui était bloqué dans mes poumons et je me penche en avant pour poser mes mains sur me genoux. Je prends cinq grandes inspirations. Une fois calmée, je me relève et tente de me repasser le fil des événements dans la tête.

Cette soirée a été l'une des nuits les plus folles de ma vie, pourtant j'ai déjà vécu des choses bien intenses. Tout a commencé avec la rencontre avec les parents de David. J'étais très stressée mais dès l'instant où j'ai rencontré Dean et Rhonda, je me suis détendue. La conversation se faisait naturellement et, avant que je n'aie le temps de m'en rendre compte, nous étions déjà en train de nous saluer et de nous promettre de nous revoir bientôt.

À aucun moment je n'ai pensé à Dixon et, comme David n'a pas arrêté de me regarder avec adoration toute la soirée, j'ai réalisé que je n'avais pas été juste avec lui. Il a fait des efforts, alors que moi non. Si bien que lorsqu'il m'a demandé si je voulais passer la nuit chez lui, j'ai dit oui.

Il était tellement content que son enthousiasme est devenu contagieux. Sans même que je m'en aperçoive, nous étions soudain en train de nous embrasser dans mon appartement, et de prendre la direction de ma chambre. Nous ne devions y passer seulement pour je prenne quelques vêtements de rechange, mais j'ai fini par tomber sous le charme magnétique de ses yeux ainsi que de son sourire à fossette. Je me sentais également un peu rejetée par Dixon qui ne m'a pas répondu de toute la semaine.

J'adore David, vraiment. Il n'est pas compliqué et puis il ne m'embrouille pas le cerveau. Sans oublier qu'il est un parfait gentleman et que ses parents sont tout aussi parfaits. Alors pourquoi ai-je commencé à flipper lorsque les choses sont devenues plus *hot* et plus sérieuses ?

Avec David, tout semble simple. Rien dans ma vie jusqu'à présent ne m'avait paru aussi aisé. Et si tout était trop beau pour être vrai avec lui ? Et si je tombais trop vite amoureuse et qu'il finissait par me faire souffrir ? Et si un jour il découvrait ce qui se cache derrière mon détachement et qu'il ne parvenait pas à y faire face ?

Toutes ces pensées me tracassaient. Soudain, il s'est mis à déboutonner mon jean et a enfoui sa tête précisément à l'endroit où je ne veux *plus jamais* que personne ne me touche. Il a senti que je paniquais et m'a suppliée de lui dire ce qui n'allait pas. Mais je n'y arrivais pas. Je ne suis pas prête à lui dire. Je ne suis pas encore prête à revivre la pire nuit de ma vie.

Après, j'ai eu une réaction stupide. Je l'ai mis à la porte. Je l'ai mis à la porte sans aucune explication sur les raisons qui m'ont poussée à paniquer. Et en bon gentleman, il a accepté de partir.

Sa gentillesse m'a fait me sentir encore plus mal, alors j'ai appelé la seule personne qui pouvait me faire oublier tout cela.

Mary.

Elle était au *Crème de la crème*, j'ai donc pris un taxi pour la retrouver là-bas. Même si je ne voulais pas me l'avouer, j'espérais secrètement tomber à nouveau sur Dixon. Seulement, mon horrible soirée a fini par se transformer en cauchemar.

Le club est tellement grand et tout Manhattan s'y était donné rendez-vous. Je n'avais pas décidé d'un endroit pour retrouver Mary alors je suis allée à l'étage pour en fait y trouver Dixon avec une blonde qui lui faisait une *lap dance*. Cela n'avait pas l'air de le déranger.

Ensuite je n'ai pas réussi à quitter assez vite les lieux. J'ai fini par dévaler les escaliers et tomber nez à nez avec Tim.

J'avais juste commencé à lui dire ce que je pensais, quand Dixon a déboulé de nulle part, se jetant sur Tim comme un putain de Terminator. Les images de la blonde facile aux mains baladeuses avec qui il était avant ont alors jailli dans mon esprit, et j'étais en colère que Dixon soit là, pour me sauver une fois de plus, même s'il ne pensait clairement pas à moi quelques minutes auparavant.

Puis, avant même que je m'en aperçoive, le parfum de Dixon et son esprit chevaleresque ont tout bouleversé dans ma tête et je me suis retrouvée emportée par lui sous la pluie.

Dans la voiture, l'effet Dixon a encore fonctionné. J'ai perdu la raison et lui ai dit des choses que je n'aurais jamais racontées en temps normal. Lorsqu'il m'a demandé si je voulais qu'il me dépose quelque part, je n'ai pas pu lui dire de me laisser chez David, évidemment. Et Mary, qui a enfin arrêté de détester les hommes, était sans doute trop saoule, à la recherche d'une conquête.

C'était donc logique d'aller chez lui et d'appeler Mary au lieu de me pointer chez moi, sans clefs. Pour être tout à fait franche, j'avais envie de passer davantage de temps avec lui et de lui demander pourquoi il m'avait ignorée toute la semaine. Je sais que je n'ai pas le droit d'être en colère, mais nous étions si près de nous embrasser, le lundi soir. Puis il m'a ignorée le reste de la semaine.

Je ne comprends pas. Je ne *le* comprends pas. Et je ne comprends pas mes réactions envers lui, alors que je suis censée sortir avec David.

Je devrais m'éloigner de cet homme, mais je n'y arrive pas.

– Et voilà.

Je sors de ma rêverie en entendant sa voix. Dixon me tend une serviette bordeaux ainsi que son téléphone.

– Merci.

Je défais mon chignon et sèche mes cheveux à l'aide de la serviette, essuyant surtout sur les pointes qui sont toutes mouillées.

– Tu veux boire quelque chose ? Un café ? Un thé ? De l'eau ? demande-t-il en se massant la nuque.

– De l'eau, s'il te plaît.

J'ai besoin de me réhydrater.

– Bien sûr.

Il disparaît à nouveau.

Je ne sais pas si c'est moi qui me fais des idées, mais Dixon a l'air nerveux. Je n'y prête pas trop attention et compose le numéro de Mary qui, comme prévu, ne répond pas.

Je pourrais appeler Sebastian, mais je ne veux pas les déranger lui et ma mère à deux heures du matin.

Dixon revient quelques instants plus tard avec un verre d'eau et un sachet de petits pois congelés.

– As-tu réussi à la joindre ? demande-t-il et je découvre qu'il s'est changé et porte à présent un T-shirt bleu foncé au col en V.

Je secoue la tête.

– Non, elle ne répond pas, je vais réessayer.

Après dix appels et une série de SMS sans réponse, j'abandonne.

– Je vais appeler un taxi, dis-je en soupirant quand soudain un grondement de tonnerre retentit si fort que je pousse un cri de terreur. Le sachet de petits pois tombe par terre. Je déteste les orages.

– Pas question que tu ressortes, dit Dixon en ramassant les petits pois et en les reposant sur ma main.

– Qu'est-ce que tu proposes ?

– Eh bien… Tu peux rester ici… suggère-t-il en haussant les épaules, l'air de rien, tout en appuyant un peu plus fort sur ma main.

Mon cœur s'accélère à nouveau quand il dit cela et je m'exclame :

– Ici ?

– Bien sûr. Je vais dormir sur le canapé. Ce n'est pas un problème.

– Non, je ne peux pas faire ça.

– Quoi ? Tu ne peux pas rester ici ?

Puis il relâche ma main.

En effet, je ne devrais pas rester dormir chez lui. Mais il est tard et je n'ai plus vraiment d'autre option.

Je suis arrivée à la conclusion que je veux Dixon dans ma vie. Bien que je sois avec David, cela ne m'empêche pas de devenir amie avec Dixon. Cela fait partie des choses que je souhaite pour avancer dans la vie.

Avec cette idée en tête, je clarifie :

– Je ne peux pas te laisser dormir sur le canapé.

Je me sentirais vraiment trop mal de l'avoir empêché de dormir dans son lit.

– Ça ne me dérange pas, dit-il en affichant un sourire en coin et en croisant les bras sur sa large poitrine.

– Eh bien moi ça me dérange, nous sommes des adultes. On peut très bien dormir tous les deux dans ton lit. Si ça te va, bien entendu.

Dixon affiche un petit sourire malicieux.

– Tant que tu me promets que tu ne ronfles pas, ça me va.

Je ris, contente de voir qu'il plaisante.

– Aux dernières nouvelles, je ne ronfle pas.

Dixon hoche la tête et parcourt lentement mon corps des yeux. Mes joues deviennent toutes rouges.

– Veux-tu te changer et prendre une douche ? demande-t-il en se raclant la gorge.

Je tire sur mon T-shirt mouillé et acquiesce.

– Oui, s'il te plaît. Je suis désolée, j'espère que je n'abuse pas trop.

Dixon secoue la tête, ses cheveux trempés et rebelles se dressent sur sa tête, ce qui lui va bien.

– Ne t'inquiète pas, tu n'abuses en rien.

CHAPITRE 20
PREMIÈRE FOIS

Dixon

C'est une mauvaise idée sur tous les plans. Pourtant, je ne peux me résigner à détourner le regard lorsque Madison éteint la lumière de la salle de bain et entre dans ma chambre. Mon T-shirt Einstein a l'air d'une robe sur elle et le pantalon de pyjama que je lui ai prêté traîne par terre, bien qu'elle ait déjà fait des ourlets. Elle remet machinalement en place le col du T-shirt, mais il n'arrête pas de glisser sur son épaule. Elle finit par abandonner en soupirant.

– Merci de me prêter tes vêtements.

– Pas de problème.

Il était hors de question qu'elle dorme dans mon lit en sous-vêtements. Je ne pourrais pas me contrôler.

Madison avance à pas feutrés jusqu'au lit, puis elle soulève la couette noire et se glisse dessous. J'ai le dos appuyé contre la tête de lit et m'efforce d'avoir l'air impassible alors qu'elle est dans mon lit. Je parcours machinalement mon iPad, sans avoir aucune idée de ce que je regarde.

Une fois installée dans le lit, elle laisse échapper un soupir. La couverture la recouvre jusqu'au menton. Elle a l'air bien trop appétissante, emmitouflée ainsi dans mon lit. On dirait également qu'elle a toujours eu sa place dedans.

Je baisse mes yeux sur elle et me rends compte que je n'ai pas hésité une seule seconde avant de l'inviter chez moi. Ma stupide règle est désormais obsolète. Je me racle la gorge, éteins ma tablette puis la lumière, ce qui plonge la chambre dans une obscurité presque totale.

Je me glisse sous la couverture et sens la température de mon corps qui augmente. D'habitude, je dors nu, mais comme cela aurait été vraiment déplacé, j'ai enfilé un T-shirt et un pantalon. Rester habillé relève du défi. Mon corps était déjà brûlant et n'avait pas besoin de plus de chaleur.

– Dixon ?

Sa voix est comme un phare dans la nuit.

– Oui.

– Je te remercie de me laisser dormir chez toi. J'aime bien être là. Je me sens… en sécurité, déclare-t-elle en dans un chuchotement presque inaudible.

C'est bien la chose la plus attendrissante que je n'ai jamais entendue.

– J'aime bien que tu sois là aussi, je me sens…

Comment te sens-tu, Dixon ? Je réfléchis pour trouver le mot juste. Un seul semble décrire ce que je ressens.

– Heureux, dis-je sans pour autant me sentir moins homme d'avoir exprimé tout haut mes émotions.

– Et tu ne te sentais pas heureux avant ?

Cette question simple touche une corde sensible et je lui réponds en toute franchise :

– Pas depuis longtemps.

C'est vrai. J'ai peut-être été satisfait sur le plan sexuel, mais j'ai toujours su que j'étais un connard égoïste couchant avec beaucoup de femmes qui n'avaient pour moi pas de visage et dont je n'avais rien à faire.

– Je suis contente de savoir que je te rends heureux, car toi aussi tu me rends heureuse, avoue-t-elle d'une voix enrouée ce qui révèle combien cette confidence était dure à faire.

Voir son petit corps blotti dans mon grand lit provoque en moi des choses que je n'avais pas ressenties depuis très longtemps. Et je ne parle pas de ce qui pense à ma place parfois et qui est entre mes jambes. Je crois que je suis en train de tomber amoureux, et très vite en plus, de Madison. Son innocence, sa pureté, mais surtout son honnêteté ont l'effet d'un bol d'air frais. Ce n'est que maintenant que je me rends compte à quel point j'étais privé d'oxygène.

Elle se rapproche de moi et son parfum vanillé me plonge

dans une bulle. Je ne peux m'empêcher de me pencher vers elle pour savourer sa fragrance.

– Si je ronfle, tu me réveilles, d'accord ?

Sa sincérité me fait rire.

– Je suis sûr que tu ne ronfles pas. Mais si c'est le cas, alors je t'étoufferai avec mon oreiller.

Elle pouffe de rire ce qui fait tressauter le lit.

– D'accord, marché conclu, dit-elle avant de marquer une pause puis de poursuivre. Je n'avais encore jamais dormi à côté de quelqu'un.

– Jamais ? demandé-je, interloqué.

Cette jolie fille est-elle en train de m'avouer qu'elle est vierge ? Parce que je ne la vois pas comme une fille du genre « Merci, Monsieur, au revoir, Monsieur ».

Elle confirme mon intuition en répondant :

– Non, jamais.

Ces paroles simples vont me mener à ma perte. Je me penche lentement pour lui donner un baiser sur le front. Je m'attarde un peu trop ; je ne peux m'en empêcher.

– Eh bien, je vais faire de mon mieux pour que cette première fois reste inoubliable.

J'espère que mon aveu ne va pas l'effrayer parce qu'elle pourrait le prendre différemment. Mais d'une certaine façon, je souhaiterais qu'elle garde ça en tête. Nous restons silencieux pendant quelques instants, face à face dans le noir, mais je sens sur moi ses yeux inquisiteurs, prenant sans doute la mesure de ce que je viens de dire.

– Bonne nuit, Madison.

Mes yeux se ferment et sa douce respiration me berce jusqu'à ce que je trouve le sommeil.

– Dixon ? chuchote-t-elle.

– Oui ?

– C'est déjà le cas, révèle-t-elle et j'en déduis qu'elle se réfère à ma déclaration précédente.

Je ne dis rien, car la seule réponse qui me viendrait serait de coller mes lèvres contre les siennes. De nombreuses raisons m'en empêchent, mais c'est surtout que si je commence, je ne pense pas pouvoir m'arrêter.

Et cela me terrorise littéralement.

⋆ ⋆ ⋆

Je me réveille, le corps entièrement en sueur. Non pas parce que j'ai trop chaud sous les draps. J'ai le mauvais pressentiment que quelqu'un se trouve derrière ma porte d'entrée. Madison respire lentement à mes côtés, ses expirations sont profondes et calmes. Elle n'a visiblement rien entendu.

Je décide malgré tout d'aller voir.

Je sors de ma chambre sur la pointe des pieds avec pour seule source de lumière la lune qui passe à travers les stores. Mais je connais mon appartement comme ma poche, je n'ai aucun mal pour me déplacer dans le noir. Cependant, j'ai l'habitude que les choses soient à leur place. Je n'avais donc pas prévu de rencontrer sur mon chemin la chaussure de Madison.

Je trébuche et retombe sans aucune grâce sur mes deux genoux en m'agrippant au lit pour arrêter ma chute. Je regarde immédiatement en direction de Madison, inquiet de l'avoir tirée de son sommeil paisible. Mais elle murmure quelque chose d'inaudible avant de se retourner, ce qui prouve qu'elle dort profondément. J'ai un vrai réflexe protecteur envers elle, qui s'avère tout à fait naturel. Je n'avais pas ressenti cela pour quelqu'un depuis si longtemps. C'est vraiment agréable de se soucier de quelqu'un d'autre que de soi.

Je me relève lentement en vérifiant que le sol est dégagé. J'atteins heureusement le salon sans encombre. Je m'arrête au milieu de la pièce et tourne la tête vers la porte.

Silence.

Je suis quasiment sûr d'avoir entendu un bruit, mais la personne qui était peut-être là semble être désormais partie.

Je décide de me remettre au lit et alors que je me dirige vers la chambre, j'entends soudain le bruit presque imperceptible de quelqu'un qui fouille dans son sac. Je le savais.

Je me précipite vers la porte sans faire de bruit et l'ouvre d'un coup sec pour y découvrir Juliet la main dans son sac. Elle s'arrête et recule d'un air surpris en dévisageant mon T-shirt et mon pantalon.

– Sympa ton pyjama, dit-elle d'un ton moqueur.

Ses yeux s'arrêtent sur le logo de Yankees.

Elle sait parfaitement que je dors toujours nu et vu l'état de mes cheveux, je ne peux pas vraiment lui faire croire que j'étais en train de regarder la télé.

– Que fais-tu là ?

Elle me sourit.

– Je suis venue te raconter une histoire et puis te border.

Elle fait ensuite un pas en avant, indiquant son intention d'entrer.

– Il n'en est pas question.

Je place rapidement mon bras à travers l'encadrement de la porte pour la bloquer. Elle me regarde en haussant les sourcils.

– Qui est-ce que tu caches à l'intérieur ? demande-t-elle en se hissant sur la pointe des pieds pour pouvoir regarder par-dessus mon épaule.

Je me déplace vers la gauche pour l'empêcher de voir.

– Personne ne se cache ici.

– Alors laisse-moi entrer.

Elle tente de me pousser pour que je lui laisse la voie libre, mais je reste fermement planté sur mes jambes. Pas question qu'elle mette les pieds chez moi.

– Je suis fatigué, Juliet. Peut-on remettre ça à un autre jour ?

– Remettre quoi, Dixon ? Je ne t'ai pas vu de toute la semaine. Tu m'as complètement plantée la dernière fois et pas de façon agréable. Tu m'es redevable, déclare-t-elle en me défiant du regard.

J'ai peur de la réponse mais je demande quand même :

– En quoi je te suis redevable ?

– Tu le sais très bien. Tu me dois au moins un… – elle lève un doigt en l'air – Puis deux… – elle en lève un deuxième –

Au moins dix orgasmes, conclut-elle en levant les deux mains. Il est temps de t'acquitter de ta dette.

– Maintenant ?

– Oui, maintenant.

Elle fait un pas en avant, son buste touche presque le mien.

– Ça ne va pas être possible, réponds-je en prétextant un bâillement. Je suis crevé. Je ne serais vraiment pas capable de tenir le coup pour un orgasme, alors dix…

J'espère que cela va la dissuader. Lui refuser son plaisir ne lui donne plus aucune raison de rester ici. Mais, j'aurais dû me douter qu'elle avait d'autres idées en tête.

– D'accord, tu ne veux pas me baiser. Eh bien il ne te reste plus qu'à admirer le spectacle.

– Admirer quoi ?

– Admire-moi pendant que je me touche.

Avant que j'aie le temps de protester, elle glisse tout doucement une main jusqu'à atteindre le devant de sa jupe puis elle commence à se donner du plaisir.

– Juliet !

Je jette un coup d'œil dans le couloir craignant que mes voisins découvrent une femme qui se masturbe devant ma porte.

– Chut. Ça ne sera pas long, lâche-t-elle le souffle haletant.

Elle ferme les yeux et se mord les lèvres.

Je me fous de savoir combien de temps elle pense que ça prendra, son exhibition dure déjà depuis trop longtemps. Pourtant, quand je regarde la façon dont ses doigts remuent convulsivement sous sa jupe et quand j'entends les doux gémissements qui s'échappent de sa bouche entrouverte, je sais qu'elle n'est pas loin. Je sais aussi que si je lui prête ma main, elle viendra encore plus vite et me laissera enfin tranquille.

Cette idée me rend malade, sachant que Madison est profondément endormie dans mon lit. Mais c'est pour elle que j'approche ma main et commence à caresser la peau derrière l'oreille de Juliet, en suivant son rythme. Ce geste l'excite énormément, car elle sait que je ne vais pas m'arrêter là.

Je fais glisser ma main sur son cou puis j'enroule mes doigts dans ses cheveux et tire d'un coup sec, basculant sa tête en arrière. Ce mouvement brusque la fait gémir. Elle assure son équilibre en posant une main sur mon épaule. Je me dégoûte mais, plus je tire, plus ses gémissements augmentent, et plus vite mon cauchemar se terminera.

– Oh, chéri, dit-elle d'une voix haletante.

Ses doigts s'enfoncent dans ma chair tandis que ses hanches basculent vers l'avant.

La scène qui se déroule devant mes yeux est très sensuelle, mais je ne me sens pas du tout excité. Je ne pense qu'à Madison qui est innocemment allongée dans mon lit, ignorant totalement que je suis en train d'aider mon plan cul à jouir.

Juliet prend plus de temps que d'habitude. La connaissant, je vois bien qu'elle le fait exprès. En effet, elle souhaite que je fasse une ultime chose. Je me penche brusquement en avant pour lui mordre le cou rageusement, suçant sa chair brûlante entre mes lèvres.

C'est exactement ce qu'elle voulait. Un instant plus tard, elle jouit en poussant un grand gémissement essoufflé. Je lâche ma prise et essuie ma bouche, dégoûté de voir les rougeurs que j'ai laissées sur sa peau.

Si elle n'était plus accrochée à moi, je lui aurais déjà claqué la porte au nez. Mais c'est bientôt fini et le pire est déjà passé – enfin, j'espère.

Elle ouvre soudain les yeux, affichant un sourire satisfait et détendu.

– Tu vois, ce n'était pas si terrible, hein ? dit-elle en retirant lentement la main qui était plongée sous sa jupe.

Ne me laissant pas le temps de répondre, elle se met à caresser mes lèvres avec les doigts qui étaient auparavant en elle, laissant une traînée humide de ses sécrétions sur leur passage. Je ne peux nier à quel point son odeur est extraordinaire. Mais je sais qu'elle a fait cela pour marquer son territoire, comme elle suppose qu'une femme se trouve à l'intérieur.

– Appelle-moi quand ce sera mon tour pour la soirée pyjama. Ou bien on peut faire ça maintenant, si tu acceptes de m'inviter.

Hors de question. Plus jamais.

Percevant ma résistance, elle hausse les épaules et ne paraît pas affectée que quelqu'un d'autre dorme dans mon lit.

– Bonne nuit, Docteur Mathews. Je viendrai bientôt récolter ce qui m'est dû.

Bon sang que cette femme est insatiable. Et dire qu'avant, j'aimais ça.

– Bonne nuit, Mademoiselle Harte, je dis d'un ton courtois, soulagé de voir qu'elle se décide enfin à tourner les talons après m'avoir soufflé un baiser.

Je l'observe rentrer dans l'ascenseur, non pas par galanterie mais simplement pour m'assurer qu'elle est bien partie. Je patiente quelques secondes puis referme la porte derrière moi.

Je m'appuie contre le bois, en prenant une longue inspiration. Je sens alors immédiatement l'odeur de Juliet sur mes lèvres. J'essuie rapidement la preuve du crime de la main et je réprime mon envie pressante de prendre une douche. Madison pourrait se réveiller et me poser des questions auxquelles je n'ai pas envie de répondre.

Je vais devoir me contenter de me rincer le visage dans l'évier de la cuisine. Demain, je m'assurerai de récurer chaque partie de mon corps. Pour faire bonne mesure, j'utilise du savon et je me frotte bien tout le visage. Aucune trace d'elle ne doit subsister sur moi.

Après avoir effacé toute marque de Juliet, je me dirige dans la chambre et y pénètre discrètement. Madison est heureusement encore paisiblement endormie. Je soulève alors lentement la couverture pour me glisser dessous. Dès que je perçois l'odeur unique de son parfum, je me sens terriblement coupable.

Ce que je viens de faire est consternant, mais je n'avais pas le choix. C'était bien mieux que de carrément me taper Juliet dans le couloir. Cette fille est toxique et cette toxicité, qui a été une de mes drogues préférées, me laisse à présent indifférent. Je n'en veux vraiment plus.

CHAPITRE 21
NON-DIT

Dixon

J'ai de la chance de me réveiller seul dans mon lit, car j'arbore une érection matinale spectaculaire. Je soulève les draps en grommelant. Impossible de la faire disparaître sans me servir de mes doigts. Ce ne sont cependant pas mes mains que je souhaiterais voir enroulées autour de mon sexe.

– Bonjour, lance gaiement Madison depuis le pas de la porte.

Je baisse alors rapidement les draps.

– Bonjour. Tu t'es bien reposée ?

Je me redresse et place subtilement les couvertures sur mes cuisses. J'espère qu'elle a mieux dormi que moi.

– Oui, très bien, répond-elle en entrant dans ma chambre.

Je passe une main dans mes cheveux en pagaille.

– Ça faisait longtemps que je n'avais pas aussi bien dormi, ajoute-t-elle en observant mes doigts qui tentent de remettre de l'ordre dans ma crinière.

– Je suis content pour toi.

Je baisse les yeux sur un bout de peau laiteuse exposée, entre son jean et mon T-shirt qu'elle a noué au niveau du nombril. Je m'arrête aussitôt car cette vue ne m'aide pas régler le souci que j'ai sous la couette.

– Oui mais il y a un problème, annonce-t-elle avec sérieux une fois assise sur le lit.

Oui, ça c'est évident, mais je l'écoute quand même.

– Ah bon ?

Madison hoche immédiatement la tête.

– Tu n'as plus de café.

Je ne peux m'empêcher de rire en l'écoutant exposer son terrible problème, mais elle est vraiment sérieuse. Le fait qu'elle ait fouillé dans mes placards ne m'ennuie pas le moins du monde. En revanche, le fait que nous n'ayons plus de café me dérange.

– Et si tu me laissais t'inviter à prendre un café quelque part pour te remercier de m'avoir permis de dormir chez toi ?

J'acquiesce, car je suis tout à fait partant pour passer davantage de temps avec Madison. Mais je lui suggère autre chose :

– Et si tu me laissais t'inviter, vu que tu n'as plus un sou ?

Madison sourit ironiquement.

– J'ai un truc pour obtenir ce dont j'ai envie.

J'écarquille les yeux avant de baisser ostensiblement mon regard sur sa poitrine.

Elle surprend mon geste et se met à rire.

– Non, pas avec ça, espèce de pervers.

Je lève les mains en l'air pour témoigner de mon innocence.

– Hé ! Je ne suis qu'un homme.

Ses joues rosissent.

Je décide de passer aux choses sérieuses et lui demande :

– As-tu appelé Mary ?

Elle secoue négativement la tête.

– Non, je ne voulais pas être impolie et utiliser ton téléphone sans ta permission.

– Alors tu as préféré fouiller dans mes placards ?

– C'est une question de vie ou de mort, déclare-t-elle comme si c'était une évidence.

– Et vérifier que tu peux rentrer chez toi n'est pas aussi important ? Madison regarde timidement ses pieds et hausse les épaules.

– Disons que ton lit est beaucoup plus confortable que le mien. D'ailleurs, ce sont des oreillers à mémoire de forme ?

Je la trouve adorable. Alors je ris et j'acquiesce.

– Eh bien tu peux revenir quand tu veux, dis-je, m'arrêtant immédiatement lorsque je prends conscience de ce que je viens de dire.

– Je pense bien accepter cette offre, Docteur Mathews. En fait, j'ai lu que des études ont démontré les bienfaits des oreillers à mémoire de forme pour l'alignement du corps pendant le sommeil. Donc, pour des raisons purement scientifiques, je devrais vraiment revenir.

Je tente de contenir mon enthousiasme.

– Exactement. Nous sommes tous les deux des professionnels de santé. Si nous ne prenons pas soin de notre corps, comment pourrons-nous prendre soin des autres ? C'est donc décidé, tu dois passer une nuit de plus pour déterminer si ces études sont effectivement correctes.

J'ajoute cela sur un ton très sérieux et Madison pouffe de rire.

– Et oui, c'est le prix à payer pour le bien-être de ma colonne vertébrale.

Ça alors ! Comment en sommes-nous arrivés là ? Nous venons d'inventer un prétexte pour que Madison passe une nuit de plus dans mon lit, et cela n'a en réalité rien à voir avec mon oreiller ou sa colonne vertébrale. Savoir qu'elle va passer une nuit de plus à la maison ne m'aide pas à résoudre mon problème actuel mais c'est le prix à payer. Il ne reste plus qu'à prier pour que Juliet ne décide pas de refaire une visite surprise.

– Et si tu appelais Mary pour lui dire que tu es encore vivante ? Je ne vais pas te mentir, elle me fait un peu… très peur, ta copine.

Ma confession fait glousser Madison.

– Ne t'inquiète pas, elle fait peur à tout le monde.

Elle finit heureusement par se lever et je lui souris.

– Je vais prendre une douche. J'en ai pour vingt minutes, d'accord ?

– OK, à dans vingt minutes, dit-elle puis elle me fait un petit geste de la main avant de partir.

Je patiente quelques secondes et lorsque la voie est libre, je soulève les couvertures. Il me faut à tout prix prendre le contrôle de cette érection monumentale. Alors que je suis sur le point de sauter hors du lit, Madison passe sa tête par l'entrebâillement de la porte et demande :

– Quelle est la télécommande pour la télé ? Il y en a au moins cinq…

Je me rue sur la couverture et recouvre rapidement le bas de mon corps tout en priant pour avoir l'air le plus naturel possible, puis je lui réponds :

– La télécommande grise.

– D'accord, merci !

Elle disparaît ensuite, aussi vite qu'elle était apparue.

J'inspire profondément et décide d'essayer à nouveau, mais dès que je retire la couverture et m'apprête à me lever, le visage de Madison réapparaît dans l'encadrement de la porte.

– Oh, et quel téléphone veux-tu que j'utilise : le fixe ou ton portable ?

Je me rassieds en toute hâte avant de croiser mes jambes pour cacher mon érection. Je me force à prendre un air détendu en posant mon coude sur ma cuisse et mon visage sur ma main.

– Celui que tu veux, réponds-je avec un sourire forcé, tapotant ma joue des doigts.

Madison me regarde bizarrement, mais par chance elle ne fait pas de commentaires sur ma soudaine démence et hoche la tête.

– OK, merci.

Son visage disparaît à nouveau.

Je laisse une minute s'écouler, juste au cas où elle ait d'autres questions et, une fois que je pense être hors de danger, je me lève d'un bond et cours jusqu'à la salle de bain puis verrouille la porte derrière moi. Je pousse un long soupir et observe mon reflet dans la glace. Mon érection me dévisage en retour, me suppliant d'abréger ses souffrances. Je me dégoûte de devoir faire cela alors que Madison se trouve dans la pièce d'à côté, mais c'est soit ça, soit je lui saute dessus avant midi.

Je laisse couler l'eau de la douche, me déshabille puis je me glisse sous la cascade brûlante, et non pas la douche froide qu'on prescrit traditionnellement. Celui qui a dit un jour qu'une bonne douche froide est le parfait remède à une libido en furie est un imbécile. Je préfère de loin l'eau chaude, le savon, ma main et les images du corps souple de Madison allongé près de moi à une crise d'hypothermie.

Je fais mousser le savon entre mes mains et attrape mon sexe, dur comme la pierre. Commence alors la danse que nous avons déjà dansée tant de fois. Mais aujourd'hui, mon partenaire semble avoir deux pieds gauches, je ne parviens pas à trouver mon rythme. Je ne comprends pas pourquoi. Je pose une de mes mains sur le carrelage pour prendre un angle différent, en vain. Je débande alors que cela ne devrait pas arriver, car j'ai clairement envie de jouir.

Je me caresse plus vite et effectivement, c'est vraiment bon, mais j'entends le rire de Madison à côté et je sais pertinemment que je n'arrive pas à finir à cause d'elle. C'est tout le paradoxe, car elle est à l'origine même de mon érection. Mais je me répugne de me branler alors qu'elle se trouve à seulement quelques mètres. Que penserait-elle de moi si elle savait que je suis en train de me masturber en pensant à elle ?

Mais qu'est-ce que cette fille me fait ?

Je grogne en cognant légèrement mon front contre le mur de la douche tout en relâchant mon sexe.

J'abandonne. Je me passe une main sur le visage tandis que l'autre tourne le robinet vers l'eau froide.

J'ai les dents qui claquent et je frissonne. Je regarde alors ma queue, à moitié débandée et grommèle :

– J'espère que tu es contente, espèce de fiotte.

* * *

Nous sommes partis à la recherche de café. Me voilà en train de suivre aveuglément Madison qui a dit avoir la situation sous contrôle. Je n'ai aucune idée de ce que cela va entraîner, mais bizarrement, je lui fais confiance. Par contre, si j'étais avec Juliet, le mot « café » aurait sans doute été un code pour magasin érotique, mais je sais que Madison ne serait jamais aussi vulgaire.

Je regarde mon petit *angelo* qui sautille à mes côtés et je me rends compte à quel point je me sens à l'aise avec elle. Je sais qu'elle a un passé difficile, mais n'est-ce pas le cas de tout le monde ?

Nous nous arrêtons devant un Starbucks et Madison ouvre grand les bras :

– Et voilà !

Je fronce les sourcils.

– Et ?

Madison se met à rire en fronçant le nez.

– Eh bien, voilà où nous allons prendre notre café, idiot. Je connais le gérant donc je t'invite.

Je comprends maintenant ce qu'elle entend par « obtenir les choses à sa manière ». Mais bon, je préfère mes techniques aux siennes.

Passant ma main sur ma nuque, je lui demande de m'expliquer :

– C'est là que tu veux aller ?

Madison acquiesce en me regardant comme si j'avais perdu la tête.

– Oui, ils font du café, non ? Qu'est-ce que tu attends pour rentrer ?

Elle tire sur mon bras, mais mes pieds restent collés au trottoir. Elle fait un pas en avant et trébuche presque, car je ne bouge pas d'un centimètre. Elle se retourne et me regarde pardessus son épaule en fronçant les sourcils.

– Ça va ? On dirait que tu vas te mettre à… pleurer, dit-elle en plaisantant, mais je perçois de l'inquiétude dans sa voix.

– Pleurer ? Je n'aime pas vraiment les Starbucks. C'est trop à la mode, sans parler des noms ridicules qu'ils donnent à leurs boissons, c'est juste absurde. Et si on allait dans un petit café pas loin d'ici où ils ont du vrai café et des *biscotti* ? dis-je en hochant la tête, dans l'espoir qu'elle accepte sans discuter.

Mais bien entendu, c'est peine perdue.

– Et si tu me disais ce que tu as contre Starbucks ? demande-t-elle en croisant ses bras d'un air entêté.

– Je n'ai rien contre eux.

– Alors pourquoi tu ne veux pas y aller ? demande-t-elle en penchant la tête sur le côté dans l'attente de ma réponse.

Mince alors, Madison est aussi têtue que jolie. Encore une

qualité que j'apprécie chez elle. Vu sa détermination, je sais qu'elle ne me laissera pas tranquille tant qu'elle ne saura pas la vérité.

– J'ai rencontré mon ex… fiancée dans un Starbucks et j'imagine que j'associe désormais Starbucks à elle. Comme tu peux le voir, je n'ai plus de bague à mon doigt. Je te laisse deviner comment l'histoire s'est terminée.

Je me sens un peu ridicule.

Madison écarquille les yeux en écoutant mon histoire pathétique, mais elle ne s'apitoie pas sur mon sort pour autant.

– Eh bien, c'est une raison comme une autre.

J'acquiesce en enfonçant les mains dans les poches de mon jean.

– Oui, c'est ça

Je déteste l'idée que, comme d'habitude, Lily vienne gâcher une journée.

Mais une fois de plus, Madison me surprend en affirmant :

– Tu as raison, Starbucks est un peu trop à la mode, et puis tu m'as convaincue avec les *biscotti*. Après vous, Docteur Mathews.

Elle sourit et attend que je me mette en route.

Je reste immobile et sans voix devant cette créature surnaturelle. Elle est trop bien pour être vraie. Je vois bien qu'elle accepte de ne pas aller chez Starbucks pour me faire plaisir.

Je lui tends ma main qu'elle fixe d'abord le temps d'un battement de cœur, puis elle noue ses doigts aux miens et me sourit.

– Alors, quel type de *biscotti* proposent-ils ?

Je ne peux m'empêcher de rire de la voir changer d'avis, mais je suis content. Je récite la longue liste de gâteaux disponibles chez *Dolci's*. Madison écoute avec attention, passant sa langue sur ses lèvres en découvrant le choix infini.

Alors que nous marchons main dans la main en ce dimanche matin, je me rends compte combien tout semble naturel. Malheureusement, je dois aussi me rappeler que Madison est actuellement avec David le crétin et que nous ne pouvons pas aller au-delà d'une relation amicale tant qu'il sera dans les parages. Je n'aime pas cela mais Madison est une grande fille. Si elle choisit de sortir avec des abrutis, je dois respecter sa décision.

Lorsque nous arrivons chez *Dolci's*, j'ouvre automatiquement la porte pour Madison, un geste que je n'ai pas fait depuis très longtemps pour une femme.

– Dixon ! s'exclame une femme âgée derrière le comptoir.

– Bonjour, Concetta.

Elle s'avance pour m'embrasser sur les joues.

– *Dove sei stato* ? demande-t-elle pour me gronder d'avoir disparu trop de temps.

– J'ai eu beaucoup de travail.

Je réponds dans la langue de Madison, car elle a l'air complètement perdue.

– Tu travailles trop, dit-elle avec un fort accent italien. Regarde-toi, tu es trop maigre. Assieds-toi, je vais te faire des *fritelle di ricotta* et j'amène *il pane.*

Je me mets à rire tandis qu'elle nous conduit à une table.

– C'est gentil, mais du café et quelques *biscotti* suffiront, dis-je en désignant une ribambelle de gâteaux. Au fait, je te présente Madison.

– Ravie de vous rencontrer, dit-elle et je m'étonne de la voir se pencher pour faire la bise à Concetta avant de s'asseoir.

Concetta me regarde alors d'un air approbateur. Je sais ce qu'elle pense.

– Tu es une *principessa*, dit-elle et Madison se met à rire.

– Merci. Enfin, j'imagine que c'est un compliment.

Concetta glousse en lui caressant le bras.

– *Mi piace !* dit-elle en confirmant haut et fort qu'elle approuve Madison. Puis elle se dirige vers la machine à café.

Je m'assieds et observe Madison qui découvre les lieux avec émerveillement.

– Waouh ! s'exclame-t-elle en écarquillant les yeux lorsqu'elle aperçoit toutes les spécialités exposées.

Comme j'ai grandi au beau milieu de tous ces éléments de la culture italienne, j'en oublie combien cela peut impressionner les néophytes. Madison se met à sautiller gaiement sur sa chaise et à taper des mains, je sais alors qu'elle est impressionnée, mais qu'elle est surtout folle de joie.

– C'est pour nous ? demande-t-elle à Concetta qui nous apporte une grande assiette garnie de pâtisseries.

– *Si, principessa.*

– Merci, dis-je en regardant Concetta que je connais depuis que je suis installé à Manhattan.

– Je t'en prie.

J'entends un soupir de plaisir et me tourne alors vers Madison qui, abandonnée sur son siège, dévore un *cannolo*.

– C'est tellement bon, dit-elle d'un air extatique en prenant une autre bouchée.

Lorsque j'aperçois sa langue rose qui sort pour lécher les restes de ricotta sur ses lèvres, je peine à garder mon calme. Il me faut une distraction, alors je lui dis :

– À ce que je vois, tu es une vraie amatrice de pâtisseries.

Madison s'arrête de mastiquer et se met à rire pour plaider coupable. Elle déglutit rapidement.

– Bien vu. Je ne mange pas souvent de desserts donc le jour où j'en mange, je rattrape le temps perdu. Désolée.

– Tu n'as pas à t'excuser, je souligne en poussant l'assiette devant elle. J'aime bien que tu te sentes à l'aise et que tu n'aies pas peur de manger devant moi.

Madison sourit et attrape timidement un autre *biscotti*.

– Pourquoi ne manges-tu pas de desserts ? demandé-je en prenant une petite tarte aux fruits. Ce n'est pas comme si tu avais à faire attention à ta ligne.

Madison arrête de mastiquer et son visage devient blanc comme un linge.

– C'était un compliment.

Elle hoche la tête mais repousse le plat tandis que, déconcerté, je fronce les sourcils.

– Ça va ? J'ai dit quelque chose qu'il ne faut pas ? Je voulais juste dire que…

Mais elle me coupe.

– Je sais ce que tu voulais dire, dit-elle en baissant les yeux. Merci, c'est juste que… – elle prend une longue inspiration avant de poursuivre – j'étais plutôt grosse étant enfant, et bon, quelque chose, heu… est…

Elle se referme comme une huître en chiffonnant machinalement sa serviette en papier.

– Hé, ne t'inquiète pas.

Je pose ma main sur la sienne avant qu'elle ne finisse par déchirer la serviette.

Sa main tremble sous la mienne alors je la serre légèrement.

– Si jamais tu veux en parler, non pas de patient à psychiatre, mais de Madison à Dixon, je suis là, d'accord ?

Je veux qu'elle sache que je ne vais jamais l'analyser ou lui faire sentir qu'elle est un cas d'étude.

– Merci, Dixon, dit-elle en reniflant et en essuyant une larme.

Concetta arrive avec nos cafés. Je lâche à contrecœur la main de Madison.

– *Grazie*, dis-je en mettant la main à la poche pour payer, mais elle me fait signe que non.

– *Non insultarmi bambino*, déclare-t-elle et je lui souris car je sais bien qu'il ne faut pas contredire une Sicilienne.

– Merci, si tu as besoin de quoi que ce soit, tu sais où me trouver.

– Contente-toi de revenir me voir plus souvent et d'amener la *principessa* avec toi aussi, dit-elle en regardant Madison qui rougit.

– Marché conclu.

Concetta se penche pour déposer un baiser sur ma joue, puis elle file pour aller servir un autre client.

C'est alors que Madison me demande :

– Tu l'as rencontrée comment ? On dirait que vous vous connaissez depuis très longtemps.

– Je la connais depuis que j'ai emménagé à Manhattan. Nous venions toujours dans ce café avec Hunter et Finch quand nous étions à la fac, c'est d'ailleurs ce qui nous a sauvés.

Sans les doubles espressos de Concetta, je peux te dire que j'aurais dormi pendant tous mes examens.

Madison rit tout en ajoutant du sucre dans son café.

– Qui sont Finch et Hunter ?

– Ce sont mes amis. Je les connais depuis l'enfance et nous nous sommes installés ensemble à New York pour aller à l'université. Finch est maintenant marié à Heidi, son grand amour du lycée. Ils viennent tout juste d'avoir une petite fille.

– Et Hunter ? demande-t-elle en écoutant attentivement.

– Hunter est une personne à laquelle on s'attache avec le temps, dis-je en plaisantant, sirotant mon café.

– Ils ont l'air d'être géniaux tous les deux.

– Effectivement. Et toi ?

– Quoi ? réplique-t-elle rapidement.

Je vois que sa main tremble légèrement lorsqu'elle remue le café avec sa cuillère.

– Je connais Mary, mais qu'en est-il de ta famille ? Tu m'as dit que tu es proche de ta mère.

– Oui, c'est vrai, répond-elle avec un petit sourire.

Je sais que le thème de la famille est un sujet sensible pour elle, comme pour moi, mais je ne peux m'empêcher de lui demander :

– Tu m'as dit que tu as un frère ?

Puis je me souviens qu'elle avait trébuché pile au moment où nous avions parlé de lui.

Madison hoche la tête, visiblement tendue. Elle se referme comme une huître donc je décide de ne pas insister, bien que je souhaite en savoir plus. Mais je ne voudrais pas gâcher la journée.

– Je suis fils unique, dis-je pour changer de sujet.

– Donc il n'y avait que toi, ton père et ta mère.

– Ainsi que Hunter et Finch. Nous étions voisins lorsque nous étions à l'école. Mes pauvres profs… dis-je en secouant la tête.

Madison rit doucement et semble plus détendue maintenant que nous ne parlons plus de sa famille.

– C'est comme Mary et moi, dit-elle joyeusement.

– Ah bon ?

– Oui, répond-elle en souriant, l'air pensif, comme si elle venait de se souvenir de quelque chose. Avant que ma mère ne se marie avec Sebastian, nous étions très pauvres. Nous vivions dans un tout petit appartement, d'une seule chambre, à côté de chez Mary. Nos deux mères étaient seules, avec deux boulots chacune pour pouvoir joindre les deux bouts. Nous étions inséparables à l'époque et nous le sommes toujours.

– Donc elle connaît tous tes secrets les plus sombres, dis-je en plaisantant.

Madison fronce les sourcils et elle caresse la tasse du bout des doigts.

– Non, pas tous.

Je lui fais un petit sourire et n'insiste pas. Elle me dira les choses quand elle sera prête, si elle l'est un jour.

Mon téléphone bipe, gâchant cet instant. Je prie Madison de m'excuser et le sors de ma poche. Je ne m'attendais pas à recevoir un message de ce contact, sachant qu'elle a obtenu ce qu'elle voulait de moi la nuit dernière.

J'ai envie de quelque chose que toi seul peux me donner. Tu es libre ce soir ?

Madison a dû voir l'expression sur mon visage changer en lisant le message de Juliet car elle me demande :

– Tout va bien ?

Je remets le téléphone dans ma poche, hoche la tête et me racle la gorge.

– Oui, tout va bien.

Et comme moi, elle n'insiste pas. Elle se contente de boire son café et de sourire pour me rassurer. Madison et moi avons chacun des secrets. Parfois, il vaut mieux qu' ils restent inavoués.

CHAPITRE 22
ONE DIRECTION

Dixon

Après avoir déposé Madison chez elle, je décide d'aller à la gym pour brûler toute l'énergie sexuelle réprimée ainsi que toutes les pâtisseries que j'ai ingurgitées. J'ai écrit à Hunter qui a accepté de m'y rejoindre pour s'entraîner et pour me raconter sa soirée.

Une fois qu'il a terminé de me traumatiser en évoquant des images que je souhaiterais maintenant pouvoir effacer de mon cerveau, il veut en savoir plus sur la mienne.

– Alors, comment ça s'est passé de ton côté ? demande-t-il entre deux foulées sur son tapis de course.

– C'était super.

– Ah ouais ? C'était comment avec Marisa ?

Je pourrais éviter d'en parler mais je ne vois pas l'intérêt.

– Je n'en sais rien.

– Comment ça, tu n'en sais rien ? demande-t-il, stupéfait.

Comme je ne réponds rien pour me concentrer plutôt sur ma course, il grommèle :

– Tu t'es dégonflé, c'est ça ?

– On peut dire ça comme ça, dis-je en haussant les épaules. Moi j'appelle ça ne pas attraper des morpions.

– À une époque de notre vie, ce n'était pas si grave, Dix, rétorque Hunter et je deviens blême.

– Les MST ont toujours été graves, Hunt.

– Voilà ce que se contente de dire le nouveau Dixon, ennuyeux à mourir. Mais l'ancien Dixon aurait été partant pour une cure de morpions.

– Tu es vraiment dégueulasse. Et pour ta gouverne, je ne me suis pas dégonflé, je suis juste passé en première classe.

– Oh là, attends ! Qu'est-ce que tu veux dire par là ?

– Pourquoi ne pas plutôt utiliser ton imagination débordante pour le deviner ?

Alors que je tente de me concentrer sur les trois kilomètres de ma course, je me retrouve subitement à faire un vol plané et je manque de m'écraser le nez par terre.

– Mais qu'est-ce que tu fous ?

Je lance un regard noir à Hunter qui vient d'appuyer sur le bouton d'arrêt d'urgence du tapis.

– Parle, Mathews, ordonne-t-il alors que je descends de la machine en essayant de retrouver mon souffle.

– Il n'y a pas grand-chose à dire. Je ne suis pas rentré avec la blonde peroxydée mais avec Madison.

– Madison ! hurle Hunter, ahuri, appuyant sur le bouton d'arrêt de sa machine. Madison, le chou à la crème ?

– Oui.

Je souris car ce surnom lui va plutôt bien.

– Ça alors ! Mais elle n'avait pas un copain ?

– Si.

– Non mais quel enfoiré ! crie-t-il en me tapant le dos, tout excité.

– Ce n'est pas ce que tu crois.

– Si, c'est exactement ce que je crois. Alors, c'était comment ? Je sais que tu bandes pour elle depuis une éternité. C'était aussi bien que ce tu espérais ou encore mieux ?

– Ça ne s'est vraiment pas passé comme tu penses, dis-je en me dirigeant vers la fontaine à eau.

– Vous avez fait une soirée pyjama ou quoi ? lance Hunter en plaisantant tout en m'emboîtant le pas.

– Oui, quelque chose du genre.

Je ne peux m'empêcher de rire en découvrant l'expression écœurée de Hunter.

– Seigneur ! Et puis quoi encore ? Vous avez passé la soirée à vous faire des tresses et à vous disputer sur qui de Harry ou de Niall[4] est le plus mignon ?

---

4. Harry Styles et Niall Horan, membres du groupe One Direction.

– Mais qui est Niall ? demandé-je en m'écartant de la fontaine à eau et en fronçant les sourcils.

Je continue de le dévisager, inquiet pour sa santé mentale, mais il m'ignore.

– Oublie ça. Et arrête de changer de sujet.

– Je n'essaie pas de changer de sujet, dis-je en essuyant l'eau qui dégouline de ma bouche et en me redressant complètement. C'est toi qui en fais tout un plat. Madison et moi sommes juste amis. Effectivement, je suis attiré par elle mais elle a un copain. Je ne veux pas gâcher les choses avec elle, c'est la première fille que je rencontre et qui m'intéresse vraiment. Cela ne m'était pas arrivé depuis tellement longtemps.

–Vous avez vraiment passé votre temps à vous faire des tresses !

Nous nous dirigeons vers les vestiaires. Hunter reste silencieux, ce qui n'est jamais bon signe.

– Allez, crache le morceau, dis-je sachant pertinemment qu'il va exploser s'il ne sort pas ce qui lui trotte dans la tête.

– C'est juste que… Tu viens de me dire que cette fille, si belle et si sexy, se trouvait dans ton appartement, puis dans ton lit, et que vous n'avez rien fait ?

– Oui, c'est bien ce que je viens de dire.

Je m'assieds sur le banc pour défaire mes lacets.

– Il n'y a pas même eu une petite pipe ?

– Non.

– Une branlette ?

– Non.

– Quelques préliminaires ?

– Non.

– Des bisous ?

– Non.

– Tu t'es au moins frotté contre elle ?

– Non.

–Vous avez bien dû vous toucher par-dessus vos vêtements ?

– Non.

– Pas un massage sensuel qui aurait conduit à une sorte de pénétration ?

– Non.

– Vous vous êtes dit des cochonneries sur l'oreiller ?

– Non.

– Vous vous êtes fait du pied, alors ?

– Non.

– Tu l'as matée pendant son sommeil ?

– Non.

– Tu as fait semblant d'être atteint de sexsomnie ?

– Putain mais tu es malade ! dis-je en grimaçant de dégoût.

J'attrape mon sac de sport.

– Tout le monde pourrait croire que tu es vierge, affirme-t-il et c'est alors que la confession de Madison me revient à l'esprit.

– Eh bien, en parlant de vierge…

Hunter manque de s'étouffer.

– Non, ce n'est pas possible ! s'exclame-t-il en agitant la tête, incrédule

– Si, elle m'a fait comprendre qu'elle l'était.

– Aucun mot ne me vient… Je ne trouve pas les mots pour exprimer ce que je ressens là, tout de suite.

Hunter est tellement sous le choc qu'il se vautre sur le banc.

– Tant mieux, garde tes pensées pour toi, dis-je en fermant ma veste et en basculant mon sac sur mon épaule. À plus tard !

– Quoi ? Attends ! Il n'y a pas le feu !

– Si, apparemment il y a le feu dans ton pantalon.

Je fais allusion à sa nuit sordide avec Mandy et aux possibles maladies qu'il a dû attraper en couchant avec elle.

– Très drôle ! dit-il en me donnant un coup de coude. Non mais sérieusement, pourquoi es-tu si pressé ?

– J'ai oublié de lui préciser que Madison reste à nouveau chez moi ce soir pour une autre « soirée pyjama » et j'ai également omis un autre détail insignifiant : Juliet, qui débarquera peut-être une nouvelle fois sans prévenir et sans doute toute nue. Je n'ai d'ailleurs pas répondu à son dernier message car je ne sais pas quoi lui dire.

– Tu es vraiment maso, mec ! s'exclame Hunter qui a deviné la situation en observant les expressions de mon visage.

Tu acceptes encore de laisser dormir dans ton lit une fille vierge qui ne va pas vouloir passer à la casserole et qui, par-dessus le marché, a déjà un copain ! C'est toi qui as besoin d'un psy, mon vieux.

Je ne vais pas le contredire.

– Où est passée la petite traînée ? demande-t-il.

Je décide de ne pas lui raconter l'incident de la veille sur le pas de ma porte.

– C'est fini. J'arrête avec elle.

– Alors, tu fais quoi à présent ? Tu redeviens vierge pour Madison ?

– Je n'y avais pas encore pensé. Bon, il faut que j'y aille.

– Dix ?

– Ouais ?

– Avant de partir, laisse-moi te faire part de cette devise qui me sert de règle de vie, déclare-t-il solennellement.

J'appréhende ce que je vais entendre, car je sais que Hunter n'est pas bien placé pour donner des leçons de vie.

– Je t'écoute, en l'invitant d'un geste à me sortir sa parole d'évangile.

– À quoi bon acheter une vache quand on peut obtenir gratuitement son lait ? répond-il tout à fait sérieusement. Tu me remercieras un jour, ajoute-t-il en hochant la tête.

Je parviens difficilement à contenir mon rire, je lui fais un doigt d'honneur et lance :

– Bravo, Confucius.

★ ★ ★

Madison a prévu d'arriver à 19 heures. Elle m'a dit qu'elle mangerait chez elle avant, mais je suis quand même passé au supermarché en rentrant pour y faire quelques courses – surtout des sucreries.

J'ai eu le temps de me doucher, de ranger l'appartement et de trier quelques papiers. Alors que je viens de m'installer devant la télé pour regarder les informations, j'entends un petit coup contre ma porte. Je regarde ma montre et découvre qu'il n'est que 18h30, trop tôt pour qu'il s'agisse de Madison. Je me demande donc qui est là. Je baisse le son de la télévision et me dirige vers la porte. À peine ouverte, ma raison me commande de la refermer bien vite car je me trouve nez à nez avec Juliet, l'air perfide dans une petite robe en soie rose, qui passerait aisément pour une pièce de lingerie.

– Juliet ? Je suis occupé, là, dis-je en utilisant mon bras pour lui bloquer le passage.

C'est devenu une habitude.

– C'est comme ça que tu me dis bonjour ?

Elle me sourit sensuellement.

– Bonjour, dis-je, sarcastique.

Juliet réalise enfin que je n'apprécie pas qu'elle soit passée à l'improviste.

Elle plisse les yeux et me demande :

– Tu n'es pas content de me voir ?

Franchement, non, je ne suis pas content et cela doit transparaître sur mon visage.

– J'ai fait quelque chose de mal, Dixon ?

Je passe ma main sur ma nuque. Je n'ai aucune envie d'avoir cette conversation maintenant. Mais puisqu'elle est là, autant en finir.

– Entre, je t'en prie.

Je recule pour la laisser passer.

Elle me regarde avec méfiance mais hoche la tête et s'avance nonchalamment. Je referme la porte derrière elle et choisis d'aller droit au but, car je n'ai aucune envie de m'attarder.

– Écoute, Juliet, ce qui s'est passé entre nous était... intéressant, mais je pense qu'il vaut mieux que nous arrêtions de nous voir.

Je m'appuie contre la porte et croise les bras. Mon langage corporel confirme ce que je viens de dire. Je lui laisse le temps de digérer l'information.

– Tu es *sérieux* ? dit-elle d'un air dédaigneux.

Elle semble très étonnée.

L'arrogance de sa surprise à l'annonce que je viens de faire est carrément repoussante. Je n'arrive pas à comprendre comment son assurance a pu un jour me séduire.

– Oui.

On dirait que je viens de lui donner une claque.

– Je ne sais pas quoi dire, dit-elle, visiblement décontenancée.

– Mais il n'y a rien à dire. Tu sais bien ce qu'il y avait entre nous. Pas la peine d'en faire toute une histoire.

Aussi cruel que cela puisse paraitre, c'est la pure vérité. Une vérité que j'ai voulu ignorer bien trop longtemps.

– Je… bafouille Juliet, en tirant nerveusement sur son collier en or. Je t'aime bien, Dixon. Et je sais que tu m'aimes bien aussi.

Je n'ai pas de porte de sortie mais je fais face.

– Juliet, j'ai beaucoup aimé le sexe avec toi. J'ai aimé le fait de pouvoir perdre le contrôle et de me comporter comme la personne que je pensais être. Mais curieusement, j'ai découvert en étant avec toi que cet homme n'était qu'un gros con.

– Tu mens, dit-elle en secouant fermement la tête.

– Bien sûr que non. Je suis désolé de ne pas te l'avoir dit plus tôt mais je pensais que tu t'en fichais.

– Mais je ne m'en fiche pas ! crie-t-elle. Comment peux-tu penser cela ? Je n'ai couché qu'avec toi au cours des trois derniers mois !

Je pousse un soupir car une fois de plus, tout ceci ne nous ramène qu'au… sexe.

– Sais-tu que j'étais fiancé ?

– Non, je ne le savais pas, avoue-t-elle en perdant contenance.

– Sais-tu que je suis fan des Yankees depuis que mon père m'a emmené voir mon premier match à huit ans ?

Elle baisse les yeux et secoue négativement la tête.

– Ça répond à ta question, non ? Pour être franc, il y a beaucoup de choses que je devrais savoir sur *toi* aussi, pourtant j'ignore tout. Parce que je ne te l'ai jamais demandé. Parce que je…

– Parce que tu t'en fiches, termine-t-elle.

– Juliet...

Elle me coupe.

– C'est bon, Dixon, j'ai compris. Je n'ai pas besoin de ta pitié ou d'un speech. Ça va. C'était sympa, mais c'est fini. J'ai bien compris, crache-t-elle en redressant les épaules et en me fixant droit dans les yeux. Bon eh bien, au revoir. Ravie de t'avoir rencontré.

Je pourrais essayer d'enjoliver les choses, mais à quoi bon ? Je n'ai plus jamais l'intention de la revoir. Je n'ai jamais eu de sentiments pour elle. Alors je fais un pas sur le côté et la laisse ouvrir grand la porte puis la claquer derrière elle.

Bon, c'était assez théâtral mais je m'y attendais avec elle.

Je lâche un long soupir et me dirige vers la cuisine. J'ai vraiment besoin d'un verre de scotch pour me remettre du cyclone Juliet.

Je ne regrette pas ce qui vient de se passer. Pour être honnête, je me sens soulagé. Je sais que cela me donne le rôle du connard sans cœur, mais laisser traîner cette histoire encore une seconde de plus m'aurait justement fait passer pour un plus gros connard encore. Je vide mon verre et m'en sers un deuxième. C'est alors que quelqu'un frappe à nouveau à la porte.

Je jure à voix basse. J'avale mon scotch tout en me disant que je vais certainement en avoir besoin d'un autre. On frappe à nouveau. Je pousse alors un grognement. Si c'est Juliet, je lui claque la porte au nez. Madison va arriver d'une minute à l'autre et je ne souhaite vraiment pas que Juliet soit chez moi, à moitié nue, quand elle arrive.

– Quoi ?

J'ouvre la porte avec brusquerie.

– Moi aussi, je t'emmerde, lance Hunter, l'air blasé, appuyé contre le chambranle de la porte et regardant sa montre. Tu en as mis du temps ! Déjà en train de faire cuire des cupcakes et d'écouter Céline Dion en prélude à la soirée pyjama ? dit-il en me bousculant pour entrer.

– Salut Hunter. Je t'en prie, fais vraiment comme chez toi. Que fais-tu là ?

Je le suis jusqu'à la cuisine où il se sert une bière.

– Je m'ennuyais, répond-il en haussant les épaules. Tous mes copains sont pris, alors je me suis dit, allez, va embêter ton meilleur ami !

– C'est une très jolie histoire, mais Madison va arriver d'une minute à l'autre. Donc, si tu allais plutôt embêter Finch ?

– Ah ça non ! s'exclame Hunter en prenant une gorgée de sa bière. Je sens que je vais bien plus m'amuser ici que chez les Miller. Et puis, j'ai envie de rencontrer le chou à la crème.

Je lève les yeux au ciel et Hunter fait semblant d'être étonné.

– Quoi ? Tu as honte de moi ?

Il met ses mains sur son visage en mimant le chagrin.

Je me moque de son cinéma et je répète :

– Hunt, je suis sérieux, il faut que tu partes.

– Pourquoi ?

– Parce que tu as raison, j'ai honte de toi.

Hunter rit de mon commentaire, pas offensé le moins du monde. Il prend appui sur ses deux mains pour s'asseoir sur le comptoir de ma cuisine, en buvant tranquillement sa bière. Je sais qu'il ne quittera pas les lieux tant que je ne lui aurai pas donné quelque chose en échange. Je me creuse la cervelle et me demande ce que je pourrais bien utiliser pour l'inciter à partir.

– *Gorge profonde* !

C'est comme présenter une carotte à un âne en manque de sexe. Hunter s'arrête immédiatement de boire et esquisse un sourire.

– Je veux la version Blu-Ray en édition spéciale et une pile d'anciens magazines *Playboy*. Je te remercie.

Il accepte mon offre visiblement.

– Dès que je te les donne, tu t'en vas, d'accord ?

– C'est promis.

Cet arrangement me convient, je me précipite alors dans ma chambre en priant pour tout trouver immédiatement, car je ne les ai pas regardés depuis longtemps – vu que j'avais Juliet sous la main, mais honnêtement, je préfère le porno finalement.

Je fouille dans ma commode et découvre une pile de vieux *Playboy,* mais rien à faire, je n'arrive pas à trouver

Gorge profonde. J'attrape plusieurs DVD et je vérifie l'horloge. Il est 18h50, Madison va arriver d'un instant à l'autre, il faut donc que Hunter disparaisse. Ces films devront faire l'affaire. De toute façon, soyons clairs, n'importe quel porno fera l'affaire.

– Je n'arrive pas à trouver *Gorge profonde*, j'ai *L'Enfer pour Miss* Jones et *Les Souvenirs humides de Miss Angie*. Ça te va ? dis-je en me dirigeant vers la cuisine sans regarder devant moi et en levant en l'air les pochettes des DVD pour lire les titres.

– Hunt ?

Je suis complètement absorbé par la photo d'une blonde à forte poitrine sur l'une des pochettes et ce n'est qu'au moment où j'entends quelqu'un s'éclaircir la gorge que je relève les yeux pour voir ce qui se passe. Dès que je découvre qui se trouve devant moi, les DVD s'envolent dans les airs pour atterrir derrière moi, dans la salle de séjour. Madison se trouve juste en face de moi, gênée, tandis que Hunter, debout à ses côtés, semble très amusé.

– Madison, heu… Salut, dis-je, un peu guindé, tout en jetant un regard noir à Hunter qui sourit de plus belle. Tu es en avance.

Madison acquiesce et devient toute rouge.

– Salut, heu, oui. Désolé de vous avoir… interrompus, dit-elle en tripotant machinalement la sangle de son sac à dos.

Hunter tousse pour cacher son rire et je lui lance un regard furieux.

– Ne t'inquiète pas, tu n'as rien interrompu du tout. Hunter est juste passé pour récupérer ses affaires. Il m'avait demandé de les garder pendant que, heu… sa maison était en travaux. Ce n'est pas à moi et je ne les ai jamais regardés.

Mes explications maladroites font tousser Hunter encore plus fort.

Madison hoche la tête mais heureusement, elle ne fait pas de commentaires sur mon mensonge. Elle ne prend pas non plus ses jambes à son cou pour s'enfuir loin d'ici, effrayée de passer la nuit chez un obsédé des films de cul.

– Laisse-moi prendre ton sac.

– Merci, dit-elle et dès que mes doigts effleurent sa peau, un sentiment d'euphorie m'envahit à l'idée qu'elle passe une nuit de plus à la maison.

– Je te présente Hunter, au fait, dis-je en désignant mon ami du menton tandis qu'il sourit de toutes ses dents.

– Oh, le fameux Hunter ?

– En chair et en os, ma jolie, dit-il en bombant le torse en lui serrant la main.

Madison éclate de rire. Moi, je soupire.

– Ce n'était pas censé être un compliment, espèce d'imbécile.

Hunter dévisage alors Madison qui acquiesce, pour rentrer dans mon jeu.

L'assurance de Hunter décline un peu.

– Je ne sais pas ce qu'il a bien pu te dire sur moi, mais crois-moi, ce ne sont que des mensonges.

Madison le regarde d'un air amusé puis hausse les sourcils avant de répondre :

– Je ne crois pas. Je pense même qu'il a été un peu trop gentil à ton égard.

– Ah ouais ? rétorque-t-il.

– Oh oui, confirme-t-elle en esquissant un sourire espiègle.

Hunter semble totalement conquis. Je décide de les laisser continuer seuls. Madison semble capable de maîtriser la situation avec lui.

Dans le couloir, je rassemble à la hâte toutes les preuves pornographiques compromettantes avant de les abandonner dans un des tiroirs de ma chambre. Je pose le sac de Madison sur mon lit puis je prends le temps de souffler, car ces vingt dernières minutes m'ont épuisé. La soirée ne s'est pas déroulée comme prévu avec la visite inopinée de Juliet d'abord et puis maintenant Madison qui pense que je suis un collectionneur tordu de films porno. J'espère simplement que les choses vont bien se passer à partir de maintenant.

Le rire de Madison retentit depuis la cuisine. Alors je me calme et me dirige à nouveau vers eux, car elle se trouve *seule* avec Hunter. Qui sait ce qu'il pourrait bien lui dire quand personne ne le surveille ?

– Qu'est-ce que j'ai raté ?

Hunter semble très fier de lui alors que Madison continue de rire.

– Madison et moi avons quelque chose en commun, dit-il d'un air suffisant.

Je regarde Madison pour en avoir la confirmation. Elle acquiesce et recouvre sa bouche de la main pour étouffer son rire.

– Je suis curieux de savoir de quoi il s'agit, dis-je en ouvrant le frigo pour en sortir trois bières.

J'en donne une à Madison qu'elle accepte en souriant. Hunter tente d'en attraper une autre, mais je lui tape sur la main et lui fais non de la tête.

– Je pense que je vais avoir besoin de boire les deux.

Hunter semble peser le pour et le contre dans sa tête avant d'acquiescer, visiblement d'accord avec moi.

– Donc qu'est-ce que vous pouvez bien avoir en commun *toi*… dis-je en pointant ma bière en direction de Hunter, et Madison ? Parce que…

Mais cette dernière me coupe et clarifie la situation.

– Nous avons déjà trouvé des surnoms l'un pour l'autre, annonce-t-elle gaiement, en buvant sa bière.

– Ah bon ? réponds-je.

Cela n'augure rien de bon.

– Oui. Il m'a appelée « chou à la crème » sans le faire exprès.

Dès que ces mots sortent de sa bouche, je me sens pâlir. Il va falloir que j'arrache les bras de Hunter et que je le frappe à mort avec.

Mais je reste calme et fronce les sourcils :

– Pourquoi cela ?

Je lance un regard noir à Hunter qui rigole.

– Apparemment mon T-shirt lui rappelle la couleur des choux à la crème.

Je baisse les yeux sur son T-shirt beige, reluquant sa belle poitrine au passage. Je constate alors que la couleur tend vers le crème.

– Quelle perspicacité !

Je devrais pourtant être reconnaissant envers Hunter qui n'a pas révélé la vraie raison de son surnom.

– Et moi aussi j'ai une sorte de… manie, appelons cela ainsi. J'utilise toujours des surnoms un peu bêtes pour les gens, depuis que je suis petite. En fait, depuis que j'ai surnommé Mary, Bichette.

Je hoche la tête car j'ai le vague souvenir de l'avoir déjà entendu au cours de la nuit passée à échanger des textos. Nous avons tous nos petites excentricités, et voilà celle de Madison.

J'ai peur de lui demander quel surnom elle a choisi pour Hunter mais je me lance :

– Laisse-moi deviner, tu as surnommé Hunter *C.C.* ?

Madison hausse les sourcils, déconcertée.

– *C.C.* pour casse-couilles, dis-je et elle éclate de rire.

– Non, répond-elle en pouffant, je l'ai surnommé Gorge profonde.

Je suis à deux doigts de recracher ma bière.

Hunter se tord de rire et hausse les épaules.

– J'adore ce surnom ! Je suis tout à fait pour.

– Ouais, c'est ça ! Madison et moi rétorquons en même temps ce qui fait rire Hunter de plus belle.

– Dix, j'adore cette fille. On peut la garder ?

Il s'esclaffe en posant ses mains l'une contre l'autre en signe de prière tandis que Madison se met à rire aussi.

Je n'arrive toujours pas à croire que nous soyons en train de parler de porno dans ma cuisine sous forme de code, avec Madison. Mais je n'aurais jamais dû sous-estimer cette petite… *diavola*.

CHAPITRE 23
CE N'EST PAS TOI, C'EST MOI

Dixon

Madison nous quitte pour aller aux toilettes. Hunter se penche alors vers moi et enfonce son doigt dans mon torse.

– Si tu ne couches pas avec elle, alors c'est moi qui le ferai.

Je lui donne une claque sur la main et repousse son doigt avant qu'il ne se remette à délirer.

– D'accord, comme tu voudras, *Debbie*.

– Hé ! Seule Madison a le droit de m'appeler comme ça. Je pense qu'elle m'aime bien, me taquine-t-il en esquissant un large sourire.

Je ne peux m'empêcher de rire, car selon moi, c'est plutôt lui qui est gentil avec elle.

Après une douzaine d'épisodes de Dexter et autant de bières, Hunter s'est mis à regarder Madison avec des étoiles dans les yeux. Je dois concéder que moi aussi.

Les bières nous ont permis de nous détendre et, au fur et à mesure de la soirée, j'ai constaté que Madison avait baissé sa garde et qu'elle avait l'air sereine.

Il est désormais minuit et, si je me fie aux petits yeux et aux bâillements de Madison, je sais qu'elle est fatiguée, en plus d'être légèrement ivre. C'est mieux ainsi, dès que sa tête se sera posée contre l'oreiller, elle s'endormira immédiatement. Je ne me fais pas confiance lorsque je suis en sa présence, c'est aussi simple que ça. Après l'avoir vue se détendre et vraiment bien s'entendre avec Hunter, elle m'attire de plus en plus, ce qui est dangereux pour nous deux.

– Dix, je vais te le dire une fois, c'est tout. Tu serais fou de la laisser s'échapper. Je suis jaloux. J'aimerais avoir une Madison dans ma vie dit-il sérieusement.

Je me recule, étonné. Ce n'est pas si souvent que Hunter est aussi sérieux que ça.

– Merci Docteur, mais elle ne m'appartient pas donc techniquement je n'ai pas à la retenir. Elle a un copain, tu te souviens ?

Je chuchote car je ne souhaite pas que Madison nous entende.

– Foutaises ! Je vois bien son petit jeu. Elle n'a pas mentionné Dario une seule fois dans la soirée.

– David.

– Peu importe. Je vois bien la façon dont elle te regarde. Elle est à fond sur toi, Dix !

– Non, ce n'est pas vrai.

Or, secrètement, j'espère que ses paroles soient un peu vraies. Au cours de la soirée, Madison avait l'air d'être toujours plus proche de moi jusqu'à ce que l'on finisse par être assis si près l'un de l'autre qu'elle a pu s'allonger contre moi en repliant ses jambes sous elle, l'air de rien.

– Ne fais pas l'idiot, me gronde-t-il en agitant la tête. Tu es un type intelligent, tu sais bien qu'elle est différente. Arrête de nier les évidences !

– Oui, c'est bon, j'ai compris. Donc qu'est-ce que je fais ? Je ne peux pas la forcer à rompre avec son gorille. Et puis, ça fait tellement longtemps que je n'ai pas… fait la cour à une fille, je ne sais plus par où commencer, j'avoue.

Hunter me colle soudain une claque derrière la tête.

– C'était quoi ça, bordel ?!

– *Faire la cour* à une fille ? T'es sérieux ? Mais dans quelle époque vis-tu ? Si tu déballes ce genre de conneries à Madison, la seule personne à qui tu feras vraiment *la cour*, ce sera ma grand-mère !

– Va droit au but, s'il te plaît, dis-je en me frottant le crâne.

– Madison n'est pas une fille comme les autres. Tu ne peux pas la baratiner avec tes conneries parce qu'elle est « vraie ». Tout ce que tu as fait jusqu'à présent semble avoir marché. Elle est là ce soir, n'est-ce pas ?

Je hoche la tête car il a raison.

– Ne fais pas n'importe quoi avec elle, mec. Elle est vraiment spéciale. Je crois que je suis un peu tombé amoureux d'elle, avoue-t-il en battant des cils.

Une vague inattendue de jalousie me submerge.

– Oh, je ne t'ai pas vu avec ce regard depuis très, très longtemps. Ça te va bien.

– De quoi tu parles ? Quel regard ?

– Un regard qui prouve que tu tiens à elle. Tu n'es pas un queutard, Dixon. Au fond, tu n'es qu'un grand nounours en peluche qui s'est fait arracher son rembourrage par une petite pétasse sadique. Mais tu te reconstruis petit à petit, et tu attends de rencontrer la bonne, celle qui te fera de gros câlins et te remettra sur pieds. Bien sûr je ne parle pas que de câlins sensuels…

Puis il se jette sur moi pour me chatouiller le ventre.

– C'est qui le grand nounours qui veut des câlins ? C'est Dixon !

Je lui colle un bon coup dans les bijoux de famille.

Ça lui coupe la respiration et il devient tout rouge. J'éclate de rire.

– Voilà ma vengeance, imbécile. C'était la pire comparaison de tous les temps. Ne t'avise plus jamais de me faire ce genre de discours.

– Je retire ce que je viens de dire, halète-t-il en posant sa main sur son entrejambe. Tu es un nounours assassin.

– Qu'est-ce j'ai loupé ? demande Madison en fronçant les sourcils lorsqu'elle aperçoit Hunter, la main sur son sexe, plié en deux.

– Oh, rien de spécial.

Madison se met à rire puis elle s'assied près de moi. Alors qu'elle se penche pour attraper une bière, Hunter écarquille les yeux de plaisir. Il vient tout juste d'avoir un aperçu de ce qui se cache sous son petit T-shirt et il a visiblement apprécié la vue. Il fait discrètement mine de se mordre le poing tout en hochant la tête, exprimant en silence son approbation. Je lève les yeux au ciel.

– Bon, j'y vais, annonce-t-il en se relevant et en faisant semblant de bâiller, pour feindre la fatigue.

– Ah bon ? dit Madison. Son dos s'est raidi et son allure n'est plus aussi détendue.

Je ne sais pas pourquoi elle fait cela, mais cela me fait penser que Hunter ne devrait sans doute pas prendre sa voiture.

– Tu peux dormir ici. Je ne pense pas que tu sois en état de conduire.

Je jette un coup d'œil à toutes les bouteilles de bière qui traînent sur la table.

– Je t'aime vraiment beaucoup, mais hors de question que je dorme avec toi, répond-il en secouant la tête.

Ses sottises me font rire. Je me relève et lui lance :

– Mais non, idiot, tu peux dormir sur le canapé ou dans le bureau.

– Je te remercie de proposer, mais je ne veux pas m'imposer.

– Mais pas du tout !

– Bon, allez je me tire. Je vais prendre un taxi.

– Oui, c'est ça, tire-toi, enfoiré !

Madison éclate de rire en nous entendant nous chamailler comme d'habitude.

– Ravi d'avoir fait ta connaissance, Chou à la crème, dit Hunter en prenant sa main et la taquine en lui faisant un baisemain.

– Moi aussi, répond-elle en rougissant.

– On s'appelle demain, Doc.

– À plus !

– Ne fais pas ta timide, Chou à la crème. On se revoit bientôt, lance Hunter par-dessus son épaule tandis que je le pousse littéralement vers la porte.

– Bonne nuit, Hunter.

– Ne fiche pas les choses l'air avec elle, chuchote-t-il puis il détale avant même de me laisser le temps de répondre.

J'inspire profondément avant de refermer la porte. Je me retourne et découvre que Madison est en train de nettoyer la table du salon.

– Hé, on peut faire ça demain.

Mais elle insiste et ramène une montagne de bouteilles vides dans la cuisine en me lançant un bref sourire.

– Ne t'inquiète pas, ça ne prend que quelques minutes.

Elle a l'air très anxieuse. J'ai l'impression que c'est lié au fait que nous nous retrouvons seuls chez moi. Je ramasse le reste de bouteilles vides et la rejoins dans la cuisine où elle s'affaire à frotter vigoureusement le comptoir. Je me déplace autour d'elle et dépose les bouteilles dans la poubelle du recyclage. Je décide d'attendre qu'elle finisse avant de lui parler. Elle semble plongée dans ses pensées.

Mais lorsqu'elle se met à nettoyer les saladiers des chips, je prends conscience qu'elle est loin d'avoir fini. Je décide de la laisser faire, car je sais reconnaître le moment où une fille est perdue dans sa réflexion. Il semblerait qu'afin de s'évader, Madison ait besoin de s'occuper les mains. Comme ma mère.

Je sors sans faire de bruit et me dirige vers ma chambre pour me préparer pour me coucher. Après le passage de la brosse à dents et du fil dentaire, j'enfile un pantalon et vaporise un peu de *Aramis* sur moi, car Madison m'a dit aimer ce parfum un peu plus tôt. Au moment d'éteindre la lumière, j'entends un cri de surprise. Je lève les yeux et découvre Madison de dos.

– Madison ? Tout va bien ?

Elle marque une pause puis répond :

– Oui, heu… ce n'est rien. Des bêtises.

Elle se retourne. La lampe de chevet met en valeur ses joues rosies.

J'observe la façon dont elle balaie discrètement du regard mon torse nu. Et je comprends alors ce qui se passe – elle est intimidée. J'étais trop occupé à vouloir deviner ce qui avait pu déclencher son changement d'humeur. Du coup, j'ai complètement oublié d'enfiler un T-shirt. Mais comme je dors toujours nu, elle a de la chance que je me sois au moins souvenu de mettre le bas.

– Joli tatouage, dit-elle en fixant mes côtes.

– Merci, je réponds en le caressant.

– « Nous ne sommes jamais aussi mal protégés contre la souffrance que lorsque nous aimons », lit-elle en penchant la tête sur le côté pour parvenir à déchiffrer le texte en italique. C'est vraiment beau.

– Tu veux dire pathétique !

Madison fronce les sourcils, surprise par ma réaction.

Mais une seconde plus tard, elle entrouvre les lèvres. Elle a compris.

– Tu as fait ce tatouage à cause de ton ex-fiancée ?

– Tu vois, c'est pathétique.

Je me tourne vers le placard et ouvre un tiroir pour prendre un T-shirt, mais Madison se rue vers moi et saisit mon bras. Je regarde sa main, attendant qu'elle me lâche mais elle me serre encore plus fort. Elle s'avance vers moi et je tente de reculer.

– Dis-moi ce qui s'est passé, me dit-elle gentiment.

J'arrache mon bras de sa main.

– Non, réponds-je brutalement et je me sens immédiatement mal quand je la vois baisser les yeux, visiblement blessée par la brusquerie de ma réponse.

– C'est juste que je ne veux pas t'ennuyer avec les détails pathétiques de cette relation foireuse. Il n'y a rien à en dire. Je suis tombé amoureux d'une femme et je pensais qu'elle aussi m'aimait. Je l'ai demandée en mariage, j'ai acheté cet appartement pour elle. Et en retour, elle s'est tapée mon meilleur ami, elle est tombée enceinte et maintenant ils vivent heureux ensemble, comme dans les contes de fées.

Putain, je ne sais pas d'où c'est sorti. Je pensais avoir oublié Lily, mais visiblement ce n'est pas encore le cas. Je ne crois pas que je pourrai un jour lui pardonner sa trahison.

Je regarde Madison, la main posée sur la bouche et les larmes aux yeux. Je sais qu'elle est à l'origine de mon pétage de câble. Maintenant que Madison est chez moi, qu'elle semble totalement à l'aise dans mon appartement, et avec mes amis, je sais que j'ai envie de plus.

Je n'ai pas ressenti de telles choses depuis si longtemps, et allez comprendre pourquoi, la fille que je veux n'est pas libre, à cause d'un détail insignifiant : elle a un copain. Je n'arrête pas de penser à ce que m'a dit Hunter. Il a raison, elle n'a pas prononcé son nom une seule fois dans la soirée et puis elle est *chez moi*, dort dans mon lit, pas dans le sien. Certains la traiteraient de tous les noms pour venir trouver du réconfort dans le lit d'un autre, mais ce n'est pas ce qu'on pourrait croire.

Les paroles de Madison me reviennent soudain en tête. Elle est ici parce qu'elle le veut bien. Je lui offre la sécurité et, pour quelqu'un de si craintif, il est compréhensible qu'elle veuille passer du temps dans un lieu qui lui inspire confiance.

Je ne sais pas ce qui l'effraie, mais je vais faire tout mon possible pour qu'elle n'ait plus jamais peur. Que je sois son ami ou plus que ça. Je suis prêt à ne prendre que ce qu'elle acceptera de me donner, car maintenant, je suis son putain d'esclave.

– Je vais fumer une cigarette.

J'attrape mon paquet posé sur la commode et sors sur le balcon.

Je place une Marlboro entre mes lèvres, l'allume et me délecte de la première bouffée. J'en avais bien besoin. Je pose mes coudes sur la rambarde et observe le monde en dessous. Je déteste avoir cette impression que tout semble simple pour les autres alors que moi je suis dans le pétrin.

Il y a toujours eu quelque chose de plus avec elle et j'ai été vraiment bête de préférer le sexe à elle. J'aurais pu avoir Madison, mais au lieu de ça j'ai choisi la voie facile car le sexe est moins compliqué que… les sentiments. À présent je vois bien que j'oublie toutes mes résolutions lorsque je suis avec elle. C'est une fille incroyable.

– Dixon ?

J'entends la voix douce de Madison depuis le lit.

Je tire une dernière fois sur ma cigarette puis je lance le mégot et balaie l'air plein de nicotine de la main.

– Oui, dis-je sans pour autant me retourner.

Je contemple le monde qui s'agite en dessous.

– Je suis désolée de t'avoir contrarié. Je n'aurais pas dû te demander ça, je sais combien c'est dur de parler d'un événement traumatisant du passé.

Je l'entends traverser la pièce, pieds nus. Une fois à mes côtés, je peux sentir tous les regrets qui émanent de son corps.

– Ne t'inquiète pas, dis-je en me tournant vers elle.

Là, sous la lune, elle a l'air si délicate et pure. Ses longs cheveux noirs volent dans la brise légère et son parfum si caractéristique me fait une fois de plus saliver de désir. Ses grands yeux bleus semblent inquiets et craintifs. Je réalise alors qu'elle a peur que je sois furieux contre elle.

– Ne t'en fais pas, tout va bien. Je ne suis pas en colère contre toi.

– Tu es sûr ? demande-t-elle avec anxiété, en se mordant les lèvres.

– Oui, je suis sûr. J'ai du mal à parler de… Lily. C'est quelqu'un que je veux vraiment oublier, mais je sais que je n'y arriverai jamais. D'une certaine façon, c'est une bonne chose, cela me rappelle de ne pas reproduire les mêmes erreurs avec ma prochaine fiancée.

Madison semble perdue dans ses pensées. Je ne m'attends pas à ce qu'elle réponde. Que pourrait-elle dire ? Qu'il est temps de passer à autre chose, peut-être.

Quand je lui suggère de revenir à l'intérieur, Madison m'étonne en me confiant :

– C'est quand même une grosse connasse.

Je recule, très étonné d'entendre Madison jurer. Je souris car j'apprécie la passion dans sa réponse.

– Ce n'est rien. On apprend à vivre en faisant des erreurs.

C'est cliché mais c'est vrai.

Pourtant Madison ne semble pas être d'accord.

– Ce sont des conneries, dit-elle d'un air renfrogné en tapant légèrement du poing sur la rambarde. Qu'est-ce que tu as appris quand la personne que tu aimais le plus et en qui tu avais le plus confiance t'a trahi ?

Je garde le silence parce que je sais que ce n'est pas une question mais une affirmation.

– Quelle leçon sa terrible trahison t'a donnée ?

Sa respiration commence à se bloquer et lorsqu'un sanglot lui échappe, elle pose une main sur sa bouche, pour cacher sa vulnérabilité.

– Tout ce que tu apprends, c'est que la vie est une putain de merde sadique.

Une larme coule sur sa joue, trahissant le fait que nous ne sommes plus en train de parler de moi, mais d'elle.

J'ai tellement besoin de la réconforter, je ne peux pas m'en empêcher.

– Hé, tout va bien, dis-je en lui caressant doucement le bras et en la regardant pleurer.

On dirait qu'elles ne peuvent plus s'arrêter de couler maintenant. Ce n'est pas grave, elle peut bien pleurer toutes les larmes de son corps, je n'ai pas l'intention de bouger d'un pouce.

– Laisse sortir tout ça, dis-je et, sans réfléchir, je fais un pas en avant et la prends dans mes bras.

Elle accueille volontiers mon étreinte et se blottit contre moi. Dès qu'elle est dans mes bras, elle est ravagée de sanglots qui secouent son corps menu.

Elle enfonce alors ses doigts dans mes épaules, tout en pleurant contre mon torse. Je ne sais pas combien de temps nous restons ainsi, avec elle agrippée à moi comme si j'étais sa bouée de sauvetage, mais cela m'est totalement égal. Elle peut rester dans mes bras autant de temps qu'elle le souhaite, car chaque pleur semble alléger sa peine.

Au bout d'un moment, ses sanglots s'espacent jusqu'à graduellement se transformer en de petits reniflements, puis en grands soupirs tremblants. Je ne sais pas ce qui a déclenché ces pleurs, mais cela pourrait expliquer son comportement bizarre un peu plus tôt.

– Je suis dé… désolée, bégaie-t-elle d'une petite voix, toujours les larmes aux yeux.

– Pourquoi t'excuses-tu ?

– Je suis désolée de me comporter comme l'une de tes patientes, répond-elle pour détendre l'atmosphère.

– Pas de problème. Toi, tu as droit au traitement spécial VIP.

Je me recule légèrement et elle me dévisage, confuse.

– Normalement, je ne prends pas mes patientes dans mes bras.

Je ne précise pas que je n'ai aucun problème à coucher avec elles.

– Ah.

Elle se sent coupable et fait un pas en arrière. Mais je la serre fort et je l'empêche de s'éloigner d'un centimètre.

– Par chance, tu n'es pas une de mes patientes, dis-je en essuyant ses larmes avec mon pouce.

– Merci, Dixon. Ça faisait très longtemps que je n'avais pas pleuré.

– Comment te sens-tu à présent ?

– Bien, répond-elle en esquissant un sourire rempli de tristesse.

– Sache que si tu en as besoin, ajouté-je en tapotant mon épaule de la main, elle sera toujours là pour toi.

Je disais cela sur le ton de la plaisanterie, mais soudain Madison écarquille les yeux. Elle vient tout juste de se rendre compte qu'elle était appuyée contre mon torse nu. Elle s'arrache alors à mes bras et rougit en observant mon corps. Ses yeux s'attardent sur mon ventre, puis ils descendent furtivement sur mon entrejambe. Mon corps, très en phase avec elle, se réveille et je sens le début d'une contraction sous la ceinture. Il suffit qu'elle me regarde pour que j'aie une érection.

Je reste fièrement debout, car je veux qu'elle sache que c'est elle qui a déclenché cette réponse.

Madison fait un pas en avant et elle touche le creux de ma clavicule de ses doigts fébriles. Dès que ses mains tremblantes sont en contact avec ma peau, je gémis de plaisir. Ses mouvements sont lents et précis. Du bout des doigts, elle glisse le long de ma poitrine, en s'arrêtant juste au-dessus de mon cœur. Je ne la quitte pas une seconde des yeux. Je n'ai jamais vécu de situation aussi érotique, vu que je sais que l'exploration de mon corps constitue probablement une première pour elle.

Maladroitement, elle déplace sa main d'un pectoral à l'autre, son index décrit un petit cercle autour de mon téton. J'étouffe difficilement un autre gémissement. Rongé par le désir, je la regarde se mordre les lèvres. Ses petites dents blanches roulent sur sa chair couleur vermeille.

Mais je ne dis toujours rien.

Ses doigts se posent sur mon autre téton et, alors qu'elle le caresse du pouce, mon sexe se raidit à nouveau, je suis maintenant en érection. Elle baisse les yeux sur ce qui se dresse sous mon pantalon et ce n'est pas de la peur que j'y vois mais du plaisir. Je suis tout près de jouir dans mon boxer.

Bien que j'aie envie de la toucher aussi, je m'y refuse. Je reste complètement immobile et la laisse prendre le contrôle. Avec une prudence délicate, elle fait glisser ses doigts jusqu'à mon nombril puis elle les dirige vers mes côtes, effleurant mon tatouage. Une simple caresse n'a jamais été si intime. Je gémis tout bas, prêt à exploser.

– Je ne trouve pas cela pathétique. Je pense que c'est la preuve de ce que tu as dû faire pour survivre.

Elle balaie ses longs cheveux sur le côté et se penche en avant pour déposer un baiser sur mon flanc.

Ses lèvres sont comme une piqûre d'adrénaline pour mon corps affamé. Je frémis à son contact. Elle embrasse à nouveau mon tatouage, puis dépose un autre baiser puis un autre. Ensuite ses lèvres atteignent ma ceinture. Ses deux mains sont posées sur mes hanches et elle est juste à la hauteur de mes obliques. La voir ainsi me fait imaginer la bouche de Madison autour de mon sexe. Mais je ne veux pas qu'elle se mette à genoux sur ce sol froid pour me donner du plaisir. Par contre, je n'arrête pas de penser à combien je pourrais lui en donner avec ma main.

–Viens par-là, dis-je d'une voix enrouée, brûlant de désir.

Madison se relève lentement. Nous nous faisons face. Seuls quelques centimètres nous séparent, nos respirations en totale harmonie, en anticipant tous les deux ce qui va arriver. Madison me surprend car c'est elle qui fait le premier pas. Elle place une main sur mon cœur qui bat la chamade, puis elle approche lentement sa bouche de la mienne. Nos souffles ne font plus qu'un.

Avant de continuer, je veux être sûr qu'elle est d'accord et que ce n'est pas simplement dû à la passion du moment.

– Si tu m'embrasses, tu ne pourras plus faire marche arrière.

– Je ne veux pas faire marche arrière, murmure-t-elle et son souffle chaud caresse mes joues.

Son regard brûle de désir.

– Très bien.

Je grogne avant de me pencher sur elle et de dévorer sa bouche avec sensualité.

Ce baiser est plus que passionné. Nous démarrons fort : une vraie lutte commence. Elle a pour but de déterminer qui des deux consumera l'autre en premier.

J'enroule mon bras autour de sa taille et, de mon autre main, j'empoigne ses longs cheveux et les utilise comme levier pour dominer sa bouche. Elle halète et gémit. Son corps souple se frotte contre le mien. Ses mouvements la poussent directement contre mon sexe qu'elle caresse délicieusement. Elle entoure mon cou de ses bras, attirant encore plus ma bouche contre la sienne. La soif que j'ai d'elle contrôle toutes mes actions. Je l'oblige à reculer vers le lit, dans ma chambre, sans jamais quitter ses lèvres.

Elle s'exécute de bonne grâce et, lorsque ses genoux touchent le bord du matelas, elle se laisse tomber vers l'arrière en m'entraînant avec elle. Mon corps semble gigantesque à côté du sien, je m'appuie sur mes coudes pour ne pas l'écraser de tout mon poids. Elle entoure ses jambes autour de ma taille et m'attire vers elle.

Je n'en ai jamais assez et, après chaque baiser passionné, elle m'embrasse à son tour encore plus ardemment. Sa langue lutte avec la mienne et son désir a l'effet d'un aphrodisiaque. Très vite, je tire sur son T-shirt, avide de sentir sa peau nue contre la mienne.

Je parviens à lui arracher son haut sans lâcher sa bouche plus de deux secondes. Lorsque je suis à nouveau contre elle, je l'embrasse comme si je ne pouvais survivre sans ses lèvres. Ses jambes s'agitent sous moi. Je sais qu'elle a besoin de jouir et j'ai bien l'intention de lui offrir ce cadeau.

Cela m'est très difficile, mais je finis par libérer sa bouche, ce qui lui permet de reprendre son souffle. Sa poitrine se soulève frénétiquement et ses seins ronds et voluptueux vont bientôt jaillir de son soutien-gorge en dentelle noire. À cette vue, ma queue tressaille et Madison hoquète quand elle sent mon sexe pressé contre le sien.

– Ça va ? demandé-je, le souffle court

Mon cerveau parvient à fonctionner juste un instant.

– Oui, dit-elle d'une voix haletante. Continue.

C'est la réponse que j'attendais. J'embrasse le coin de sa bouche avant de glisser le long de son cou, qu'elle renverse en arrière, m'offrant l'accès à sa peau délicieusement parfumée. Je dépose des baisers sur son pouls qui bat très fort. Je ne peux m'empêcher de croquer sa peau et de lui laisser une marque. Je veux que le monde entier sache que je suis responsable de ces meurtrissures rouges et passionnées.

Elle gémit et halète. Oh mon Dieu, ma verge va bientôt percer un trou dans mon pantalon, elle aussi veut être libre et participer à la fête. Je découvre sa peau nue et je continue de l'embrasser de plus en plus bas jusqu'à atteindre le haut de ses seins ronds. Je recule un peu car j'ai besoin de prendre le temps d'admirer leur beauté. Je n'ai jamais vu des seins aussi sexy de ma vie.

– Putain, ils sont incroyables, dis-je en posant ma main sur l'un, puis sur l'autre.

Madison gémit et se cambre à mon contact, ma paume suffit à peine à couvrir cette moelleuse perfection.

Son soutien-gorge est en dentelle noire, si bien que j'aperçois ses tétons roses qui pointent à travers le tissu transparent. J'en salive. Alors, je baisse les bretelles et ses seins jaillissent. Je pousse un grognement rauque, car je n'ai encore jamais rien vu de tel.

– Waouh, dis-je en soupirant d'admiration. Je savais qu'ils étaient magnifiques – je me baisse pour pincer un téton, ce qui la fait frémir – mais des seins aussi parfaits devraient être interdits.

Je me penche et capture son téton dans ma bouche.

Elle pousse un petit cri et s'agite sous moi, m'encourageant à continuer alors qu'elle enfonce ses doigts dans mes cheveux et les tire violemment

– Oh oui… gémit-elle en agitant sa tête dans tous les sens.

– Tu aimes ça, *il mio angelo* ?

Ma bouche est tout contre son téton et en guise de réponse, je l'entends gémir.

Je ne peux plus m'arrêter. C'est comme si j'étais devant un buffet de seins à volonté. Je place alors ma main sous sa poitrine lourde et engloutis un d'eux dans ma bouche. Merde à tous ceux qui disent que la taille idéale d'un sein doit être de tenir dans une paume. Là, je nage en plein dedans et j'en veux toujours plus.

Je tire sur l'autre bonnet et caresse son téton avec le pouce tandis que je suce l'autre comme un fou.

– Oh, putain ! crie-t-elle à moitié, ses doigts tirent mes cheveux, ses hanches se soulèvent pour venir à la rencontre de mon érection

Ce mouvement me rend fou.

Tout en continuant à sucer et lécher ses seins, je ramène ma main entre nous, je veux sentir ses muscles se resserrer autour de mes doigts quand elle jouira, en hurlant mon nom. Je déboutonne son pantalon et, à ce moment-là, je sens son corps se raidir sous le mien. Mais mon cerveau et mon corps fonctionnent en décalé, alors je continue. Le besoin insatiable de m'enfouir en elle me donne l'énergie de chaque mouvement.

Je baisse la braguette de son pantalon tentant frénétiquement de trouver refuge à l'intérieur, mais ses paroles m'arrêtent net. Je retire ma main comme si je venais de m'y brûler.

– Non, non, non, non ! répète Madison à l'infini d'une voix basse et gutturale.

Ses yeux sont fermés et sa tête s'agite dans tous les sens.

– Madison ?

Je recule, inquiet de son évidente détresse.

Elle a l'air d'être en transe. Je me détache immédiatement d'elle et secoue doucement son épaule. J'ai peur qu'elle soit en train de faire une crise, bloquée sur un souvenir de son passé – un souvenir qui refait surface à cause de mes mains trop baladeuses.

– Madison ? dis-je, plus fort cette fois, agitant son épaule plus vigoureusement car je crains qu'elle ne soit en état de choc.

– Ne me touche pas ! hurle-t-elle, le visage blanc comme un linge.

Je retire mes mains et m'assieds sur mes talons. Le fait de ne pas la toucher semble la calmer, mais ses gémissements angoissés prouvent qu'elle est toujours plongée dans le passé.

– Madison, c'est Dixon, tout va bien, *il mio angelo*. Personne ne va te faire de mal, je suis là… sshh, je suis là.

Mes mots ont l'effet escompté. Ses sanglots se calment pour se transformer en de faibles pleurs. Mais j'attends et la laisse sortir de son cauchemar. Ce sont ses propres démons, il faut qu'elle apprenne à les affronter seule.

Ses yeux se rouvrent. Ils sont rouges et irrités par les larmes. Elle regarde autour d'elle, fouillant frénétiquement les lieux du regard. Elle se calme lorsqu'elle reconnaît où elle se trouve, visiblement loin de là où elle pensait être.

– Madison ?

Je lève précautionneusement les mains pour lui montrer que je ne lui veux aucun mal.

– Ça va ? Que s'est-il passé ?

Dès qu'elle entend ma voix, ses yeux terrifiés croisent les miens puis elle baisse le regard sur sa poitrine découverte. Ses joues tout à l'heure blêmes ont repris une couleur rouge vif et elle s'empresse de couvrir sa nudité de ses bras.

– Oh mon Dieu, qu'est-ce que j'ai fait ? murmure-t-elle, les larmes aux yeux.

Elle bondit hors du lit puis elle se met à se rhabiller, enfilant son T-shirt en toute hâte, cherchant son sac à travers la pièce.

– Je suis désolée, je dois y aller, dit-elle le souffle court, sans me jeter un seul regard.

– Madison, parle-moi !

Je saute du lit et la prends par le bras, mais dès que je la touche, elle fait un bond en arrière, si violemment qu'elle se cogne le coude contre la commode et jure. Cela ne l'arrête cependant pas dans sa ruée vers la porte.

– Laisse-moi tranquille, s'il te plaît !

Mais je n'obtempère pas. Je dois savoir ce qui s'est passé car c'était grave. Je dois comprendre pourquoi.

– Non, parle-moi. Raconte-moi ce qui s'est passé. Dis-moi ce qui t'est arrivé… Madison me regarde comme si je venais de lui coller une gifle.

– Non ! Je ne peux pas, s'écrie-t-elle en courant partout dans l'appartement.

Je la suis à la trace.

Elle se trouve à quelques enjambées de la porte et à quelques secondes de disparaître de ma vie pour toujours.

– S'il te plaît, Madison. Je ne jugerai pas. Tu peux me parler. Tu as *besoin* de parler à quelqu'un de ce qui vient de se passer.

Elle se retourne si rapidement que ses cheveux me fouettent le visage avec force.

– Comme ça tu pourras m'analyser ? Ou essayer de me soigner ? Non, merci. Je suis détruite, et ce n'est pas en parlant que les choses iront mieux.

– Tu n'en sais rien. Fais-moi confiance, j'insiste en faisant un pas vers elle.

– Non ! Je ne peux pas. Je ne peux plus jamais te voir, Dixon. Je suis désolée. Je n'aurais jamais dû laisser les choses aller aussi loin.

Ses paroles me coupent le souffle, mais je fais de mon mieux pour demeurer calme et compréhensif.

– J'étais là moi aussi. Tu n'avais pas l'air de regretter de m'embrasser.

– C'était une erreur, rétorque-t-elle sèchement et je sursaute.

Je sais qu'elle a peur et qu'elle est sans doute troublée, mais je refuse de l'entendre minimiser ce qui vient de se passer entre nous dans ma chambre.

– Nous savons tous les deux que ce n'est pas vrai.

– J'ai… j'ai un copain, affirme-t-elle pathétiquement, en se raccrochant à ce qu'elle peut.

Alors je vois rouge. Comment ose-t-elle le prendre comme une excuse derrière laquelle se cacher ? C'est lâche.

– Eh bien, ce n'était pas les mains de ton copain qui te caressaient il y a quelques minutes, n'est-ce pas ?

– Espèce de salaud, crache-t-elle, les yeux étrécis. Rien de tout ça n'aurait dû arriver.

– Trop tard, c'est arrivé. Alors, assume les conséquences.

– Non, je retire tout ce que j'ai dit et fait.

Son ridicule déni m'agace encore plus.

– Je te l'ai dit – je fais un pas en avant et la bloque en posant mes deux mains sur la porte derrière elle – tu ne peux pas faire marche arrière avec moi.

– C'était une er… erreur, bégaie-t-elle, les yeux emplis de terreur.

Elle presse son dos contre la porte.

– Donc tu trouves que ce qu'on a fait était une erreur ?

Elle acquiesce sans grande conviction.

– Toi et moi, ça ne marcherait pas. C'était sympa mais nous sommes trop différents. Nous attendons des choses différentes de la vie, dit-elle et ses paroles sont comme un coup de poignard car elles me rappellent le discours de rupture de Lily.

– Sympa ? Mais c'était bien plus que ça et tu le sais bien. Grandis un peu et parle-moi comme une adulte.

Je suis un peu dur mais je dois être honnête et lui dire la vérité.

Mais elle est si têtue…

– Donc tu penses que je suis une gamine ? objecte-t-elle, son visage révélant sa douleur.

– En ce moment, oui. Tu te comportes comme une gamine.

Je ne comprends pas ses réactions. Ce n'est pas la Madison

que je connais, mais peut-être qu'après tout, je ne connais pas la vraie Madison.

– Eh bien, la gamine souhaite partir.

Ses ultimes paroles m'anéantissent.

– Comme je l'ai déjà dit, tout ça est une erreur.

J'ouvre la bouche pour protester mais elle décide de me faire mal en ajoutant :

– *Toi,* tu es une erreur.

Je m'arrête un instant pour digérer ce qui vient d'être dit et, même si je sais qu'elle ment, je refuse de poursuivre cette conversation si elle ne fait pas la moitié du chemin.

– Ce sont des conneries et tu le sais bien. La seule erreur dans cette histoire, c'est te laisser partir.

Je pousse la porte et me recule. Je suis si énervé que j'ai du mal à respirer.

Si elle veut partir, je ne vais pas la forcer à rester. Mais une fois la porte franchie, ce sera fini. Je ne donne pas de seconde chance, surtout à quelqu'un qui pense que je suis une erreur.

– Au revoir, Madison, dis-je en lui tournant le dos parce que je refuse qu'elle me présente le sien.

– Dixon, répond-elle en soupirant, mais je ne me retourne pas.

Je me contente de regarder autour de moi, dans l'appartement, et de me demander à quel moment tout est parti en sucette.

– Ça vaut ce que ça vaut, mais sache que ce n'est pas toi, le problème. C'est moi.

– Va-t'en, s'il te plaît.

Je n'ai pas envie d'entendre ses excuses ou de me battre pour quelqu'un qui ne le mérite pas.

– Je suis désolée de t'avoir fait du mal.

Après avoir prononcé ces paroles d'adieu, Madison referme la porte sur ce qui aurait pu exister entre nous mais qui n'arrivera jamais.

Acte 3

Un mois plus tard

CHAPITRE 24
RETOUR À LA CASE DÉPART

Dixon

Suce.
Suce.
Respire.
Suce.
Suce.
Gobe.

J'aime me faire sucer, comme tous les hommes. Mais lorsqu'il s'agit de ma quatrième fellation de la semaine, je ne me souviens plus du tout qui étaient ces filles. Chaque succion et chaque coup de langue s'entremêlent pour n'en former qu'un seul.

J'observe mon reflet flou dans le miroir des toilettes et je méprise ce que je vois.

Il y a plus d'un mois, j'ai laissé s'échapper la première fille qui me plaisait depuis longtemps. Tout ça parce qu'elle m'avait blessé. Quel lâche ! Maintenant, je me retrouve à nouveau guidé par ce que j'ai entre les jambes – ce qui m'a mis dans le pétrin au départ – et je me tape une liste infinie de filles, sans me soucier de savoir qui, quoi ou quand.

Une éjaculation misérable me secoue sans m'apporter vraiment de plaisir et la brune à mes pieds avale tout sans en perdre une goutte. Mon orgasme est similaire à celui que j'ai eu ce matin : vain et vide. Mais un homme doit bien faire ses petites affaires, et moi j'ai entrepris de coucher avec toutes les femmes de Manhattan. Tout ça parce que je ne peux pas obtenir celle que je veux vraiment.

Essuyant ses lèvres peintes en rouge, la fille dont j'ai déjà oublié le nom lève les yeux sur moi et agite ses faux cils.

– À mon tour, murmure-t-elle lascivement.

Elle se relève et approche ses hanches en écartant les jambes.

Sa minijupe remonte jusqu'à sa taille et je découvre qu'elle ne porte pas de sous-vêtements. Sa fente est lisse et brillante. Alors que la plupart des hommes seraient déjà à genoux afin de donner du plaisir à ce futur mannequin, moi je me contente de me rhabiller.

– Une autre fois, ma jolie.

– Quoi ? s'exclame-t-elle, n'arrivant pas à croire que je la laisse plantée là sans la satisfaire. Tu ne me rends pas la pareille ?

Lorsque je hausse les épaules, lassé qu'elle en fasse tout un plat, elle s'écrie :

– Espèce d'enfoiré !

– Voilà ce qui arrive quand on suce un inconnu dans des toilettes publiques, dis-je en ajustant mes boutons de manchette.

– Tu as dit que j'étais belle ! hurle-t-elle, les larmes aux yeux.

– Oui, tu es belle.

Je me penche et baisse sa jupe car la vue de sa chatte m'exaspère.

– C'est dommage, la beauté ne mène pas si loin dans ce monde.

– Quoi ? répond-elle en fronçant son nez refait.

– Quand tu seras plus âgée, tu comprendras que la beauté est à l'intérieur. Mais tout ça, dis-je en balayant de la main son accoutrement, ça ne te réduit qu'à être baisée par des connards comme moi.

J'ouvre la porte des toilettes et tente d'éviter les regards noirs des filles qui font désespérément la queue.

Je reviens à la table que j'occupe avec Finch et Hunter. Ils me jettent un coup d'œil et lèvent les yeux au ciel.

– Encore ? demande Finch en fronçant les sourcils.

Je hausse les épaules et m'empare de la bière de Hunter.

– Qu'est-ce que tu veux que je te dise ?

– Dis que tu es un queutard dégueulasse, intervient Hunter, écœuré. Tu peux d'ailleurs garder la bière. Je ne veux pas savoir où tu as laissé traîner ta bouche.

– Je n'entends pas, réponds-je en lui faisant un doigt d'honneur.

– Dix, on est inquiets, ajoute Finch.

Malheureusement, son commentaire rappelle celui d'il y a quelques mois. Même bar, même soirée, même problème. Mais cette fois, c'est dix fois pire.

– Ne vous inquiétez pas. Ça va, la vie est belle. Je pars pour Boston demain et j'ai bien l'intention d'impressionner tous les gros bonnets et de me faire connaître.

– En tout cas, ça marche déjà bien ici.

Pas besoin de préciser que Hunter est en colère contre moi, car selon lui je refuse de me comporter comme un homme en ne rappelant pas Madison. Il s'est vraiment entiché d'elle et, même si je n'ai pas arrêté de lui expliquer que notre histoire s'était terminée avant même de commencer, il vit toujours dans le déni.

– Mais appelle-la ! s'exclame-t-il pour la vingtième fois.

– Pourquoi tu ne l'appelles pas, toi ? – Je regrette immédiatement d'avoir dit ça, car son visage s'illumine – Non, c'était une blague. Ne l'appelle pas. Ne va pas la voir au travail non plus. Toute communication doit être coupée, compris ?

Hunter m'ignore alors je répète :

– C'est compris ?

– Oui, parfaitement. J'espérais simplement que tu…

Je le coupe en levant un doigt en l'air.

– Cette conversation est terminée.

Hunter souffle et croise les bras, mais je refuse de craquer.

J'ai envisagé plusieurs fois d'appeler Madison au cours des quelques jours qui ont suivi notre dispute. Mais, une fois ces jours de silence écoulés, je me suis dit que comme elle ne me contactait pas, j'avais ma réponse. C'était fini.

Je n'en peux plus des femmes et de leurs jeux psychologiques. Plus jamais. Donc je reviens à ce que je connais : travail, sommeil et sexe.

Travailler, c'est facile. Dormir et baiser, aussi. C'est tout ce qui s'immisce entre qui pose problème.

– Tu as hâte d'être à Boston ? demande Finch pour changer de sujet et j'acquiesce.

– Oui ça va me faire du bien de partir quelques jours.

J'ai rallongé mon séjour sur place, j'aurai donc quelques jours de plus pour me reposer.

J'y vais seul, heureusement, car je n'ai pas eu de nouvelles de Juliet depuis la nuit où je lui ai annoncé que c'était fini. Bon, hormis un string qu'elle a fait envoyer à mon bureau. Cette fameuse nuit a eu au moins une conséquence positive.

Quitter New York, la ville qui ne dort jamais, va me faire le plus grand bien. Moi non plus je ne dors plus.

CHAPITRE 25
DÉSINTOX

Dixon

J'arrive à Boston tôt le lendemain matin.

Dès que j'entre dans la somptueuse chambre d'hôtel, je ferme les rideaux, éteins tout appareil électronique, puis je m'enivre jusqu'à perdre toute notion – grâce aux deux bouteilles de scotch que j'ai achetées sur la route. J'ai prévu de rester dans cet état jusqu'à perdre connaissance. Je suis trop fatigué pour affronter les rayons du soleil.

* * *

C'est un besoin naturel qui me tire du sommeil. Alors que je sors doucement de mon état de stupeur et d'enivrement, je ne sais ni quel jour, ni quelle heure il est. Je m'en fiche. Je n'ai rien de prévu et la cérémonie n'a lieu que samedi soir, dans six jours… si je me souviens bien. Il est temps que je reprenne contact avec la réalité, j'ai assez hiberné.

Je me douche mais je ne prends pas la peine de me raser. J'enfile un jean et un vieux T-shirt. Me voilà prêt pour affronter le monde extérieur. J'allume mon ordinateur et grommèle en découvrant la centaine d'e-mails qui sont arrivés. Mais cela peut attendre. Susanna m'aurait contacté en cas d'urgence.

Je vérifie le cours de mes actions en bourse et les résultats des Yankees, puis j'éteins l'ordinateur. C'est assez pour aujourd'hui.

J'allume mon téléphone et découvre qu'on est lundi soir. Je n'arrive pas à croire que j'ai dormi tout le week-end. À quoi bon rester debout ?

Mon téléphone signale que j'ai reçu un message. Quand je vois qui me l'a envoyé, je manque de tomber de mon siège.

Je te manque ? ;)

Le message, et le smiley, m'accablent.

Je ne sais pas quoi penser, à part me demander pourquoi Juliet a décidé de m'écrire.

J'étais franchement persuadé qu'elle m'avait oublié et qu'elle était déjà passée au mec suivant. Mais quand je vois qu'elle m'envoie un deuxième message, je me dis que j'ai peut-être eu tort de tirer cette conclusion.

Tu me manques. Tout chez toi me manque.

Pas besoin de deviner ce qui lui manque le plus.

Je décide de lui répondre, car je crains que le silence l'incite à continuer à m'écrire comme si de rien n'était.

Bonjour Juliet. Qu'est-ce que tu veux ?

Ce n'est pas la façon la plus gentille de m'adresser à une personne avec qui j'ai couché, mais je ne suis pas d'humeur à mettre les formes.

Je me demandais juste à quelle heure je dois arriver pour le gala ?

Je lis le message deux fois d'affilée, car je n'arrive pas à en croire mes yeux.

Elle est complètement folle ! Je reçois encore un message qui confirme sa démence.

Je suis impatiente de te montrer ma robe... et ce qu'il y a en dessous.

Aurais-je été transporté dans une autre dimension sans m'en apercevoir ? Comment peut-elle penser qu'elle est encore la bienvenue ? Je pensais que tout mon discours – « C'était fun mais tout est fini entre nous » – avait été clair. Quant à elle, elle s'imagine que ce n'était qu'une sorte d'entracte.

Il est temps que je la recadre.

Je pensais avoir été suffisamment clair mais je tiens à m'excuser de tout malentendu. C'est terminé entre nous. Il est donc hors de question que tu viennes à cet événement, qui est très important pour moi. Je te prie une nouvelle fois de m'excuser si je n'ai pas été clair.

C'est la façon la plus aimable que j'ai trouvée pour lui dire de dégager. Je n'ai ni le temps ni la patience de gérer Juliet et, très honnêtement, je me sens insulté de voir qu'elle se croit autorisée à m'écrire après tout ce temps et qu'elle s'imagine que je vais l'accueillir la bite à la main.

Je ne reçois plus de réponses. Je ne sais pas si je devrais crier victoire ou me cacher. Mon estomac vide se met à grogner. Il faut que je mange. J'envoie un bref message à Hunter, Finch et Susanna pour leur dire que je suis vivant. Puis j'attrape mon portefeuille et la clef de ma chambre et je me mets à la recherche de nourriture, m'assurant d'avoir laissé mon téléphone dans la chambre.

★ ★ ★

Les rayons du soleil agressent mes cornées sensibles, je décide donc de dîner au restaurant de l'hôtel car je ne me sens pas vraiment prêt à affronter le monde extérieur. Je pense aussi être encore légèrement sous l'emprise de l'alcool – mais c'est normal après deux bouteilles de scotch.

Je consulte le menu et choisis de me faire plaisir et de rattraper le temps perdu. J'ai une faim de loup. Après avoir commandé, je commence à parcourir mon iPad et décide de prendre quelques notes pour mon article en cours d'écriture. J'ai enfin le temps de me concentrer sur mes recherches et j'ai bien l'intention de profiter de chaque seconde vu que je serai au milieu de collègues qui seront susceptibles d'apprécier mes recherches.

Absorbé par la lecture de la nouvelle édition du *Journal médical*, je ne me rends pas compte qu'il y a quelqu'un à côté de moi. Ce n'est que lorsque la personne s'éclaircit la gorge que je relève les yeux et découvre la serveuse aux yeux bleus qui a pris m a commande un peu plus tôt.

– Je peux vous servir une autre bière ?

– Non, ça ira pour le moment, dis-je en remarquant qu'elle observe l'iPad.

– Vous êtes là pour le truc des docteurs ? demande-t-elle en pointant du menton la salle de bal où aura lieu l'événement.

– Oui.

– C'est cool, dit-elle en passant une longue mèche de cheveux blonds derrière son oreille. Vous êtes médecin ?

– Je suis psychiatre.

– Vous pouvez alors lire dans les pensées des gens ou des trucs du genre ? demande-t-elle et je ne saurais dire si elle est sérieuse ou non, donc je me contente de rire un peu, pour ne pas la vexer.

– C'est l'un de mes nombreux talents.

– J'imagine bien, dit-elle en baissant la voix tandis qu'elle parcourt rapidement mon corps des yeux. Et quels sont vos autres talents, *Docteur* ?

Mon Dieu, c'est tellement facile. On pourrait croire que vu dans l'état où je suis, je repousserais plutôt les femmes. Mais non.

Je lui fais signe de s'approcher. Elle s'exécute et se baisse en posant une main contre son oreille lorsque je lui fais signe que c'est un secret.

– Je pourrais te montrer mes talents en vrai, dis-je, la voix pleine de sous-entendus.

Elle pouffe de rire et recule un peu. Je peux cependant apercevoir ses pupilles dilatées de désir.

– Après mon service ? Je finis à dix heures.

– Oh, eh bien tu peux être sûre que tu prendras ton envol à dix heures, ma jolie.

Ses joues rougissent et sa bouche s'entrouvre. Oui, j'ai l'impression d'être un vieux dégueulasse, sachant qu'elle n'a pas l'air d'avoir plus de vingt-et-un ans.

Elle saisit un carnet dans son tablier et inscrit quelque chose à la va-vite.

– Tiens, beau gosse. Appelle-moi, je t'attendrai.

Elle fait glisser son numéro sur la table.

Je l'attrape mais elle m'arrête en posant sa main sur la mienne.

– Au fait, dit-elle d'un ton audacieux, c'est toi qui décolleras à 10h05.

Elle me lance un clin d'œil et s'éloigne en me laissant admirer son petit cul.

Je l'observe disparaître de mon champ de vision, puis je replie le papier pour le placer dans ma poche. Je devrais vraiment rester loin de toute femme cette semaine, vu que cinq minutes plus tôt, j'avais l'intention de dédier tout mon temps libre à mes recherches. Mais il n'y a pas que le travail dans la vie…

Je fais la grimace en pensant à Madison. Tout me ramène à elle. Ce dernier mois a été très difficile et j'avoue que je pense souvent à elle. Je me demande comment elle va, ce qu'elle fait, avec qui elle est, mais surtout, je me demande si elle pense autant à moi que moi je pense à elle.

Je pousse un soupir exaspéré. C'est la dernière fois que je laisserai mes pensées divaguer jusqu'à elle. Elle ne m'a pas recontacté, c'est bien la preuve qu'elle m'a oublié. Je devrais en faire de même.

– Dixon ? demande une voix et je lève les yeux pour découvrir le visage aimable et ridé de mon ancien professeur d'université, le Docteur Wellington.

– Docteur Wellington ? Que faites-vous là ?

Je me lève pour lui serrer la main.

– Je suis l'invité d'honneur du gala, ce qui n'a aucun sens. Je ne comprends pas ce qu'ils imaginent qu'un vieux grincheux comme moi pourrait bien dire d'intéressant à tous ces jeunes, répond-il avec modestie et je me mets à rire.

– Ne dites pas des bêtises, vous m'avez tout appris. Sans vous, je crois que j'aurais abandonné au bout du premier semestre.

Le Docteur Wellington émet un rire qui s'étrangle dans sa gorge. Il tousse tout en se tapant la poitrine.

– Merci, je prends ça comme un compliment. J'ai entendu dire que vous vous êtes fait un nom, Docteur Mathews.

– Ce n'est que grâce à vous. Asseyez-vous, je vous en prie.

– Cela aurait été un plaisir mais je ne suis pas seul.

–Vous êtes un vrai Casanova, dis-je en lui faisant un clin d'œil.

Le Docteur Wellington rit à nouveau puis secoue la tête agitant ses fins cheveux gris.

– Mais non, pas du tout, je pourrais être son grand-père ! Il s'agit d'une de mes étudiantes.

– Je ne savais pas que vous enseigniez encore.

– Seulement à mi-temps. Juste de la psychologie de base. Une de nos étudiantes a démontré un fort potentiel et l'université m'a demandé de l'amener ici avec une autre jeune femme, car ils ont beaucoup d'espoir pour ces deux élèves. Je pense qu'ils s'attendent simplement à ce que je la présente aux gros bonnets. Vous savez combien Columbia aime se targuer d'avoir les meilleurs étudiants.

Je hoche la tête, il a raison. Les universités adorent se vanter d'avoir formé les prochaines grosses têtes, cela leur permet de justifier des frais de scolarité astronomiques.

– Elle me fait d'ailleurs penser à vous, d'une certaine façon, dit-il, une lueur amusée dans les yeux.

– Quoi ? Elle est aussi casse-pieds que moi ?

– Oui, entre autres. Bon, il faut que j'y aille. Ne jamais faire attendre une belle femme, comme on dit.

– C'est vrai, réponds-je – il prêche un converti. Ça m'a fait très plaisir de vous revoir, Docteur Wellington.

– Je vous en prie, appelez-moi Max. Les formes, ce n'est que pendant les cours, et même dans ce cadre, elles me semblent dérisoires.

Je souris, content de voir que son humilité n'a pas disparu.

– J'ai hâte d'entendre votre discours pendant la cérémonie.

– Si vous trouvez que mon discours est ennuyeux comme la pluie, n'hésitez pas à me jeter un bout de pain.

– Cela n'arrivera jamais, mais c'est promis.

– Vous restez là toute la semaine ?

– Oui, j'avais besoin de quitter New York, j'avoue. Et puis je suis en train de rédiger un article sur les liens entre la neurobiologie et les addictions, en mettant l'accent sur le principe d'inné et d'acquis. J'avais besoin de faire une pause pour pouvoir le terminer.

– Très intéressant. Je suis vraiment curieux d'en apprendre plus sur vos découvertes. Accepteriez-vous de me retrouver pour en discuter demain matin ? Vers 8h30, autour d'un petit déjeuner ?

Ce serait une aubaine d'avoir l'avis de Max sur mes recherches. M'entretenir avec quelqu'un qui a autant d'expérience et d'expertise que lui pourrait ouvrir des perspectives encore inexplorées. Ma participation, l'année prochaine, au concours ne semble plus si invraisemblable qu'auparavant.

– Parfait, je demanderai à Alex et Madison de venir aussi, si cela ne vous dérange pas. Je suis sûr qu'elles seront fascinées par vos recherches.

Dès que son nom est prononcé, je prie le ciel pour qu'il s'agisse d'une autre et pas de *ma* Madison. Si c'est elle, elle m'a sans doute vu discuter avec la serveuse un peu plus tôt.

– C'est d'accord ? demande-t-il car je ne reste silencieux.

– Oui, oui, bien sûr, c'est bon, réponds-je en regardant discrètement autour de moi.

– Très bien, alors à demain vers 8h30, dit-il en posant sa main sur mon épaule. Bonne soirée.

Il me fait un clin d'œil lorsque la serveuse un peu trop serviable à mon goût arrive avec ma commande.

Dès qu'il me tourne le dos, je parcours frénétiquement la pièce des yeux. Lorsque mon regard croise une paire d'yeux verts familiers, je ne sais plus si je dois pleurer de soulagement ou pleurer tout court.

Tout cela est à la limite du ridicule. D'aucuns diraient qu'il s'agit de rencontres fortuites, le hasard décidant de réunir deux personnes. Mais moi je pense plutôt qu'il s'agit d'une malédiction. Chaque fois que je la vois, j'ai droit à un constant rappel de ce que j'ai perdu.

Elle est exactement comme dans mes souvenirs, si ce n'est qu'elle est mille fois plus belle. Elle est à tomber dans une robe fluide qui met en valeur son corps magnifique. Je me fiche d'être en train de la dévisager, car même si je voulais détourner le regard, je n'y arriverais pas. Je suis toujours hypnotisé par elle, même si, dans le passé, le fait qu'elle m'ait hurlé dessus et qu'elle ait si soudainement quitté mon appartement avait clairement indiqué qu'elle ne ressentait pas la même chose.

– Docteur ? dit la serveuse en me faisant sortir de ma stupeur.

Madison fronce les sourcils. Je suis pris la main dans le sac. Elle m'a vu flirter avec la blonde. J'aimerais soudain avoir suivi le plan d'origine qui consistait à me concentrer sur mes recherches plutôt qu'à baiser.

– Merci.

Elle place le plat sur la table et se penche en avant, exposant le haut de sa magnifique paire de seins. Mais ce ne sont pas les siens que je veux. La poitrine que je veux se trouve quelques mètres plus loin, et me dévisage.

– J'ai hâte d'être à ce soir, dit-elle en plaçant l'addition sur la table.

Même si Madison ne peut pas entendre notre conversation, je ne sais plus où me mettre et je me sens vraiment con d'avoir provoqué cette situation.

– Hmm, à ce propos, ça ne va pas être possible.

– Quoi ? répond-elle, étonnée.

Je pourrais lui mentir mais à quoi bon ?

– Oui, je suis désolé, je n'aurais jamais dû accepter cette proposition.

Puis je sors le bout de papier avec son numéro de ma poche.

– Tiens, dis-je en le lui tendant.

Croyant à une blague, elle dit :

– Garde-le, tu changeras peut-être d'avis.

Je secoue négativement la tête.

– Non, je ne changerai pas d'avis.

Pour le lui prouver, je déchire le papier en petits morceaux et les dépose sur la table.

Je sais que mon geste est cruel mais il vaut mieux être direct. D'après la réaction de la serveuse, qui reste bouche bée, je sais que j'ai été entendu.

– D'accord, tant pis pour toi. Elle s'éloigne, folle de rage.

Je soupire et baisse les yeux sur mon plat avant de le repousser. J'ai perdu l'appétit. La seule chose dont je meurs d'envie est assise à quelques mètres de moi et je ne sais pas quoi faire. Je lève les yeux et découvre que Madison a quitté sa table. Maintenant je ne sais plus pourquoi j'ai refusé une partie de jambes en l'air gratuite et facile, parce que je n'en ai jamais refusé une seule au cours du mois qui vient de s'écouler. Mais le fait d'avoir vu Madison m'a juste rappelé que je dois me désintoxiquer d'elle.

CHAPITRE 26
UN PARFAIT INCONNU

Madison

Voir Dixon après tant de temps s'est avéré être un fiasco total.

Dès que je l'ai aperçu entrer dans le restaurant, mon cœur s'est emballé. Il avait l'air tout à fait dans son élément, plein d'assurance, comme s'il possédait les lieux. Mais mon cœur s'est ensuite mis à battre la chamade pour une tout autre raison : en voyant la serveuse blonde qui a accouru vers lui dès son apparition. J'ai alors été envahie par un sentiment extrêmement puissant de jalousie, comme jamais je n'avais ressenti auparavant. J'ai dû m'excuser et quitter notre table pour aller reprendre mon souffle dans les toilettes avant de faire quelque chose que je pourrais regretter, comme par exemple lui arracher les yeux.

Lorsque je suis revenue à ma place, j'ai pu l'observer flirter ouvertement avec elle, heureux comme un coq en pâte lorsqu'elle a fini par lui donner son numéro. Mais qu'est-ce que cela peut bien faire ? C'est moi qui me suis enfuie de chez lui comme une folle alors qu'il n'avait rien fait de mal. C'est moi qui lui ai dit que je ne pourrais plus jamais le voir sans lui donner aucune explication sur mon changement d'attitude si soudain. Et c'est moi aussi qui lui ai dit qu'il était une erreur, ce qui était un gros mensonge.

Je ne pouvais pas lui expliquer pourquoi je paniquais. Je ne veux partager cela avec personne, mais une infime partie en moi souhaiterait le faire avec lui et c'est ce qui me terrorise le plus. Quand ses caresses ne m'ont fait ressentir que de la tendresse et de la gentillesse, alors je me suis dit que j'avais peut-être encore l'espoir de vivre un jour une vie normale.

Mais j'ai tout gâché.

Lorsque j'ai quitté Dixon cette nuit-là, je savais qu'il y avait une chose en particulier que je devais faire : rompre avec David. C'était vraiment injuste de le mener en bateau. Je savais qu'il allait me détester, mais je préférais ça plutôt que de le faire souffrir une seconde de plus.

Donc au cours du mois qui vient de s'écouler, je me suis uniquement concentrée sur mes études et j'ai délibérément évité d'analyser l'ampleur des dégâts avec Dixon. Je sais qu'il ne me donnera jamais de seconde chance. Il faut vraiment que j'affronte mes démons avant de me relancer un jour dans une relation intime avec quelqu'un.

Cependant, après avoir été adorée ainsi par Dixon, c'est la seule personne avec qui je souhaiterais revivre cette expérience. La façon dont il me touchait représentait quelque chose de tout à fait nouveau pour moi. J'ai eu la sensation d'être enfin libre en me laissant aller avec lui, mais j'ai tout fichu en l'air à cause de ma crise de panique.

J'ai eu peur, c'est aussi simple que ça. Et j'ai préféré me réfugier dans ma crainte et repousser Dixon que d'être blessée. En effet, avec lui, la blessure entraînerait des pleurs, des peines de cœur et de la souffrance. Alors je me dis que rester à l'écart de tout ça vaut mieux pour tout le monde.

Je suis terrifiée à l'idée de me confier et je suis là, debout devant le miroir de la chambre d'hôtel, à essayer de feindre l'enthousiasme à l'idée du petit-déjeuner avec Dixon. Mais bien sûr la situation est ce qu'on pouvait en attendre, plutôt catastrophique. Lorsque le Docteur Wellington nous a proposé de prendre le petit-déjeuner avec Dixon, je n'ai pas pu dire non. J'étais très honorée qu'il me demande de participer à ce gala, je sais combien il est prestigieux.

Je dois prendre sur moi et gérer la situation au mieux, car c'est la seule chose à faire. Je peux me comporter de façon très professionnelle et prétendre que Dixon n'a jamais enflammé mon corps de sa bouche et de ses mains. Grâce à son flirt avec la poupée Barbie, j'ai maintenant de quoi faire disparaître tout sentiment de nostalgie car, de toute évidence, il est passé à autre chose. Il serait temps que je fasse de même.

★ ★ ★

–Tout va bien ? demande Max tandis que je tripote nerveusement ma serviette sur mes genoux.

– Oui, ça va, dis-je en croisant ses yeux inquiets. Je ne me sens pas très en forme.

– Oh, ma pauvre, tu aurais dû me le dire plus tôt. Veux-tu remonter dans ta chambre ? propose gentiment Max, mais je secoue la tête car j'ai bien l'intention de tenir pendant ce petit-déjeuner et prouver à Dixon, et à moi-même, que je l'ai oublié.

Mais toutes ces belles paroles disparaissent dès que je sens flotter à travers la pièce le parfum le plus délicieux qui soit. Je sais bien qui porte cette fragrance enivrante. Elle appartient à cet homme dont la voix grave et rauque me donne la chair de poule.

– Bonjour, dit Dixon en s'adressant à nous, tandis que je manque… d'air.

Je tousse discrètement, priant pour que mon asphyxie s'estompe avant de devoir face au mec le plus sexy de la planète. Heureusement, ça passe. Je lève alors les yeux pour croiser son regard et, dès que nos yeux se rencontrent, je suis à deux doigts de m'étouffer à nouveau.

– Bonjour, Dixon.

– Max, répond-il en lui faisant un signe de tête, mais ses yeux ne quittent pas les miens.

–Voici, Madison et Alex.

Max ne sait évidemment pas que je connais personnellement le Docteur Mathews.

Je repense alors à une autre personne qui connaît peut-être elle aussi très personnellement le Docteur Mathews à cette heure : la pouf de la nuit dernière.

Cette image en tête, je me redresse et lui tends la main.

– Ravie de vous rencontrer, Dixon.

Dixon accepte ma main et je dois ordonner à mon corps de ne pas faire des petits sauts d'excitation lorsque nos mains se touchent.

– Tout le plaisir est pour moi.

Je me force à ne pas observer la façon dont sa chemise à carreaux met en valeur ses muscles fermes et bien dessinés.

Il tourne ensuite les yeux vers Alex, la belle Russe assise à ma droite.

– Oh ! Bonjour Alex, dit-il en lui faisant un baisemain.

Je suis sûre que toute la table peut entendre mes dents grincer en le voyant faire, mais j'attrape calmement mon verre d'eau et me répète qu'il ne s'agit que d'un petit-déjeuner et qu'ensuite, j'en aurai fini avec lui.

Lorsque Dixon s'asseoit à côté de moi, j'essaie de ne pas reluquer ses longs doigts qui saisissent le menu. Mais des images de ces mêmes doigts empoignant mes seins, jouant avec mes tétons, assaillent mon cerveau. Je fais maladroitement tomber mon verre, renversant le liquide sur ma robe blanche.

– Merde !

Je jure à voix basse, en prenant ma serviette sale et en essuyant inutilement ma robe.

– Ça va, Madison ? demande Max d'un ton inquiet. Laisse-moi appeler un serveur.

Je rougis tellement je suis gênée. Il faut vite que j'échappe au regard perçant de Dixon.

– C'est bon, Max, je vais nettoyer.

Je recule ma chaise et m'accroupis par terre pour récupérer le verre.

Je n'ai pas vraiment besoin de rester ainsi sous la table, mais au moins cela me laisse le temps de reprendre mon souffle avant de me rassoir et d'affronter la suffisance de Dixon.

– Tu vas rester là-dessous toute la matinée ? demande Dixon avec un sourire moqueur.

Je lève les yeux et découvre son regard bleu pointé sur moi. Il s'est penché sur mon siège et observe chacun de mes mouvements.

Son expression arrogante m'agace et je me retiens de l'insulter. Je reprends vite mon sang-froid et me réinstalle sur ma chaise sans lui jeter mon verre à la figure. Mes joues sont brûlantes et je suis un peu essoufflée. À part ça, je pense quand même avoir réussi à me débarrasser de mon affolement.

– Désolée, dis-je surtout en m'adressant à Max qui me fait un signe de la main comme quoi ce n'est pas grave.

Par chance, le serveur arrive pour prendre nos commandes et, sans réfléchir, je demande des gaufres ainsi que des tartines.

–Vous êtes d'humeur à manger sucré ce matin, n'est-ce pas Madison ? demande Dixon, la voix pleine de sous-entendus.

Je me tourne pour croiser son regard arrogant et hoche la tête d'un air de défi.

– Oui, le dîner m'a laissé un goût amer sur la langue, j'ai besoin de quelque chose de sucré pour faire disparaître l'amertume.

Dixon devient blême, sachant pertinemment que je me réfère à son rendez-vous. Je reprends confiance en moi lorsque je l'observe passer une main dans ses cheveux, l'air soudain très mal à l'aise.

Max se rend compte de l'hostilité qui règne entre nous et tente de changer de sujet.

– Alors, Dixon, parlez-nous un peu de vos recherches.

Dixon m'observe une dernière fois avant de se tourner vers Max, l'air imperturbable.

– Eh bien, vous savez bien que les addictions sont très complexes.

Je sens mes joues qui s'échauffent à nouveau.

– Oui, effectivement. Les gens perdent toute notion de qui ils sont et de ce qu'ils étaient à cause d'addictions très puissantes. Mais la question est de savoir pourquoi certaines personnes deviennent dépendantes et d'autres apprécient simplement ? Par exemple, j'adore la barbe à papa mais je ne cherche pas à en consommer tous les jours ou encore, je ne perds pas le contrôle sur les quantités que j'absorbe. Donc quel est l'élément déclencheur ?

– Le désir, répond Dixon avec nonchalance, tandis que je gigote sur ma chaise.

– De quelle manière exactement ?

Je grogne intérieurement car j'ai le sentiment que je ne vais pas aimer la tournure que prend cette conversation.

– La plupart des gens deviennent dépendants parce qu'ils désirent ardemment une montée d'euphorie, que ce soit de manière naturelle ou artificielle. Est-ce que cela illustre le principe d'inné contre l'acquis ? Ou bien s'agit-il d'autre chose ? Je pense que c'est beaucoup plus facile à déterminer dans certaines circonstances basiques. Nous désirons tous le plaisir, nous voulons nous sentir bien et cela déclenche une réponse neurobiologique qui alerte le cerveau que manger, fumer, prendre des drogues ou avoir des relations sexuelles avec de parfaits inconnus nous fait du bien.

Je trouve sa réflexion absolument fascinante et, l'espace d'un instant, j'oublie totalement que je suis éprise de ce type et je l'écoute attentivement parler de ses découvertes.

– Par conséquent, on devient accro à cette « euphorie », dit-il en mimant des guillemets. Et la récompense qu'elle offre.

– Vous avez tout à fait raison, affirme Max, les yeux brillant d'enthousiasme.

– Je souhaite que mes recherches mettent ça en évidence. Je pense que l'abus de substance, par exemple, est un trouble. Cependant, même les plus petites addictions sont déclenchées par des émotions humaines de base. C'est la récompense à laquelle on devient dépendant.

Je suis fascinée par l'intelligence de Dixon, et j'observe la façon dont il utilise ses mains pour appuyer son explication. Puis il se tourne vers moi et me lance un regard sournois.

– Et vous Madison ? Vous n'avez pas l'air d'être une fille trop compliquée.

Un coup bas qui m'est intentionnellement destiné. Je reste calme et attends qu'il finisse.

– Seriez-vous dépendante à quelque chose en particulier ?

Je ne comprends pas pourquoi il essaie de me mettre dans

l'embarras de cette façon, mais je suis fichue si je montre un signe de faiblesse.

Je me contente de hausser les épaules ce qui semble l'agacer. Alors il insiste :

– Allez, il doit bien y avoir une chose que vous faites dont vous connaissez la toxicité, mais qui vous récompense et vous stimule tellement que vous oubliez toutes les conséquences, et dont vous voulez toujours plus, malgré tout.

La table est plongée dans le silence. Ils attendent que je réponde. Mais Dixon ajoute d'un air arrogant :

– Bon, il semblerait que vous soyez bien plus compliquée que je le pensais.

C'est alors que je perds mon calme et lui avoue la seule chose qui me vient à l'esprit.

– Visiblement, je tombe toujours amoureuse du mauvais mec. Mais vous savez quoi, Docteur Mathews ? La récompense ne vaut vraiment pas toute la souffrance qu'il faut traverser.

Son visage se radoucit pendant une fraction de seconde mais son expression est vite remplacée par le masque d'un homme dur que je ne reconnais plus.

– Si vous voulez bien m'excuser, dis-je, au bord des larmes.

Je me précipite vers la sortie, incapable de rester face à lui une minute de plus.

Je me rue dans l'ascenseur et des sanglots m'échappent. Je couvre ma bouche pour étouffer le bruit de mes larmes. Comment a-t-il pu être aussi méchant ? D'accord, nous ne nous sommes pas quittés dans les meilleurs termes, mais son comportement a été vraiment cruel. Je ne ferais jamais ce qu'il vient de faire pour me mettre dans l'embarras devant d'autres personnes, surtout quelqu'un comme le Docteur Wellington. Ou encore, flirter avec ma camarade. Aujourd'hui, tous ses actes ont prouvé qu'il se fiche de moi. Peut-être que ça a toujours été le cas.

J'essuie mes larmes et sors de l'ascenseur, effondrée, puis je me traîne jusqu'à ma chambre. Je retire mes chaussures et ma robe tachée, je place la pancarte « Ne pas déranger » sur la porte et me glisse dans le lit. J'espère que je ne vais pas rêver car les rêves avec le Docteur Mathews ne sont plus les bienvenus.

CHAPITRE 27
VENGEANCE

Dixon

Je suis un salaud.

Oui, ce que j'ai fait au cours du petit-déjeuner était peu orthodoxe mais si j'entends me désintoxiquer d'elle, pas question d'y aller doucement. Je ne peux pas me permettre de faire les choses à moitié, car vu la façon dont elle me regarde, il est évident qu'elle ressent elle aussi quelque chose pour moi. Comme avant, l'électricité est à nouveau quasiment devenue palpable entre nous. Ainsi, pour pouvoir la rayer de ma vie, il faut que ce soit elle qui le fasse la première. Je ne pense pas pouvoir être celui qui coupera les ponts.

Elle a été très claire le jour où elle a quitté mon appartement en me demandant de la laisser tranquille. Pourtant, ce qu'elle a dit plus tôt me laisse perplexe. Elle a avoué qu'elle tombait amoureuse des mauvais mecs. Par mégarde, elle a donc admis être tombée amoureuse de moi.

Si c'est le cas, pourquoi aurait-elle paniqué à ce point chez moi ? Et surtout, pourquoi ne plus me donner de nouvelles ? Je ne sais pas si elle continue à sortir avec cet idiot. Ce serait une des explications possibles. Cela ne l'aura pourtant pas empêchée de me rendre mes baisers. Je suis persuadé que c'est plutôt son passé difficile qui ne lui permet pas d'aller de l'avant. Malheureusement, personne ne peut lutter contre ses démons à sa place, c'est à elle seule qu'incombe cette tâche.

Je ne peux cependant pas la forcer à me confier ses secrets ou à être avec moi. Si j'insiste, je suis convaincu qu'elle s'échappera encore. Alors que faire ?

Je déteste me sentir dans cet état. En temps de crise, je préfère noyer mon agitation dans un corps chaud et y trouver le réconfort dont j'ai besoin. Mais là je n'en veux pas.

J'éteins mon ordinateur en râlant et décide d'aller à la salle de sport. Il est 22h30 et si je veux réussir à trouver le sommeil ce soir, il me faut courir jusqu'à m'écrouler d'épuisement.

Quelle que soit la distance que je parcourrai ce soir, Madison aura toujours une longueur d'avance.

* * *

Il est vendredi soir et la plupart des invités sont arrivés pour la cérémonie de remise des prix, qui a lieu le lendemain dans la soirée. Je me suis isolé tout le reste de la semaine, barricadé dans ma chambre, et je dois dire que c'était agréable de se concentrer sur des livres plutôt que sur des paires de seins.

Malheureusement, je dois maintenant abandonner mon rôle d'ermite car tous les participants sont invités à une soirée de pré-remise des récompenses. Il serait peu judicieux que je la rate.

C'est une soirée habillée. J'ai mis un smoking à fines rayures, mais je ne porte que le gilet car je n'ai aucune envie de transpirer dans mon champagne. En chemin vers l'ascenseur, je croise Chad Turner, mon ami du Conseil de Psychiatrie et des Sciences du Comportement, et une femme qui semble être sa nouvelle conquête, dont l'énorme diamant à l'annulaire m'aveugle presque tant il brille. De plus, cette femme a l'air d'avoir une quarantaine d'années de moins que lui.

– Dixon ! dit Chad d'un air jovial en me tendant la main. Je suis vraiment content de te voir. Viens-tu d'arriver ?

– Non, je suis là depuis quelques jours. J'avais besoin de prendre l'air.

J'appuie sur le bouton de l'ascenseur et ignore le regard insistant de la prédatrice brune qui se tient à ses côtés.

– Ah, oui. New York est une ville difficile. As-tu profité de ton séjour ici ?

Lorsque nous entrons dans l'ascenseur, la brune fait exprès de se mettre tout près de moi, et je fais en sorte de me décaler plus loin.

– Oui, c'était vraiment bien, mais je n'ai pas du tout eu l'opportunité de faire du tourisme. J'ai travaillé sur un de mes articles.

– Ah bon ? Davantage de recherches sur la neurobiologie et les addictions ?

J'acquiesce en silence.

– J'ai beaucoup apprécié ce que tu as présenté jusqu'à maintenant. Tes découvertes sont impressionnantes. Tout est basé sur tes recherches ? Ou tu t'inspires également de ton expérience personnelle ?

– Un peu des deux.

Je me recule davantage, car l'audacieuse brune vient tout juste de se rapprocher de moi.

– J'aimerais vraiment en savoir plus sur tes théories. Es-tu libre demain pour une partie de golf ?

– Bien sûr, ce serait un plaisir. On se retrouve dans le hall à 9h30 ?

Il passe son bras autour de la taille fine de la croqueuse de diamants et annonce fièrement :

– C'est parfait, Rebecca adore le golf, n'est-ce pas ma douce ?

– Oui, j'adore ça. J'ai hâte de découvrir avec quel talent tu atteins le trou, répond-elle.

Elle n'est pas sérieuse !

– Bon, si tu veux bien m'excuser, dit Chad, je dois aller me pavaner avec cette beauté devant mes jaloux de confrères.

Elle se met à glousser et me lance un clin d'œil dragueur par-dessus son épaule. Nous rentrons dans la grande salle de réception et je me dirige tout droit vers le bar. Après ce qui vient de se passer, j'ai besoin d'un scotch pour me calmer.

La barmaid me sourit après avoir ajouté discrètement une dose de plus d'alcool.

Je prends mon verre et décide de commencer ma tournée, car j'ai déjà repéré une douzaine de personnes avec qui je souhaite discuter. Voilà à quoi servent ces soirées. Pour certains, il s'agit d'étaler leur réussite, pour d'autres de se vanter de tous les millions de dollars qu'ils ont accumulés. Pour les gens comme moi, il s'agit d'atteindre le haut du panier en utilisant mon cerveau plutôt que mon portefeuille pour y parvenir.

Je me suis fait un nom et j'en suis fier, mais contrairement à la majorité des vieux fossiles qui sont dans la pièce, j'ai réussi grâce au dur travail que j'ai fourni, et en m'informant sur toutes les théories et études récentes. Je suis peut-être descendu du train pendant quelque temps, mais là je suis à nouveau à son bord, et j'ai bien l'intention de remporter ce prix l'année prochaine.

* * *

Deux heures plus tard, j'ai parcouru l'ensemble de la pièce et j'ai parlé à tous les gens qui m'intéressaient. Mes théories ont suscité des débats auprès de la plupart des personnes rencontrées, mais dès que j'ai pu leur expliquer les faits, ils ont quasiment tous compris mon approche.

J'ai reconnu la plupart des têtes, mais je n'en connaissais pas certains. Ce sont justement ces personnes que je voulais rencontrer. Je me suis fait de nouveaux alliés ce soir, et ceux que j'avais déjà de mon côté ne tarissaient pas d'éloges à mon sujet. J'ai fait beaucoup d'erreurs dans ma vie personnelle, mais en ce qui concerne ma carrière, je gère.

Alors que je me dirige vers le bar, la même serveuse me repère et attrape la bouteille de scotch en souriant.

– Un autre, s'il vous plaît, lance une voix à ma gauche.

Je me retourne pour me retrouver nez à nez avec l'épouse, la maîtresse ou la je-ne-sais-quoi de Chad, qui se tient à mes côtés, un sinistre sourire accroché à ses lèvres écarlates.

– Nous n'avons pas été officiellement présentés, dit-elle en tendant la main, ce qui fait cliqueter ses bracelets. Je suis Rebecca.

J'accepte de la lui serrer.

– Ravi de faire ta connaissance, Rebecca. Moi c'est Dixon, réponds-je en lâchant sa main, sinon j'ai bien peur qu'elle la fourre dans sa culotte.

– Alors, Dixon, est-ce que par hasard tu saurais à quoi s'amusent les gens dans le coin ?

Je tente de garder mon sang-froid et lui souris :

– Tu as déjà bien regardé autour de toi, n'est-ce pas ? On ne s'amuse pas vraiment dans une pièce remplie de médecins.

Elle sourit largement, révélant une dentition parfaite.

– Et si on allait plutôt s'amuser tous les deux ? suggère-t-elle en trempant son doigt dans le scotch et en étalant le liquide sur sa lèvre inférieure.

Oh, mon Dieu. Rien n'arrête cette croqueuse d'hommes. Elle va droit au but, en moins de soixante secondes. Je suis épaté. Dommage qu'elle soit totalement inintéressante pour moi.

– Je te remercie de ta proposition très alléchante, dis-je en prenant mon verre, mais je vais devoir la décliner.

– Pardon ? Au cas où ce n'était pas assez clair, je te propose de me baiser. Gratuitement.

Gratuitement ? Est-elle une call-girl ? Impossible que Chad ait amené une prostituée à un tel événement.

Je reste calme et j'opine du chef.

– Mais tout est bien clair. Par contre, je ne pense pas que ton mari apprécierait que je batifole avec sa femme.

Cela la fait rire. Elle se penche alors vers moi et susurre à mon oreille :

– Chad n'est pas mon mari… pour l'instant. Et puis, le vioque sera déjà en train de roupiller à onze heures. J'ai besoin d'un homme, un vrai, pour satisfaire mes besoins. Pas d'un papi qui marche au Viagra.

Eh bien, Rebecca ne mâche pas ses mots. Elle est visiblement avec Chad pour son argent, il en a plein les poches. C'est un homme bien éduqué et brillant. Cela prouve que même les hommes les plus intelligents finissent par céder à l'attrait du sexe facile.

Je me sens désormais moins coupable.

– Allez, juste une pipe, propose-t-elle comme si nous étions en train de parler de sport.

– Encore une fois, je te remercie, mais c'est non.

– Tu es gay ou quoi ? rétorque-t-elle la main sur les hanches, refusant de croire qu'elle peut prendre un râteau d'un homme hétérosexuel.

Je souris avec arrogance et secoue la tête.

– Non, je suis bien hétéro, ma belle. Je n'ai juste pas la moindre envie de coucher avec toi. J'ai déjà eu affaire à des filles de ton genre, depuis trop longtemps. En ce moment, je suis en phase de désintox.

– Je n'y crois pas une seule seconde. On m'a dit que tu étais un chaud lapin.

Son dernier commentaire me fait me rapprocher d'elle, inquiet que quelqu'un entende ce qu'elle vient de dire.

– Je te demande pardon ? Qui t'a dit ça ? demandé-je en me reculant, ensuite, horrifié.

Rebecca scrute la salle à la recherche du coupable.

– Elle, là-bas ! s'exclame-t-elle en pointant quelqu'un du doigt par-dessus mon épaule.

Je me retourne rapidement, sans chercher à cacher mon affolement. Dès que je l'aperçois, je me maudis de ne pas avoir deviné plus tôt qui c'était.

– Elle m'a dit que tu aimes le sexe brutal.

Je fais la grimace en l'écoutant débiter ces paroles qui me reviennent en pleine figure comme un boomerang.

– Je te prie de m'excuser, dis-je, les yeux rivés sur Juliet, de l'autre côté de la pièce.

Elle me salue de la main en sirotant son champagne.

– Par contre, c'est moi la première, dit Rebecca en me saisissant le bras lorsque je la quitte.

Je m'arrache discrètement à son étreinte, ne voulant pas faire de scandale.

– Personne ne passera en premier, ni en dernier. Je ne sais pas ce que t'a raconté Juliet, mais je t'assure que ce ne sont que des mensonges.

– Juliet ? Elle m'a dit qu'elle s'appelait Beth.

– Voilà, tu vois ? Elle a menti sur son nom et quoi d'autre, à ton avis ?

Je ne reste pas une seconde de plus pour écouter sa réponse : je me fraie un chemin parmi la foule et me rue aux côtés de Juliet en un temps record.

– Docteur Mathews ? murmure-t-elle en esquissant un sourire diabolique.

– Je peux te parler une seconde ?

Elle ne résiste pas et me suit. Je la tire à l'extérieur, sur le balcon où quelques personnes sont en train de fumer, mais elles sont trop saoules ou trop prises par leur conversation pour se rendre compte que je lui parle très sèchement et que je suis à deux doigts de la jeter par-dessus la rambarde.

– Qu'est-ce que tu fais là ?

Je lâche son bras sans délicatesse.

– Je suis là parce que tu m'as invitée à venir, répond-elle en lissant sa robe de soirée dorée.

– Tu sais bien que j'ai annulé cette invitation. Tu dois partir maintenant, dis-je, la mâchoire contractée.

– Chéri, qu'est-ce qui se passe ? a-t-elle le cran de me demander.

Puis elle passe son bras autour de mon cou pour m'attirer contre elle.

Je reste impassible et la repousse. Elle a complètement perdu la tête.

– Juliet, je ne sais pas à quoi tu joues. Je t'ordonne de partir immédiatement. Mes confrères se trouvent ici. Tu ne peux pas rester, et surtout, je t'interdis de répandre des rumeurs nauséabondes à mon propos.

– Des rumeurs ? Pour qu'il y ait des rumeurs, il faut qu'il y ait des histoires fausses. Mais tous les deux, nous savons bien ce que tu mijotes. Ce que j'ai dit à ta petite admiratrice est un fait avéré.

Je compte dans ma tête jusqu'à cinq et je lui lance un sourire méprisant.

– Bon, qu'est-ce que tu veux ?

Juliet s'esclaffe. Ce rire qui avant me faisait sourire me donne maintenant envie de vomir.

– Je veux que les choses redeviennent comme avant. Je n'attends pas de toi que tu t'engages, Dixon. Je veux simplement que tu me traites comme tu le faisais auparavant, dévoile-t-elle en faisant un pas en avant et elle pose sa main sur mon sexe. Tu me manques. Personne ne parvient à me faire jouir comme toi.

– Bon sang !

Je regarde à droite et à gauche pour vérifier que personne ne nous a surpris.

Juliet esquisse un sourire narquois. Je sais qu'elle a le pouvoir de me détruire. Mais je n'accepterai jamais ce qu'elle propose. Je préfère que ma perversion soit révélée plutôt que de céder à son chantage.

– Non, dis-je fermement.

– Pourquoi non ? Tu t'es fiancé ou quoi depuis que je ne suis plus là ?

Son commentaire m'invite à lui répondre franchement.

– Oui, j'ai rencontré quelqu'un, j'avoue.

Juliet devient toute pâle.

– Qui c'est ? Ta copine de soirées pyjama ?

– Quelqu'un que tu ne rencontreras jamais, dis-je en prenant beaucoup de plaisir à la voir bouillir de rage.

– Je le savais. Comment elle s'appelle ? Je veux connaître le nom de mon ennemie.

– Madison.

Le visage de Juliet se ferme. Instinctivement, je me protège les parties, craignant qu'elle me frappe.

– Eh bien, bon courage. Toutes les Madison que je connais sont chiantes à en mourir, dit-elle amèrement. Alors je prendrai peut-être rendez-vous avec toi un de ces jours, histoire qu'on se rappelle le bon vieux temps.

– Non, réponds-je en espérant qu'elle parte enfin, car sa présence ici est dangereuse.

Et si Madison avait prévu d'assister au dîner de ce soir avec Max ? Et si elle m'avait vu avec Juliet ? Elle aurait tout de suite compris qu'il se passe quelque chose. Je ne veux plus jamais être vu en présence de Juliet.

– J'ai été complètement cinglé de coucher avec quelqu'un comme toi. J'étais pour que les choses se terminent bien et que nous restions en bons termes mais le fait que tu te pointes ici est tout à fait inacceptable.

Juliet recule, blessée. C'est la deuxième fois que je vois Juliet sous un jour presque humain et j'entends bien m'en servir contre elle.

– Tu n'étais qu'un plan cul, Juliet – un plan cul que je regrette sincèrement. S'il te reste encore un peu d'amour propre, tu devrais te contenter de quitter les lieux, la tête haute, et de me foutre la paix. Ne m'appelle plus, ne m'écris plus et surtout, ne débarque plus sans prévenir. Compris ? C'est fini entre nous.

Sa confiance en elle s'évapore à vue d'œil. Son assurance se transforme en fureur.

– Tu verras, tu reviendras en rampant vers moi un jour, et tu devras me supplier de t'accorder une seconde chance.

– Non, ça n'arrivera pas. Au revoir, Juliet. J'espère vraiment que nos chemins ne se croiseront plus jamais.

Pour une fois, Juliet Harte reste sans voix et je n'oublierai jamais cette image.

CHAPITRE 28
PEUT-ÊTRE DANS UNE AUTRE VIE

Dixon

Faire un golf un samedi matin *est* tout aussi prétentieux que ça en a l'air, mais c'est ma seule chance de pouvoir discuter avec Chad et devenir plus proche de lui en poussant une petite balle dans un trou. Néanmoins, après ma soirée d'hier, je n'avais aucune envie de penser à des balles ni à des trous.

Je décide donc de rester loin de Rebecca, la croqueuse d'hommes, et de jouer la partie de golf la plus rapide de l'histoire.

Malheureusement, ce projet tombe vite à l'eau car cette dernière a en fait envie d'apprendre à jouer. Un parcours de dix-huit trous ne m'a jamais semblé aussi épouvantable.

Par chance, elle est à présent partie se changer à l'étage et sans doute qu'elle est en train de se taper le caddy. Ses mœurs légères me permettent enfin d'être seul avec Chad. Nous n'avons pas encore eu l'occasion de parler boutique, mais depuis que le piranha est parti, c'est bon.

Nous sommes installés dans le restaurant du club de golf, entourés de riches snobinards qui ont bien trop de temps et d'argent. Si je n'étais pas si curieux et s'il n'y avait pas le scotch, je serais dans ma chambre à regarder ESPN.

– Dixon, j'ai beaucoup réfléchi à tes recherches.

Je hoche la tête en prenant une bouchée de mon sandwich.

– Dès que tu auras terminé, je serais très honoré de les présenter aux membres du Conseil en ton nom, et peut-être que je pourrais les inciter à soutenir tes découvertes. Leur soutien pourrait t'ouvrir beaucoup de portes. Tu n'aurais plus à travailler uniquement dans ton cabinet, tu pourrais aussi enseigner, être reconnu par tes pairs. C'est toujours un plus sur le CV d'être appuyé par le Conseil. Je sais que tu as travaillé dur pour en arriver là, et ce que je te propose pourrait te faire passer du rang d'amateur au rang de pro en quelques mois. L'année prochaine – il se rapproche de moi, pour me confier à l'oreille – c'est ton nom qui sera appelé sur scène pour le prix.

Chad est le diable, et je suis prêt à lui vendre mon âme.

– Merci Chad. Je suis vraiment touché par ta confiance. Ta proposition me laisse sans voix, c'est même trop. Mais je serais stupide de ne pas accepter. Encore merci, dis-je en tentant de rester calme.

Chad fait un geste de la main pour signifier que cela ne le dérange pas.

– Tu le mérites, Docteur Mathews. Tu ne le dois qu'à toi-même. Tu peux être fier de toi.

Je souris car ce qu'il vient de dire me touche vraiment.

– Quoi qu'il arrive, j'apprécie vraiment tout ce que tu fais pour moi. S'il y a quoi que ce soit que je puisse faire pour te rendre la pareille, fais-le-moi savoir.

– J'y penserai, répond-il en riant puis il prend une gorgée d'eau.

Malheureusement, notre agréable conversation est interrompue par l'arrivée de Rebecca.

– Je vous ai manqué, les mecs ? demande-t-elle, et je me contente de hocher la tête avec flegme.

– Toujours ! s'exclame Chad.

– Mon canard, ton téléphone n'a pas arrêté de sonner quand j'étais à l'étage. Je ne l'ai pas redescendu, car je me doutais bien que vous étiez en train de discuter de choses importantes.

– Je me demande qui cela peut bien être. Tous mes collègues sont ici ou bien ils savent que je ne suis pas disponible de la semaine.

– Peut-être que c'est ton ex-femme ? dit Rebecca en ricanant, les sourcils haussés d'un air provocant.

– Écoute, chérie, rétorque-t-il mais Rebecca le fait taire en ouvrant son miroir de poche pour se remettre une couche de rouge à lèvres.

Chad soupire et me dévisage comme pour me demander de lui venir en aide mais je me contente de hausser les épaules. C'est son problème.

– Je vais voir qui c'est, dit-il après un long silence. Je reviens dans quelques minutes.

Avant que je n'aie le temps de lui hurler : « Laisse-moi venir avec toi ! », le voilà parti, me laissant seul avec la croqueuse de diamants.

Dès qu'il disparaît, elle se rapproche de moi et caresse mon bras du doigt.

– Alors… ?

– Alors…

Je l'imite en repoussant mon bras, car je suis entouré de confrères.

– Tu as réfléchi à ma proposition ? demande-t-elle, pas découragée le moins du monde par mon refus de la veille.

– C'est tout vu. La réponse est non, et ce sera toujours non.

Lorsqu'elle tente de toucher ma jambe sous la table, j'agrippe son poignet et repousse sa main.

– Arrête, Rebecca. Je ne suis pas intéressé. Tu es la fiancée de mon ami Chad, quelqu'un que je respecte. Ton comportement est vraiment inacceptable.

– Si tu ne couches pas avec moi, je dirai à Chad que tu as essayé de le faire.

Je me recule, abasourdi.

– Tu n'es pas sérieuse, là ? dis-je en secouant la tête, mais je savais bien qu'elle utiliserait cette tactique à un moment ou un autre.

– Si, je suis très sérieuse, affirme-t-elle en écarquillant ses yeux gris. Je veux une nuit avec toi, puis je te laisserai tranquille. Si tu refuses, à mon avis Chad ne sera plus aussi enthousiaste à vouloir t'aider.

– C'est du chantage.

– Non, c'est juste une fille qui fait tout pour obtenir ce qu'elle veut. Et c'est toi que je veux.

Elle pose sa main sur mon sexe, juste pour bien préciser ce qu'elle cherche exactement.

– Beth m'a tout raconté sur toi et je veux y goûter moi aussi.

Il est hors de question que je fasse cela. C'est mal. Bon, d'accord, j'ai fait des choses bien plus moches dans le passé, « Shamu » étant la pire, mais là, son comportement est atroce et indécent.

Je repousse sa main et crache :

– Tu ne pourrais pas être plus discrète ?

Je souris au couple d'à côté qui nous lance des regards bizarres.

– J'obtiens toujours ce que je veux dans la vie. Et je veux que tu me baises.

– Quoi ? Le caddy ne t'a pas suffi ?

Rebecca semble étonnée de voir que j'ai repéré son petit manège. J'ai été avec des filles de son genre depuis trop longtemps. Oui, je suis, ou plutôt *j'étais*, son genre.

Cette femme en chaleur me met au pied du mur, mais je refuse qu'on me fasse du chantage ainsi.

– La réponse est non.

Rebecca fronce les sourcils.

– Tu n'as pas vraiment le choix. Soit tu me baises, soit ta carrière est ruinée. C'est facile.

– Tu ne sembles pas réaliser que même si je couche avec toi, ma carrière sera ruinée. Le monde est petit. Mes actions reviendront me hanter, dis-je en espérant lui faire entendre raison, si tant est qu'elle en soit pourvue. Dans tous les cas, je me retrouve dans la merde. Je préfère toujours coucher avec quelqu'un de façon consentie, sans qu'on me force la main.

– Tu es un curé, ou quoi ? aboie-t-elle en balayant ma demande. Je te demande de me baiser, sans nous engager à rien, et tu me dis non. Tu te préserves pour quelqu'un d'autre ?

Elle se rapproche beaucoup de la vérité, ce qui m'agace. Avant même d'avoir le temps de répondre, une paire de bras s'enroule autour de mon cou et des lèvres embrassent ma joue.

– Chéri, tu m'as manqué.

Je me retourne prestement, me cognant presque la tête contre la personne qui se trouve à mes côtés. Elle se recule juste à temps.

– Madison !

Je la regarde, bouche bée, je suis totalement abasourdi. Heu… Salut ? Elle comprend ma confusion et me sourit.

– Désolée, je suis en retard, il y a eu tellement d'embouteillages.

Elle tire une chaise et s'assied à mes côtés.

– Ne t'inquiète pas. Je suis tellement content que tu sois arrivée, dis-je toujours ahuri de la tournure que prennent les évènements.

– Moi aussi, répond-elle avant de se pencher et de saisir le col de mon polo pour poser ses lèvres contre les miennes.

Je ne bouge plus, ne sachant plus quoi faire. Mais lorsque la langue de Madison s'immisce contre mes lèvres, j'entrouvre la bouche, ravi de la suivre sur ce chemin. Nous nous embrassons passionnément et, bientôt, c'est moi qui pousse sur sa nuque pour l'attirer davantage contre mes lèvres. Elle m'a tellement manqué, l'embrasser me donne l'impression de me retrouver en terre familière.

Le petit bruit qu'elle laisse échapper lorsque je mords sa lèvre inférieure me fait relâcher mon étreinte à regret. Une minute de plus de cette folie et je me retrouve à dégager tout ce qui se trouve sur la table pour l'y allonger.

– Tu es tellement belle, dis-je, les sens en ébullition.

Madison jette un coup d'œil sur sa tenue se composant d'un mini short en jean, d'un débardeur rouge et de converses. Elle me sourit.

– Merci, toi aussi, répond-elle vivement.

Elle fait la moue en dévisageant mon accoutrement guindé, constitué d'un polo et d'un pantalon chic beige.

Il fallait que je porte quelque chose de présentable sur le cours de golf. Finalement, j'ai l'air d'un crétin.

J'avais complètement oublié la présence de Rebecca, jusqu'à ce que, visiblement irritée, elle s'éclaircisse la gorge.

– C'est ta copine ? demande-t-elle d'un ton déplaisant.

Alors je lève les yeux vers Madison, sans trop savoir si elle approuve ce mensonge.

Pourtant, Madison répond à ma place en se baissant pour pouvoir regarder la sorcière dans les yeux.

– Bien sûr, je suis sa copine, dit-elle en se blottissant contre moi.

– Oui, comme tu peux le voir.

Je confirme en l'embrassant sur la joue avec gratitude.

– Eh bien ça explique tout, dit Rebecca sur un ton suffisant, satisfaite de penser que mon refus est dû au fait que je suis avec quelqu'un, et non pas parce qu'elle ne m'attire pas.

Seulement, une horrible pensée vient me trotter dans la tête : et si Rebecca mentionnait Juliet ? La situation pourrait vite se retourner contre moi.

Mais, heureusement, Madison remplit les blancs :

– Je te remercie de lui avoir tenu compagnie.

– Tout le plaisir était pour moi, répond-elle avec sarcasme en pianotant des ongles sur la table.

– J'adore ta couleur de cheveux. Ça te va vraiment très bien, dit Madison de manière inattendue.

Je ne sais pas si elle le pense vraiment, car elle ressemble à un raton laveur avec ses cheveux teints de deux couleurs différentes.

Je garde cependant le silence, me contentant de hocher la tête puisque je ne comprends visiblement pas le langage des femmes.

– Oh, merci ! dit Rebecca en retrouvant le sourire. J'ai fait cette couleur pour le week-end. J'avais besoin de quelque chose qui égayerait mon séjour ici.

Madison glousse en posant la main sur sa bouche.

– Je vois tout à fait ce que tu veux dire.

J'observe la situation, bouche bée, sans comprendre. Le simple fait que Rebecca ait arrêté de prononcer les mots « baise-moi » ou « pipe » est un grand soulagement, donc je ne vais certainement pas remettre en question la stratégie de Madison.

– Désolé d'avoir mis autant de temps, s'excuse Chad en prenant à nouveau place à notre table.

Il dévisage Madison, souriante, toujours dans mes bras.

– Oh ! Je n'avais pas réalisé que tu étais venu accompagné, Dixon. J'avais cru comprendre qu'elle s'était désistée à la dernière minute.

Je me fige sur place, inquiet de la réaction de Madison, qui découvre que j'avais l'intention d'amener quelqu'un d'autre à cet événement – la personne que j'ai quittée pour elle – alors qu'elle s'y trouve aussi et qu'au passage, elle me sauve la mise.

Je jette un coup d'œil à Rebecca qui me regarde avec arrogance. On dirait bien que pour le moment, mon secret est protégé.

Mais Madison n'hésite pas un instant et ajoute :

–Vous savez, nous, les femmes, nous aimons surprendre nos hommes.

Elle fait un clin d'œil à Rebecca qui acquiesce en retour.

– C'est bien vrai, dit-elle en regardant Chad avec un sourire espiègle.

Il fond sur place et la regarde amoureusement tandis que j'embrasse Madison dans le cou et lui susurre :

– Merci.

Elle hoche discrètement la tête et accepte ma caresse, à mon grand étonnement.

–Je suis Chad, et voici Rebecca, ma belle fiancée.

– C'est un plaisir de faire votre connaissance, répond Madison. Waouh, regardez-moi cette bague ! Je peux la voir ? ajoute-t-elle.

Rebecca exhibe alors fièrement sa main.

– C'est une très belle bague, Rebecca. Tu vas être une mariée magnifique.

Chad et Rebecca sourient de toutes leurs dents en entendant les compliments de Madison, tandis que moi, j'observe l'échange, stupéfait de voir que la tension s'est si rapidement apaisée et que je n'ai plus l'impression de devoir me protéger les bijoux de famille. Grâce à Madison, ma carrière et ma petite personne sont encore en sécurité.

– Oui, elle sera la plus belle, acquiesce Chad. Maintenant, si vous voulez bien nous excuser, ajoute-t-il et Rebecca le regarde avec un sourire en coin.

– À plus tard, dit-elle en se levant.

Je dois me forcer à ne pas vomir en réalisant qu'ils vont forcément dans leur chambre pour faire des cochonneries.

– À ce soir, dit Chad en passant son bras autour de la taille de Rebecca.

– Ce soir ?

J'ai perdu le fil de mes pensées dans le parfum vanillé de Madison.

– Oui, pour la cérémonie.

– Oh, bien sûr.

– Nous pouvons vous retrouver dans le hall, vers dix-neuf heures ? propose-t-il et je ne manque pas de remarquer qu'il utilise le mot « vous ».

Madison en a déjà fait assez pour moi en me sauvant des griffes de Rebecca. Je ne peux certainement pas lui demander de continuer cette mascarade tout au long de la soirée, non ?

Chad et Rebecca me fixent et attendent ma réponse. Alors que je suis sur le point d'inventer une excuse expliquant pourquoi Madison ne peut pas venir, cette dernière leur dit :

– D'accord, nous avons hâte !

Je me tourne pour la dévisager rapidement et elle me regarde avec un petit sourire qui étire doucement ses lèvres.

– Parfait, alors à dix-neuf heures, je dis sans quitter Madison des yeux.

– Super, à plus tard.

Ils disparaissent tous les deux, nous entendons le rire de Rebecca au loin.

Je laisse alors échapper l'air bloqué dans mes poumons.

Maintenant que nous sommes seuls, Madison a l'air de regretter d'être venue à ma rescousse. Je ne lui en veux pas, j'ai été un vrai salaud avec elle.

Je me sens soudain pris de nausée.

– Je suis désolé, Madison, dis-je et lorsqu'elle ouvre la bouche pour parler, je place un doigt sur ses lèvres pour lui demander de se taire. Laisse-moi terminer.

Elle hoche la tête et son regard se radoucit lorsque je retire mon doigt.

– L'autre jour, j'ai dépassé les bornes. Je me suis comporté comme un vrai connard et… je tiens vraiment à m'excuser.

Mais ce n'est pas qu'à cause de l'autre jour que je dois lui demander pardon.

– Je suis vraiment désolé pour tout. J'aurais dû t'appeler et prendre de tes nouvelles, mais je me suis dit que tu avais été très claire sur le fait que tu ne voulais plus jamais me revoir.

Elle baisse les yeux. J'ai visiblement touché un point sensible, mais elle ne parle toujours pas.

– Je suis désolé de t'avoir fait du mal. Je n'avais vraiment pas l'intention de te mettre dans l'embarras ou de t'effrayer. Si je pouvais revenir en arrière et changer ce qui s'est passé cette nuit-là, je le ferais.

Ma confession a visiblement touché là où ça fait mal, car Madison lève son regard sur moi des yeux pleins de larmes.

– Tu regrettes ? murmure-t-elle, les lèvres tremblantes.

– Non ! réponds-je immédiatement car je ne souhaite pas la faire fuir. Je ne regrette pas une seule seconde passée avec toi, surtout pas cette nuit-là, dis-je en caressant sa joue du bout des doigts.

Je ne sais pas d'où sort cet élan de franchise mais je décide de continuer car cela me fait tellement de bien.

Elle accueille ma caresse avec bienveillance et le mâle en moi rugit de fierté.

– Je sais que des fantômes de ton passé te hantent toujours, nous en avons tous. Mais tant que tu ne parviendras pas à les surmonter, je pense qu'il vaut mieux que nous ne nous voyions plus après ce week-end.

Madison fronce les sourcils.

– Merci de me présenter tes excuses, effectivement, tu t'es comporté comme un vrai connard avec moi. À la base, j'étais d'ailleurs venue ici pour te dire tes quatre vérités. Tu as été affreux avec moi, Dixon, affirme-t-elle alors que je me sens déjà encore plus coupable qu'avant. Mais moi aussi j'ai été dure avec toi. Je tiens également à te demander pardon.

– Non, tu n'as pas à t'excuser, dis-je en secouant la tête.

Mais Madison insiste :

– Bien sûr que si. Tu es loin d'être une erreur, ça n'a jamais été le cas. Je suis désolée de t'avoir dit une chose aussi cruelle. Mais tu avais raison. J'ai un passé vraiment horrible et j'essaie de m'en dépêtrer. Je suis vraiment désolée de ne pas avoir réussi à le faire avant de t'avoir rencontré. Peut-être que nous pouvons rester amis ? En fait… tu m'as manqué ce mois-ci…

Bien que cette idée me séduise, je vois bien en la regardant, en la touchant et en étant près d'elle que je ne peux pas être juste son ami. Nous n'avons jamais été simplement amis. Après avoir goûté à elle, j'en veux plus. N'être que son ami finira par me rendre fou.

Elle déchiffre facilement l'expression sur mon visage et acquiesce.

– J'ai pigé, ça n'arrivera pas.

– Je suis désolé, Madison. Mais nous n'avons jamais été de simples amis. Dès le départ il y a eu quelque chose de plus entre nous. J'en voudrai toujours plus. C'est donc tout ou rien. J'en ai assez de jouer, dis-je en observant les larmes couler sur son visage. J'aurais dû te le dire avant, mais je ne m'étais pas rendu compte que je voulais aller plus loin avec toi, jusqu'à ce que tu me laisses tomber. Je suis aussi paumé que toi dans la vie, avoué-je en ricanant bêtement.

– J'en doute fortement, répond-elle en reniflant. Je t'ai dit la vérité ce soir-là : ce n'est pas toi, c'est moi.

Incapable de me retenir, je pose ma main sur sa nuque et rapproche nos fronts jusqu'à ce qu'ils se touchent.

– Dans cette situation, chacun de nous a ses torts. Peut-être que ça aurait pu marcher dans une autre vie, *il mio angelo* ?

Madison halète, sa respiration vient me chatouiller les joues.

– Peut-être, répond-elle sans grande conviction.

– Je te remercie de m'avoir aidé aujourd'hui. Je te revaudrai ça.

Je recule et tente de détendre l'atmosphère.

Madison renifle et esquisse un sourire triste.

– Disons que c'est moi qui te rendais la pareille. Tu m'as aidée plus d'une fois, il est normal que je le fasse à mon tour.

– Tu ne me dois rien.

– Je sais, mais je veux faire ça pour toi. Je voyais combien tu étais mal à l'aise et je ne pouvais pas rester plantée là sans te venir en aide. Même si tu t'es très mal comporté avec moi l'autre jour, je n'arrive pas à t'en vouloir. J'ai essayé pourtant, admet-elle timidement. C'est donc la moindre des choses. Je suis désolée Dixon, je n'aurais jamais dû t'embrasser. Tu m'avais prévenue que je ne pourrais plus faire marche arrière. Et je n'en ai pas envie, mais…

– Je comprends. Dans une autre vie, sans doute…

– Peut-être dans une autre vie, répète-t-elle en hochant la tête d'un air triste. Ce soir, je serai à tes côtés comme la parfaite petite amie, je te le promets, mais dès que c'est fini, alors nous nous dirons… au revoir ?

– Laissons d'abord la soirée se dérouler.

Je ne veux pas être celui qui prend cette décision.

– D'accord, acquiesce-t-elle en s'essuyant les yeux. Alors, il faut que je trouve une tenue pour ce soir. Je n'ai pas pris beaucoup de choses avec moi, donc je vais dès à présent tenter de dénicher quelque chose de présentable.

Elle fait un mouvement pour se relever, mais je l'arrête en plaçant ma main sur son avant-bras. Elle me dévisage et je sais alors qu'elle ressent la même chose.

J'ignore cependant les étincelles qui nous traversent en permanence et lui dis :

– Laisse-moi m'en occuper.

Madison lève les sourcils, déconcertée et je lui souris.

– S'il te plaît, laisse-moi faire ça pour toi.

Elle comprend ce que je veux dire et hoche la tête.

– D'accord, j'attendrai dans ma chambre. C'est la 235.

– Parfait. Je te retrouve dans le hall à dix-neuf heures ?

– On se retrouve à dix-neuf heures, répond-elle en se relevant. À plus tard.

– À plus tard.

CHAPITRE 29
MA PRINCESSE

Madison

Après avoir fait tous les efforts possibles et imaginables pour détester Dixon, en vain, j'ai dû me rendre à l'évidence que je devais essayer de le confronter. Cette boule que j'avais au ventre allait finir par me rendre malade. J'en avais assez de m'en prendre à lui uniquement dans ma tête, la seule solution était d'aller le voir et de lui dire les choses en face.

C'était facile de faire semblant d'être sa copine. Si je n'étais pas aussi perturbée sur le plan émotionnel, je n'aurais pas à faire semblant car nous serions vraiment ensemble.

Dès que je serai de retour à New York, j'ai vraiment l'intention d'affronter mes démons, et de ne plus les fuir. C'est après avoir revu Dixon que je semble enfin m'en sentir capable. Quoi qu'il en soit, je suis contente d'avoir enfin le courage de faire ce qu'il faut. Mes peurs donnent des forces à mes agresseurs et j'en ai assez de les laisser vivre dans la lumière alors que je suis confinée dans le noir.

Quand j'aurai trouvé l'apaisement, et si Dixon veut encore de moi, l'heure d'être ensemble aura enfin sonné. En attendant, je dois m'efforcer de devenir une personne plus forte, celle que j'ai toujours souhaité être.

Ou alors, comme il l'a dit, peut-être que nous étions censés nous rencontrer dans une autre vie…

Mais une chose après l'autre. D'abord il faut que je survive à cette soirée.

Dixon n'a pas précisé ce qu'il entendait exactement par « Laisse-moi m'en occuper ». Je n'ai pas voulu le contredire parce que nous tentons tous les deux d'arranger les choses malgré tous les problèmes que nous avons vécus. Ces petites attentions que nous avons l'un pour l'autre sont le premier pas dans cette direction.

Quand quelqu'un frappe à ma porte sur les coups de seize heures, je suis tout excitée. Je vole littéralement jusqu'à la porte. J'ouvre et le concierge de l'hôtel me salue. Il me tend une grande housse à vêtements noire.

– Avec les compliments du Docteur Mathews.

– Merci, dis-je en fouillant dans mes poches pour trouver de quoi lui donner un pourboire.

– Ce n'est pas la peine, Mademoiselle. Le Docteur Mathews s'en est déjà chargé. Passez une bonne soirée.

Je hoche la tête et referme vite la porte, impatiente de découvrir ce qu'il y a dans la housse. Dès que je l'ouvre, j'ai le souffle coupé. J'ai devant moi la robe de cocktail la plus belle que j'ai jamais vue : une robe de soirée en soie, couleur bleu roi.

Lorsque je la sors délicatement, je découvre que la robe est composée, au niveau de la taille, d'un tissu différent, ajouré et qu'elle est décorée de sequins bleus, empêchant d'exposer complètement mon ventre. C'est une robe pailletée longue et ajustée. Je sais que lorsque je l'enfilerai, elle flottera élégamment autour de moi. Le décolleté est en forme de cœur, assez plongeant. Je sais très bien que c'est la raison pour laquelle Dixon l'a choisie.

Je dépose précautionneusement la robe sur mon lit et je me mets en quête de chaussures assorties. Je fouille dans ma valise et trouve seulement une paire de talons noirs que j'avais prévue de porter pour la soirée. Ils feront l'affaire car je n'ai rien d'autre à me mettre.

J'entends à nouveau quelqu'un frapper à la porte, et je me demande qui cela peut bien être. J'ai dit à Max que j'accompagnerai Dixon ce soir. Après avoir été témoin de notre accrochage, il en a conclu que nous nous connaissions et il a trouvé que c'était une bonne chose que nous décidions de régler nos problèmes.

J'ouvre la porte et me retrouve à nouveau nez à nez avec le même concierge.

– Bonjour Mademoiselle. Encore une fois, ceci est de la part du Docteur Mathews.

Il me tend à nouveau un grand sac en papier.

J'accepte, ébahie car je ne m'attendais pas à un autre cadeau. D'après le nom du créateur sur le sac, il s'agit à nouveau d'un cadeau *très cher*, auquel je ne m'attendais pas.

Une fois que j'ai repris mes esprits, je me dépêche de mettre la main dans ma poche pour un pourboire mais le concierge refuse.

– Le Docteur Mathews est un homme très généreux, dit-il en souriant avant de tirer son chapeau et de s'éloigner.

Je reste debout, sans pouvoir dire un mot, mais je me reprends et referme la porte derrière moi. Je place le sac sur le bureau et l'ouvre à la hâte pour en sortir une boîte à chaussures et une boîte rectangulaire plus petite. J'ouvre la boîte à chaussures, retire le papier blanc et découvre une paire de talons hauts à lanière argentée. Ils sont tout simplement magnifiques et, bien que le talon soit vraiment haut, je m'aperçois qu'ils sont parfaitement assortis à la robe.

J'en oublie presque l'autre boîte, car avec la robe et les chaussures, c'est déjà beaucoup trop. Mais je l'ouvre et je confirme l'appréciation du concierge : le Docteur Mathews est un homme vraiment *très* généreux. La petite pochette argentée que renferme la boîte va parfaitement avec les chaussures. Ces accessoires mettront en valeur l'élégance de la robe.

Je regarde l'heure et décide de prendre une douche puis de me préparer. Cependant, mes projets sont interrompus par de nouveaux coups sur la porte. J'ouvre en n'ayant aucune idée de la personne qui peut bien se trouver derrière.

– Re-bonjour Mademoiselle, dit le concierge en souriant. C'est encore pour vous – il me tend un petit sachet –, de la part du…

– Docteur Mathews, dis-je en complétant sa phrase et il acquiesce. Là c'est vraiment trop !

– Il m'a dit que vous diriez exactement cela. Alors, au cas où il vous viendrait à l'idée de les refuser, le Docteur Mathews me fait dire que les articles ne sont pas remboursables, dit le concierge en se mettant à rire.

Je ne peux m'empêcher de rire à mon tour en lui demandant :

– Est-ce le dernier cadeau ?

Je ne peux vraiment pas en accepter davantage. C'est vraiment trop.

Le concierge esquisse un sourire en coin.

– Il a également prédit que vous demanderiez cela.

Il tire son chapeau en guise d'au revoir et repart.

– Hé ! Vous n'avez pas répondu à ma question, mais il continue son chemin en m'ignorant, sans doute que le Docteur Mathews a prédit que je dirais ça aussi.

Je referme la porte derrière moi et, comme pour les chaussures, je place le sachet sur le bureau et en tire un écrin en velours bleu. Je caresse des doigts la douceur du tissu avant de l'ouvrir nerveusement. Il faut légèrement forcer la boîte pour l'ouvrir. Dès que je découvre ce qui se cache à l'intérieur, j'ai le souffle coupé. Je couvre ma bouche d'une main tremblante, car ce que j'ai sous les yeux est bien trop excessif.

Un collier de diamants à double chaîne chatoie sous la lumière, avec, au milieu, un énorme saphir entouré de diamants. Au-dessus du collier repose une paire de boucles d'oreilles composées d'un saphir qui brille, comme seules les vraies pierres précieuses le font.

C'est vraiment les plus beaux bijoux que je n'ai jamais vus. J'attrape vite mon téléphone et envoie un message à celui que je ne pensais plus jamais revoir de ma vie.

C'est vraiment trop. Mais merci, j'adore.

Je reçois immédiatement la réponse.

Rien que la crème de la crème pour ma princesse.

J'aimerais tellement l'être pour de vrai.

CHAPITRE 30
APPRENDRE À DANSER SOUS LA PLUIE

Madison

Il est maintenant 19h02 et je m'active dans ma chambre, garnissant ma pochette des seules choses indispensables pour la soirée. Une fois mon rouge à lèvres, mon parfum, ma carte d'identité, un peu de liquide et la clef de ma chambre rassemblés, je suis prête à partir. Je dois être attentive à chacun de mes pas en me dirigeant vers l'ascenseur, car ces talons sont beaucoup plus hauts que ceux que j'ai l'habitude de porter. Cela en vaut malgré tout la peine : je me sens comme Cendrillon dans ses pantoufles de vair.

Après avoir appuyé sur le bouton de l'ascenseur, je prends un instant pour m'observer dans le miroir qui se trouve derrière moi, afin d'être sûre que tout soit parfait. J'ai ondulé mes cheveux et je les ai ramenés sur le côté en les fixant avec une barrette ornée de pierres précieuses, si bien que les boucles effleurent mes épaules. Mon maquillage est simple, ma tenue et mes bijoux sont déjà très élégants. J'aime ce que je vois.

Un seul hic : mes pupilles dilatées et ma respiration saccadée qui montrent à quel point je suis stressée.

Quand l'ascenseur sonne pour annoncer mon arrivée au rez-de-chaussée, je fais mon premier pas vers… l'inconnu. Puis je passe nerveusement ma main sur ma robe pour la lisser et implore mon cœur de ralentir la cadence. Je rassemble le peu de courage qu'il me reste et tourne au coin du couloir avant de retrouver mon prince charmant.

Dès que nos yeux se croisent, je ressens l'intense décharge électrique qui va-et-vient entre nous, mais je fais comme si de rien n'était et me concentre pour ne pas tomber en marchant vers lui. Il est si sexy dans son smoking simple mais élégant qui met en valeur son corps musclé et sa taille de géant. Ses cheveux coiffés-décoiffés mettent en valeur sa légère barbe de trois jours, et ses splendides yeux bleus m'hypnotisent quand ils parcourent mon corps de haut en bas.

– J'étais persuadé qu'il y aurait plus de tissu lorsque j'ai choisi cette robe, dit-il lorsque j'arrive à sa hauteur et qu'il lève son regard malicieux vers mon visage.

– Tu as très bon goût

J'essaie d'ignorer son odeur lorsque je me hisse sur la pointe des pieds pour l'embrasser.

Dixon passe ses bras autour de ma taille et m'attire contre lui.

– Puis-je t'offrir ma veste ?

– Pourquoi ?

Je suis un peu essoufflée car il se met à caresser ma joue puis mon cou du bout du nez.

– Comme ça je ne serai pas obligé d'arracher les yeux de tous les hommes de la pièce.

Son souffle chaud me donne la chair de poule.

– Tu es tellement ravissante. De toute façon, quoi que tu portes, tu es toujours magnifique.

Je rougis à son compliment et me tourne vers lui pour me blottir dans son cou. Ce geste innocent fait grogner Dixon et il resserre son étreinte autour de ma taille.

– Les voilà ! dit une voix derrière nous.

Je me recule aussitôt, gênée qu'on puisse m'observer dans un moment aussi intime.

Dixon ne semble pas embarrassé le moins du monde lorsque je croise son regard incandescent. Il me jette un rapide coup d'œil avant de s'adresser à Chad.

– Nous voici !

– Tu es vraiment resplendissante, Madison, dit Chad, en s'attardant sur ma poitrine.

Je vire au cramoisi et me tourne vers Dixon qui hausse les épaules en me regardant, amusé, l'air de dire «Je t'avais prévenue».

– Merci, Chad, et je croise discrètement mes bras sur ma poitrine.

– Tu es… splendide, Rebecca, dit Dixon en marquant une pause.

Je me demande ce qu'il pense vraiment de la tenue de Rebecca qui ressemble davantage à de la lingerie qu'à une robe de soirée.

– Merci. Toi aussi, tu es ravissant, susurre-t-elle en posant une main sur sa hanche, reluquant Dixon de haut en bas, sans se cacher.

Une onde de jalousie m'envahit mais je souris et ravale mes envies de meurtre.

– Allons-y, dit Chad, ne se rendant pas du tout compte que sa fiancée est en train de dévorer mon « copain » des yeux.

Bien que nous ne soyons pas réellement ensemble, j'ai l'impression que Dixon m'appartient, ce soir. Je sais que cette nuit va être beaucoup plus difficile que je ne l'imaginais.

– C'est parti, dis-je en imitant Chad.

Puis je passe mon bras sous celui de Dixon.

Lorsque nous marchons en direction de la salle de réception, je n'arrête pas de repenser à la manière dont Rebecca regardait Dixon. J'ai été gentille avec elle, car je sais comment faire avec certaines filles. Si on caresse leur égo surdimensionné dans le sens du poil et qu'on ne se présente pas comme une menace, ces filles-là apprécient la plupart du temps de se lier d'amitié car elles se sentent en position dominante. Mais ce soir, comme je suis habillée élégamment et que je suis au bras de Dixon, l'homme qu'elle convoite, Rebecca me perçoit comme une rivale.

Eh bien, les jeux sont ouverts.

Avant que nous n'entrions, Dixon se baisse et m'embrasse sur le lobe de l'oreille.

– Merci de ne pas avoir oublié de mettre des vêtements ce soir.

J'éclate de rire et c'est exactement ce qu'il me fallait pour me calmer les nerfs.

– Je t'en prie. Mais c'est vraiment grâce à toi, réponds-je, le souffle court lorsqu'il dépose un baiser dans le creux de mon cou. Sans cette robe, je n'aurais vraiment pas l'air de grand-chose.

Dixon se recule, l'air réprobateur.

– Ce n'est pas vrai. Tu n'as pas idée à quel point tu es spéciale.

En l'entendant prononcer son adorable compliment, je me blottis plus fort contre lui et serre davantage sa main.

– Merci.

Aussi inattendu que cela puisse paraître, nous nous sentons extrêmement à l'aise en compagnie l'un de l'autre. Penser qu'il s'agit de notre unique et dernière nuit ensemble me fait vraiment souffrir. Mais Dixon a bien dit que pour lui, c'était tout ou rien. Mon équilibre fragile ne me permet pas de tout lui offrir avant que mon retour à New York où je tenterai de régler les problèmes de mon passé.

Dixon lit sans doute dans mes pensées car il ajoute en m'embrassant :

– Même si tu ne m'appartiens que le temps de cette soirée, je veux que ce soit la plus belle de notre vie.

Dixon est imperturbable lorsque nous entrons dans la somptueuse salle de réception. Toutes mes pensées sont reléguées au second plan pour admirer la magnifique vue qui s'étale devant moi. La salle a été transformée et décorée pour l'événement. Des serveurs zigzaguent parmi les tables, s'assurant que les verres des invités déjà assis soient toujours remplis, tandis que d'autres escortent les gens à leurs places.

Un des serveurs nous accueille chaleureusement et parcourt son iPad pour nous annoncer quelle est notre table. Par chance, Dixon a pu modifier sa réservation et je suis désormais celle qui l'accompagne. Je me demande malgré tout qui devait venir avec lui au départ. Chad a mentionné qu'elle avait annulé à la dernière minute. Était-ce la fille qu'il « fréquentait » lorsque nous nous sommes rencontrés ? En pensant à cela, je ralentis la marche maladroitement. Dixon fait alors glisser sa main le long de mon dos et s'arrête juste au-dessus de mes fesses.

– Ça va ? chuchote-t-il lorsque nous nous dirigeons vers notre table.

– Oui, très bien.

Mais c'est loin d'être le cas quand je découvre que quasiment toutes les femmes de la pièce se retournent sur le passage de Dixon.

Des femmes de tout âge le reluquent, certaines plus discrètement que d'autres. La salle est en fait remplie de Rebecca contre qui je vais devoir lutter.

Le serveur s'arrête à notre table qui se trouve près de la scène. Lorsque Dixon tire la chaise pour moi, je sais que je suis celle que tout le monde regarde avec envie. J'ignore leurs regards noirs et m'assieds. Puis j'attrape aussitôt un verre d'eau, découvrant que Rebecca prend place à côté de Dixon.

J'observe les bouteilles de vin qui trônent au milieu de la table et je me demande s'il serait impoli de me jeter sur elles pour me mettre tout de suite à boire. Mais quand je regarde à nouveau autour de moi et que je découvre les regards jaloux de toutes les belles femmes présentes, je fais fi du protocole et m'empare d'une bouteille de rouge.

– Laisse-moi t'aider, propose gentiment Dixon, en posant ses doigts sur les miens pour me devancer.

Je repousse ma main car ma peau brûle un peu à son toucher.

Je bois mon verre de vin cul sec et je sens que Dixon m'observe. Je décide de ne pas y prêter attention et me distrais en regardant autour de la pièce. Les gens présents ce soir sont tous puissants et importants. Je me demande comment ils ont fait pour en arriver à ce niveau. Je suis sûre que certains ont dû travailler vraiment très dur, mais les autres, je me demande avec qui ils ont dû coucher ou à qui ils ont dû planter un couteau dans le dos pour pouvoir devenir aussi influents.

Deux couples prennent place à notre table, je suis soulagée de voir que les femmes sont suffisamment vieilles pour avoir l'âge de la grand-mère de Dixon. Elles sourient poliment lorsque nous nous présentons. D'après ce que je vois, tous ces gens sont très haut placés et tous les hommes, sauf Dixon, font partie du Conseil des Psychiatres. Mais cela risque de changer, vu la façon dont ils le scrutent. Ils semblent très intéressés par ce qu'il a à dire.

– Alors, Dixon, d'après Chad, il paraît que vous avez des choses captivantes à nous présenter, dit Fletcher, un monsieur d'âge mûr aux cheveux poivre et sel.

Dixon lui adresse un petit sourire, en saisissant son verre.

– C'est très aimable de la part de Chad. Je serais absolument honoré de vous présenter mes travaux et de savoir ce que vous en pensez.

– Tu vas trouver cela fascinant, confirme Chad. Ses découvertes sont brillantes et, quoique peu orthodoxe parfois, son raisonnement est tout à fait juste.

Dixon reste imperturbable alors que toute la table chante ses louanges. Mais lorsqu'il presse sa main sur mon genou, je sais qu'à l'intérieur, il bouillonne.

* * *

Au milieu du repas, j'ai l'impression que je vais finir par m'étouffer avec mon agneau lorsqu'une énième femme vient à notre table pour s'entretenir avec Dixon. Cela fait trente minutes déjà que ça dure, et jusqu'à présent, j'ai fait de mon mieux pour rester calme mais, là, je n'en peux plus.

Dixon ne se rend peut-être pas compte qu'elles le draguent ouvertement, mais moi si. La façon dont elles s'attardent ou posent leurs mains sur lui ne m'échappe pas. À côté de ces rapaces, Rebecca passerait pour un petit chiot inoffensif.

Dixon m'a présentée à tout le monde, sans préciser si j'étais sa « compagne », ce qui laisse donc mon statut ouvert à toute interprétation. Rebecca n'a pas manqué de le remarquer. Elle décide alors qu'il est temps de poser la question.

– Madison, depuis quand êtes-vous ensemble avec Dixon ? demande-t-elle innocemment mais je sais qu'il n'y a rien de candide dans sa question.

Je me dandine sur ma chaise, jetant des regards à Dixon qui s'arrête de parler avec une blonde pleine de vivacité à côté de lui.

Je me mords les lèvres. Nous aurions dû nous mettre d'accord sur une histoire crédible avant de prétendre former un couple.

– Heu… Je fais semblant de compter dans ma tête.

Mais Dixon s'empare de mes mains – que je tords sur mes cuisses – et répond à ma place :

– Depuis six mois.

– Comment vous êtes-vous rencontrés ?

Dixon prend une petite inspiration et esquisse un sourire.

– Un mec était en train de la harceler et je l'ai remis à sa place.

– Tu veux dire plutôt que tu lui as donné la peur de sa vie !

Je me rappelle combien Tim semblait effrayé par Dixon lorsqu'il l'a affronté.

Les gens autour de la table se mettent à rire, sauf Rebecca. Dixon s'adresse à la tablée, un large sourire aux lèvres :

– Qu'est-ce que vous voulez que je vous dise, il avait ses grosses pattes sur la femme que je convoitais. Dès que je l'ai vue, je savais qu'il y avait quelque chose de très spécial en elle. J'aurais fait n'importe quoi pour faire sa connaissance, et quand c'est enfin arrivé, je suis tombé sous son charme un peu plus chaque jour.

J'ai le souffle coupé, mais je tente de ne rien montrer. Dixon poursuit :

– Mais ça n'a pas été facile tous les jours, n'est-ce pas ? En bon mâle que je suis, j'ai fait de très grosses erreurs…

Il serre ma main tandis que les convives se mettent à rire.

– Je sais qu'elle a ses propres démons à affronter mais la voici, toujours à mes côtés, dit-il, les yeux brillants de fierté. Elle me soutient comme personne avant elle. C'est mon ange gardien, chaque minute passée avec elle est vraiment une bénédiction, je ne veux jamais que ça s'arrête. J'ai tellement de chance de t'avoir rencontrée, Madison. Tu me donnes la force de devenir un homme meilleur.

Il ne s'adresse plus qu'à moi et mes yeux se brouillent de larmes, que j'essaie de retenir en mordant l'intérieur de ma joue.

– C'est moi qui ai de la chance, Dixon. Tu es déjà un homme si bon. Tu es le seul homme sur Terre que je veux.

J'entends des murmures s'élever de notre table. Dixon me sourit et se penche vers moi pour essuyer une larme qui coule sur ma joue.

– Tant mieux, parce que tu es la seule femme que je veux, *il mio angelo*.

Nous avons été transportés loin de la salle bondée. Il n'y a plus que Dixon et moi. Lorsque nos regards se croisent, je me rends enfin compte de ce que j'ai réprimé depuis si longtemps : je suis tombée amoureuse du Docteur Mathews. Les mots d'amour ne me viennent pas facilement à la bouche mais avec Dixon, c'est bien ce que je ressens. Il s'est immédiatement passé quelque chose entre nous. J'ai essayé de me battre contre ce sentiment de toutes mes forces, mais il ne cesse de croître.

– Mesdames et Messieurs, nous avons une surprise pour vous ce soir, annonce le maître de cérémonie. Je vous prie d'accueillir sur scène le brillant esprit que nous respectons tous, le Docteur Maxwell Wellington.

En entendant le nom de Max, Dixon et moi sortons de notre bulle, revenant à la réalité. Nous réalisons enfin que nous ne sommes pas seuls mais assis dans cette salle pleine de gens.

– Merci de cette aimable présentation, commence Max en regardant le maître de cérémonie. Je n'oublierai pas de vous payer à la sortie.

La salle éclate alors de rire.

Dès que les derniers rires s'estompent, Max redevient sérieux et enfile ses lunettes.

– On m'a donc demandé de vous parler de mon expérience et de partager avec vous ma vision de la psychiatrie d'aujourd'hui. J'avais préparé un long discours et, après maintes répétitions, j'étais prêt à vous faire part de ma « sagesse », en espérant parvenir à vous transmettre mon savoir, sans vous noyer dans un jargon incompréhensible.

Toute la salle rit à nouveau. Puis Max, en vrai maître des lieux, continue :

– Mais il y a quelques jours, j'ai été témoin de quelque chose qui m'a fait ouvrir la boîte de Pandore.

Je retiens mon souffle, car Max me regarde droit dans les yeux tout en m'adressant un sourire malicieux.

– S'il y a des âmes sensibles dans la salle, je vous conseille de vous boucher les oreilles dès à présent, car le thème que je vais aborder ce soir est un peu tabou.

On entend un brouhaha se répandre dans la salle, les gens se demandant quel pourrait bien être ce sujet hasardeux.

Max fait signe au public de se taire en levant ses mains ridées puis il sourit.

– Ce soir, j'ai décidé de vous parler… des femmes.

* * *

Vingt minutes plus tard, Max a conquis la totalité des invités qui attendent impatiemment la chute de son histoire. Il nous a parlé des hommes et des femmes, en se posant surtout la question de savoir pourquoi, après tant d'années de civilisation, nous semblons toujours ne pas parvenir à comprendre comment fonctionne l'autre moitié de l'espèce.

Tout du long, Max nous a jeté des regards. Il ne fait aucun doute que Dixon et moi avons inspiré le thème de cette brillante conférence. Dixon s'en est bien rendu compte, jetant de temps à autre des coups d'œil dans ma direction en laissant un sourire espiègle s'épanouir sur son visage.

– Alors, quelle serait la réponse au grand mystère que constituent les relations amoureuses ? demande Max en se caressant le menton, l'air pensif

Le silence se fait dans la salle, tous attendent sa réponse.

Max sourit, son visage ridé rayonne d'amusement.

– Qui sait si on aura un jour cette fichue réponse ? Mais après cinquante ans de mariage, j'ai appris une chose – il marque une pause pour faire monter le suspense. La vie et l'amour, ce n'est pas attendre que l'orage passe… C'est apprendre à danser sous la pluie. Je vous remercie.

La salle explose dans un tonnerre d'applaudissements. Tout le monde se lève, en tapant fort dans ses mains, tandis que Max redescend les marches qui mènent à la scène. Il passe près de notre table et pose gentiment sa main sur mon épaule.

– J'entends l'orage qui arrive, lance-t-il d'un ton amusé, en faisant un clin d'œil à Dixon qui lui sourit largement.

Les musiciens se mettent à jouer et tout le monde profite de cet interlude pour aller aux toilettes ou discuter avec ses voisins de table.

– Je sors fumer une cigarette, me dit Dixon à l'oreille. Mais pas un mot. La moitié des invités auraient une attaque s'ils l'apprenaient.

Je rigole et hoche la tête. J'adore le fait que sous sa belle cravate et son air sophistiqué, le Docteur Mathews est en réalité un rebelle dans l'âme.

– Je reviens vite, promet-il en se relevant et en déposant un baiser sur ma joue.

Dès qu'il s'éloigne, Rebecca s'assied à sa place.

– Vous êtes vraiment troooop mignons tous les deux, persifle-t-elle.

Mais je rentre dans son jeu.

– Merci.

Un silence gênant s'installe, je préfère pourtant ça au harcèlement de Rebecca.

– Je te parie que c'est un vrai étalon au pieu.

Je rougis car cette conversation n'annonce rien de bon.

– Heu… Oui, c'est vrai, réponds-je sans conviction, jouant nerveusement avec le pendentif de mon collier.

– Avec son physique, je suis sûre qu'il pourrait avoir n'importe quelle fille. Tu as de la chance qu'il t'ait choisie. Enfin, tu dois être, toi aussi, une bête de sexe, dit-elle l'air de rien, en battant des cils.

– Ce n'est pas ça, dis-je pathétiquement. Effectivement, l'alchimie sexuelle entre nous est vraiment incroyable, mais il y a plus que ça. C'est plus profond.

– Oh, oui, j'imagine que c'est bien profond, ajoute-t-elle crûment.

Je détourne mon nez, écœurée par sa vulgarité.

Elle prend quelques instants pour me dévisager et ce qu'elle voit semble lui ouvrir de nouvelles perspectives.

– Putain ! Mais vous ne couchez pas ensemble, c'est ça ? Oh mon Dieu !

Elle couvre sa bouche de la main pour tenter d'étouffer son rire.

Le fait qu'elle se moque en évoquant un sujet aussi sensible pour moi que le sexe me fait rougir de plus belle, et je finis par baisser les yeux, morte de honte. Pourquoi tout doit être ramené au sexe ?

– Chérie, si je peux te donner un conseil, les hommes comme lui ne restent pas si tu n'écartes pas les cuisses. Enfin ! Regarde-le ! Et puis, regarde-toi… déclare-t-elle avec cruauté. Un homme comme Dixon veut baiser, pas discuter. Si tu ne lui donnes pas ce qu'il veut, il finira par le trouver ailleurs. Tu vois bien le nombre d'invitées qui tromperaient volontiers leur mari pour pouvoir satisfaire ses besoins, j'en fais partie ! Écoute, tu veux garder un mec comme ça ? Eh bien, va falloir passer aux choses sérieuses.

– Mais de quoi tu parles ?

Je sens les murs de la salle se refermer sur moi.

– Je dis juste que tu as intérêt à l'envoyer bientôt au septième ciel, avant que quelqu'un d'autre ne le fasse à ta place.

Je suffoque, abasourdie qu'elle puisse lire en moi si aisément.

– Hé ! Ne fais pas cette tête. La plupart des femmes tueraient pour être à ta place. Le sexe, c'est ton pouvoir, et il vaut mieux que ce pouvoir soit entre tes mains plutôt qu'entre les siennes. Si tu veux le garder, tu dois être prête *à tout*, affirme-t-elle mais je ne l'écoute plus.

Je commence à me sentir vraiment mal, ses paroles réveillent des souvenirs qui ne sont pas les bienvenus. Des souvenirs que je me suis promis d'affronter lorsque je serai de retour à New York. Mais écouter Rebecca et ses vérités fait revenir mon passé au grand galop. Je vais bientôt vomir.

– Excuse-moi, dis-je en me relevant rapidement et en me ruant vers l'extérieur.

Dès que j'arrive dans les toilettes, je me penche sur la cuvette et me vide de tout ce que contenait mon estomac. Je vomis jusqu'à ce qu'il n'y ait plus rien dans mon ventre, mais je continue de me purger jusqu'à m'étouffer avec mes larmes et mes regrets. Un énorme sanglot résonne dans la cabine et je cogne violemment ma tête contre le carrelage, souhaitant de tout cœur que mon passé ne me rende plus aussi vulnérable.

Je sens que je commence à perdre connaissance, alors je recouvre mes oreilles, entendant en boucle sa voix *à lui*, une voix que je tente désespérément d'oublier depuis treize ans.

– *Fais ça pour moi, Sunny. Si tu m'aimes vraiment, tu vas le faire pour moi.*

CHAPITRE 31
UN CADAVRE DANS LE PLACARD

Dixon

Je ne sais pas où est passée Madison, elle s'est évaporée sans laisser de traces. Le concierge est allé vérifier dans sa chambre mais elle n'y est pas. J'ai essayé de l'appeler plusieurs fois sur son téléphone, tombant à chaque fois sur sa messagerie.

Lorsque je suis revenu à la table après ma cigarette pour découvrir qu'elle n'y était plus, Rebecca a expliqué qu'elle était allée aux toilettes et qu'elle allait revenir. Pourtant, vingt minutes plus tard, elle n'était toujours pas de retour. J'étais certain que quelque chose n'allait pas.

C'est alors que j'ai foncé dans le couloir où un petit groupe de personnes était réuni autour d'une porte, la confusion et l'inquiétude peintes sur leurs visages. Je me suis donc précipité vers eux, la gorge nouée.

– Qu'est-ce qu'il se passe ? demandé-je sans ménagement à une femme âgée portant un tailleur jaune citron.

– Il y a quelqu'un à l'intérieur, répond-elle en pointant la porte d'une lingerie. On a vu une pauvre fille se précipiter pour s'y enfermer à double tour. Nous avons tenté d'attirer l'attention du personnel, mais ils ont l'air bien trop occupés pour régler le problème.

Bien sûr, ils sont trop occupés à gérer mes confrères ivres.

– Pouvez-vous me laisser passer, s'il vous plaît ?

Je me fraie un passage à travers ces badauds trop curieux à mon goût.

Dès que j'atteins la porte, je m'accroupis et colle mon oreille contre le battant. Je n'entends pas grand-chose à cause du brouhaha de la foule. Je me concentre davantage et j'entends enfin un petit reniflement et quelques paroles étouffées. Je suis persuadé que Madison se trouve à l'intérieur.

– Madison, tu es là ? demandé-je d'une voix calme et réconfortante.

Elle ne répond pas, alors j'essaie à nouveau :

– Madison, c'est Dixon. Tu m'entends ?

Toujours rien.

– Voulez-vous que j'appelle la sécurité ? demande un des curieux.

Je lève la main et secoue la tête.

– Non, je m'en occupe. Pourriez-vous me laisser faire, s'il vous plaît ?

La plupart des badauds s'éloignent tandis que d'autres se contentent de faire un pas en arrière, furetant toujours près de la porte. Je vais devoir faire avec.

– *Il mio angelo*, c'est moi. Si tu m'entends, fais un signe pour dire que tu vas bien. Tu n'as pas à sortir, je suis tout près de toi. Je veux juste être sûr que tu vas bien.

Les gens derrière moi se taisent et m'écoutent tenter de la raisonner à travers la porte.

Je presse mon visage contre le bois et tends très attentivement l'oreille mais je n'entends rien du tout. Je dois continuer. Si dans quelques minutes elle ne répond toujours pas, je vais devoir défoncer la porte. Je pourrais appeler le concierge à l'aide, mais j'ai vraiment envie d'éviter de mettre Madison dans l'embarras et que tout le personnel de l'hôtel apprenne qu'elle s'est enfermée dans la lingerie.

Mon cerveau fait défiler toutes les raisons qui pourraient expliquer son retranchement dans un espace aussi confiné. Une seule explication me vient à l'esprit.

Elle a peur.

Lors des quelques minutes où je suis sorti, il s'est passé quelque chose. Je m'en veux de ne pas avoir pu la protéger. Mais je suis enfin là pour elle et je ferai tout ce qui est en mon pouvoir pour qu'elle se sente mieux.

Je me souviens que, lorsque j'étais enfant, une seule chose marchait pour faire disparaître les monstres qui me hantaient.

Chanter une chanson :
Farfallina
Bella e bianca
Vola vola
Mai si stanca
Gira qua
e gira la
Poi si resta sopra un fiore
e poi si resta sopra un fiore.

C'est la chanson que ma mère me chantait lorsque j'étais petit. Et chaque fois, ça marchait. Les monstres de mes cauchemars ne revenaient plus. J'espère simplement pouvoir faire la même chose pour Madison. Alors que je suis sur le point d'entamer le second couplet, j'entends qu'on tourne le verrou. Les badauds derrière moi retiennent leur souffle.

– Je vous en prie, ne restez pas derrière la porte. Je tiens énormément à la personne qui se trouve à l'intérieur. Quand elle me laissera entrer, je ne veux pas qu'elle ait l'impression d'être un monstre de foire, dis-je en espérant qu'ils tourneront enfin les talons.

Je n'attends pas de vérifier s'ils s'exécutent. J'ouvre doucement la porte et glisse ma tête par l'entrebâillement. La pièce est plongée dans le noir. Il faut quelques secondes à mes yeux pour s'habituer à l'obscurité. Dès que j'y vois mieux, mon cœur se déchire en découvrant Madison, le dos appuyé contre le mur du fond, les pieds nus et les genoux repliés contre elle. Elle se balance d'avant en arrière, le visage pressé contre les genoux, et gémit à voix basse.

– Madison ?

J'ouvre plus largement la porte.

Mais elle continue de geindre, détournant le visage.

La seule façon de la sortir de cet état catatonique est de lui parler. Je me glisse lentement à l'intérieur, refermant la porte derrière moi. Je ne vois rien du tout, je me sers donc de ses plaintes pour me repérer dans le noir.

– Madison, c'est Dixon. Je ne vais pas te faire du mal. Je suis là pour t'aider. Je viens vers toi, d'accord ?

Elle ne répond pas, mais ses gémissements cessent.

Je rampe doucement vers elle, en la réconfortant tout du long :

– Ça va aller. Je suis là, je ne laisserai personne te faire du mal.

Je place gentiment ma main sur sa jambe. Sa peau est glacée. Dès qu'elle sent mes doigts, elle recule brutalement, mais elle n'a nulle part où aller vu que le mur est contre son dos.

Je repousse tout de suite ma main, et lève les bras en l'air, pour lui montrer que je ne lui veux aucun mal.

– Madison, tu es en sécurité à présent. Nous ne sommes pas attendus. On peut rester ici tout le temps que tu voudras, jusqu'à ce que tu te sentes prête. Je reste là, je ne te laisse plus seule, je te le jure.

Je décide de m'asseoir et d'étendre mes jambes devant moi. Le filet de lumière qui passe sous la porte est la seule source de luminosité que nous avons. Même si cette lumière n'éclaire pas beaucoup, cela me suffit amplement pour entrevoir la silhouette brisée de Madison. Elle est repliée sur elle-même, refusant d'affronter le monde réel.

Il est clair que quelque chose de terrible est arrivé dans le passé à cette pauvre créature. Il s'agit selon moi de quelque chose d'épouvantable, une trahison horrible. Je grince des dents en y pensant, car seule une poignée de causes pourraient déclencher une telle crise d'angoisse.

– Oh, *il mio angelo*. Qu'est-ce qu'on t'a fait…

– D-Dixon ? bégaie Madison, d'une petite voix enrouée.

– Je suis là, dis-je en me redressant immédiatement.

– Je suis désolée, dit-elle en pleurant. Je ne sais pas comment j'ai fini par arriver ici. La seule chose dont je me souviens, c'est d'être allée aux toilettes, puis j'ai un trou noir. Je suis vraiment désolée.

– Sshh, tu n'as pas à être désolée. Je viens vers toi, d'accord ?

– D'accord.

Je rampe vers elle et tends mon bras jusqu'à toucher son genou. Je pousse un soupir de soulagement en sentant que sa peau est un peu plus chaude.

– Je vais simplement mettre mes mains sous tes genoux et autour de toi, dis-je pour ne pas l'effrayer par mes mouvements.

– Je peux marcher, murmure-t-elle.

Ça, j'en doute.

– C'est bon, laisse-moi être ton chevalier servant pour cette nuit.

– Tu l'étais déjà avant.

Je suis surpris de sentir sa main venir me caresser la joue.

Son geste enflamme mon cœur, mais je laisse cela pour plus tard. La priorité c'est de la faire sortir de là. Je place mon avant-bras sous ses genoux et je la hisse dans mes bras. Elle se laisse faire et s'affaisse contre mon corps en posant sa tête sur mon torse et en entourant mon cou de ses bras. Je me relève lentement et resserre ma prise pour enfin faire le premier pas vers la liberté.

Je cherche en aveugle la poignée de la porte, en m'assurant que Madison est fermement blottie contre moi. J'ouvre lentement la porte, plissant les yeux face à la lumière vive qui me brûle la rétine. J'ai besoin de quelques secondes pour m'y habituer. Je découvre ensuite les quelques badauds qui attendent toujours à l'extérieur et qui ont l'impolitesse de nous regarder bêtement. Heureusement, ils finissent par avoir l'amabilité de nous laisser la voie libre. Madison se colle encore plus fort contre mon corps, cachant son visage dans le creux de mon cou. Elle a honte que tout le monde la regarde.

Je me fraie un passage parmi les gens, sans me soucier d'en cogner certains par inadvertance, et je file vers l'ascenseur.

Une fois dedans, j'appuie sur mon étage et la cabine décolle avec pour seuls bruits, la musique insipide qui s'échappe du haut-parleur et le souffle de Madison.

J'observe notre reflet dans le miroir. La fragilité de cette fille me brise le cœur.

Dès que l'ascenseur s'arrête à mon étage, je sors en portant la frêle silhouette de Madison comme s'il s'agissait du trésor le plus précieux. Elle serre ses bras sur ma nuque et blottit davantage son visage contre mon cou, en laissant échapper un soupir de soulagement.

Mes pieds martèlent la moquette du couloir qui mène vers ma chambre. Une fois à l'intérieur, je me précipite vers le lit et allume la lampe de chevet.

D'un geste rapide, je tire les couvertures et place délicatement Madison sur le lit. Dès qu'elle sent le matelas sous elle, elle soupire et lâche mon cou pour se lover contre l'oreiller. Elle est toujours dans sa robe, mais après ce qui vient de se passer, pas question que je la déshabille. Je me contente de la recouvrir délicatement du drap et de la couverture. Elle s'endort en quelques secondes.

Je reste debout à la regarder dormir, triste de la voir si brisée. Cette fille, d'habitude si rayonnante et sûre d'elle, a l'air maintenant d'une enfant cassée et apeurée.

Dès que je suis sûr qu'elle s'est endormie, je desserre ma cravate et retire ma veste et mes chaussures. Je me laisse tomber à même le sol, pour rester à ses côtés, en utilisant la table de nuit comme support.

Je reste là et je garde ma promesse de la protéger jusqu'à ce qu'elle se sente à nouveau en sécurité.

CHAPITRE 32
TU ES PARFAITE À MES YEUX

Dixon

Je me réveille, le corps endolori d'avoir dormi par terre. Je ne me souviens pas à quel moment je me suis assoupi, mais je me rappelle que Madison était déjà endormie.

Je regarde ma montre. Il est six heures du matin. Madison n'est plus dans le lit. Je bondis sur mes pieds, le cerveau encore dans les vapes, et inspecte toute la chambre pour la trouver.

Alors que je suis sur le point de défoncer la porte de la salle de bain, j'entends qu'on tire la chasse. La porte s'ouvre et Madison éteint la lumière en sortant. Elle sourit timidement en me découvrant debout, comme un fou furieux, au beau milieu de la pièce.

– J'avais besoin d'aller aux toilettes, explique-t-elle, puis tirant sur mon T-shirt des Yankees, elle ajoute : j'espère que ça ne te dérange pas.

– Pas du tout.

Elle me sourit et se dirige craintivement vers le lit, se glisse sous la couette et me laisse planté là, à la regarder comme un idiot.

– Je reviens, dis-je rapidement en me dirigeant vers la salle de bain et en refermant la porte derrière moi.

Je pose mes mains sur le lavabo et ouvre le robinet pour faire comme si j'étais vraiment en train d'y faire quelque chose. J'ai besoin d'une minute pour me calmer. Je me repasse le fil des événements de la soirée d'hier. Même si je sais déjà que Madison ne se sentira pas à l'aise pour discuter de ce qui s'est passé, il faut au moins que j'essaie de la faire parler. Vu sa réaction à ce qui a déclenché cette crise, elle n'a sans doute jamais fait de thérapie pour affronter les cadavres dans son placard – surtout si elle décide précisément de se cacher dans un placard pour y échapper.

Je me brosse les dents et me lave le visage. Je crois que j'ai épuisé le nombre de minutes réglementaires à passer dans une salle de bain. Alors je referme doucement la porte derrière moi en ressortant.

Madison est assise sur le lit, le dos appuyé contre le mur, attendant visiblement mon retour. Lorsque nos regards se croisent, elle détourne vite les yeux, en se mordant les lèvres. Je lui laisse le temps de se remettre de ses émotions et me dirige vers la penderie pour en tirer un T-shirt et un pantalon de sport. J'enlève ma chemise et me dépêche d'enfiler mon T-shirt, puis je fais très attention de mettre mon pantalon sans exposer ma nudité.

Une fois habillé, je me dirige vers le lit et me plante au bout. Je reste silencieux, attendant que Madison parle.

– Je suis désolée, Dixon, dit-elle après une minute de silence. Je suis désolée de t'avoir fait honte…

Je fais un geste de la main pour la faire taire.

– Tu n'as pas à te sentir désolée. Et surtout, tu ne m'as pas du tout embarrassé. J'étais très inquiet pour toi. Que s'est-il passé ? Madison hausse les épaules et tire machinalement sur un fil de l'édredon.

– Est-ce que j'ai fait quelque chose de mal ?

Je décide de jouer avec elle au jeu des devinettes, en espérant ainsi en savoir plus.

– Non ! crie-t-elle en levant les yeux vers moi. Tu n'as rien fait de mal.

– Alors que s'est-il passé ?

Madison pousse un soupir avant d'avouer :

– Je parlais avec Rebecca, et elle m'a dit quelque chose qui m'a… contrariée.

Je suis sûr que le fait de parler à Rebecca n'a fait que faire remonter à la surface un problème déjà bien enraciné.

– Tu sais bien que rien de ce qui sort de la bouche de cette femme n'est vrai, n'est-ce pas ?

Je retiens mon souffle et prie pour que Rebecca n'ait pas tout avoué sur Juliet.

– Je sais bien. Mais ça a réveillé de très mauvais souvenirs du passé, finit-elle par admettre. Comme tu vois, je n'ai pas surmonté ces problèmes aussi bien que je le pensais. Mais ce qui s'est passé hier, dit-elle me regardant droit dans les yeux, n'était pas arrivé depuis longtemps.

– Donc tu as déjà vécu ce genre de crise ?

– Oui.

Elle fait une grimace.

– Souhaiterais-tu en parler ?

Madison secoue violemment la tête.

Je savais qu'elle réagirait de cette façon, mais maintenant que j'ai abordé le sujet, je ne peux plus lâcher le morceau.

– Je te promets que je ne vais pas t'analyser. Je veux simplement t'aider. Il faut que tu parles de ce qui t'est arrivé, Madison. C'est en train de te pourrir l'existence et bientôt tu ne vivras qu'en fonction de ça.

– Je ne peux pas ! hurle-t-elle en serrant ses genoux contre elle, créant une frontière entre elle et moi.

– Bien sûr que si, tu peux. Je sais que tu peux le faire. La Madison que je connais est une survivante, une battante, et je pense qu'il est temps que tu te débarrasses de cette peur.

Les lèvres tremblantes, elle ravale ses larmes.

– Je ne peux pas tout te dire, je ne me sens pas prête. Mais je veux bien essayer. Je veux être honnête avec toi car tu as raison : mon passé a pris le contrôle de mon avenir.

– Ne t'inquiète pas. Dis-moi ce que tu peux. C'est la première étape et c'est toujours la plus difficile.

Elle prend une profonde inspiration.

– Mon père nous a quittés lorsque j'avais cinq ans. Il n'y avait donc plus que moi, ma mère et mon frère, Dylan. Mon père soutenait financièrement la famille, alors, lorsqu'il est parti, ma mère a été obligée de prendre deux boulots en même temps pour pouvoir joindre les deux bouts. Elle n'était jamais à la maison, mais ce n'était pas de sa faute. Elle faisait de son mieux. Mon frère avait neuf ans et, disons qu'il a commencé à se prendre pour l'homme de la maison. Lorsque ma mère était au travail, Dylan s'occupait de moi. Je l'admirais vraiment beaucoup, c'était mon héros.

Son utilisation du passé prouve que ce sentiment a changé. Mais je me tais et la laisse continuer.

– Mon corps a commencé à se développer beaucoup plus tôt que la plupart de mes amies. À dix ans, j'avais déjà des seins aussi gros que les filles du collège. Et j'ai oublié que mon frère était un adolescent de quatorze ans avec les hormones en ébullition. J'ai oublié aussi qu'il avait des amis de quatorze ans qui avaient eux aussi les hormones en feu, ajoute-t-elle. Je n'étais jamais trop pudique avec Dylan, je sortais de la douche en ne portant qu'une serviette sans jamais me poser de questions. Mais pourquoi aurais-je dû m'en poser ? J'avais fait ça pendant toute mon enfance. J'étais naïve. Un soir, Dylan avait reçu des amis à la maison et ils faisaient beaucoup de bruit dans sa chambre. J'ai donc décidé d'aller leur dire et je les ai surpris en train de baver sur la photo d'une blonde aux gros seins d'un magazine porno. Je ne comprenais pas pourquoi ils semblaient aussi excités par cette image, mais je savais que si Dylan découvrait que je les espionnais, il allait être vraiment en colère. Alors je suis vite revenue dans ma chambre et je me suis mise au lit. C'est là que Dylan est venu me border.

Elle marque une pause et baisse les yeux. Je sais que ce qu'elle est sur le point de raconter va me transpercer le cœur.

– Je portais ma chemise de nuit Princesse Disney préférée, elle était deux fois trop petite pour moi, mais je m'en fichais. J'adorais cette chemise de nuit parce qu'en la portant, j'avais l'impression d'être une princesse. J'imaginais qu'un jour mon prince charmant me trouverait et qu'il m'emporterait dans ses bras. Ce soir-là, quand Dylan me bordait, je me souviens de… l'excitation dans son regard quand, sans faire exprès, sa main a touché… mes seins, murmure-t-elle. Je n'y ai pas trop prêté attention, mais quand c'est arrivé à nouveau la nuit suivante, puis la nuit d'après, je savais que… heu… c'était mal qu'il me touche.

Je serre les poings le long de mes cuisses et compte jusqu'à cinq dans ma tête pour ne pas exploser. Madison continue, perdue dans le passé à mesure qu'elle raconte son immonde histoire.

– Ces choses… ont continué pendant trois ans et… je détestais cela. Ça commençait toujours de la même manière : il éteignait la lumière, comme si l'obscurité allait atténuer ses péchés. Mais c'étaient bel et bien des péchés. J'aurais dû le dire à ma mère, mais… Oh mon Dieu, dit-elle en se mettant à pleurer, plongeant son visage entre ses mains.

Je ne peux rester planté là sans rien faire une minute de plus et je me précipite à ses côtés pour la prendre dans mes bras. Elle se laisse faire et pleure dans mon cou, son corps glacé tremble sous mon étreinte.

Je ne peux pas la consoler ou lui dire que ça va aller, car je sais que ce n'est que le début de son histoire. Je veux qu'elle se sente en sécurité pour pleurer et je ne la pousse pas à continuer, car je sais que ses aveux ont été très difficiles à faire. Mais elle finit par prendre un peu de recul et essuie ses larmes.

– Ce n'est pas fini… dit-elle, les lèvres tremblantes.

– Tu n'as pas à tout me raconter… dis-je en dégageant de son visage quelques mèches de cheveux emmêlées.

– Je sais, mais je veux le faire, déclare-t-elle tristement et je hoche la tête.

Elle prend une longue inspiration et continue.

– Je détestais mon corps à cette époque. Je maudissais mes courbes de femme, les blâmant du comportement de Dylan. À l'école, les filles plus grosses étaient moquées et ridiculisées. Aucun garçon ne les aimait, alors je me suis dit que si moi aussi je devenais comme elles, peut-être que Dylan arrêterait de m'aimer aussi. J'ai pris au moins sept kilos en m'empiffrant de toute la nourriture grasse et des desserts que je pouvais ingurgiter sans tomber malade.

Dès qu'elle mentionne les desserts, je comprends pourquoi Madison adore tant les sucreries. Elle a utilisé la nourriture comme mécanisme de défense contre le comportement incestueux de son frère. Mais j'ai le sentiment que ce stratagème a fonctionné sur une courte durée.

– Pendant quelque temps, ça a marché. Dylan semblait avoir de nouvelles distractions. Ses visites nocturnes ont cessé. Je pensais que tout allait enfin rentrer dans l'ordre. À cette époque, Maman avait rencontré un homme merveilleux et ils allaient se marier. Elle n'avait plus besoin de travailler tard le soir, car Sebastian était vraiment riche et il voulait nous aider. Nous nous sommes ensuite installés dans la maison de Sebastian. Il nous aimait comme ses propres enfants. Pour moi, c'était mon sauveur, car dès qu'il est entré dans notre vie, Dylan m'a laissée tranquille. Pourtant, la nuit de l'anniversaire des dix-huit ans de Dylan, les choses ont changé. Nous avions organisé une fête en son honneur dans la maison de Sebastian. C'était une belle soirée, les choses revenaient peu à peu à la normale. Une fois la fête terminée, je suis allée au lit, sans fermer ma porte à clef. J'avais l'habitude de toujours verrouiller ma porte, bien que ça ne change pas grand-chose car Dylan arrivait toujours à finir par rentrer. Mais cette nuit-là, je me suis sentie suffisamment en sécurité pour laisser ma porte entrouverte. J'ai vraiment été stupide.

Nous sommes assis l'un à côté de l'autre, je ne peux m'empêcher de lui caresser la joue.

– Continue seulement si tu le veux.

Madison se blottit contre moi et acquiesce.

– Je venais de m'endormir mais j'ai alors été réveillée par une main qui me couvrait la bouche. J'ai essayé de hurler, mais j'étais coincée sous le poids de mon… frère, ivre. J'ai essayé de lutter contre lui mais il était trop fort. Après un certain temps, j'ai arrêté de me défendre, murmure-t-elle, une larme coulant le long de sa joue. J'aurais dû me battre davantage mais j'avais tellement peur, j'étais terrifiée de lutter contre lui et je voulais simplement qu'il me laisse tranquille. Mais cette nuit-là, c'était différent. Il était si violent avec moi et il en voulait… plus. Ses paroles me hantent encore aujourd'hui, confesse-t-elle en tremblant. Il m'a simplement dit : « Fais ça pour moi, Sunny.

Si tu m'aimes vraiment, tu vas le faire pour moi». Sunny est le surnom qu'il me donnait. Il disait que j'étais son rayon de soleil, ce qui est paradoxal puisque lorsqu'il était près de moi, je ne voyais que des ténèbres.

Tenter d'imaginer ce que «ça» veut dire me fait horreur. Je fais attention à ne pas la serrer trop fort et la laisse finir car je sais qu'elle n'a encore jamais raconté son histoire à personne.

– J'ai juste... Il a pris... J'aurais dû me défendre davantage, répète-t-elle en secouant la tête, incapable de finir ses phrases.

– Madison, je suis vraiment désolé. Ce n'est pas de ta faute, c'est celle de ton *frère*.

Je suis incapable de prononcer ce mot sans grincer des dents.

– C'est de ma faute, je n'aurais jamais dû l'encourager. J'aurais dû le dire à ma mère. J'aurais dû faire beaucoup de choses, dit-elle en pleurant et en s'essuyant les yeux.

– Tu n'étais qu'une enfant.

Je veux la consoler mais en lui laissant l'espace dont elle a besoin.

– Tu ne comprends pas, j'aurais dû le dire à ma mère parce que cette nuit-là, quelqu'un d'autre a tout vu, murmure-t-elle et je fais un bond en arrière stupéfait de cet aveu.

– Quelqu'un vous a vus, toi et...

Je m'arrête car je ne peux prononcer ce mot.

– Oui, répond-elle les yeux débordants de nouvelles larmes.

– Qui ?

Je suis fou de rage.

Madison secoue la tête en fermant les yeux, vaincue.

– Quelqu'un qui aurait dû me sauver puisqu'elle savait très bien ce qui se passait.

– Qui était-ce ? demandé-je à nouveau, les poings crispés.

– Je ne peux pas le dire. Je ne veux plus en parler.

Mais je n'arrive pas à laisser tomber, je veux absolument savoir de qui il s'agit pour retrouver ces enfoirés et tous les massacrer.

– Dis-moi.

Je pose ma main sur son bras pour tenter de la faire parler mais dès que je la touche, son corps se glace et elle crie de terreur.

– Ne me touche pas, s'il te plaît ! supplie-t-elle en suffoquant de peur.

Je relâche aussitôt son bras. Elle fuit loin de moi, cognant son dos contre la tête de lit.

– Je suis désolé, Madison, dis-je, totalement effondré.

Je lève les mains en l'air pour lui montrer que je ne la toucherai pas.

– Je ne te ferai jamais de mal. Je suis… je suis juste…

– Quoi ? Dégoûté ? Choqué ? Tu penses que j'ai un problème ? aboie-t-elle les joues en feu.

– Comment ? Mais non ! Qu'est-ce qui te prend de dire ça ?

– Eh bien, c'est exactement ce que je pense de moi ! répond-elle avec colère.

La souffrance a disparu laissant place à la rage.

– Rien de tout ça n'est de ta faute, dis-je une nouvelle fois mais elle me coupe, folle de colère.

– Arrête ! C'est ma faute ! J'aurais dû hurler, j'aurais dû dire non ! J'aurais dû le dire à ma mère, mais je n'ai pas pu. Après le départ de mon père, elle était détruite. Je ne pouvais pas lui dire que son fils était… dit-elle en affichant tout son écœurement. Elle travaillait si dur, elle sacrifiait tout pour pouvoir nous nourrir. Et puis quand elle a rencontré Sebastian, ça s'est arrêté. Mais j'aurais quand même dû lui dire.

Madison se couvre le visage de ses mains. Elle est à bout.

– Je suis répugnante, Dixon. Je suis sale.

Elle commence à se gratter la peau comme pour en arracher la souffrance.

– Non, tu n'es pas dégoûtante, réponds-je en posant la paume de ma main sur les siennes car ses ongles commencent à provoquer de profondes éraflures qui se mettent à saigner.

– Si ! Je le suis ! hurle-t-elle en me repoussant. Comment peux-tu arriver à me regarder ? Je suis pathétique !

Qu'elle se déteste à ce point me détruit.

– Quand je te regarde, je vois la même Madison du jour où nous nous sommes rencontrés. Une fille gentille et vulnérable dont il fallait que je fasse à tout prix connaissance. Mais maintenant que je te connais vraiment, je me rends compte que tu n'es pas du tout vulnérable, tu es une survivante. Tu es très forte, Madison.

– Je… m'interrompt-elle mais je la coupe.

– Je n'arrête pas de penser à toi depuis notre première rencontre. Tu es la fille dont je suis en train de tomber amoureux.

Je ne peux plus me taire.

Elle reste bouche bée, et moi aussi. Je ne m'attendais pas à ce que la dernière phrase m'échappe. Mais il faut bien que j'arrête de me leurrer ! J'ai Madison dans la peau depuis que je la connais, aucune autre femme n'a été capable de prendre sa place.

Juliet n'est qu'un lointain souvenir que je veux oublier pour toujours. Par contre, ce que je vis cette nuit avec Madison, c'est authentique. C'est brutal, c'est cru et c'est dur à encaisser, mais c'est tout ce que je veux. Je veux Madison.

– Tu es quoi ? dit-elle, stupéfaite.

– Tu m'as entendu. Tu m'as complètement ensorcelé.

– Mais je suis détruite, Dixon, dit-elle en secouant la tête avec méfiance.

– Tu es parfaite à mes yeux, je réponds en chuchotant.

Je n'ai jamais été aussi sûr de quelque chose dans ma vie.

Bouche bée, Madison retient son souffle et moi, je reste immobile. Je suis trop énervé pour pouvoir bouger. Si je fais le moindre mouvement, je vais finir par coller mes lèvres contre les siennes.

– Dixon, je… dit-elle, ses magnifiques yeux verts rivés sur les miens. Je…

Mais elle ne parvient pas à finir sa phrase.

Elle approche sa tête de la mienne, effaçant la distance qui nous sépare. Son baiser est doux et chaste, mais dès que je sens ses lèvres tièdes contre les miennes, je perds le contrôle. Plus rien ne compte, seule l'envie de dévorer Madison jusqu'au dernier souffle demeure.

Je l'embrasse, fou de désir et, quand j'enfonce ma langue dans sa bouche, je me sens comme un ado inexpérimenté, voulant tout goûter chez elle. Elle me rend mon baiser avec ferveur en enroulant ses bras autour de mon cou et en m'attirant contre elle. Nous sommes si proches que pas même un filet d'air ne peut passer entre nous. Mais j'aime ça. J'aime le fait qu'elle ne montre pas de retenue, surtout après ce qui vient de se passer.

Cependant, en y pensant, j'ai un mouvement de recul. Elle vient tout juste de m'avouer son plus grand secret et me voilà en train de la tripoter comme si j'étais en rut. Mais dès que je m'éloigne d'elle, Madison tire sur mes cheveux et presse fermement mon visage contre le sien, refusant que je m'éloigne.

– Fais-moi tout oublier, halète-t-elle contre mes lèvres. Je veux que ce soient *tes* mains, *ta* bouche, *ton* corps qui restent dans ma mémoire, pas les siens.

Comment dire non à une telle demande ? Mais jusqu'où puis-je aller sans la faire paniquer ? Regrettera-t-elle sa décision une fois que ce sera terminé ?

Elle ressent mon appréhension, car elle attrape ma main et la pose sur sa poitrine palpitante.

– Touche-moi, je t'en supplie. Je veux créer de nouvelles images. Des images auxquelles je pourrai repenser sans avoir peur.

Son honnêteté balaye toute appréhension en moi et je hoche la tête. J'ai besoin d'emporter très loin toute sa souffrance.

Sans perdre de temps, je me baisse pour atteindre sa bouche, déterminé à ce que ce soient uniquement mes baisers dont elle se souviendra, et ceux de personne d'autre. Elle m'embrasse à son tour avec tant de fureur que, bien que je tente de dompter mes hormones, mon sexe commence à se réveiller. Je ne veux pas lui faire peur. Or mon érection qui se raffermit va certainement l'effrayer. Mais elle m'étonne en plaçant sa main entre nous deux et en commençant à caresser timidement et avec douceur la bosse sous mon pantalon. Je ne peux cacher le plaisir que me procure cette caresse. J'essaie d'étouffer un gémissement, mais le frôlement de ses doigts curieux est si agréable qu'un grognement s'échappe de mes lèvres entrouvertes.

– Est-ce que c'est bon ? demande-t-elle d'un ton incertain.

– Ça me fait plus que du bien. C'est juste incroyable. Tu es vraiment incroyable, Madison.

Mes paroles semblent l'encourager, alors, à travers mon pantalon, elle entoure sa main autour de mon sexe et se met à le caresser doucement de haut en bas. Même si cette caresse est vraiment délicieuse, je veux être celui qui donne, pas celui qui reçoit. J'interromps donc son geste en posant tendrement ma main sur la sienne.

– Qu'est-ce qui se passe ? demande-t-elle en écarquillant les yeux, déconcertée.

– Allonge-toi, lui dis-je gentiment en lui embrassant le bout du nez.

– P-Pourquoi ?

– Parce que j'ai très, très envie de te donner du plaisir. Et je veux faire en sorte que ce soit le plus confortable possible pour toi.

Rougissante, elle hésite le temps d'une seconde, puis elle s'allonge lentement sur le lit. Ses cheveux bruns contrastent alors avec les draps de soie blancs. Je l'observe, ne voulant pas la brusquer. En voyant son visage écarlate, ses cheveux en pagaille, sa poitrine haletante, et ses jambes nues, magnifiques, j'ai envie de capturer sa bouche avec la mienne.

Être au lit avec Madison semble si bon, si parfait que tous les autres souvenirs s'effacent. Rien n'égale ce que qui se passe entre nous maintenant. Je sens son corps qui succombe sous mes caresses. Je fais glisser ma main entre nous, car j'ai besoin de sentir sa peau nue. J'effleure un de ses tétons durcis et Madison gémit contre ma bouche. Je descends ma main plus bas et maudis mon T-shirt d'être si grand, car je mets une éternité à atteindre sa peau. Dès que je la sens, plus rien ne compte.

Les muscles de ses cuisses tremblent à mon contact et, même si j'aimerais pouvoir savourer un peu plus le moment en prenant mon temps, je ne peux me résoudre à m'arrêter. Je frôle des doigts sa culotte en dentelle, elle retient son souffle et, à ma grande surprise, écarte davantage les cuisses, m'ouvrant le passage jusqu'à son intimité la plus précieuse. Le tissu mouillé entre ses jambes révèle qu'elle est aussi excitée que moi. Je continue à la caresser par-dessus sa culotte et je sais qu'elle n'est pas loin de jouir.

Mais c'est dans ma bouche que je veux qu'elle trouve son plaisir.

Quand je brise enfin notre étreinte, elle en profite pour prendre une grande inspiration. L'intensité de mes baisers l'a privée d'oxygène. Ses yeux mal assurés rencontrent les miens, mais je ne lui donne pas le temps de réfléchir. Je plonge ma main dans sa culotte et la pose sur son sexe chaud et humide. Nous gémissons à l'unisson. Madison soulève ses hanches, m'intimant silencieusement de continuer. Les yeux toujours plantés dans les siens, j'insère lentement un doigt en elle. Les parois de son sexe l'aspirent littéralement à l'intérieur de son intimité. Elle est très étroite, trop, même. Je sais que je suis le seul homme qu'elle a laissé volontairement toucher cette partie de son corps.

– Dixon, gémit-elle en basculant la tête en arrière et en fermant les yeux.

Je bouge mes doigts en elle, un va-et-vient mesuré et rythmé, car je ne veux pas lui faire mal. Lorsqu'elle cambre le dos et écarte encore plus les jambes, je comprends que mesuré et rythmé ne suffira pas. Elle laisse échapper des petits geignements lorsque j'ajoute un doigt, distendant largement son sexe. Son intimité si sensible est durement mise à l'épreuve par ma profonde pénétration mais elle ne fait rien pour m'arrêter. Elle ondule des hanches, trouvant un rythme confortable tandis que je la pénètre passionnément de mes doigts. Elle est si mouillée que j'ai toute la lubrification dont j'ai besoin.

Son clitoris est gonflé et en manque d'attention. J'effleure alors du pouce ce petit bouton de chair ce qui la fait crier et cambrer les hanches.

– Ça te plaît ?

Mes doigts vont et viennent de plus en plus vite et de plus en plus profondément.

– Oui, dit-elle, haletante, tandis que ses muscles internes me retiennent fermement, comme pour m'empêcher de me retirer.

– Je t'en prie, ne t'arrête pas.

– Jamais, je suis là avec toi. Laisse-toi aller.

Je l'encourage doucement en poussant mes doigts plus profondément et en traçant des cercles du pouce sur son clitoris.

Cette caresse la rend folle, elle cambre le dos et ses hanches adoptent le même rythme que mes doigts.

– Laisse-toi aller, *il mio angelo*, laisse-toi aller, je répète sans cesse, sentant que sa jouissance est proche.

Son corps répond immédiatement à mon ordre. Elle pousse un grand cri, l'orgasme qui le secoue est si puissant qu'elle tremble de la tête aux pieds. Je n'ai jamais assisté à une scène aussi torride de ma vie. Toujours perdu dans ma bulle de plaisir, je laisse Madison flotter dans l'extase qui la secoue encore pendant quelques secondes avant de replonger sur son corps et d'arracher sa petite culotte. Avant qu'elle n'ait le temps de protester, je me mets à lécher son sexe trempé en une lente et torturante caresse de ma langue. Elle crie, surprise par ce contact mais je veux la retenir prisonnière jusqu'à ce qu'elle explose à nouveau. Cette fois, ce sera dans ma bouche.

Ma tête enfouie entre ses cuisses, je me délecte du parfum enivrant de son excitation. Rien n'a jamais senti aussi bon ou n'a eu si bon goût. Lorsqu'elle tente de reculer, gênée par l'exposition de son sexe qu'elle offre à ma bouche et à mon regard, j'attrape sa cuisse et la fais passer par-dessus mon épaule avant de replonger entre ses jambes.

Elle gémit de plaisir et tout son corps se relâche sous l'assaut de ma langue qui la caresse et la suce délicatement. Écartant à nouveau les jambes, elle expose devant mes yeux une peau rosie et luisante de désir. Je lèche sa fente, puis je me dirige plus bas. Elle hurle lorsque j'insère ma langue en elle, reprenant un mouvement de va-et-vient qui fait tressaillir tout son corps.

– Oh mon Dieu, laisse-t-elle échapper en soupirant entre chaque mot.

Son plaisir m'incite à aller plus loin encore. Je la suce, la lèche, la mords et honore son corps jusqu'à ce qu'elle se frotte, totalement abandonnée, contre mon visage, le corps frissonnant à chaque caresse que je prodigue. Elle est totalement exposée, mais ce n'est pourtant pas assez, alors j'insère un doigt pour l'ouvrir davantage et pour avoir un accès total à son intimité.

Ses petits gémissements augmentent de volume alors que je l'empale sans cesse avec ma langue et mon doigt. Lorsqu'elle soulève légèrement ses hanches en me suppliant de la faire jouir, je prends son clitoris dans ma bouche et le lèche rapidement. Elle tape sur le matelas hors de contrôle et puis s'époumone au moment de faire exploser sa jouissance. Son deuxième orgasme la traverse comme un feu de forêt, sa chair brûlant littéralement contre ma bouche et ma langue.

Je pousse un gémissement dès que je goûte aux sucs de son orgasme, les lapant avec gourmandise. Quand elle commence à se débattre et à gémir, je ralentis mes caresses à regret, elle redescend sur terre en poussant un grognement de satisfaction.

Je me recule et observe la déesse en face de moi qui prend une minute pour reprendre son souffle. La voir étendue sur le lit, écarlate, fait palpiter mon sexe de désir. Mais ce soir, c'était pour Madison. La regarder perdre la tête grâce à moi m'a beaucoup plus excité que de faire l'amour. Je n'avais jamais eu autant envie de donner du plaisir à quelqu'un. Et maintenant que j'y ai goûté, je suis totalement accro.

Madison ouvre les yeux, les paupières lourdes, ses beaux yeux verts gorgés de désir.

– Salut, dis-je, un grand sourire aux lèvres lorsque je me glisse contre elle.

– Salut, répond-elle d'une voix enrouée.

Je suis allongé près d'elle mais pas trop tout de même, je ne veux pas l'étouffer car je ne sais pas comment elle va réagir après ce qui vient de se passer entre nous. Mais je suis surpris de la voir me saisir par le col de mon T-shirt et m'attirer contre elle pour poser ses lèvres contre les miennes. Je l'embrasse avec un égal enthousiasme. Lorsque je glisse ma langue en elle, elle se recule, la main posée sur sa bouche.

– Qu'y a-t-il ? demandé-je, surpris.

Ses joues deviennent toutes rouges et elle répond :

– Je peux me goûter… sur… toi… parvient-elle à dire sans tourner au rouge tomate.

– C'est magique, n'est-ce pas ? Je ne sais pas comment je vais faire pour survivre sans ça. Il m'a suffi d'une gorgée et me voilà totalement accro.

Madison baisse les yeux et je me demande ce qui se passe dans sa jolie petite tête pour qu'elle devienne aussi triste.

– Qu'est-ce qui ne va pas ?

– Je… je ne sais pas comment je vais faire pour survivre sans ça, moi non plus, avoue-t-elle avant de dissimuler son visage dans ses mains.

En riant, je lui découvre le visage.

– Eh bien, moi non plus. Je suis persuadé que je pourrais en mourir.

Je tente de détendre l'atmosphère car ce qui s'est passé entre nous était très beau.

– Alors, qu'est-ce qu'on fait maintenant ? demande-t-elle nerveusement, en se tournant sur le côté et en posant sa tête sur sa main.

– Je ne vois qu'une seule solution.

– Laquelle ? rétorque-t-elle immédiatement alors que son souffle saccadé soulève toujours sa poitrine.

– À partir de maintenant, tu me laisses te faire ça tous les jours, dis-je ne voyant pas l'intérêt de ne pas être direct.

Madison me sourit.

– Je pense que je pourrais m'y habituer.

– Tu es sûre ?

– Oui. Mais est-ce qu'on pourrait y aller doucement ? Ce soir c'était la première fois que je me suis ouverte émotionnellement. Et physiquement, ajoute-t-elle en rougissant.

– Nous irons aussi lentement que tu le souhaites. Je suis là pour toi, je t'accompagnerai à chaque étape. Je te le promets.

– J'ai des problèmes, Dixon. Je ne peux pas te jurer de ne jamais te repousser lorsqu'une situation devient trop intense. Mais je vais faire de mon mieux. Je veux vraiment que ça marche entre nous.

– Moi aussi.

Je n'ai jamais autant désiré quelque chose de ma vie.

– Je te donne l'autorisation d'intervenir si je me comporte comme une cinglée.

– Merci mais ce n'est pas la peine. J'ai vraiment foi en toi. Et en nous.

– Nous, répète-t-elle en souriant. J'aime bien ce mot.

– Moi aussi.

Mon sexe se raidit tandis que Madison se met à rougir pour une raison mystérieuse. Qu'elle révèle en demandant d'une voix rauque :

– Et maintenant ?

Je roule sur elle et souris lorsqu'elle halète, sans doute parce qu'elle vient de sentir mon érection.

– Maintenant, je vais t'embrasser.

Elle retient son souffle lorsque je lèche le lobe de son oreille.

– Je ne vais simplement pas te dire où.

Plus jamais je ne la laisserai s'échapper.

Acte 4

Un mois plus tard

CHAPITRE 33
BIENVENUE DANS LA FAMILLE

Dixon

– Comment vous sentez-vous ? demandé-je à Madame Stark tout en regardant discrètement l'horloge.

Je me réjouis de voir que c'est bientôt la fin de sa séance.

– Je me sens… dit-elle avant de marquer une pause, puis de passer langoureusement sa langue sur les lèvres. Je me sens en contrôle…

– Pourquoi ? dis-je en notant quelque chose sur son dossier.

Ses yeux noisette observent chacun de mes mouvements.

– Quand on vit avec un mari mégalomane, Docteur Mathews, on n'a pas souvent l'habitude d'être en contrôle. Je prends donc ce que je peux, et pour le moment, Pedro, qui entretient notre piscine, est content de m'offrir ce dont j'ai besoin, répond-elle en plongeant son regard droit sur mon entrejambe.

Je me redresse sur mon siège et fais un signe de tête.

– Avez-vous discuté avec votre mari… de ses tendances autoritaires ?

Le regard de prédatrice qu'elle lance dans ma direction me déplaît fortement.

– À quoi bon ? Après douze ans de mariage, il n'a pas changé. J'ai juste fini par accepter que mon mari est un maniaque du contrôle. Peu importe le nombre de discussions que nous avons, rien ne changera, dit-elle en écartant les jambes et en se penchant en avant. Et vous, Docteur Mathews ? Avez-vous quelqu'un dans votre vie ?

Je me racle la gorge et m'incline sur mon fauteuil avant de sourire.

– Madame Stark, nous sommes ici pour parler de vous, pas de moi.

– Je préfèrerais parler de vous. Je vous vois depuis quelques mois déjà et pourtant je ne sais rien de vous.

– Je suis votre thérapeute, c'est la seule chose importante à savoir…

– Mais… réplique-t-elle, mais je l'interromps.

– La séance est terminée, Madame Stark. Si vous souhaitez prendre un autre rendez-vous, adressez-vous à Madame Vale en sortant.

Ma réponse manque de tact mais, honnêtement, je m'en fiche. C'est la troisième patiente de la semaine qui se permet de me draguer ouvertement. Évidemment, à une époque, j'aurais plutôt encouragé ce comportement, mais désormais cela me donne la nausée. Heureusement, Madame Stark comprend bien le message et quitte mon bureau sans ajouter un mot.

– Bonjour, Docteur Mathews ! dit Madison en passant la tête par la porte.

Dès que je l'aperçois, mon horrible matinée n'est plus qu'un lointain cauchemar. Je bondis de mon fauteuil pour aller l'embrasser avec passion tout en refermant la porte derrière nous. Je la pousse contre la porte et dévore sa bouche. Je frissonne de plaisir quand je sens qu'elle me répond avec autant de passion.

Madison et moi avons décidé d'avancer lentement dans cette relation. Mais je suis déjà tellement heureux de pouvoir le faire avec elle. Après Boston, nous avons décidé de nous fréquenter exclusivement, ce qui me va très bien, car je ne désire personne d'autre qu'elle dans ma vie.

Après avoir longuement discuté, j'ai réussi à convaincre Madison de voir un psychologue. Bien que ce ne soit que le début, je vois déjà beaucoup d'amélioration dans son comportement et, comme je le lui ai déjà dit, je crois en elle et en nous. Je me sens prêt à affronter tous les obstacles qui se présenteront sur notre chemin.

Madison se dégage de mon étreinte pour reprendre son souffle et moi j'émets un gémissement rauque. Je désire cette fille de toutes mes forces, malgré tout, je n'insiste pas. En effet, Madison a fait des progrès, mais sur le plan physique elle est toujours bloquée dans le passé – au cours duquel elle a été abusée par son salopard de frère. Je grince des dents en pensant à ce qu'il lui a fait mais je contiens ma colère et me contente de la soutenir. Voilà ce qu'un petit-ami se doit de faire.

– Je suis passée pour te faire coucou.

Son sourire éclatant illumine la pièce.

– Eh bien, coucou ! dis-je en plongeant ma tête dans son cou.

Son parfum me rend vraiment dingue.

Elle se met à rire et se blottit contre moi.

– À quelle heure est ton prochain rendez-vous ?

– Un rendez-vous ? Je ne vois pas de quoi tu parles.

Je l'attire contre moi pour lui dévorer le cou.

Elle retient son souffle au contact de mes lèvres humides.

– Dixon…

Je soupire et recule en faisant la moue.

– Bon, d'accord. Tu as gagné. Pour l'instant.

Elle rit encore et je lui souris. C'est agréable de voir qu'elle semble se sentir beaucoup plus libre dans sa tête.

– Toujours partant pour ce soir ? demande-t-elle avec nervosité et une fois de plus je retiens ma colère.

– Je ne raterais ça pour rien au monde.

Ce soir a lieu la célébration des fiançailles de sa demi-sœur et de son frère. C'est aussi la première fois que je vais rencontrer Rachel, sa mère, et Sebastian, son beau-père. Comme je l'ai dit, nous prenons notre temps, mais cette étape est très importante pour Madison. Je vais faire de mon mieux pour ne pas créer de scandale lorsque je rencontrerai son frère. Depuis qu'elle m'a demandé de venir, je me surprends parfois à imaginer que je le frappe jusqu'à ce que mort s'ensuive. Je m'efforcerai donc de rester calme en me disant que pour Madison, ça doit être bien pire.

Elle ne m'a pas beaucoup parlé de sa demi-sœur, mais d'après le peu d'information que j'ai, ce ne serait pas une grosse perte si elle contractait un jour une maladie incurable et en mourait le lendemain.

Je dois être fort pour Madison. Je ne sais pas comment elle réagira lorsqu'elle verra Dylan. Elle dit ne pas l'avoir rencontré depuis un an. Je pense, par conséquent, que cette soirée va être éprouvante pour sa santé mentale et physique. Et je suis sûr que pour moi aussi.

Bien sûr, elle a fait des progrès, mais affronter ce que ce salaud lui a fait sera une longue bataille pour elle. Tout ce que je peux faire, c'est lui donner tout l'amour et le soutien qu'elle mérite. Je veux lui montrer que rien ne changera jamais mes sentiments envers elle.

– Merci, dit-elle en se mordillant nerveusement les lèvres. Jamais je n'aurais pu y aller sans toi.

– Bien sûr que tu y serais arrivée. Tu es capable de tout faire, il suffit juste de le vouloir vraiment.

– Absolument tout ?

J'acquiesce.

– Oui, tout. Regarde, tu as bien fini par m'avoir, non ? dis-je en riant et elle me donne un petit coup sur l'épaule.

– Je pense que c'était réciproque, répond-elle un sourire creusant ses fossettes.

– C'était bien plus que réciproque, dis-je.

Le ton de ma voix décroît, je me remémore notre premier baiser.

– Dixon, dit-elle en rougissant.

– Madison, réponds-je pour rire, en enroulant mes bras autour de sa taille et en l'attirant tout près de moi. Je viens te chercher à dix-neuf heures ?

– D'accord, répond-elle en retenant son souffle lorsque je me penche en avant et lui embrasse la joue.

– Bon, alors à plus tard.

Je la relâche en bougonnant. Je veux qu'elle reste à jamais dans mes bras.

– J'ai hâte, murmure-t-elle. À ce soir !

Elle me fait un petit bisou sur les lèvres et me laisse admirer ses belles fesses quand elle sort de mon bureau. Je me demande comment un bel enfoiré comme moi a pu obtenir une fille aussi incroyable qu'elle.

***

– Tu es sûre que tu ne veux pas qu'on annule pour le repas de ce soir et qu'on organise plutôt une fête en tête à tête chez moi ? dis-je en lui embrassant le cou dans l'ascenseur qui nous mène au vingt-deuxième étage.

– Si seulement… je pouvais !

Elle pousse un petit cri d'exclamation lorsque je mordille sa clavicule.

– J'ai dit à ma mère que nous venions et elle a très… – elle se met à glousser quand je lui lèche l'oreille – … envie de faire ta connaissance, ajoute-t-elle alors que je respire contre son cou. On ne restera pas plus d'une heure.

– Puisque tu le dis…

Je me détache d'elle avant de baisser mon regard sur sa ravissante poitrine, que sa somptueuse robe bustier rouge fait pigeonner.

– Oui, on doit y aller. Mais si tu continues à me regarder de cette façon, je ne sais pas si on va réussir à sortir de cet ascenseur un jour, dit-elle en balayant de son regard lourdement maquillé mon costume Armani.

Pile au moment où j'allais me jeter sur elle, le petit *ding* annonçant que l'ascenseur est arrivé à notre étage retentit. Je sens Madison se raidir. La voir dans cet état me déchire le cœur. Ma courageuse princesse fait son premier pas vers la liberté et je suis décidé à la suivre tout au long de ce chemin.

– Tu es prête ?

– Je n'ai jamais été aussi prête, répond-elle en serrant fort ma main et en esquissant un sourire nerveux.

– Je serai toujours tout près de toi, je te le promets.

– Merci.

Nous faisons nos premiers pas vers l'inconnu.

La salle de réception est vraiment sublime. Elle a dû coûter une fortune à Sebastian. D'après ce que Madison m'a dit, Beth, sa fille, n'exige que ce qu'il y a de mieux. J'ai sincèrement l'impression que Beth est une garce pourrie gâtée, mais ce soir j'ai d'autres chats à fouetter : son abominable frère.

– Ça va ? chuchote-t-elle alors que nous nous dirigeons vers l'entrée.

– Tout va bien…

– Alors est-ce que je pourrais récupérer ma main, s'il te plaît ?

Je baisse les yeux sur nos mains et découvre que ses doigts sont complètement écrasés par les miens. Je la relâche immédiatement.

– Je suis désolée, *il mio angelo*, dis-je en soulevant sa main et en l'embrassant doucement. J'applique un peu trop sérieusement ma promesse de ne jamais te laisser toute seule.

– Madison ?

Nous nous retournons alors vers une belle femme portant une longue robe bleu marine qui s'approche rapidement de nous. Ses yeux verts, son visage en forme de cœur et son doux sourire indiquent qu'il ne peut s'agir que de la mère de Madison.

– Bonsoir, Maman, dit-elle en lâchant ma main pour se précipiter vers elle.

Elles s'embrassent tendrement et je les observe, content de voir que l'enthousiasme de Madison à la vue de sa mère est réciproque.

– Tu es magnifique, ma chérie, dit sa mère en reculant pour la tenir à bout de bras. Tu m'as tellement manqué.

– Maman, ça ne fait qu'un mois ! répond-elle, embarrassée.

– Mais c'est trop long un mois, rétorque sa mère en lui caressant le bras. Alors, où est ton ami docteur ? demande-t-elle en haussant les sourcils. Il faut que tu me présentes l'homme qui…

Mais Madison la coupe, les joues en feu.

– Dixon ? appelle-t-elle par-dessus l'épaule de sa mère.

Sa mère se retourne et dès que ses yeux se posent sur moi, je vois qu'elle approuve.

– Maman, je te présente Dixon. Dixon, voici ma mère, Rachel.

– C'est un plaisir de vous rencontrer, Rachel, dis-je en lui faisant la bise.

– De même, répond-elle en posant sa main sur son cœur. Eh bien, dis donc ! Tu ne m'avais pas dit qu'il était si beau garçon, ajoute-t-elle en se tournant vers Madison.

– Maman ! s'exclame-t-elle en rougissant de plus belle tandis que je me mets à rire.

– Quoi ?

– Allez, rentrons avant que tu ne m'humilies davantage.

– C'est pourtant mon boulot, dit Rachel en lui faisant un bisou sur la joue.

Madison lève les yeux au ciel, amusée, et sa mère sourit.

– Bon, ne faites pas de sottises, les enfants.

– Allez, partons avant que ma mère ne dise quelque chose de gênant. À moins que ce ne soit déjà fait !

Elle me prend par le bras et me guide vers la salle de réception tandis que Rachel reste pour discuter avec des invités. Je me retourne en riant pour lui faire un signe de la main qu'elle me rend joyeusement.

Une fois à l'intérieur, Madison me tire vers le bar.

– Commande ce qui te fait plaisir. L'alcool dissipera le souvenir de la rencontre avec ma mère.

– Oh, arrête, elle n'est pas mal.

Madison fronce les sourcils, ce qui me fait à nouveau rire. Je commande un scotch pour moi et de l'eau pour Madison. Ensuite, il est temps de se mêler à la centaine d'invités présents. Madison me présente à quelques membres de la famille, à des amis, à de la famille éloignée, à des voisins et à son docteur quand elle était petite fille. Pas de trace des rois de la fête, pour l'instant. Je me demande si elle fait exprès de les éviter mais quand je regarde autour de moi, la plupart des gens semblent aussi attendre qu'ils fassent leur apparition.

– La voilà ! s'exclame une voix d'homme derrière nous.

Je me retourne et découvre un homme âgé et distingué qui se dirige vers nous.

– Sebastian, dit Madison en illuminant la pièce de son sourire.

Madison m'a énormément parlé de Sebastian. Elle le considère comme son père, contrairement à son père biologique. Il me plaît tout de suite. Je ne vois que de l'amour irradier de ses yeux gris lorsqu'il regarde Madison.

– Bonsoir ma puce, dit-il avec entrain et elle se jette dans ses bras.

Je reste en retrait, la laissant renouer avec son beau-père, car ce sont d'heureuses retrouvailles.

– Tu nous as manqué, dit Sebastian en caressant son dos.

– Désolée de ne pas être venue plus souvent, j'étais très occupée, répond-elle

La raison pour laquelle elle ne leur rend pas en réalité visite depuis si longtemps me débecte.

– Ce n'est pas grave, tu es là maintenant. Tu es ravissante, dit-il avant de se décaler et de poser ses yeux sur moi.

– Est-ce le docteur dont ta mère n'arrête pas de parler ?

– Oui, répond-elle en souriant nerveusement. Sebastian, je te présente Dixon Mathews.

Il me sourit et me tend une main que j'accepte volontiers.

– Ravi de vous rencontrer, Sebastian. J'ai beaucoup entendu parler de vous.

Je suis impressionné par la vigueur de sa poigne.

– Tout le plaisir est pour moi, Docteur Mathews.

– Je vous en prie, appelez-moi Dixon.

– Eh bien, Dixon, j'espère que nous aurons l'occasion de vous recevoir bientôt autour d'un dîner à la maison. Quiconque a le pouvoir de faire autant sourire ma Maddy sera toujours le bienvenu chez nous.

– Merci beaucoup, ce serait un honneur.

– Parfait. Maddy, tu régleras les détails avec ta mère et puis je l'annoncerai à tout le monde, dit Sebastian tandis que le corps de Madison se fige. Si vous voulez bien m'excuser… ajoute-t-il en faisant un signe à quelqu'un. Tu me gardes une danse, hein ? dit-il en se déplaçant vers le voisin de Madison pour lui serrer la main.

Dès qu'il est parti, Madison s'affaisse contre moi et je passe mes bras autour d'elle.

– Ça va ?

– Non… répond-elle contre mon torse. J'ai été stupide de croire que les choses pouvaient être normales le temps d'une soirée.

– Chut… Tu es parfaite, ne l'oublie pas.

Elle sourit mais ce sourire est fragile, ce qui m'inquiète. Je ne sais pas comment elle va réagir en voyant celui qui est à l'origine de ses problèmes.

– Tu veux partir ?

Elle secoue négativement la tête.

– Nous devons rester. Je ne veux pas contrarier ma mère et Sebastian. Ça ira, ne t'inquiète pas.

– Si tu veux partir, tu n'as qu'à le dire et on fout le camp.

– Merci d'être là, dit-elle en se blottissant contre moi.

– Je serai toujours là pour toi.

– Tiens, tiens. La petite Maddy a un copain, chantonne une voix sur ma gauche. Je me retourne pour tomber sur une inconnue qui m'inspire immédiatement du dégoût. Cette petite brune s'adresse à Madison d'une voix dégoulinante de moquerie. Elle porte une robe noire deux fois trop petite, mais montrer ses fesses à toute la pièce ne semble pas l'affoler.

– Salut Mona, dit Madison, la voix hésitante.

J'en profite pour dévisager la bimbo vulgaire qui se trouve devant nous.

– Qui tu es, toi ? demande Mona, en me reluquant ouvertement.

– Je suis le copain de Madison. Et toi, qui es-tu ?

– Je suis la meilleure amie de Juliet, répond-elle en pinçant les lèvres.

– C'est qui Juliet ?

Ce prénom réveille tant de mauvais souvenirs que j'aimerais l'oublier à jamais.

Mona se met à rire et se couvre la bouche en feignant d'être choquée.

– Ton copain n'est pas très crédible. Il ne connaît même pas le prénom de la future mariée. Combien tu prends à l'heure ? dit Mona en riant à sa blague de mauvais goût.

Madison se pétrifie à mes côtés. Je dirais bien à cette pétasse de nous laisser tranquilles si je pouvais parler, mais impossible de décrocher un mot. Un sentiment de terreur me traverse ; je me repasse en boucle les cinq secondes qui viennent de s'écouler. Il y a des milliers de Juliet qui vivent à New York, me dis-je pour me calmer. C'est une simple coïncidence.

– Tu m'avais dit que ta demi-sœur s'appelait Beth, non ? dis-je à Madison en ignorant les rires étouffés de Mona.

– Heu… C'est un surnom que je lui donne, répond-elle en touchant nerveusement le diamant de sa boucle d'oreille. Tu sais bien, c'est ma manie.

– Donc elle s'appelle Juliet ?

Je ne suis pas d'humeur à rire.

– Oui.

C'est une coïncidence. Juste une coïncidence. Je n'ai pas autant la poisse, tout de même ! Quelles seraient les probabilités que ce soit la Juliet que je connais ? Elles sont quasiment nulles. C'est une pure coïncidence que Juliet habite dans le même immeuble que Madison. C'est aussi une pure coïncidence que la demi-sœur de Madison, Juliet, ait tout d'une peste pourrie gâtée.

Pour en avoir le cœur net, je demande :

– Quel est le nom de famille de Sebastian ?

Madison fronce le nez, étonnée.

– C'est…

Mais elle est coupée à cet instant précis par les projecteurs qui s'allument et le maître de cérémonie qui commence à s'adresser à la salle.

– Mesdames et Messieurs, le moment est venu d'applaudir les futurs mariés !

La salle retentit d'applaudissements et de sifflets, mais Madison et moi restons immobiles. Elle ne comprend pas mon intérêt soudain pour sa demi-sœur. Je fais de mon mieux pour lui sourire, mais lorsque je me retourne pour observer l'heureux couple qui vient de faire son entrée, Madison répond à ma question :

– C'est Harte, murmure-t-elle dans mon oreille, tandis que le monde s'effondre autour de moi.

CHAPITRE 34
COUCHER AVEC L'ENNEMI

Dixon

Quand j'aperçois Juliet Harte guidée au centre de la pièce par son fiancé, Dylan Roberts, je suis certain de deux choses. D'une, putain de karma. De deux, j'ai couché avec l'ennemi.

Je suis parcouru par des émotions multiples, mais, pour le moment, je ne peux qu'applaudir et faire semblant d'ignorer *qui* est Juliet et *qui* est Dylan. Je sens le regard pénétrant de Madison posé sur moi, mais fidèle au bel enfoiré que je suis, je reste impassible, sans laisser filtrer la moindre émotion.

– Tu la connais ? demande-t-elle assez fort pour que je puisse l'entendre par-dessus le brouhaha.

C'est le moment de vérité. Je pourrais avouer à Madison que Juliet est la fille que j'avais choisie avant elle. Je pourrais également lui expliquer que notre relation n'était que superficielle, totalement vide et entièrement basée sur le sexe, contrairement à ce que je vis avec elle. Dire la vérité à Madison pourrait enfin m'absoudre de tous mes péchés, car c'est *elle* que je veux. Juliet était une erreur. Une grosse erreur dont je paye actuellement les frais.

Ou bien, je pourrais mentir.

– Non. Je ne l'ai jamais vue de ma vie.

Les yeux de Madison s'étrécissent et, le temps d'une seconde, j'ai l'impression qu'elle a découvert le pot aux roses. Mais elle me sourit et ajoute :

– Je me disais bien que tu ne pouvais pas la connaître. Tu as bien meilleur jugement que ça.

Je suis tiré d'affaire. Mais pourquoi je me sens si mal ?

Avant d'avoir le temps de m'interroger sur mes règles morales, Juliet et Dylan montent sur scène. Dylan accepte le micro que lui tend le maître de cérémonie. Le petit corps de Madison se met alors à trembler à côté de moi. J'entoure sa taille de mon bras, en la collant contre moi.

Je regarde avec dégoût Juliet embrasser Dylan.

– Bonsoir à tous, dit Dylan en adressant un sourire insouciant à la salle. Ma sublime fiancée se joint à moi pour tous vous remercier d'être venus en cette occasion si spéciale. Comme vous le savez, nous sommes réunis ici pour fêter nos fiançailles, dit-il alors que la foule les applaudit et les acclame. Mais ce soir nous avons aussi un autre heureux événement à célébrer.

Les frissons de Madison persistent, je la serre plus fort contre moi, refusant de la lâcher.

– Je vais laisser la parole à ma future épouse pour qu'elle annonce la bonne nouvelle, dit Dylan en passant le micro à Juliet.

Juliet est aux anges, je ne l'ai jamais vue si… heureuse. Elle ne m'a jamais souri comme elle est en train de sourire à Dylan. Mais je n'en ai rien à faire. Je réalise juste qu'elle a dû m'utiliser autant que je l'utilisais. Je me sens soudain très sale. J'ai l'impression que ma crasse contamine l'innocente qui se trouve à mes côtés.

Juliet accepte avec joie le micro, elle savoure le fait d'être sous le feu des projecteurs, car elle adore être le centre de l'attention. Elle parcourt la salle des yeux, l'air de rien, et comme si cela ne suffisait pas, son regard atterrit pile sur moi. Je reste impassible, refusant de montrer une quelconque émotion. Je sais que tout ça est bien trop important pour elle, elle ne laissera rien se mettre en travers de son conte de fées.

En bonne actrice, elle porte le micro à ses lèvres, sans jamais me quitter du regard.

– Je suis enceinte !

Les exclamations fusent dans la salle, mais je suis celui qui m'exclame le plus fort lorsque Juliet défait son châle en dentelle et révèle son ventre légèrement arrondi. D'après la taille, elle doit être à environ trois mois de grossesse. Et il y a trois mois, je couchais avec elle.

Juliet observe ma réaction lorsque j'encaisse la vérité dans toute sa violence. Ses lèvres s'étirent dans un large sourire et elle hausse les sourcils d'un air suffisant.

– C'est écœurant, crache Madison en se dégageant de mon étreinte.

Je panique. J'ai peur qu'elle ait remarqué l'échange de regard entre Juliet et moi.

– Partons, dis-je en la prenant par la main pour l'entraîner vers la sortie.

Elle ne rechigne pas, au contraire, elle a l'air de vouloir elle aussi fuir à toutes jambes cette atmosphère délétère. Lorsque nous atteignons la porte de sortie, je me sens soulagé. Tout ce qui compte, c'est de s'éloigner au plus vite de ces lieux et de cette situation toxique.

Je tire sur sa main et la guide à l'extérieur, mais Madison ralentit, plantant ses talons dans la moquette.

– Attends, dit-elle en reprenant son souffle. J'ai juste besoin d'une minute.

Merde, on n'a pas le temps. Connaissant Juliet, elle va bientôt se jeter sur nous, pour bien remuer le couteau dans la plaie.

– Tu te reposeras dans la voiture, dis-je en la tirant doucement vers l'ascenseur.

Elle me dévisage, son visage exprime sa confusion. Alors j'ajoute :

– Je déteste te voir dans cet état, Madison. Regarde-toi, tu es toute chamboulée.

Je désigne du menton ses mains qui tremblent.

Elle les serre l'une contre l'autre et acquiesce.

– Tu as raison. Mais il faut que je trouve ma mère pour lui dire au revoir.

Alors que je cherche une excuse pour qu'elle me suive, un frisson me parcourt le dos. Il est provoqué par l'arrivée d'une femme qui en sait beaucoup trop.

– Vous partez déjà ? roucoule Juliet.

Je ferme les yeux, maudissant le jour où elle est entrée dans mon cabinet.

Madison pousse un soupir. Je rouvre les yeux, prêt à affronter toutes les embûches que cette garce est sur le point de dresser sur mon chemin.

– Oui, répond Madison et je suis fier de son courage.

– Tu ne me présentes pas à ton nouvel ami ? demande Juliet, esquissant un sourire de sorcière.

Madison lève les yeux sur moi et je hoche la tête pour lui communiquer silencieusement la force dont elle a besoin.

– Je te présente mon c-copain, Dixon, dit-elle alors que Juliet hausse les sourcils.

Je sais qu'elle calcule dans sa tête depuis combien de temps nous sommes ensemble et si c'est à cause de Madison que j'ai mis fin à notre brève liaison. La question reste de savoir si elle va lui dire la vérité.

Juliet incline la tête et alors qu'elle me dévisage, je réalise que mon sort est totalement entre ses mains. Je hais le fait que cette peste ait le pouvoir de faire avancer ou de détruire la meilleure chose qui est arrivée dans ma vie.

– Ton copain ? demande-t-elle

Je la supplie du regard de rassembler le peu de compassion qu'elle a peut-être en elle pour ne pas ruiner mon bonheur.

– Oui, répond Madison en me prenant par le coude.

– N'est-il pas… dit Juliet en suspendant sa phrase.

Je retiens mon souffle. Madison et moi attendons que Juliet continue. Pile quand je pense qu'elle ne le fera pas, elle conclut :

– Trop vieux pour toi ?

Madison sursaute alors que je laisse échapper tout l'air que je retenais dans mes poumons. Si c'est la seule chose qu'elle trouve à redire, tant mieux.

– Il est parfait, rétorque Madison, défiant Juliet de la contredire.

Madison est tellement loin de la vérité que c'en est horrible. Je suis touché qu'elle ressente le besoin de me défendre. Mais cette conversation doit s'arrêter avant que Juliet ne révèle combien je suis loin d'être parfait.

– On y va ?

Je veux que ce cauchemar se termine.

– D'accord, répond-elle sans quitter Juliet des yeux.

– Heu… Dixon, dit Juliet alors que nous faisons volte-face pour partir.

– Oui ?

Je continue à lui tourner le dos en m'efforçant de rester calme.

– Je peux te parler une seconde ? demande-t-elle tandis que Madison se retourne pour la regarder.

– Pourquoi ? Tu n'as rien à faire avec lui.

– Ne t'inquiète pas, Madison, dis-je en me retournant lentement pour croiser le regard du démon.

– En privé, ajoute Juliet avec un sourire narquois, croisant les bras sur sa poitrine.

– C'est hors de question ! s'exclame Madison en faisant un pas en avant mais je l'attrape par le bras pour l'arrêter dans sa fureur.

– Dixon ? dit-elle, une expression d'horreur sur le visage.

– Ne t'inquiète pas. Quoi qu'elle me dise, ça ne changera jamais ce que je ressens pour toi. Descends et attends-moi, d'accord ? Je te promets que ce ne sera pas long. Tu me fais confiance ?

– Bien sûr, chuchote-t-elle et sa sincérité me touche comme jamais.

À l'idée de perdre Madison, je sens un énorme vide se creuser dans ma poitrine. Juliet a désormais le pouvoir de décider de mon sort. Il ne me reste qu'à espérer qu'elle se montre clémente avec moi.

– Je t'attends en bas, déclare Madison les lèvres tremblantes.

– *Il mio angelo*, dis-je lorsqu'elle se retourne pour partir.

Elle me regarde alors dans les yeux, espérant que j'ai changé d'avis. J'aimerais tant pouvoir la suivre, mais je ne peux pas. J'ai les mains enchaînées. Juliet a la clef.

Madison attend que je dise quelque chose, mais je n'y arrive pas. Il n'y a pas de mots pour exprimer à quel point je suis désolé. Alors je préfère agir que parler. En deux foulées, je la rejoins et entoure mon bras autour d'elle pour la serrer si fort que je l'étouffe presque. Puis ma bouche avide fond sur la sienne. Elle répond à mon baiser avec autant d'enthousiasme ; nous voulons tous les deux prouver quelque chose à Juliet. Elle a peut-être le contrôle de la situation mais ce que nous vivons, Madison et moi, est authentique. Ce n'est pas une garce comme elle qui va détruire ce qu'il y a entre nous.

Je brise notre étreinte et Madison proteste en faisant une adorable moue.

– C'est juste un avant-goût de ce qui nous attend. J'arrive tout de suite.

Je lui fais un bisou sur le bout du nez.

Madison hoche la tête, les yeux remplis d'inquiétude, mais elle se retourne et me laisse seul avec l'Antéchrist en talons aiguilles.

– Qu'est-ce que tu veux ?

– C'est comme ça que tu t'adresses à la famille ? répond Juliet avec sarcasme.

– Tu n'es pas ma famille.

Elle n'a aucune idée de ce qu'est une vraie famille.

– Bon, passons. Je n'ai pas le temps de papoter, répond-elle à voix basse en saluant un couple âgé qui passe près de nous.

– Alors va droit au but.

Je suis très nerveux et je desserre ma cravate.

– Oh, tu as toujours été si exigeant, dit-elle en esquissant un sourire malveillant.

Elle caresse mon épaule du bout des doigts mais je repousse sa main, sans me soucier d'être vu.

– Ne me touche pas. Tu veux parler, alors parle. Je n'ai pas beaucoup de temps et là, tu me fais perdre mon temps.

– Tu ferais mieux d'être gentil avec moi, Dixon. On partage quand même un secret, toi et moi.

Elle pose ses mains sur son ventre.

– Ce bébé n'est pas le mien.

– Comment peux-tu en être si sûr ? Tu veux que je te rappelle toutes les cochonneries que nous avons faites sans protection ?

chuchote-t-elle en se rapprochant de moi tandis que je fais un pas en arrière. Si tu n'avais pas été aussi méchant avec moi la dernière fois que je t'ai vu, peut-être que toute cette situation ne serait pas aussi embarrassante. Je n'arrive pas à croire que Madison était celle qui venait à tes soirées pyjama. C'est bien triste pour toi.

– Qu'est-ce que tu veux ?

– Je ne vais rien dire sur nous, dit-elle, ce qui m'étonne grandement.

– Elle est où l'arnaque ?

Je sais que quelqu'un comme Juliet ne fait pas les choses gratuitement, mais pour en bénéficier un jour ou l'autre.

– Il n'y a pas d'arnaque. Je te demanderai juste quelques services de temps à autre.

– Quel type de service ?

Je serre les dents, incertain de la tournure que va prendre cette conversation.

– Je t'aimais vraiment bien, Dixon et ce qu'il y avait entre nous, c'était… sympa.

– Hors de question. Je ne te toucherai plus jamais. Tu peux me faire autant de chantage que tu voudras, je ne tromperai jamais Madison, tu entends ?

– On verra bien, jacasse-t-elle, très sûre d'elle.

Avant, je trouvais son assurance séduisante. À présent, elle me retourne l'estomac.

– Pourquoi ? Tu vas te marier, bordel ! Va baiser ton mari et laisse-moi tranquille.

– J'aime Dylan, vraiment très fort. Mais il en aime une autre, depuis toujours. Et je veux changer ça, avoue-t-elle.

Je suis sous le choc, bouche bée.

Quoi ? Il *aime* Madison ?

– Tu es complément folle, dis-je avec mépris, révulsé d'avoir couché avec cette femme.

– Oh, je le sais bien, Docteur Mathews. Rappelle-moi où nous nous sommes rencontrés ? Je suis venue demander de l'aide et en retour tu m'as baisée dans toutes les positions possibles et imaginables. Et j'ai adoré ça.

Je baisse les yeux, dégoûté d'avoir pactisé avec cette folle.

– Nous n'avons eu que des rapports consentis. Pourquoi transformes-tu la réalité ? Ce n'était que du sexe, Juliet. Rien de plus, rien de moins.

– Tu as raison, et j'étais d'accord pour laisser tomber. Mais le fait que tu aies choisi cette petite garce pleurnicharde à ma place me fait du mal. Je suis toujours celle qui passe en deuxième. Je ne suis jamais assez bien pour personne, j'en ai assez d'être toujours la seconde. J'en ai surtout marre de toujours passer après *elle*, crache-t-elle, véritablement en colère.

Immédiatement, la conversation que nous avons eue dans mon cabinet, il y a de nombreux mois, me revient en tête. C'était juste avant que nous commencions ce truc auquel je ne trouve pas de nom pendant deux mois et demi. Juliet m'avait avoué ne jamais se sentir à la hauteur. Et je sais désormais que c'était par rapport à Dylan. Si seulement elle savait qu'elle est amoureuse d'un violeur incestueux, elle changerait sans doute de discours. Je ne pense pas qu'elle soit au courant. Comment pourrait-elle l'aimer si elle savait la vérité ?

La voix satisfaite de Juliet m'arrache à mes pensées.

– On va faire un *deal*. Je garde mon fiancé à distance de ta petite amie et toi, tu t'assures de la garder loin de lui, comme ça tout le monde est content.

– De quoi tu parles ?

Madison n'a pas vu Dylan depuis plus d'un an.

– Oh, tu n'as pas entendu la nouvelle ? Dylan va s'installer chez moi, dit-elle.

Je vais vomir.

Si ce salaud vit dans le même immeuble que Madison, elle n'arrivera jamais à poursuivre les progrès qu'elle a déjà faits. Le risque de tomber sur lui va la paniquer. Sans parler de la peur qu'il rentre dans sa chambre, comme quand ils étaient enfants. Cela va la rendre folle ; elle va sans cesse revivre son enfance et, au bout du compte, cela va la tuer.

Juliet voit que ma détermination s'effrite. Elle sourit d'un air narquois.

– Tout ce qu'il te reste à faire, c'est de te rendre disponible quand j'ai besoin de toi. On pourra alors tous continuer à jouer au jeu de la famille parfaite.

– Pourquoi tu fais ça ?

Je pose la question, même si au fond, je sais pourquoi.

C'est la raison pour laquelle elle est venue me consulter. Tout est question de pouvoir et de contrôle.

Comme si elle lisait dans mes pensées, elle répond :

– Parce que j'ai le pouvoir de le faire. Je te l'avais bien dit : tu reviendrais vers moi pour me supplier de te donner une seconde chance. Mais là, tu ne fais pas que me supplier, tu es carrément en train de ramper à mes pieds.

Mon visage se contracte de rage et elle se met à rire.

– Tu ne pensais quand même pas que ce serait aussi facile de te débarrasser de moi, non ? Tu es *mon* esclave maintenant, conclut-elle en se rapprochant et en posant discrètement sa main sur mon sexe.

– C'est du chantage.

Elle me tient par les couilles.

– Putain de karma, Docteur Mathews.

– Je vais tout dire à Madison.

Personne ne fera de moi son esclave. Je protègerai Madison quel que soit le prix à payer. Au pire, elle pourra venir s'installer chez moi.

– Je t'en prie, vas-y, dit Juliet en haussant les épaules. Je suis sûre que tes confrères du Conseil des Psychiatres seront contents de savoir que tu t'es tapé une patiente.

Je blêmis. Juliet ouvre la bouche en faisant semblant d'être surprise.

– Comment ? Je n'étais pas la première ? Vous êtes vraiment un vilain garçon, Docteur Mathews. Je suis persuadée que ta Sainte Nitouche appréciera aussi de découvrir toutes tes pratiques qui sont loin d'être déontologiques.

Juliet me tient littéralement par les couilles et je ne vois pas d'issue possible. Même si je dis la vérité à Madison, cela n'empêchera pas Juliet de me dénoncer au Conseil si je n'obtempère pas lorsqu'elle le demande. Juliet est une femme blessée qui veut prendre sa revanche. J'en suis le seul fautif.

– Très bien.

Je fais un pas en arrière, ce qui me fait très mal au niveau de l'entrejambe.

– Tu as gagné.

Juliet pousse un petit cri, très surprise de voir que j'accepte de me faire mal, mais la douleur physique n'est rien comparée à ce que ce *deal* va provoquer dans ma vie et pour mon intégrité.

– Mais, que ce soit bien clair, je ne suis l'esclave de personne. Tu viens de signer un pacte avec le diable, ma chérie, dis-je en me collant devant elle, sans me soucier de qui nous regarde. Tu as intérêt à la boucler, parce que sinon ça ne va pas être une partie de plaisir pour toi.

Juliet pâlit. La haine que je ressens pour elle irradie par tous mes pores. Je ferai tout ce qui est en mon pouvoir pour protéger Madison, même vendre mon âme au diable en échange de sa liberté.

– À bientôt, dis-je à quelques centimètres de son visage.

Elle fait un pas en arrière.

Je souris. Elle n'a aucune idée de qui elle a affaire.

Juliet se reprend vite lorsque le couple âgé repasse près de nous en nous regardant de travers.

– Je te contacterai, murmure-t-elle.

– J'ai hâte.

– S'il te reste encore un peu d'amour propre, tu devrais te contenter de partir la tête haute, dit-elle, si fière de pouvoir répéter mot pour mot la phrase que je lui avais dite lors de notre ultime échange.

– Va te faire foutre.

– Oh, c'est bien mon intention, répond-elle avec arrogance.

Elle me fait un clin d'œil par-dessus son épaule avant de s'éloigner comme si de rien n'était. Comme si elle ne venait pas de me faire chanter pour que je devienne son toutou.

Je dois partir d'ici, je suis à deux doigts de péter un câble. Avant de faire quelque chose que je regretterai plus tard, j'ai besoin de réfléchir. Je me précipite alors vers les escaliers. J'ai besoin de dépenser mon énergie en descendant à pied les vingt-deux étages et de m'assurer que je suis encore vivant.

Qu'est-ce que j'ai accepté ?

Je viens de vendre mon âme à Lucifer et je ne sais pas quoi faire. Hors de question que je fasse ce que je Juliet me propose. Je ne peux pas. Je ne peux même pas la toucher comme elle le souhaite car je ne suis plus cet homme-là. Madison m'a transformé, je ne me suis jamais senti aussi vivant. Mais ai-je le choix ?

Juliet a le pouvoir de détruire ma vie *et* ma carrière. Même si personne ne croit ses accusations, elle sèmera le doute sur moi et une fois que ce doute sera installé, ma réputation sera brisée. Nous ne vivons pas dans un monde qui pardonne facilement, surtout lorsqu'on travaille avec des gens riches, toujours prompts à critiquer les autres.

Arrivé au quatorzième étage, je me rends compte que je suis foutu.

Mon sordide passé revient me mordre les chevilles et je ne peux m'en prendre qu'à moi-même. Je pourrais rejeter la faute sur Lily ou sur la mort de ma mère pour expliquer mon comportement si immoral, mais ce ne serait qu'une excuse de plus. J'ai fait ce que j'ai fait parce que j'aimais ça. Si les rôles étaient inversés et que c'était moi sur le divan, on dirait de moi que je suis un addict de la pire espèce.

Je suis accro au péché.

Mon corps dégouline de sueur et tremble de rage. Je donne un coup sur la porte avec mon épaule pour l'ouvrir puis je me mets à inspecter le hall d'entrée à la recherche de Madison. Dès que je la vois, mon cœur se brise. Elle est en pleurs, appuyée contre le mur.

Juliet a-t-elle changé d'avis et décrit à Madison le pervers que je suis vraiment ?

– Madison ?

Je me précipite vers elle, la voix anxieuse.

Elle se retourne rapidement vers moi et je retiens mon souffle, ne pouvant déterminer de ce ses yeux révèlent. Mais je pousse un soupir de soulagement en découvrant le bonheur qui illumine ses traits quand elle me voit.

– Dixon ! crie-t-elle en courant vers moi. Tu as pris les escaliers ? dit-elle en reniflant.

– Oui, l'ascenseur mettait trop de temps et j'avais trop envie de te voir. Pourquoi pleures-tu, *il mio angelo* ?

Elle baisse la tête mais je soulève son menton du bout des doigts.

– Qu'est-ce qui se passe ?

– Je… je pensais que tu avais des doutes.

– Sur nous ?

– Oui, avoue-t-elle en laissant couler une larme.

– Pourquoi aurais-je soudain des doutes ? dis-je en la consolant et en essuyant chacune de ses larmes.

– À cause de Juliet, admet-elle avec tristesse. Elle est toxique, Dixon. Elle détruit tout ce qu'elle touche.

– Tu n'as pas à t'inquiéter. Jamais elle ne me touchera.

Je la rassure en la prenant dans mes bras.

– De quoi avez-vous parlé ? murmure-t-elle contre mon torse.

– Ça n'a pas d'importance. La seule chose qui compte, c'est toi. C'était une soirée difficile pour toi, je te ramène à la maison.

J'ai besoin de m'éloigner le plus loin possible de Juliet.

– Je peux rester chez toi, ce soir ? demande-t-elle avec nervosité.

D'habitude, qu'elle veuille rester chez moi me remplirait de joie, mais là je sens que je ne la mérite pas. Mais comment refuser une telle proposition ?

– Bien sûr. Ça me fait plaisir.

Madison est toujours dans mes bras et je ne peux m'empêcher de lui demander :

– Pourquoi Beth ?

Elle renifle, serrant fort ses bras autour de ma taille.

– Apparemment, sa mère l'a prénommée ainsi en référence à Juliet Capulet. D'après Juliet, c'est parce que sa mère disait qu'elle était très belle et qu'elle capturerait le cœur de n'importe quel homme, ami ou ennemi, ajoute-t-elle.

La prétention de Juliet me fait ricaner avec mépris.

– Bref, avec Mary nous avons décidé que Macbeth lui correspondrait mieux. Et quand je dis Macbeth, j'entends Lady Macbeth qui est ambitieuse, manipulatrice et diabolique. En plus, elle conspire avec les sorcières. Donc Beth est resté comme surnom.

– Je pense que c'est très bien trouvé, dis-je et Madison recule en me regardant avec curiosité.

Je ne développe pas. Par contre, je lui demande :

– Et moi, quel est mon surnom ?

Elle réfléchit un peu puis elle sourit.

– Toi, tu es Dixon.

– Ah bon ? Je n'ai pas droit à un nom un peu plus spécial ?

Madison pose sa main sur ma joue.

– Ton prénom est déjà très spécial pour moi.

Alors mon cœur se brise en deux.

Acte 5

CHAPITRE 35
CHOISIR AVEC SAGESSE

Dixon

Dans la vie, on a le choix de faire le bien ou le mal. Nos choix ont tous des répercussions sur notre avenir.

Si j'avais su plus tôt ce que je sais maintenant, aurais-je pour autant choisi d'agir autrement ?

Je baisse mes yeux sur l'ange qui dort à côté de moi et je sais que la réponse est oui. Il y a tant de choses que j'aimerais changer dans mon passé. Mais ce n'est que quand on prend du recul qu'on s'en rend compte. Il n'y a pas de boules de cristal pour prédire si notre décision est la bonne ou pas. On doit se contenter d'assumer les conséquences de nos choix et d'affronter la vie qu'on a choisie.

Alors, choisissez avec sagesse, mes amis, parce qu'une fois que la décision est prise… on ne peut plus revenir en arrière.

Que choisir à présent ?

Il n'y a qu'une voie qui s'offre à moi.

On m'a forcé la main et maintenant… le péché guidera mon avenir.

* * *

Mieux vaut perdre la vie par leur haine que d'attendre la mort sans être aimé de toi.

Romeo et Juliette, William Shakespeare.

REMERCIEMENTS

Je pensais qu'avec de l'entrainement, ce moment de l'écriture d'un livre deviendrait plus facile. Mais je me trompais.

Merci à Bookouture d'avoir cru dans un roman et un auteur depuis le début. Claire Bord, mille mercis pour ta patience, ton professionnalisme et ta gentillesse.

Merci aussi à mon extraordinaire agent, Madeleine Milburn. Maddy, tu es une ROCKSTAR ! Depuis notre première rencontre, j'ai su que tu étais celle qui pourrait le mieux me représenter. Je me souviens quand tu m'as dit que tu parlerais de *Addicted to sin* sur tous les toits. Et tu l'as fait ! Ça et bien plus encore. Tu es la meilleure et j'espère que nous aurons ensemble une longue carrière pleine de succès. J'attends avec impatience de pouvoir te serrer dans mes bras en personne.

Merci à la formidable équipe de Madeleine Milburn Literary, TV&Film Agency, tout particulièrement à Cara Lee Simpson. Cara, j'ai vraiment apprécié tout ce que tu as fait pour moi ! Tu as répondu à toutes mes questions et je te remercie pour ta patience et ton empathie. Ta sérénité quand je m'affolais a été une aide précieuse. Je n'aurais pas pu terminer ce livre sans toi.

Merci à Toni Rakestraw, qui a toujours été là. Toni, je ne sais pas combien de fois je te l'ai dit, mais je t'adore. Merci pour avoir fait de moi l'auteur que je suis aujourd'hui. Mon livre ne serait qu'une liste de mots sans toi.

Kim Nash, tu es géniale et je t'adore !! Je voudrais mettre ton humour en bouteille, parce que chaque fois que nous bavardons ensemble, je n'arrête pas de rigoler ! Merci pour les conseils de maquillage, aussi !

Jay MacLean, tu seras toujours ma meilleure pote fille ! Merci pour toutes nos discussions. Tes conseils, ton honnêteté, mais plus encore, ta gentillesse, font de toi une personne extraordinaire. Tu es exactement ce que tu as l'air d'être et j'aime beaucoup cet air.

Kendall Ryan. Merci pour tes conseils et pour ton aide. Avant que mon bébé soit livré au monde, tu m'as offert ton soutien, ce dont je te serai éternellement reconnaissante.

Mes collègues et amis auteurs : Lisa Edward, Tina Gephart, Beverly Preston, Beth Michele, Nina Levine, Steve Genis, Kylie Scott, Carmen Jenner, Kathy-Jo Reinhart, Christina Lauren, Whitney G, Kirsty E. Moseley, Natasha Preston et Jacinta Maree, Heidi McLaughlin, CJ Roberts, Rachel Brookes, Justine Elvira, Ilsa Madden-Mills, merci pour m'avoir inspirée, pour nos discussions et votre amitié.

Un remerciement spécial à Lisa Edward et Melissa Stewart-Allum pour avoir pris le temps de lire la première version de *Addicted to sin*. Merci pour votre retour.

Ariana McWilliams, je serais encore en train de travailler sur la couverture de *Surrender* si tu n'avais pas été là ! Merci pour tout, ma belle. Je suis tellement heureuse que nous ayons enfin pu nous rencontrer ! Scott et toi êtes les gens les plus gentils que je connaisse et je trépigne d'impatience à l'idée de vous revoir en avril prochain ! Que notre amitié continue ainsi !

Les fomidables blogueuses ! Vous êtes si nombreuses à m'avoir aidé à faire dominer Dixon sur le monde Je ne vous remercierai jamais assez ! Vous êtes des rockstars ! MERCI !

Bethany MacNicholl et Mindy, Lynne, Angela de Talkbooks. Je suis tombée amoureuse de chacune d'entre vous.

Un remerciement spécial pour ma petite minette rockstar Lisa Pantano Kane de Three chicks and Their Books. Je sais que tu viendras me rendre visite sur Cat Islands bientôt !

Un remerciement spécial aussi à Annie Gabor, à Lexy, Jamie et Jocelyn de All is Read. Lexy, tu peux me regarder bizarrement autant que tu veux ! et Annie, kidnappe-moi ! Je ne mange pas beaucoup !

Ma merveilleuse famille, maman, papa, Fran, Matt, Samantha, Amelia, Gayle, Peter, Luke, Leah et Shirley. Je suis la personne la plus chanceuse du monde de vous avoir dans ma vie. Vous illuminez mon univers d'une façon indescriptible.

Papa et maman, vous êtes mon inspiration. Je vous aime tellement.

Gayle et Peter. Merci pour votre soutien sans faille. Je suis tellement heureuse d'avoir une telle belle-famille. Et merci pour la meringue au citron !

Mon merveilleux époux, Dani. Tu ma rockstar à moi. Je suis tellement fière de toi.

Fran, merci d'être mon principal supporter.

Samantha et Amelia, vos sourires illuminent le monde. Tatie vous adore.

Louise Mercer, je te connais depuis plus de la moitié de ma vie, je t'aime tant. Nous ouvrirons Cat Island ensemble, un jour !

Gemma Cawley. Tu es ma copine numéro 1 quand il fait faire de l'escalade, crier comme une sirène, porter des chaussettes avec des chats dessus, manger du réglisse, danser en boîte !

Nicole Smith et Stacey Kingston. Sans vos massages magiques, je ne serais qu'une vieille femme toute cassée avec un dos en vrac et les épaules au niveau des oreilles.

Un merci tout spécial aussi à : Karli Roderick, Yvonne McBroom, Vicki Ballantyne, Jane Ashton, Jaz Menta, Amy, Lauren, Sandy Borrero, Vilma Gonzalez, Natasha Giagnacovo Rochon, Bianca Smith, Lynnette Stallone, Romance Writers of Australia, mes cousins ; Michael, Rob, Elisa, Evan, Alex, Francesca, et mes oncles et mes tantes.

Mes petites boules de poil, maman vous adore ! Buckwheat, j'espère que Gertrude numéro 5 et toi vivrez heureux. Dacca, je te protégreai toujours de la grosse vilaine Bellie. Mitch, voire le commentaire sur Dacca. Jag, tu es un wombat déguisé. Bellie, tu es le diable, en réalité. Et Ninja, merci de me protéger.

Si j'ai oublié quelqu'un, j'en suis désolée ! C'est involontaire ! Voilà un pesace pour vous, pour m'excuser ! Complétez ce remerciement pour le personnaliser à votre nom

Monica James remercie   de tout cœur ! Elle vous doit un café et des millions de bisous !

Love M x

Enfin, mais c'est important, je vous VOUS remercie ! Merci d'avoir pris le temps de lire *Addicted to sin*.